新时代文学批评丛书

吴义勤　主编

文学的整数

李建军　著

山东文艺出版社

图书在版编目（CIP）数据

文学的整数 / 李建军著 . -- 济南：山东文艺出版社，2024.3
（新时代文学批评丛书 / 吴义勤主编）
ISBN 978-7-5329-7092-6

Ⅰ . ①文… Ⅱ . ①李… Ⅲ . ①中国文学－当代文学－文学评论－文集 Ⅳ . ① I206.7-53

中国国家版本馆 CIP 数据核字 (2024) 第 034220 号

文学的整数
WENXUE DE ZHENGSHU

李建军　著

主管单位	山东出版传媒股份有限公司
出版发行	山东文艺出版社
社　　址	山东省济南市英雄山路 189 号
邮　　编	250002
网　　址	www.sdwypress.com
读者服务	0531-82098776（总编室）
	0531-82098775（市场营销部）
电子邮箱	sdwy@sdpress.com.cn
印　　刷	山东华立印务有限公司
开　　本	710 毫米 ×1000 毫米　1/16
印　　张	19.5
字　　数	262 千
版　　次	2024 年 3 月第 1 版
印　　次	2024 年 3 月第 1 次印刷
书　　号	ISBN 978-7-5329-7092-6
定　　价	78.00 元

版权专有，侵权必究。如有图书质量问题，请与出版社联系调换。

开辟文学批评的新时代
——"新时代文学批评丛书"总序

吴义勤

党的十八大以来,中国特色社会主义进入新时代,中国文学也翻开了崭新的一页。置身新时代新征程,面对丰富的史诗性伟大实践,广大作家胸怀"国之大者",牢记初心使命,深入生活,扎根人民,与时代共振,与人民共情,用心用情用功书写新时代的中国故事,展现中国人民昂扬的精神风貌,谱写了新时代文学的辉煌篇章。

文学批评与文学创作是文学发展的车之两轮、鸟之两翼,一个时代的文学发展既需要广大作家的笔耕不辍、创新创造,也需要批评家的积极呼应、理论引领。在新时代文学不断攀登高峰的历史进程中,新时代文学批评也发挥了至关重要的作用,取得了丰硕的发展成果,形成了独特的新时代文学批评景观。习近平总书记高度重视文学批评工作,近年来就繁荣新时代文学批评发表了一系列重要讲话,做出了一系列重要指示批示。我们策划这套"新时代文学批评丛书",就是要全面学习贯彻落实总书记关于文学批评的讲话与指示批示精神,一方面旨在呈现新时代文学批评的基本样貌、发展成果,另一方面也希望从中获得推动文学批评发展的经验和启示,为推动新时代文学理论批评建设和新时代文学繁荣提供有益的镜鉴。

本丛书遴选的作者都是长期持续坚守在新时代文学批评现场并卓有成就的优秀批评家。从年龄结构上，他们涵盖了"60后""70后""80后"，这也是当下文学批评的主力军；从批评对象的文学门类上，覆盖了小说、诗歌、散文等多个当下最具影响力的艺术门类，可以说是对新时代文学的全面阐释和研究。通过这套批评丛书，读者一方面可以深入了解新时代文学批评的丰富实践，同时可以通过文学批评了解新时代文学发展的基本风貌和历史特征。

在内容上，本丛书侧重于遴选研究新时代文学的评论文章，以对新时代十年来具有代表性的作家作品、有广泛影响的新文学现象、引人关注的文学热点事件以及文学发展中存在的症候性问题为主要研究对象，是对围绕新时代文学展开的文学批评成果的一次全面梳理和集中展示。我们希望以出版批评丛书的方式，深入总结文学批评发展的历史经验，同时吸引更多研究力量来增强对新时代文学研究的力度和深度。

本丛书的出版要感谢山东出版传媒股份有限公司副总经理李运才、山东文艺出版社社长徐迪南，他们提供了非常多的支持和帮助，也提出了许多富有建设性的意见和建议。新世纪之初，我曾和山东文艺出版社共同策划出版了一套"e批评丛书"，在学术界产生了良好的反响。今年，又再次在山东文艺出版社出版这套"新时代文学批评丛书"，可谓是一种极为特殊也极为难得的缘分，也体现了山东文艺出版社多年来一直积极参与、支持中国当代文学批评事业发展的出版精神。在此，我代表丛书编委会向山东文艺出版社表示衷心的感谢并致以崇高的敬意。

两套丛书虽然出版时间不同，但在内容上又有着一种延续性和整体性。"e批评丛书"着力呈现的是二十世纪九十年代文学批评的发展成果，也是当时年轻的"60后"批评家的一次集体亮相。"新时代文学批评丛书"更侧重于展现新世纪尤其是新时代以来的文学批评成果，参与作者既包括了"e 批评丛书"中的部分作者，又吸纳了"70 后""80 后"等新生批评力量。两套丛书虽然侧重点不同，但形成了一种巧妙的呼应，构成了一种互补关系，具有了批评史意义上的"整体性"，某种意义上，它们就是一种特殊形态的近三十年来中国文学批评的发展史。

当然，对于新时代文学批评成果的总结展示并不意味着我们回避当下文学批评存在的问题。新时代以来，随着时代语境和文学生态的不断变化，文学批评面临着更为复杂严峻的形势和挑战，文学批评如何更好地发挥作用，真正成为助推文学发展的"磨刀石"和"利器"？这是所有文学批评者面临的共同课题和任务。出版这套丛书，我们一方面意在梳理总结这一时段文学批评发展的成果和经验，同时也希望能够从中析出当下文学批评发展存在的一些问题，以史为镜，为未来更好地推动中国文学批评发展，更好地发挥文学批评引导创作、推出精品、提高审美、引领风尚的作用提供启示和帮助。

新征程是充满光荣与梦想的远征，新时代文学正在我们面前浩浩荡荡地展开，作为文学发展的重要一翼，中国文学批评也正在砥砺前行，积极开辟一个文学批评的新时代。

是为序。

文 学 的 整 数

目 录

001　　**小引**

001　　**第一章　路遥的整数化写作意识**
002　　　　第一节　普遍同情所有人的不幸和苦难
　　　　　　　　　——路遥的文学谱系与两个超越
025　　　　第二节　文学是对人和生活的态度性反应
　　　　　　　　　——论路遥与托尔斯泰的文学关系
057　　　　第三节　仿佛柔软的泥土与和善的目光
　　　　　　　　　——路遥的风格与谦逊式文体
088　　　　第四节　"我不愿意再像你们一样"
　　　　　　　　　——重读《人生》

120　　**第二章　俄国文学的整数化观念与经验**
121　　　　第一节　"仿佛他一诞生就已一百多万岁了"
　　　　　　　　　——托尔斯泰的伦理压舱物
146　　　　第二节　俄罗斯文学的精神品质
　　　　　　　　　——文化教养与反对庸俗
154　　　　第三节　体会当代生活的苦恼与问题
　　　　　　　　　——赫尔岑及其文学精神与文学批评

190	第四节	革命文学的"革命代数学"
		——托洛茨基文学思想批判

222	**第三章**	**蕴含着文学整数问题的思考与短评**
223	第一节	作者形象与积极写作
239	第二节	文学写作与超个人的情感
243	第三节	文学批评者,小事一桩耳?
249	第四节	怎样的爱,才值得不被忘记?

254	**第四章**	**整数意识的匮乏及其后果**
255	第一节	卓吾的童心与成心
267	第二节	丹齐格对抗塞利纳:文学阅读与国家欺诈
274	第三节	余华作品与北京"实验教科书"的问题
284	第四节	从自反批评看两位晚熟作家的新作

小引

文学与数学属于两个完全不同的领域。文学是受或然性原则主宰的感性王国，数学是受必然性原则主宰的理性王国。文学是用形象和画面呈现的世界，带给人的是诗性的美感和精神的升华；数学是用数字和符号表现的抽象世界，带给人的是知识的增进和头脑的愉悦。文学依从情感和想象，所以像水一样柔软；数学服从定律和逻辑，所以像铁一样坚硬。

从接受主体的角度看，文学是群众性的文化现象，数学是小众化的知识体系。通过阅读来感受文学所表现的诗意和诗情，几乎是每一个心智正常的人都具备的能力。但是，进入数学抽象的数字世界和理解其复杂的定律体系，却需要特殊的禀赋和严格的训练。所以，在学习和研究数学的人中，文学爱好者颇多，而在以文学为志业的人中，喜欢数学者，就很是寥寥。

但是，文学与数学之间，也有令人惊诧的相似性。据说，数学也是有美感形式的，也需要灵感之光的照亮，也像诗一样使人陶醉。据说，数学和诗歌都属于青春的事业，因而，像许多激情燃烧的诗人一样，数学家最重要的工作，大都完成于自己的青年时代，就连爱因斯坦也不例外。功成事遂之后，年逾中岁之时，爱因斯坦便进入了人生的休闲模式，每日端着一杯热咖啡，在普林斯顿的校园里踱来踱去，享受着近乎无所事事的悠闲时光。更重要的是，数学里的某些概念和理论，也与文学的某些现象和规律颇相仿佛，暗自契合——这无疑有助于我们更深刻地理解文学的本质。例如，整数理论就是一种对文学研究和文学批评很有启发的理论。

整数（Integers）是一个出现较晚的数学概念，直到中世纪，才被数学家接受。整数是对自然数的扩充。它不像自然数那样由 0 开始,而是从正负两个方向开启了对数字的无限排列。整数是正整数、零和负整数的集合。

将整数这一概念引入文学,无疑有助于我们改变单向的思维习惯,有助于我们更全面、更完整地理解文学。要知道,在拉丁语中,整数所表达的意思,就是"完整的"。如此说来,整数性的文学,就是完整意义上的文学,就是将真善美视为不可或缺的组成部分的文学,就是将信心、希望和爱当作灵魂的文学。任何片面的文学认知,都属于自然数性质的残缺的文学认知。

唯美主义的"纯文学"观念,就是一种典型的自然数性质的文学观念。它信持"为艺术而艺术"的目的和原则,排斥道德内容和社会意义,一味追求形式的美感和体验的快感。它缺乏更深刻的意义和更普遍的价值。只有将美放入真善美的三维结构,只有将自然数的文学升华为整数的文学,文学才有可能在美感和价值两个方面同时达到很高的水平,才能最终成为完整而充满力量的"大文学"。

人类的各种精神创造活动,几乎都有大小之分,或者说,都有自然数与整数两种性质之分。历史有大历史与小历史之分,文学有大文学与小文学之分。倘若"小"只是指规模和形制,那也不是问题,因为"虽小却好"也不失为一种境界。但倘若"小"表现在意义世界和价值层面,那就是另外一回事了。因为这样的"小"意味着严重的残缺,意味着根本性的匮乏。真正的形式,应该是意义化的形式。缺乏意义和价值的形式,很难成为真正美的形式。

司马迁的文化思维就属于开放的整数思维,而不是封闭的自然数思维。无论是他的历史观,还是他的文学观,都具有一种博大而开阔的性质。他在《报任安书》中写道:"亦欲以究天人之际,通古今之变,成一家之言。"[①] 这分明是整数性质的历史观。秉持着这样的整数观念写出来的历史,就不再是琐碎的帝王起居注,而是"贬天子,退诸侯,讨大夫,以

[①] 张大可、丁德科通解:《史记通解·第九册》,商务印书馆2015年版,第4332页。

达王事而已矣"①的"大历史"。吴见思在评论《太史公自序》的时候，高度评价了《史记》的"大"与"细"："无往不收，无微不尽。作书至此，无遗憾矣。"② 要言不烦，确乎的论。

事实上，司马迁的文学思想，也显得同样完整而恢宏。在《屈原列传》中，他这样诠释《离骚》的创作意图和屈原的人格精神："明道德之广崇，治乱之条贯，靡不毕见。其文约，其辞微，其志洁，其行廉。其称文小而其指极大，举类迩而见义远。"③ 所谓"道德"，所谓"治乱"，所谓"志洁"，所谓"行廉"，所谓"其指极大"，所谓"见义远"，都显示出屈原写作"大文学"的格调、气度和抱负。屈原分明有着整数性质的文学观。

所有思想成熟的作家和文学批评家，都会接受整数意义上的文学观。他们不会将文学理解为一种片面而单一的东西。他们不会接受"写小说就是写语言"的观点，甚至不会接受"写诗就是写语言"的观点。他们知道，文学是语言的艺术，但是他们也知道，文学更内在的价值不只是体现在语言上，而是全面地体现在作品中所表现出的人格、思想、情感和伦理精神上。也就是说，鉴别一部作品是不是文学作品，我们必须用语言和美的尺度；但是，鉴别它是不是一部伟大的作品，却必须用另外的尺度，即真和善的尺度，爱和同情的尺度，信心和希望的尺度。文学的价值等级固然是文学性的等级，但也是意义性和伦理性的等级，即价值本身的等级。所以，对文学批评来说，价值批评属于具有根本意义的批评。当然，也要警惕价值批评的异化，要避免极端化的价值批评。

英国文学批评家沃斯福尔德认为，文学整体上有三个特质，即题材、风格和审美愉悦。与此相对应，可以确立文学价值判断的三个原则和尺度：第一个是真实原则，第二个是对称原则，第三个是理性化原则。其中最重要的是第一个原则。在沃斯福尔德的文学价值体系里，文学的最高价值不是体现在语言和形式上，而是体现在思想上，或者说，体现在"人类普遍

---

① 〔清〕吴楚材、〔清〕吴调侯编：《古文观止》，岳麓书社2020年版，第236页。
② 韩兆琦：《史记选注集评》，广西师范大学出版社1995年版，第596页。
③ 〔清〕吴楚材、〔清〕吴调侯编：《古文观止·全本·上》，浙江文艺出版社2022年版，第222页。

和基本信仰"上。因而，在作为内容的"题材"与作为形式的"风格"之间，前者就比后者更为重要。文学作品修辞和形式上的价值，只不过是中介性甚至工具性的价值，而不是终极性和目的性的价值。风格和形式的价值是具有依赖性的，因为其作用在于"唤起想象"，最终"产生"文学作品所表现的"最高价值"——一种"新思想"。

每一个文学意识成熟的作家，都有自己所追求的精神目标——"最高价值"。一个作家越是伟大，追求这种"最高价值"的意识就越是自觉。在人们的印象中，契诃夫悲观，消沉，缺乏信心，也缺乏宗教热情，似乎是一个并不关心精神信仰和价值问题的作家，是一个强调"客观性"的"纯文学"作家。这实在是一个巨大的误解。1889年4月9日，契诃夫在写给阿·尼·普列谢耶夫的信中说："我要守住一个小框子，这个小框子最接近我的心，而且已经由比我有力量、比我聪明的人试验过了。这个小框子就是人类的绝对自由，摆脱暴力、偏见、无知、魔鬼的自由，摆脱欲念的自由。"[1]他相信伟大的文学都服从一个共同的法则，都追求一个共同的目标："那些被称为不朽的作品有很多共同点；如果从其中每个作品里把这类共同点剔除干净，作品就会丧失它的价值和魅力。这是说那些共同点是不能缺少的，是一切有志于成为不朽的作品的 conditio sine qua non（拉丁文：不可缺少的条件）。"[2]1892年11月25日，他在给阿·谢·苏沃陵的信中再次谈到了伟大作家的共同之处："最优秀的作家都是现实主义的，按照生活的本来面目描写生活，不过由于每一行都像浸透汁水似的浸透了目标感，您除了看见目前生活的本来面目以外就还感觉到生活应当是什么样子，这一点就迷住您了。……凡是无所要求、无所指望、无所畏惧的人就不能做艺术家。"[3]契诃夫在纪念尼·米·普尔热瓦利斯基的文章中说："在我们这个病态的时代，在懒惰、生活的苦闷、信仰的缺乏正在侵袭欧洲社会的时候，在到处盛行对生活的厌恶和对死的恐惧这二者古

---

[1]〔俄〕契诃夫：《契诃夫论文学》，汝龙译，人民文学出版社1958年版，第153页。
[2]〔俄〕契诃夫：《契诃夫论文学》，汝龙译，人民文学出版社1958年版，第114页。
[3]〔俄〕契诃夫：《契诃夫论文学》，汝龙译，人民文学出版社1958年版，第217—218页。

怪地结合在一起的时候，在甚至最优秀的人也无所事事，借口缺乏明确的生活目标而为自己的懒惰和放荡辩护的时候，建功立业者就像太阳一样必要。他们是社会上最富有诗意和生活乐趣的中坚分子，他们鼓舞人们，安慰人们，使人们变得高尚。"① 可见，契诃夫从来就不是一个自然数意义上的作家，而是一个整数意义上的作家。像托尔斯泰等伟大的俄罗斯作家一样，他也是有着自己的精神信仰和价值目标的优秀作家。

文学是对人和生活的态度性反应，这是我的一个具有核心意义的文学观念。本书几乎所有章节的主题，都是探讨如何建构整数意义上的文学，即如何让文学真正成为人的文学，真正成为充满善和爱的文学，真正成为能对人类的心灵生活产生积极影响的文学。米尔斯基说，果戈理决意不仅要做一位喜剧作家，还要成为先知和导师，他要在道德上复活"罪孽深重的俄国"。所有那些有抱负的作家，都应该像果戈理那样，要有匡正生活的勇气和目标，要有对苦难和罪孽的敏感，最终，要将推动人类的心灵成长和精神发展当作自己文学事业的神圣使命。

如果说，整数的文学观意味着对文学完整的理解，意味着对文学价值构成多元性的尊重，而自然数的文学观则意味着对文学的平面化理解，意味着对文学价值构成多元性的轻忽，那么，我们是不是应该花更多的兴趣和更大的力量来研究和创造"整数的文学"呢？如果说，"文学的整数"意味着作品所表现的主要力量，即思想的力量和道德的力量，而"文学的微分"意味着作品所表现的次要力量，即形式的力量和技巧的力量，那么，我们在研究"文学的微分"的同时，不是也应该投入更多的兴趣和更大的力量，来研究"文学的整数"吗？

我们比任何时候都需要整数意义上的文学，比任何时候都需要那种摆脱了狭隘的"大文学"。因为，正像我所反复强调的那样：如果没有爱的精神，没有善的力量，没有希望的光芒，没有探索意义世界的巨大热情，就无法创作出真正伟大的文学。

---

① 〔俄〕契诃夫：《契诃夫文集·第十四卷》，汝龙译，上海译文出版社1999年版，第412页。

第一章 路遥的整数化写作意识

路遥很少用"纯文学"这样的概念。对他来讲，文学从来就不是纯粹的技巧或形式的问题，而是一个包含着人生体验、道德情感和文化责任的复杂问题。他反对那种仅仅将文学等同于语言的文学观念。因为，在语言的背后，还有更重要的东西——对生活和人的态度，对生活的认识和理解。真正的文学应该是完整的，应该将真善美融为一体。

人，或者说，人的命运，是路遥关心的最为核心的问题。他的文学意识的自觉过程，是围绕如何认识人和塑造人这条主线展开的。他摆脱了那种将人简单化处理的模式。他在《平凡的世界》里说："如果我们是善良的，我们就会普遍同情所有人的不幸和苦难。"他用同情的态度和复杂的眼光来看待人和塑造人。于是，在他的小说里，人的个性复活了，出现了真正的个人形象。这是一些真实而复杂的人物，他们并不完美。有的人物带着命运强加给自己的缺陷，有的人物带着沉重的人生负荷和痛苦。但是，在他们身上，你所看到的不是简单的善恶符号，而是丰富的社会内容和复杂的人性内容，他们是一个个真实而值得被爱和同情的人。

这并不是说，路遥完全不在意文学的语言和技巧问题。他深刻地理解了文学与大众，尤其是小说与大众的关系。在他看来，作家应该克服美学上的自我中心主义倾向，要克制那种试图显示自己才华的虚荣心，要努力避免用谁也不懂的方式写作。所以，他选择"把笔磨秃了写"，即用便于读者理解和接受的语言和文体来写作。他的这种"谦逊式文体"，既显示出一个作家文学意识上的自觉，也显示出他对读者的尊重态度，更重要的是，最终取得了最佳的修辞效果和阅读效果。

路遥的整数性的文学意识，帮助他的创作具备了整数性的文学效果。他的作品之所以赢得了千百万读者的热爱，且至今依然深受读者喜爱，绝不是一件偶然的事情。这是他的整体性文学意识必然绽放的花朵，必然结出的果实。

第一节　普遍同情所有人的不幸和苦难
——路遥的文学谱系与两个超越

就文学的精神谱系来看，进入创作上的自觉期以后，路遥所接受的文学影响，主要来自19世纪的世界文学（尤其是俄罗斯古典文学），以及20世纪的苏俄文学。由于时代性的原因，俄国文学不仅极大地影响了路遥创作时的情感和价值观，影响了他笔下人物的生活方式，也深刻地影响了路遥的文学写作。但是，也要注意到，从对人和生活的态度来看，从人道主义和现实主义的文学精神来看，路遥与19世纪世界文学和艺术的关系，无疑更为深刻和密切。

路遥怀着虔诚的态度，用心阅读了列夫·托尔斯泰所有重要的小说作品。他喜欢雨果、巴尔扎克、司汤达、狄更斯、杰克·伦敦、夏洛蒂·勃朗特和艾丽·伏尼契等19世纪的小说家，也喜欢贝多芬、柴可夫斯基和列宾等19世纪伟大的艺术家。他的普遍地同情所有人的情感态度，他的探索道德问题和意义世界的热情，他的充满希望和信心的理想主义精神，他的饱含着力量和勇气的崇高感和英雄主义气质，都与19世纪世界文学和艺术的影响分不开。通过对路遥与列夫·托尔斯泰文学关系的细致梳理，通过对路遥与雨果和让-弗朗索瓦·米勒的深入比较，可以清晰地看见路遥与19世纪文学和艺术在精神上的亲缘性。

同时，也要注意到，路遥对19世纪现实主义文学经验的认同和吸纳，与他对中国20世纪文学所存在问题的反思，是同步进行的。他清醒地认识到了自己时代的文学在观念和实践上存在的问题，也深刻地认识到了那些"高大全"文学与19世纪文学的巨大差异——在路遥所处的时代，现实主义文学不仅尚未得到充分的发展，而且还存在严重的问题。于是，他要自觉地"清理自己的血液"。他要摆脱那些错误的文学概念，超越那些残缺的文学经验。他赞同有人在评价他的创作时所说的"无榜样意识"。他没有消极的"榜样意识"，但是，有积极的"榜样意识"。他的榜样就是19世纪的现实主义文学经验，就是雨果、司汤达和托尔斯泰等伟大的作家。他通过深刻的反省和自觉的写作，将自己纳入19世纪现实主义文学的谱系之中。

一、路遥的文学谱系

如果将路遥放在19世纪现实主义文学的精神谱系中来观察，就不难理解他对20世纪现代主义文学的认知和态度。他深刻地认识到了19世纪文学的巨大力量和重要价值。索尔·贝娄说："在19世纪，艺术家的形象高大伟岸，醒目非常。公众恭敬地听他们的维克多·雨果和列夫·托尔斯泰说话。……作家作为大众先知和可靠信息源的时代已经一去不复返。"[1] 路遥肯定会认同前半句话，但未必会认同后半句话：作家不可能永远扮演先知的角色，但是，他们永远有责任和能力为读者提供"可靠的信息源"。在路遥看来，过去的现实主义，将是永远辉煌的文学现象；从读者大众的角度看，现实主义仍然受欢迎，因此就有理由继续存在；从文学写作的角度看，中国当代文学不仅远远没有发展到"类似19世纪俄国和法国现实主义文学那样伟大的程度"，而且，我们的"许多用所谓的现实主义方法创作的作品，实际上和文学要求的现实主义精神大相径庭"[2]。有了这样的观念，他就有了文学认知的稳定坐标，也就清醒地意识到了现代主义文学存在的问题："'现代派'作品的读者群小，这在当前的中国是事实；这种文学样式应该存在和发展，这也毋庸置疑；只是我们不

---

[1]〔美〕索尔·贝娄：《太多值得思考的事物：索尔·贝娄散文选1940—2000》，人民文学出版社2021年版，第290页。

[2] 路遥：《路遥全集·早晨从中午开始》，北京十月文艺出版社2013年版，第14—15页。

能因此而不负责任地弃大多数读者于不顾，只满足少数人。更重要的是，出色的现实主义作品甚至可以满足各个层面的读者。"①除了从读者接受的角度批评了现代主义文学的狭隘性，路遥并没有对它进行全面的质疑和分析。

　　事实上，20世纪现代主义文学本身就是精神危机和价值危机的产物。它在消极的意义上反映了人物内心的无力和混乱——价值观上的虚无主义倾向，心理上的病态和情感上的冷漠，萨特式的视他人为地狱的孤独而傲慢的恨世主义倾向，以及美学上的形式主义和解构主义倾向。蒂里希认为，萨特的"存在先于本质"意味着"人是一种没有本质可以肯定的存在"，这与人的"转化自己的能力是相矛盾的"。事实上，只有在"本质先于存在"的基础上，"萨特的论述才有意义"。罗洛·梅认同蒂里希的观点，也质疑萨特的存在主义，认为"萨特式的人会变成一种孤独的、单个的个体，他站在单独一个人反抗上帝和社会的基点之上"②。索尔·贝娄也从萨特的作品中读出了"骗局"："我更乐于相信，萨特这般奇特行径是故意的，是马基雅维利式的。"③如果说，20世纪的现代主义文学主要是一种怀疑和否定的文学，是一种充满荒诞感和异化感的文学，是一种内倾而无力的文学，那么，19世纪的现实主义文学，就是一种与之大为不同的充满力量的文学。在19世纪的现实主义文学里，人物的精神世界是健全的；即便叙述带有毁灭性的人生悲剧，也显示出强大的力量感和美学上的崇高感。稳定的信仰基础，热烈的宗教激情，深刻的苦难意识，博大的人道主义精神，充满诗意和温情的叙述方式，尖锐而又宽容的反讽姿态，强调细节描写的客观性和整体上的真实效果，这些，就是19世纪的文学和艺术在伦理精神和美学精神上的主要特点。

---

① 路遥：《路遥全集·早晨从中午开始》，北京十月文艺出版社2013年版，第15—16页。

② 〔美〕罗洛·梅：《心理学与人类困境》，中国人民大学出版社2010年版，第162—163页。

③ 〔美〕索尔·贝娄：《太多值得思考的事物：索尔·贝娄散文选1940—2000》，人民文学出版社2021年版，第450页。

索尔·贝娄对现代主义艺术存在的问题，有着深刻的洞察和尖锐的批评。他在与 19 世纪文学对照的语境中，揭示了现实主义与现代主义的明显差异：一个着力描绘真实世界，另一个却更加看重感官世界。他犀利地批评了现代主义文学的代表人物詹姆斯·乔伊斯："乔伊斯可能无意中成了一个感官的独裁者。这个世界需要一本书？他就提供了一本。这是一本让其他书籍都再无必要的书。《尤利西斯》和《芬尼根守灵夜》写了大约 20 年时间，阅读它也需要花这么长时间。这种过度自信，是作家权威衰落的结果，也是想要吸引人注意文学想象力衰弱的结果。……现代艺术试图用任性的方式为自己创造权力，而且以各种公开形式追求和崇拜权力。"① 这切合实际的尖锐批评，一定会引发那些喜爱现实主义文学的读者的强烈共鸣，也一定会引发路遥这样的现实主义作家的高度认同。

可以说，如果没有 19 世纪文学的滋养，路遥的小说写作就不会达到如此自觉而成熟的状态。无论是略显粗糙和简单的《惊心动魄的一幕》，还是堪称佳作的《在困难的日子里》《人生》和《平凡的世界》，都是从 19 世纪现实主义文学的精神土壤中生长出来的。具体地说，是在雨果、司汤达和托尔斯泰等作家文学经验的支持下创作出来的。在路遥身上，在他的小说作品里，19 世纪文学的气质和态度隐约可见。怀有伟大的人道主义精神和崇高的理想主义热情，始终保持着对现实的关注和对苦难的敏感，坚持用真诚的态度为普通读者写作，这些都显示出他的文学创作与 19 世纪现实主义文学传统的继承关系。就此而言，他简直就是 19 世纪现实主义文学的精神之子。

如果说，19 世纪的文学本质上是善和爱的文学，那么，善良就是路遥小说写作秉持的精神纲领，爱和同情则是他面对生活和创造人物时的情感态度。蒂里希在《新存在》中写道："爱折断了虔诚的孤独，也斩断了神学的傲慢。它不仅超过正义，而且比信和望更伟大。"② 对雨果笔下的

---

① 〔美〕索尔·贝娄：《太多值得思考的事物：索尔·贝娄散文选 1940—2000》，人民文学出版社 2021 年版，第 290—291 页。

② 〔美〕蒂里希著，何光沪选编：《蒂里希选集·下》，上海三联书店 1999 年版，第 726 页。

米里哀主教来说，"人间事物的惨状使他具有悲天悯人的心，他一心一意想找出可以安慰人心和解除痛苦的最妥善的办法，那是为他自己也是为了影响旁人。……普天下的愁苦便是他的矿。遍地的苦痛随时为他提供行善的机会"①。由于复杂的原因，无论是路遥心中的爱，还是他在小说作品中所表达的爱，都不可能达到蒂里希的"新存在"的高度，他笔下的人物也不可能像雨果小说中的人物那样胸怀"济世宏愿"。但是，他却通过积极的努力，将它们提高到了"现实存在"和人道主义的境界。

在路遥的意识中，爱和同情是对待人和生活的基本态度，而人道主义精神则是一种稳定的精神原则。路遥在《平凡的世界》里说："如果我们是善良的，我们就会普遍同情所有人的不幸和苦难。"②他用虚拟的语气表达了肯定的态度：我们应该是善良的，应该同情所有人的苦难和不幸。有爱，就有泪；有无尽的爱，便有无尽的泪。路遥是一个爱流泪的人，他笔下的人物也常常流泪。就此而言，《平凡的世界》简直可以被命名为"爱书"，甚至可以被称作"泪书"。比较起来你会发现，几乎没有几个当代作家像路遥这样频繁且诗性地描写爱，也没有几个作家像他一样频繁而诗性地描写泪。

显然，正是因为有了19世纪现实主义文学经验的启发和支持，路遥的小说写作才克服了重重障碍，摆脱了种种束缚，逐渐成熟了起来。他在对生活的诗性和复杂性的描写上，在对人的理解和爱的态度上，都达到了很高的水平。路遥最终取得了中国当代现实主义文学史上无可替代的重要成就。

从路遥小说中的人物身上，从他自己的文学言论和自述性文字中，你会发现，欧洲的现实主义文学极大地影响了他的文化意识和文学观念，给他的人格精神带来了脱胎换骨的变化。他的生活理念和人道主义精神的确立，他的文学观念和写作方法的形成，都离不开俄国和法国19世纪现实主义文学的启发和影响。这种影响至少体现在以下三个方面：个性意识与个人的发现、普遍的爱与人道主义情感、奋斗精神与理想主义。他的叙事

---

① 〔法〕雨果：《悲惨世界 1》，人民文学出版社1990年版，第61页。
② 路遥：《平凡的世界·第二部》，人民文学出版社2004年版，第280页。

风格朴素、坦率，介入性强，充满道德热情，具有19世纪现实主义文学的典型特征。在中国当代作家中，路遥应该是最具19世纪现实主义文学气质的人之一。这种文学气质，是他自我启蒙和自我培养的结果。

就具体作品来看，在路遥的《惊心动魄的一幕》《人生》《平凡的世界》等小说中，清晰地回响着19世纪现实主义文学的声音，耀眼地折射着19世纪现实主义文学的光影。《惊心动魄的一幕》是照着《九三年》的样子写出来的，小说中的危困叙事模式和情节突转模式，都是从雨果那里拿过来的。从《人生》里，可以隐隐约约地看见《红与黑》的影子，而且，路遥还塑造出了一个与于连·索黑尔完全不同的人物形象，开掘出了一个与《红与黑》完全不同的意义空间。在《平凡的世界》里，那种普遍地同情所有人的人道主义精神，那种深刻的苦难意识和坚忍的生存意志，也具有典型的19世纪文学精神；那种对底层人，尤其是对受侮辱的女性的同情和怜悯，是19世纪现实主义文学作家共同的创作态度；而关注个人命运，表现个人与环境的冲突，则是19世纪现实主义文学中最为重要的主题。

19世纪现实主义文学中的英雄和主角是个体的人。他们大都是普通人，是陷入困境的人，是痛苦地探索生活的人。从奥列佛·退斯特和大卫·科波菲尔到吕西安·夏同和大卫·赛夏，从于连·索黑尔、简·爱、马丁·伊登到普希金、屠格涅夫、托尔斯泰和陀思妥耶夫斯基笔下的人物，无一不是不满现状、身陷困境、奋力挣扎的人。他们试图让自己活得更自由、更高贵、更有价值、更有尊严。虽然他们大都是失败者，但是，他们通过努力彰显了自己的意志和存在，证明了自己是有个性和活力的生命个体。

从人物形象和个性意识的角度看，《人生》和《平凡的世界》等小说继承了欧洲19世纪现实主义文学发现和塑造个人的重要经验。在路遥笔下，一个个梦想远大而又困于现实的个人站到了生活舞台的中心，成了小说的主人公。对他们来讲，生活意味着不断迎接巨大的压力和连续不断的考验；一个人要想活下去，要想获得做人的尊严，就必须独自面对生活的磨难和内心的焦虑，就必须像鲁滨逊·克鲁索一样踽踽独行，奋力挣扎。路遥以凝重的笔墨和高昂的调性，自然而真实地叙述了孙少平们艰难的成长史和艰辛的奋斗史。孙少平走出双水村、走向"大世界"的故事，使人联想到大卫·科波菲尔、叶甫盖尼·奥涅金和马丁·伊登的人生故事。

现实主义小说是细致而耐心地刻画人物的艺术。作家写情节、讲故事，都围绕着人物进行，甚至是为塑造人物这一目的服务的。人们读小说，是读故事，但更是在读人物；或者说，初级形态的小说阅读，关心的是故事，高级形态的小说阅读，则更应该关注人物。人物塑造是一种高难度的艺术创造。小说家在艺术上的最高成就和最大贡献，就是塑造出令人印象深刻的、有生命的人物形象，就是要让读者在想起这些人物的时候，有一种真实而难忘的感觉，仿佛他们就是自己过从甚密的朋友，甚至会觉得他们比现实生活中的人物还要真实。19世纪的欧洲现实主义小说史，就是一部波澜壮阔的人物形象史，是无数人物的心灵史、性格史和命运史。

真正的现实主义作家，尊重人物的生命权和思想权。他们会深入地体察人物的内心世界，细致地分析他们的意识和思想，从而把他们塑造成有独立个性和内在深度的人。1938年，卢卡契在谈到艺术形象的"智慧风貌"时说："文学上人物的自知的能力，在文学上起着一种巨大的作用。"[1]所以，"世界文学史上的伟大杰作，常常是很仔细地把人物的智慧的风貌作为特征描写的。而文学的衰落，则往往表现在——也许在现代最为明显——智慧风貌的模糊上，表现在作者在创作上有意忽略或无力提出并解决这个问题上"[2]。事实上，对任何一个现实主义文学作家来说，只有当他进入人物的内心世界，深刻地描写人物的思想的时候，他才有可能创造出杰出的叙事作品，才有可能塑造出真正有生命的人物。

许多19世纪的小说家都是杰出的思想家，是人类心灵的分析师，他们总是有办法深入人物的内心世界，进入人物的深层意识。从而，或者像托尔斯泰那样，用心灵辩证法揭示人物的内心世界，或者像陀思妥耶夫斯基那样，写出人物自己的思想和"声音"。19世纪现实主义小说最重要的成就，就是通过成功地描写人物的思想和性格，塑造了许多不朽的人物形象。

相比而言，20世纪小说的一大危机，就是小说中的人物丧失了思想

---

[1]〔匈〕卢卡契著，中国社会科学院外国文学研究所外国文学研究资料丛刊编辑委员会编：《卢卡契文学论文集》（一），中国社会科学出版社1980年版，第180—181页。

[2] 程代熙：《马克思主义与美学中的现实主义》，上海文艺出版社1983年版，第391—392页。

的"智慧"和"自知"的能力。他们在情感上是无力的，在思想上是低能的。他们是小说家笔下沉默的奴隶。小说家剥夺了人物怀疑和思考的权利，也剥夺了他们的话语权。在大量著名的小说作品里，人物从生到死，几乎没有自由而深刻地思考过一个问题，更不曾清醒地分析过自己的愿望、动机和焦虑。

路遥意识到了这一问题。他让自己笔下的人物阅读和思考，想让他们成为有思想、有能力的人，成为有自己的价值观和生活理念的人。从塑造人物的角度看，他无疑是当代中国一流的现实主义小说家。他所塑造的人物，个性鲜明而又真实，具有很难进行标签化分类的复杂性和典型性。从《人生》中的高加林、刘巧珍和黄亚萍，到《平凡的世界》中的孙少平、田晓霞、田福军和孙少安，他们都属于摆脱了外在规约的个人，都属于真正有自己生活愿望和独特个性的人。那些次要人物，如德顺爷爷、田福堂、孙玉亭、郝红梅、田润叶等，也同样鲜活，同样令人过目难忘。

高加林、孙少平、孙少安和田晓霞等人物，则属于20世纪中国小说史上全新的发明和创造。他们试图摆脱沉重的现实，按照自己的意愿和理想来生活。路遥不仅写出了这些人物性格上的个性，还写出了他们意志和思想上的个性。其中，高加林和孙少平等农村青年形象最具典型性，也最接近19世纪现实主义小说的人物谱系。

高加林虽然在行动上是果决而有力量的，但是，他不曾深刻地思考过生活和自己的未来。他不愿意再像父辈那样生活，但却只是凭着冲动来选择和行动。他敢于公开宣示自己的生活选择和人生目标，敢于按照自己的意愿拒绝和追求。他像于连一样，拒绝被安排好的生活，拒绝过那种卑微而屈辱的生活。为了摆脱旧的生活，他甚至近乎无情地抛弃了巧珍。尽管如此，他依然是一个有人情味的人，甚至是一个值得同情的人。通过对高加林这一人物形象的塑造，路遥第一次将个人与现实生活的冲突尖锐而真实地表现了出来。高加林的诞生，标志着人的个性在转型时代的复活，标志着个人在中国当代小说中的重现；他的复杂性格和悲剧结局，引起了近乎石破天惊的轰动。

比较起来，孙少平比高加林更有理想，更有"自知"的意识和能力。他们的选择和目标是一样的——都要摆脱封闭而落后的农村，到远方的城市去,在更好的环境里,过更体面、更有意义的生活。只是,在现实生活面前,高加林是被动的,而孙少平则是主动的;高加林只是在感性的层面上选择自己的人生,只是凭着外在的偶然性力量来改变自己的生活,孙少平则是在理性的层面上选择自己的生活,靠着清醒的认知和理智的行为来改变自己的生活。孙少平当然不是思想家,所以,他不可能像安·兰德的长篇小说《源泉》中的洛克那样,对"自我""创造者""个人"与"集体"等问题都有哲学性的思考,都能发出深刻的议论。洛克站在法庭上说:"他的洞察力,他的力量,他的勇气均来自他个人的精神。然而,个人的精神就是他的自我。是他的意识的本质。去思考,去感受,去判断,去行动——这便是自我的功能。……创造者并非无私。他们的力量的全部秘密就在于——它是自给自足的,自我激发的,自我创造的。那就是奋斗目标,干劲和活力的源泉,是生命力———一种最原始的动力。"① 对于个人、自我以及力量的源泉,孙少平也许有模糊的感受,但没有深刻的思考和明确的意识,所以,也就不可能像洛克一样大发议论。但是,他也在思考生活,并且形成了一些明确的生活原则和人生理念:"普通并不等于庸俗。他也许一辈子就是个普通人,但他要做一个不平庸的人。在许许多多平平常常的事情中,应该表现出不平常的看法和做法来。……这期间,少平获得了一个非常重要的认识:在最平常的事情中都可以显示出一个人人格的伟大来!"② 他知道,生活不仅意味着吃饭和穿衣,不仅意味着基本的自然需求的满足,还意味着精神价值的实现和文化需求的满足。所以,要读伟大的书,要听美好的音乐,要了解那些看似玄远、实则重要的事情。无论如何,如果仅仅为了活着而活着,简直就是对生命和生活的辜负,是令人难以忍受的。

　　孙少平是一个在价值观和生活原则上完成了自我启蒙的人,也是当代小说中难得一见的靠着"自知"能力成长和生活的人。路遥通过丰富的细节和耐心的叙述,展示了孙少平的精神成长史,塑造了一个19世纪现实主义小说中常见的完整而真实的"个人"形象,也使《平凡的世界》达到

---

① 〔美〕安·兰德:《源泉》,高晓晴等译,重庆出版社2005年版,第691页。
② 路遥:《平凡的世界·第一部》,人民文学出版社2004年版,第137页。

了中国当代现实主义叙事的新高度。

二、摆脱"憎恨"情结：路遥对中国现代文学的超越

无论是从文学气质和文学精神来看，还是就写作模式和写作方法来看，路遥的文学创作都属于现实主义文学谱系。只是，路遥创作的现实主义文学，既不同于20世纪前四十年的中国乡土文学，也不同于20世纪40年代之后的新形态的现实主义文学，更不同于20世纪80至90年代的先锋文学和新写实小说。他吸纳了20世纪中国文学和俄国现实主义文学的经验，但也超越了它们的局限——路遥的叙事更包容、更宽厚，最重要的是，更有普遍性的善意和同情心。他也超越了先锋文学和新写实小说——超越了它们的琐碎和冷漠，超越了它们小市民式的庸俗习气和匠气十足的叙事调性。他从19世纪现实主义文学那里找到了可循的方向和升华的力量，最终将自己的写作纳入了这个伟大的文学谱系。

20世纪前期的中国现代知识分子作家虽然也同情农民的不幸，但是，他们大都出身士绅家庭或生活在城镇的"小康家庭"，与真实的乡村社会存在隔膜，甚至是隔绝的。他们对农村生活和农民心理的描写，更多的是基于主观性的想象和启蒙性的观念，而不是根据切实的乡村生活经验。他们对传统文化和乡土文化都缺乏信心，甚至充满强烈的敌意和否定的冲动。所以，他们向来不惮以夸张和尖锐的方式书写农村社会的落后，书写农民的愚昧和乡绅的邪恶。

这样，他们的知识分子情调很浓的乡土叙事，就难免给人一种不切实际的僵硬而单一的印象。在他们笔下，乡绅身份的老爷们，如《祝福》中的鲁四老爷，《阿Q正传》中的赵太爷，《子夜》中的吴老太爷和老乡绅曾沧海，《家》中的高老太爷，皆冷酷而自私、迂腐而可笑，缺乏最起码的包容心和同情心，甚至对可怜的死者也以詈语斥之；而农民则几乎无一例外，全都是愚昧而麻木的；至于村镇里的妇女，要么精明而贪婪，连芥豆之微的便宜也不放过，要么在失去了一切的情形下，还要像哲人一样追问地狱的有无。这样的叙述和描写，虽然不能说完全不成立，但是显然没有充分观察和了解乡村里人性和生活的完整性和复杂性。

事实上，自古以来，中国乡土社会的乡绅——即现代小说家所深恶痛绝的"老爷"和"老太爷"们——服从"乡党"伦理的制约，特别注意自己在"乡"的道德形象。孔子以身作则，开了个好头："孔子于乡党，恂恂如也，似不能言者。"原宪给孔子当管家，孔子给了他九百斛粟的俸禄，原宪觉得太丰厚，"思辞其多"，孔子说："毋！以与尔邻里乡党乎！"他让原宪用余下来的粮食周济自己的乡亲。孔子在乡的谦和表现，他所提倡的邻里乡党之间的"相周之义"，实可谓嘉言懿行，对中国古代士绅阶层的道德标准和中国古代的"乡选"制度皆有极大影响："古者选士于乡，以乡党耳目至近至众，其为贤不肖如鉴之照物，不可掩也。……吾人立身，欲考在己之得失，借鉴于乡党；其观人取友，采听之乡党，可以鲜失。"①那些有教养的乡绅，或者办义学，或者救人于厄，振人不赡，或者维持一乡之公序良俗，多以善行泽被乡里，人亦多以"善人"称誉之。

然而，反传统的现代知识分子和现代小说家们敌视孔孟道德，轻忽乡党伦理，将乡绅视为脱离时代潮流和道德规范的恶人，就像茅盾在《〈子夜〉是怎样写成的》中所说的那样："吴老太爷好像是'古老的僵尸'，一和太阳空气接触便风化了。"②如果一个作家将某一社会阶层或社会群体污名化，并用充满偏见和敌意的态度来描写他们，那么，他的小说写作就丧失了文学叙事的两个重要原则：客观性原则和普遍同情原则。这两个原则要求作家最大程度地克服任性的主观冲动和否定倾向，努力从普遍人性的角度来客观而真实地表现人性。也就是说，既要冷静地观察人性的黑暗面，用批判的态度认识人性之恶，又要热情地观察人性的光明面，要用肯定的态度觉察人性之善。固然，人性有着善恶螺糅的复杂结构，而恶的确是一种顽固的、充满惰性的力量，但是，在温良的善意文化的影响下，人们内心的"恶意"也有可能被道德理性所遏抑，并渐渐地转化为善念。所以，很多时候，乡绅们内心的"恶意"并不像作家们揣度的那样多。那些遵奉"仁义礼智信"和"温良恭俭让"的士绅们，就像《平

---

① 〔清〕张履祥：《训子语译注》，张天杰、余荣军校注，上海古籍出版社2020年版，第50页。

② 茅盾：《茅盾论创作》，上海文艺出版社1980年版，第61页。

凡的世界》中的乡绅金老先生那样，就像《白鹿原》中的朱先生和白嘉轩那样，急公好义，乐善好施，内心的善念和哀矜，并不比包括作家在内的其他阶层的人们更少。而农民虽然身份低微，不识之无，但是，他们的内心亦自有生活的智慧和未泯的良知；至于身处社会底层的女性，她们对所谓的地狱和惩罚，向来就抱着庄敬而又随意的态度，即孔子所说的"务民之义，敬鬼神而远之"，很少像现代知识分子那样浮想联翩，穷究不舍。

中国现代乡土文学作家对农村社会之"恶"的想象和叙写，有时会夸张失度到匪夷所思的程度。在茅盾的长篇小说《子夜》里，吴老太爷简直就像一个怪物，是一个僵硬而可笑的提线木偶。他的内心没有任何正常的人性和情感，只有对人和生活无边的敌意和仇恨："憎恨，愤怒，以及过度刺激，烧得他的脸色变为青中带紫。"① 关于这个人物的所有心理描写和动作描写，几乎都是缺乏分寸感和客观性的。这种极度夸张的丑化，不仅丧失了真实性，而且缺乏艺术上的美感。

端木蕻良的短篇小说《万岁钱》也存在同样的问题。这篇小说的叙事动力不是来自生活，而是来自纯粹的臆想；它的叙事原则不是基于善和爱，而是基于恶和仇恨。作者将迭遭不幸的农民张小五写成一个可怜而又可憎的无赖，将寺庙里年老力衰的净能和尚写成一个毫无怜悯之心的市侩。至于那个"飞砖似的抛了进来"的人，不仅没有自己的名字，还像魔鬼一样邪恶——他竟然怂恿小五杀了净能和尚，免得"留着他白吃食！细粮细米的活造孽！"② 柯切托夫怀着强烈的仇恨，将自己小说中的"反面人物"形容为"类似六足动物的东西"③；端木蕻良对小说中人物的态度和描写，亦约略近之。张小五等三个人物的面孔是模糊不清的，他们的心理和行为也不符合正常的人性原则和道德原则。梅瑞狄斯长篇小说《利己主义者》中的主人公威洛比爵士说："除了消极的憎恨，不能再大大跨前一步的话，我自己也算不得一个正直的公民。"④ 事实上，作家也应该

---

① 茅盾：《子夜》，人民文学出版社1960年版，第15页。
② 端木蕻良：《憎恨》，人民文学出版社2001年版，第46页。
③〔苏〕柯切托夫：《叶尔绍夫兄弟》，外国文学出版社1982年版，第468页。
④〔英〕梅瑞狄斯：《利己主义者》，项星耀译，上海译文出版社1995年版，第388—389页。

有同样的理性认知：如果不能跨过"憎恨"往前跨出一步，那就算不上一个思想成熟、人格健全的作家，也很难创作出真正有价值的作品。

然而，某些作家似乎缺乏"文明的利己主义者"威洛比爵士的自省意识。1937年3月18日，在短篇小说集《憎恨》的后记里，端木蕻良用写诗的分行方式，引用了《圣经》中关于爱的著名训诲："爱是恒久忍耐，又有恩慈。/爱是不嫉妒。/爱是不自夸，不张狂。/不作害羞的事。不求自己的益处。不轻易发怒。不计算人的恶。不喜欢不义。只喜欢真理。/凡事包容。凡事相信。凡事盼望。凡事忍耐。"但是，他并不相信"十字架的道理"，也不认同保罗所宣传的爱和宽容的哲学。所以，他随即便砰砰然地反驳道："但我宁愿憎恨。/假设我能有穆罕默德的宝剑，我的《可兰》（即《古兰经》，引者注），将更为简单。"① 从这种尼采式的话语和意识里，人们所看见的，不过是极端的傲慢和盲目的冲动；作者似乎并不知爱为何物，亦不知恨为何物，于是，便顺着内心的本能冲动，将"憎恨"作为一种绝对的伦理原则。如果说，仇恨是一种消极的情感，是一种破坏的力量，那么，愤怒则是一种积极的情感，是一种能激发人的正义感的创造性的力量。然而，端木蕻良似乎看不到仇恨与愤怒的分界——愤怒里有爱和正义生存的空间，但是，仇恨不仅排斥爱，而且会扭曲一个人的正义感——也不明白这样一个文学真理：一切充满正义感的文学创作，都是在爱的神圣原则的引导下，清醒地保持对一切不义的愤怒和批判。

1848年1月10日，果戈理从那不勒斯写信给茹科夫斯基，谈到了他对艺术的任务和作用的理解："艺术创造总是包含着某种使人安宁和心平气和的东西。在阅读的时候心灵中洋溢着和谐的亲睦之情，读毕，心灵便得到满足：无所想，无所求，心中非但没有萌动对兄弟的怨恨之情，反而缓缓流动着对兄弟宽恕之爱的柔情蜜意。"② 果戈理的这段话，完全可以被视为俄罗斯古典文学整体的文学观念和创作原则。别林斯基完全认同果戈理"用全体民众的眼睛来观察这个世界"的观点，并引申道："不论在

---

① 端木蕻良：《憎恨》，人民文学出版社2001年版，第160页。
② 周启超主编：《果戈理全集·第8卷·书信卷》，李毓榛译，安徽文艺出版社1999年版，第409—410页。

描写下等，还是中等、上层阶级的时候，都能够一视同仁。凡是只能够抓取粗犷的平民生活的显著触目色调，而不善于抓取有教养生活的比较细致、比较复杂色调的人，这个人永远也成不了伟大的诗人，更不大可能有权获得民族诗人的响亮称号。一个伟大的民族诗人不分轩轾地能使地主老爷和农民都说自己的话。如果一部从有教养阶层的生活中取材的作品不配称为民族的作品——那么这就是说，它在艺术方面也是毫无价值的，因为它不忠于它所描绘的现实的精神。"① 显然，对作家最大的考验，不在才华和写作的技巧上，而在对待人和生活的态度和情感上。一个写作者之所以卓越，就在于他不是一味地用极端的方式表现丑恶，而是能客观公正地观察和描写各阶层的人物，最终写出人和生活的"复杂色调"。如果没有这种公正的态度和"现实的精神"，一部作品的艺术价值就会大打折扣，甚至会"毫无价值"。

将果戈理和别林斯基的文学思想作为参照，我们可以更清晰地看见中国现代作家在情感态度上存在的问题。20世纪的许多中国作家——包括现代作家和当代作家——普遍缺乏果戈理所讲的"柔情蜜意"，他们的作品里也缺乏那种"使人安宁和心平气和的东西"。同时，他们不仅缺乏别林斯基所强调的对各阶层人物都"一视同仁"和"不分轩轾"的平等意识，而且还喜欢怀着深深的敌意，将那些较有教养的阶层描写为可笑的丑类，而不是克服自己的偏见，抓取那些"有教养生活的比较细致、比较复杂色调的人"，以客观而真实的方式来展开叙述和描写，让人物说自己想说的话，并将他们塑造成真实的人。

端木蕻良的短篇小说集《憎恨》，与果戈理和别林斯基所推崇的文学截然不同。如果说，俄罗斯文学充满生活的智慧和爱的热情，显示出对生活和人公正而仁慈的态度，那么，那些不成熟的文学则缺乏对所有人的公正和同情，显示出一种消极的简单化叙事倾向。事实上，端木蕻良小说创作上的这一问题并不是偶尔一见的个别性问题，而是处处可见的普遍性问

---

① 〔俄〕别林斯基：《别林斯基选集·第四卷》，满涛、辛未艾译，上海译文出版社1991年版，第531页。

题。常风先生批评茅盾的《子夜》"是一个失败,一个大失败"①。在他看来,现代作家"先天"和"后天"皆有不足,所以,他所批评的,就不是茅盾一个人,而是"我们整个的文学":"我们觉得可悲的,不是茅盾先生个人艺术之如何;而是我们所认为大作家者尚不过如此,那么,一般的水准就可想而知了。"②应该注意的是,中国现代文学的问题,并不是只见于"艺术",而是更突出地表现在对人的情感和对生活的态度上。在很长的时间里,对人和生活极端化的"憎恨"情绪,弥漫在中国现代文学的叙事性文本、抒情性文本和议论性文本里;它化作要"把全宇宙来吞了"的膨胀的抒情,化作要把一切都淹没的咆哮的修辞,化作要把一切都摧毁的诅咒的话语,深刻地影响了后代作家的文化意识、道德情感和文学写作。雷蒙·阿隆说:"在20世纪,谴责这一世界肯定比美化这一世界更容易。"③对人类来讲,恨比爱更容易,对抗比妥协更容易,排斥比包容更容易。爱的情感需要培养,但仇恨却不需要。一旦形成了某种气候,一根细小的火柴就可以点燃仇恨的火焰,使它顷刻间便成燎原之势。这也不难理解,因为仇恨和攻击原本就是人的一种本能倾向。一个人如果还没有培养起健全的人格和善良的情感,那么,他就很容易被恶的力量所诱惑,所控制,就会陶醉于仇恨带来的低级的快乐。

值得庆幸的是,由于个人特殊的气质和性格,由于陕北地域文化的影响,由于19世纪现实主义文学人道主义精神的影响,路遥终于摆脱了这种文化上的非理性主义情绪对自己的影响。他超越了极端的文化激进主义,克服了全盘否定传统文化的"文化幼稚病":"有一种观点,对过去的历史和文化,采取全部否定的态度,我认为这是一种幼稚的倾向。"④一方面,他有开放的世界意识和现代的启蒙意识,向往都市生活,甚至接受某些现代的生活方式;另一方面,他又有很强的民族意识,甚至在一定

---

① 常风:《逝水集》,辽宁教育出版社1995年版,第152页。
② 常风:《逝水集》,辽宁教育出版社1995年版,第154页。
③ 〔法〕雷蒙·阿隆:《知识分子的鸦片》,吕一民、顾杭译,译林出版社2005年版,第48页。
④ 路遥:《路遥全集·早晨从中午开始》,北京十月文艺出版社2013年版,第255页。

程度上形成了一种积极意义上的文化保守主义意识：

> 我的观点是，只有在我们民族伟大历史文化的土壤上产生出真正具有我们自己特性的新文学成果，并让全世界感到耳目一新的时候，我们的现代表现形式的作品也许才会趋向成熟。正如拉丁美洲当代大师们所做的那样。他们当年也受欧美作家的影响（比如福克纳对马尔克斯的影响），但他们并没有一直跟踪而行，反过来重新立足于本土的历史文化，在此基础上产生了真正属于自己民族的创造性文学成果，从而才又赢得了欧美文学的尊敬。如果一味地模仿别人，崇尚别人，轻视甚至藐视自己民族伟大深厚的历史文化，这种生吞活剥的"引进"注定没有前途。我们需要借鉴一切优秀的域外文学以更好地发展我们民族的新文学，但不必把"洋东西"变成吓唬我们自己的武器。①

这种朴素的文化保守主义意识，深刻地影响了路遥的文学观念和文学写作。他同情地理解传统文化，同情地理解那些生活在"落后"环境里的农民。他更倾向于用复杂的方式来写他们对土地的情感，写他们的家庭关系和伦理亲情："由此而论，就别想用简单的理论和观念来武断地判定这种感情是'进步'的还是'落后'的。"②他批评那种只用批判和否定的方式观察和表现农村生活的写作模式，选择用庄严和肯定的方式来塑造那些平凡而又非凡的人物。

路遥出身农民家庭，对中国农村非常了解，对中国农民很有感情，所以，他曾动情地说："从感情上说，广大的'农村人'就是我们的兄弟姐妹，我们也就能出自真心理解他们的处境和痛苦，而不是优越而痛快地只顾指责甚至嘲弄丑化他们——就像某些发达国家对待不发达国家一样。"③在《生活的大树万古长青》一文中，他更加明确地表达了自己对乡土社会肯

---

① 路遥：《路遥文集·第5卷》，人民文学出版社2005年版，第256页。
② 路遥：《路遥文集·第5卷》，人民文学出版社2005年版，第303—304页。
③ 路遥：《路遥文集·第5卷》，人民文学出版社2005年版，第305页。

定性的文化态度:"作为一个农民的儿子,我对中国农村的状况和农民命运的关注尤为深切。不用说,这是一种带着强烈感情色彩的关注。……生活在大地上这亿万平凡而伟大的人们,创造了我们的历史,在很大程度上也决定着我们的现实生活和未来走向。那种在他们身上专意寻找垢痂的眼光是一种浅薄的眼光。"① 显然,这态度真诚而热情,显示出一种更加包容的文化意识。与中国现代作家的文化激进主义态度比起来,路遥的文化保守主义态度,无疑更具补偏救弊的意义和作用,也显得更加理性和成熟。

总之,路遥认同中国传统文化的仁爱伦理,接受底层劳动者坚忍的生活态度和隐忍的人生哲学,并用这样的伦理精神鼓舞读者和小说中的人物:"人啊,忍、韧、仁……"② 表面上看,这些观点显得肤浅而陈腐,并没有多少新意。但是,正是从这样的似乎平淡无奇的话语里,人们可以看到一种寻常而永恒的生活态度。奥登说:"莎士比亚的人物所表达的哲学和道德观点只是老生常谈,但是任何一代人或社会中,其思想并非老生常谈的人其实只是少数。"③ 路遥的小说所宣扬的伦理精神和生活原则,就属于那种影响着许多人的颠扑不破的"老生常谈"。

路遥认识到了爱和同情对于人和文学的意义,他开始用同情和理解的态度来理解一切。他同情农民和农村社会,也努力地来理解其他阶层的人。他从不粗暴地贬低农民,也很少无端地嘲笑各个阶层的人。路遥所塑造的农民形象,具有正常人的心理和情感——他们懂得爱,内心绝无那种简单化的"憎恨"情绪。而他的现实主义乡土叙事,具有一种自然而真实、复杂而丰富的性质,呈现出美好的人情味与温暖的生活画面。在他笔下的农村社会里,无论是饱读诗书、泽被乡里的乡绅金先生,还是没有文化、心性纯良的刘巧珍和德顺老汉,都是爱和仁慈的化身。

有些人对路遥小说中跨越阶层的爱情很是怀疑,甚至大加嘲讽,却忘了这样一个简单的事实——巨大的社会变革和特殊的生存环境已经将不同阶层之间的等级差异暂时抹平了。他们还忽略了路遥对人的普遍同情和

---

① 路遥:《路遥文集·第5卷》,人民文学出版社2005年版,第337页。
② 路遥:《平凡的世界·第三部》,人民文学出版社2004年版,第336页。
③〔英〕W.H.奥登:《染匠之手》,胡桑译,上海译文出版社2018年版,第240页。

尊重的态度，正是这种态度，使他敏锐地感受到了相爱的人们的纯粹和勇敢，看见了他们为了爱情可以完全无视出身和社会地位的勇气。歌德的《维廉·麦斯特的学习时代》也叙写了跨越阶层的爱情。席勒在给歌德的信中说："有些人会感到诧异，一部小说，没有丝毫'长裤汉气味'，某些段落倒似乎是在替贵族张目，而这三门婚事居然全部门第不相当。"① 显然，只要用理解的态度对待他人，用公正的态度审视生活，就能超越那些固化的观念和可笑的偏见，发现并写出人性的复杂和生活中那些真实而奇异的美好故事。

从对待农村生活的态度和塑造农民形象的方法看，路遥摆脱了中国现代作家"憎恨"的情绪模式，超越了他们专写"黑暗面"和"劣根性"的单一模式，极大地拓宽了中国乡土文学叙事的文化视野，显示出更具包容性的文化态度和更加成熟的文化意识。

三、拒绝新旧"高大全"：路遥对中国当代文学的超越

从路遥研究的角度看，20世纪90年代之前的中国当代文学，可以分为三个大的段落：一个是1949年至1966年"十七年时期"的文学；一个是1966年至1976年"十年期间"的文学；一个是"新时期"至20世纪90年代初期的文学。"十七年时期"的文学（主要是柳青的文学经验）点燃了路遥的创作热情，也培养了他抒情化的叙事风格；"十年期间"的文学直接影响了路遥早期的短篇小说写作，引导他塑造了一些性格单一而僵硬的人物形象；"新时期"以来的文学构成比较多元，对路遥的影响也比较复杂。一方面，逐渐复苏的文学激发了他的创作热情，新的文学观念和翻译作品则扩大了他的文学视野；另一方面，属于现代主义谱系的"新潮文学"也给他带来了不小的压力和焦虑，考验着他坚持创作现实主义文学的定力。

路遥善于学习，也敢于超越。他虚心地吸纳当代现实主义小说的经验，

---

① 〔德〕歌德、〔德〕席勒：《歌德席勒文学书简》，张荣昌、张玉书译，南京大学出版社2021年版，第137页。

甚至会虔诚地称柳青这样的作家为自己的"文学教父"。但是，他也超越了20世纪50至60年代中国农村题材的"新史诗"模式小说，超越了20世纪70年代的"高大全"模式小说。在那些被时风规训的小说叙事里，个人是暗淡无光的，人的个性是残缺的——个性被整体性所稀释，普遍性被时代性所遮蔽，差异性被共同性所淹没。在那些被动而教条地"反映生活"的小说里，完全看不到真正的个人，也看不到健全而独特的个性。这些人物没有自己的信念和思想，也没有自己的情感和欲望。他们是流行观念的载体，是缺乏个性内容的符号。

在读大学的时候，路遥所接受的文学教育充满了严重的偏见和僵硬的教条，所处的文学环境则极不正常。就像俄裔德语作家娜塔莎·沃丁所写的那样："大家要用长达三四个小时来讨论普希金和果戈里到底是小地主还是大地主。……学生们按照'工人尖兵走进文学'的指示去工厂发掘人才并组建文学社团。如果一个工人符合标准，那么意味着他体内潜藏文学天赋，属于培养对象。"[1]对这样的文学教育和文学环境，路遥当然是不满意的。于是，他便开始了文学上的自我教育。他钻进阅览室，将中国一九四九年以来几乎全部重要的文学杂志，从创刊号一直翻阅到"文革"开始后的终刊号："阅读完这些杂志，实际上也就等于检阅了一九四九年以后中国文学的基本面貌、主要成就及其代表性作品。"[2]在路遥看来，这些小说最大的缺憾，就是将人分成两种：好人和坏人。事实上，大多数的人是复杂的，好人也会犯错误，某些作家将人物写得高大完美而毫无缺陷，这种人物其实是不存在的。"新史诗"和"高大全"的文学模式完全无视人的复杂性，按照某种将人简单分类的僵硬观念来展开叙事；将眼光投向那些貌似非凡的人和生活，从而失去了观察和接触平凡生活和平凡人的机会；对普通人视若无睹，看不见他们的忧愁，听不见他们的心声。这样的作品也许不乏生活气息，但是，其本质是空洞而虚假的，缺乏真实的生活画面和丰富的人性内容。

路遥的文学创作与中国20世纪50至60年代文学最大的不同，就表

---

[1]〔德〕娜塔莎·沃丁：《她来自马里乌波尔》，新星出版社2021年版，第173页。
[2]路遥：《路遥文集·第5卷》，人民文学出版社2005年版，第259页。

现在他对个人和个性的态度上。他要摆脱那种虚假的简单化模式，要写出人物的复杂性。就像他在谈《人生》时所说的那样："我要给文学界、批评界，给习惯于看好人与坏人或大团圆故事的读者提供一个新的形象，一个急忙分不清是'好人坏人'的人。对于高加林这一形象后来在文学界和社会上所引起的广泛争论，我写作时就想到了——这也正是我要达到的目的。"[①] 但是，他绝不将复杂性当作混乱和芜杂的代名词，绝不无节制地描写人物内心的野蛮和黑暗，而是用真实而充满诗性的方式，写出了那复杂性下的纯粹性——纯粹的善和纯粹的美。他说自己塑造刘巧珍的目的，就是要写得让人们爱她、同情她，让她永远留在人们的心里。在刘巧珍、德顺老汉、田晓霞、田润叶、孙少平、孙少安和田福军等人物身上，都有精神上的某种近乎纯粹的善和美。情感和精神上近乎绝对的纯粹性，是路遥的《人生》《平凡的世界》《早晨从中午开始》等作品在内在品质上的共同特点。

比较起来，后来的穿了一身"牛仔服"的新"高大全"文学带给路遥的压力无疑更大。自20世纪80年代以来，一股新的文学潮流逐渐主宰了人们的文学意识。这种新潮文学提倡"向内转"，将"纯文学"当作绝对原则，将技巧和形式置于内容和价值观之上。这种倾向造成了文学上的价值混乱现象和精神匮乏现象。人们漠视那些亲切而朴实的作品，欢迎那些怪异而另类的作品。极端形态的现代主义文学实验，无论多么出格，都会赢得人们的包容和赞赏；而现实主义的文学信念和写作方法，则常常遭到轻蔑的嘲笑和否定。人们似乎完全没有意识到，一个时代的文学和艺术的没落，就是从对正义、道德和信仰等内容性因素的轻视开始的，就是以单一地追求所谓"纯文学"为开端的。

抵拒现实主义的现代主义文学潮流，给现实主义作家带来了巨大的压力。他们必须面对这样一个选择：是走新潮的现代主义文学道路，还是坚持"落伍"的现实主义文学方向？应该用什么样的态度面对生活，面对自己笔下的人物？应该选择什么样的文学价值观和文学方法进行创作？应该带给读者什么样的文化价值和文化影响？这些，也是摆在路遥面前的

---

① 路遥：《路遥文集·第5卷》，人民文学出版社2005年版，第259—260页。

问题。

　　作为一个对现实主义文学有着深刻理解的作家,作为一个充满道德主义激情和理想主义热情的作家,路遥知道自己的写作和当时大的文学潮流相逆。他也知道自己面临着什么样的压力:"我同时意识到,这种冥顽不识时务的态度,只能在中国当前的文学运动中陷入孤立境地,但我对此有充分的精神准备。孤立有时候不会让人变得软弱,甚至可以使人的精神更强大,更振奋。毫无疑问,这又是一次挑战。是个人向群体挑战。而这种挑战的意识实际上一直贯穿于我的整个创作活动中,中篇小说《惊心动魄的一幕》是这样,《在困难的日子里》也是这样,尤其是《人生》,完全是在一种十分清醒的状态下的挑战。"[1]他不仅不怕陷入"孤立境地",还敢于独自挑战"群体"。他清醒地看到了现代主义文学的缺陷和问题。他称这些新潮文学为"新的'高大全'"——"穿了一身牛仔服的'高大全'"或"披了一身道袍的'高大全'"[2]。他拒绝旧的穿着粗布褂子的"高大全",也拒绝新的穿着牛仔裤的"高大全"。他提醒自己不要被一时的风潮裹挟而去,并对流行的文学观念发出了抗辩的声音,毫不客气地批评了那些"拥挤着争先恐后顺风而跑"的批评家,批评了创作上"朝秦暮楚"的现象。

　　路遥坦率地指出,那些"新潮流作品",大都处于"直接借鉴"甚至"刻意模仿"的水平,因而,"显然谈不到成熟,更谈不到标新立异"[3]。他为现实主义文学辩护。他清醒地知道,现实主义文学不仅没有过时,而且依然具有强大的生命力。更严重的问题是,当时我国的现实主义文学创作不仅没有得到充分的发展,而且还停留在很低的水平,甚至陷入了前跋后疐的困境:

> 现在的问题是,如果认真考察一下,现实主义在我国当代文学中是不是已经发展到类似十九世纪俄国和法国现实主义文学那

---

[1] 路遥:《路遥文集·第5卷》,人民文学出版社2005年版,第259页。
[2] 路遥:《路遥文集·第5卷》,人民文学出版社2005年版,第305页。
[3] 路遥:《路遥文集·第5卷》,人民文学出版社2005年版,第255页。

样伟大的程度,以致我们必须重新寻找新的前进途径?实际上,现实主义文学在反映我国当代社会生活乃至我们不间断的五千年文明史方面,都还没有令人十分信服的表现。虽然现实主义一直号称是我们当代文学的主流,但和新近兴起的现代主义一样处于发展阶段,根本没有成熟到可以不再需要的地步。

现实主义在文学中的表现,绝不仅仅是一个创作方法问题,而主要应该是一种精神。从这样的高度纵观我们的当代文学,就不难看出,许多用所谓现实主义方法创作的作品,实际上和文学要求的现实主义精神大相径庭。几十年的作品我们不必一一指出,仅就"大跃进"前后乃至"文革"十年中的作品就足以说明问题。许多标榜"现实主义"的文学,实际上对现实生活作了根本性的歪曲。[1]

路遥站在世界文学的高度,将19世纪俄国和法国的现实主义文学作为尺度和坐标,审视当时的现实主义文学,并得出了一个清醒而深刻的结论:我们还没有创作出真正的现实主义文学。因为,从历史的角度看,我们的现实主义文学不能令人满意;从现实的角度看,我们的现实主义文学同样令人失望。我们要有自知之明,要通过切实的努力摆脱那些虚假的"现实主义"模式,将自己时代的现实主义文学提升到较高的水平。人们应该清醒地认识到,现实主义创作似易实难,是一种特别考验人的热情、耐心、勇气和才能的文学模式。

现实主义是一种追求客观性和真实性的文学模式。路遥忠诚地信守现实主义的真实原则,紧紧贴着自己的人生经验展开叙事。他用真实而丰富的细节,用充满温情的悲剧调性,叙述了普通的农村青年在改变自己命运的过程中所承受的考验、所付出的代价,从而创造了一种可以被命名为"人生现实主义"的叙事模式。路遥小说中的人物像现实生活中的人一样,有强烈的身份焦虑和自卑感,也有爱情的欢乐和痛苦;能感受到贫穷带来的辛酸和无奈,也能感受到饥饿带来的屈辱和绝望;懂得如何爱自己的家人

---

[1] 路遥:《路遥文集·第5卷》,人民文学出版社2005年版,第257页。

和朋友，也懂得如何同情和帮助那些陷入困境的人。也就是说，路遥所写的是"人生"，是真正属于人的具体而丰富的生活。

利哈乔夫把"短距离"视为现实主义艺术的一个特征。所谓"短距离"，就是"作家接近自己描绘的人物"，"作者不是以旁观者的角度看世界，而是从人的内心看世界；即便是想象中的一个人物，也必须是一个接近读者和作者的人物；作者的观点由表层的冷漠变得温暖、具体，具有人性化和个性化特点"①。路遥的现实主义写作，就具有明显的"短距离"特征。他自己出身农民家庭，也当过农民，像农民一样吃过苦，受过穷，挨过饿。他深刻体验过农民的自卑和无奈，了解他们的痛苦和愿望，知道他们精神上的善良和美德，也稔知他们的生存哲学和生存智慧。所以，他的经验与人物的经验是相通甚至相同的。他关于农村社会和农民阶层的叙事，就充满了自传式的真实感和说服力，也极大地克服了中国现代作家乡村经验上的匮乏和乡村叙事上的局限性。

路遥与笔下的人物打成一片，痛痒相关，感同身受地叙写他们的屈辱、焦虑、压抑和悲伤。这是一种更加同情人和尊重人的文学精神和写作方法。这样，在《人生》和《平凡的世界》里，人物就不再是承载某种激进的启蒙意识的符号，不再是承载某种有关国民性的观念的器物，也不再是时代阴影下微不足道、模糊不清的影子，而是被凸显出来的真实而鲜活的个体生命；人物不再是被冰冷地解剖的物，而是被爱、被同情和理解的人。人物终于脱离了那种被慢待和否定的命运，成了真正意义上的人，成了有自己的个性和尊严、梦想和追求的人。

放在开阔的比较视野里进行考察，可以清楚地发现，路遥的"人生现实主义"，事实上实现了双重的克服和超越：既克服了现代文学与乡村社会的隔膜，超越了其憎恨情绪和恶意模式，又克服了当代文学的简单化倾向和去个性化倾向，超越了那种僵硬而虚假的叙事模式。这就意味着，他将要把目光转向欧洲19世纪的现实主义文学，充分吸纳雨果和托尔斯泰的文学经验，从而把自己的小说写作提升到真正的现实主义文学的高度。这

---

① 〔俄〕德米特里·利哈乔夫：《俄罗斯千年艺术：从古罗斯至先锋派》，焦东建、董茉莉译，东方出版社2020年版，第349页。

是一种更加真实而亲切的现实主义，也是一种充分人道主义化的现实主义。

第二节　文学是对人和生活的态度性反应
——论路遥与托尔斯泰的文学关系

路遥热爱俄罗斯文学。他的文学意识的成熟，他的文学精神的成长，他在小说写作上的进步，得俄罗斯文学之助者，正复不少。肖洛霍夫、纳吉宾、奥斯特洛夫斯基、阿·托尔斯泰、恰科夫斯基、柯切托夫、拉斯普京和艾特玛托夫等作家，在悲剧意识、理想主义热情、现实主义精神、吸纳民间文学经验和抒情性叙事方法等方面影响了路遥的写作。普希金也是他喜欢提到的作家。他知道作为编辑家的涅克拉索夫有多么伟大，也注意到了契诃夫写作经验的特点和价值，即"善于把作品的意图和人物关系隐蔽起来。不要一下就把气冒了，要到该揭示的时候才揭示它"①。可以肯定地说，没有俄罗斯文学的影响，路遥的现实主义文学意识就不会如此自觉，他的现实主义文学精神就不会如此成熟，他的文学气质和文学格调就有可能是另外一种样子。

路遥在《致苏联青年近卫军出版社》中说："你们优秀的文学传统对我的生活和创作产生过重大影响，由此，我始终对你们的国家怀有一种特殊的感情。"②又在《答〈延河〉编辑部问》中，说自己"对俄罗斯古典作品和苏联文学有一种特殊的爱好"③。这种"特殊的情感"和"特殊的爱好"，不仅体现在他的创作上——路遥心悦诚服地将俄罗斯的伟大作家当作自己的导师，从俄罗斯大师那里寻求价值建构和意义建构的精神资源，也从他们的文学经验里学习写作的技巧和方法——而且，在路遥日常生活中的某些行为上，亦隐约可见：他躺在沙漠上，"眼望高深莫测的

---

① 路遥：《使作品更深刻更宽阔些——就〈人生〉等作品的创作答读者问》，《文学报》1983年第25期。

② 路遥：《路遥文集·第5卷》，人民文学出版社2005年版，第371页。

③ 路遥：《路遥文集·第5卷》，人民文学出版社2005年版，第382页。

天穹，对这神圣的大自然充满虔诚的感激之情"①。这种充满深刻情感和特殊况味的文字，是不是会让人联想到《战争与和平》，联想到托尔斯泰对安德烈公爵心理活动的描写呢？在奥斯特里茨战役中，安德烈公爵负了重伤，仰天倒下来，望着高渺的天空，感受到了无边的宁静和安详，也感受到了人生的庄严和幸福。

列夫·托尔斯泰是路遥热爱的作家，也是对他影响最大的作家和他最喜欢谈论的作家，他曾在文章和讲座中至少17次提到托尔斯泰的文学观点和写作经验。在深入矿区创作《平凡的世界》的艰苦而寂寞的日子里，他将湖南人民出版社1984年出版的厚达1010页、长达73.5万字的《托尔斯泰文学书简》带在身边。他在《早晨从中午开始》中说："躺在床上，有一种生命即将终止的感觉，似乎从此倒下就再也爬不起来。想想前面那个遥远得看不见头的目标，不由心情沮丧。这时最大的安慰是列夫·托尔斯泰的通信录，五十多万字，厚厚一大卷，每晚读几页，等于和这位最敬仰的老人进行一次对话。不断在他的伟大思想中理解和印证自己的许多困惑和体验，在他那里寻找回答精神问题的答案，寻找鼓舞勇气的力量。想想伟大的前辈们所遇到的更加巨大的困难和精神危机，那么，就不必畏惧，就心平气静地入睡。"②如果说，他前期所接受的托尔斯泰的影响是间接的，是经由肖洛霍夫和柳青的经验获得的，那么，他后期所接受的托尔斯泰的影响则是直接的，是经由他自己阅读托尔斯泰的各类作品获得的。

路遥的文学态度、文学观念和写作技巧，很大程度上是在托尔斯泰的影响下形成和获得的。他塑造人物的方法，处理作者与作品关系的策略，甚至是处理情节结构和人物关系的具体技巧，都来自托尔斯泰。他在作品的最后部分显示艺术力量的意识和技巧，就来自托尔斯泰的启示："记着列夫·托尔斯泰的话，艺术的打击力量应该放在后面。"③他那疾徐有度的结构方式和叙事方式，也是从托尔斯泰那儿学来的："按老托尔斯泰的

---

① 路遥：《路遥文集·第5卷》，人民文学出版社2005年版，第252页。
② 路遥：《路遥文集·第5卷》，人民文学出版社2005年版，第284页。
③ 路遥：《路遥文集·第5卷》，人民文学出版社2005年版，第277页。

原则，第一部我是有节制的。"① 他在强调文学的普遍意义和世界意义的时候，所举的例子，就是托尔斯泰。可以肯定地说，如果没有托尔斯泰的影响，那么，路遥对现实主义文学的信心未必会如此坚定，他的现实主义写作也未必会达到自己时代的最高水平。

考察路遥与托尔斯泰的文学关系，有助于我们认识那些重要的规律性问题，即一个作家如何通过植根于伟大文学的土壤，如何通过对伟大作家的经验的吸纳，来提高自己的内在修养和写作能力，来调整自己对生活、人物、读者和作者自身的态度，从而最终使自己的创作臻于伟大的境界，使自己成为真正优秀的作家。

一、作者的态度与自我的塑造

文学是一种表现态度、情致和思想的艺术样式。不存在没有态度的写作，只存在用不同方式表达不同态度的写作。作品里的修辞选择和事象体系，都体现着作者的个性、态度和趣味。只不过，在有的作品里，这种显示是直接和显性的，读者一眼就可以看出来；而在有的作品里，则是间接和隐性的，甚至是若有若无的。前者常常通过抒情和议论等修辞方式表现出来，后者则往往通过隐喻和象征等修辞方式表现出来。

无论如何采用哪种方式，作品最终都会显示出作者的存在，显示出作者态度的重要性。正像美国学者利昂·塞米利安所说的那样："作者的态度奠定了作品的基调，为小说提供了微妙的内在统一的因素。不管作家的写作态度是如何超然物外，不管是他自己作为叙述者，还是通过一个人物来说话，或者从一个人物的角度去叙述，归根结底，是作者对小说中的事件作出解释和评价。"② 从根本上讲，小说就是作者用来表达自己人生态度和人生经验的特殊手段和载体。作者的态度、思想和声音是作品中最具主宰性和影响力的因素。如果作者完全没有表现自己的冲动和需要，那就

---

① 路遥：《路遥文集·第5卷》，人民文学出版社2005年版，第301页。
② 〔美〕利昂·塞米利安：《现代小说美学》，宋协立译，陕西人民出版社1987年版，第70页。

没有一部真正意义上的小说会被写出来。

　　路遥坚信那些更古老但也更可靠的文学观念,更相信那些异代伟大作家的经验。在他看来,无论什么样的作品,都是作家写出来的,都与作家自己的生活、思想和态度存在着无法切断的密切关系。尤其是在叙事性作品里,作者的经验和态度起着极为关键的作用。没有作者内在而深刻的经验之源,任何文学写作都将成为无本之木;如果作者没有真诚的态度,那么,其作品不可能产生积极的叙事效果,更不可能吸引和感染读者。路遥在《出自内心的真诚》中说:"最重要的是作家对生活、对艺术、对读者要抱有真诚的态度。否则,任何花言巧语和花样翻新都是枉费心机。请相信,作品中任何虚假的声音,读者的耳朵都能听得见。"① 路遥认识到了作者的态度对于小说写作的意义,所以经常强调态度真诚的重要性。

　　路遥对作者态度的认识,显然是受到了托尔斯泰文学思想的启发。在《早晨从中午开始》中,他拒绝接受那种作者没有态度、立场"中立"、不动感情的文学观念,认为作者必须向读者表明自己的态度和价值观。他引用托尔斯泰关于作者态度的深刻论述来支持自己的观点:

　　　　作家对生活的态度绝对不可能"中立",他必须作出哲学判断(即使不准确),并要充满激情地、真诚地向读者表明自己的人生观和个性。正如伟大的列夫·托尔斯泰所说:"在任何艺术作品中,作者对于生活所持的态度以及在作品中反映作者生活态度的种种描写,对于读者来说是至为重要、极有价值、最有说服力的……艺术作品的完整性不在于构思的统一,不在于对人物的雕琢,以及其他等等,而在于作者本人的明确和坚定的生活态度,这种态度渗透整个作品。有时,作家甚至基本可以对形式不做加工润色,如果他的生活态度在作品中得到明确、鲜明、一贯的反

---

① 路遥:《路遥文集·第5卷》,人民文学出版社2005年版,第341页。

映,那么作品的目的就达到了。"①

在托尔斯泰的文学意识里,文学创作作为一种创造性的精神活动,必然以整体性的方式显示着作家自己的态度。这种态度影响着作家的写作,甚至决定着作品的感染力和价值。作家如果想感动读者、说服读者,那么,他就要明确而坚定地表明自己的态度。任何含混、虚假和游移不定的态度,都会从根本上窒碍作家的写作,从而影响作者与读者的精神交流。事实上,强调作家态度的重要性,是整个俄罗斯文学的一个特点。正像利哈乔夫所指出的那样:"在俄罗斯文化作品中抒情原则、作者本身对创作对象和客体的态度的份额非常巨大。"②

托尔斯泰的文学精神,包含着强烈的宗教热情,充满了高尚的道德精神,内蕴着与读者积极交流并影响读者心灵生活的自觉意识。情感、态度和交流是他的艺术理论和文学思想中的核心问题。在他看来,作者不仅要有情感和态度,而且,还要将它们提高到很高的水平,也就是要赋予它们以真诚的性质和感人的力量。作家是否真诚决定了写作和交流是否具有有效性,决定了作品对读者是否具有吸引力。没有真诚的态度,就不会有积极意义上的写作。为此,作者在写作的时候,就要将自己投入进去,要将自己的真实感情表达出来,否则,其写作就会失去可靠性和说服力。就像他在1878年5月写给费特的信中所说的那样:"只要人们讲自己的思想

---

① 路遥:《路遥文集·第5卷》,人民文学出版社2005年版,第262—263页。此处的翻译似有可商,其中,"有时,作家甚至基本可以对形式不做加工润色"一语,另一处译作"在一定的时候,作家甚至可以在某种程度上牺牲对形式的最后加工"。显然,托尔斯泰的意思,并不是不要加工,而是强调态度的重要性,强调作品的可理解性,提醒人们不要以辞害意。他在给门登的信中说:"如果文字让人看不懂,便会显得虚伪。……如果没有一个字让读文章的人因看不懂而停下来,那就是一篇好文章。如果读完了谁也说不出读的是什么,那么文章就毫无用处。"显然,对托尔斯泰来讲,不过度润色和加工,就是为了求得真诚质朴和通俗易懂的效果。

② 〔俄〕德·谢·利哈乔夫:《解读俄罗斯》,吴晓都等译,北京大学出版社2003年版,第11页。

和感情的时候,那都是清楚和可靠的。一切乱七八糟的东西都是由那些没有自己的思想和情感的人产生的。"①1890年6月30日,在写给诗人日尔克维奇的信中,托尔斯泰劝他放弃文学创作,因为他的态度出了问题。托尔斯泰认为,真诚的态度甚至比"天才"更重要:"我认为,作家需要的只是对所写的东西态度认真严肃,情真意切。"②在托尔斯泰的意识中,态度是一个内涵丰富的概念,既包含一般意义上的态度,也包含着心灵、性格和人格等重要的精神内容。1892年9月3日,他在给斯特拉霍夫的信中说,无论在文学作品中,还是在哲学作品中,都显示着作者自己的"心灵":"无论他们多么想做到客观,我们,包括我,所看到的只是作者的心灵、智慧和性格。"③在1896年10月20日的日记里,托尔斯泰说:"艺术作品里主要的是作者的心灵。"④事实上,早在1853年,即托尔斯泰二十七岁那年,他就在日记里表达过同样的观点:"读作品,尤其是纯文学作品,使人感兴趣的主要是作品里反映出来的作者的性格。"⑤显然,此处的心灵、性格等核心概念,都可以用"态度"来指代。托尔斯泰对于作家态度的观点,看似寻常无奇,并不显得新颖和卓异,但却包含着有效的经验内容和朴素的文学真理。

作家的态度,首先体现在对自我的态度上。托尔斯泰从来都是对自己态度极为严格的人。在伦理道德上,他对自己毫不宽假;在艺术形式上,他从不允许自己随意和马虎。作为作家,他勇于自责和忏悔,甚至有很强的耻感意识。在1854年9月的日记中,他记录了对自己的不满和要求:"在

---

① 〔俄〕列夫·托尔斯泰:《托尔斯泰文学书简》,章其译,湖南人民出版社1984年版,第569页。

② 〔俄〕列夫·托尔斯泰:《列夫·托尔斯泰文集·第十六卷·书信》,周圣、单继达等译,人民文学出版社1992年版,第238页。

③ 〔俄〕列夫·托尔斯泰:《列夫·托尔斯泰文集·第十六卷·书信》,周圣、单继达等译,人民文学出版社1992年版,第259页。

④ 〔俄〕列夫·托尔斯泰:《列夫·托尔斯泰文集·第十七卷·日记》,陈馥、郑揆译,人民文学出版社1992年版,第206页。

⑤ 〔俄〕列夫·托尔斯泰:《列夫·托尔斯泰文集·第十七卷·日记》,陈馥、郑揆译,人民文学出版社1992年版,第47页。

《童年》中我发现许多写得差的地方。在目前条件下我的暂时生活目标是改造性格……"① 他在1859年5月的日记中说自己的《家庭幸福》是篇"丢人的龌龊的东西"②。1878年10月27日，他在写给屠格涅夫的信中说："说真的，只要哪怕浏览一下和提到我的创作，就会在我身上引起一种非常不愉快的复杂的感情，其中主要是羞愧和恐惧，怕别人嘲笑我。"③ 在创作上，他对自己的要求非常严格："一旦要从事文学工作，那对它是不能开玩笑的，要为它献出一生，所以我希望，今后要写出更好的东西，而不要把坏的东西拿去发表。"④ 如果没有强烈的写作冲动，没有值得写的内容，那么，他宁愿什么也不写："生命是短暂的，而到中年还花费时间去写我曾经写过的那些东西，那就问心有愧。……要是有这样的内容：它使你苦恼，叫你非披露出来不可，它给你勇气、自豪和力量——那就好了，可是，人到三十一岁还去写那些读起来可爱而又惬意的小说，那真的提不起笔来。"⑤ 像托尔斯泰一样，路遥对自己的要求也是严格的。他不允许自己躺在已有的文学成绩上享受生活，更不允许自己在写作上连篇累牍地粗制滥造。与我们时代的那些进行同质化重复写作的作家比起来，托尔斯泰和路遥的写作态度既严肃又高尚，体现出极高的人格境界和文化修养。

路遥也许并没有全面而完整地研究过托尔斯泰的文学思想，也未必非常深刻地理解托尔斯泰充满宗教色彩的伦理思想，但是，他通过契尔特科夫笔录的托尔斯泰的几句话，就把握了托尔斯泰文学思想的精髓——态度影响着一切；写作首先从自我开始，要将作家自己和自己的经验融入

---

① 〔俄〕托尔斯泰：《列夫·托尔斯泰文集·第十七卷·日记》，陈馥、郑揆译，人民文学出版社1992年版，第60页。

② 〔俄〕列夫·托尔斯泰：《列夫·托尔斯泰文集·第十七卷·日记》，陈馥、郑揆译，人民文学出版社1992年版，第90页。

③ 〔俄〕列夫·托尔斯泰：《托尔斯泰文学书简》，章其译，湖南人民出版社1984年版，第192页。

④ 〔俄〕列夫·托尔斯泰：《托尔斯泰文学书简》，章其译，湖南人民出版社1984年版，第286页。

⑤ 〔俄〕列夫·托尔斯泰：《托尔斯泰文学书简》，章其译，湖南人民出版社1984年版，第314页。

进去；作家对自我的要求要严格，对写作的态度要严肃，对生活的态度要真诚而庄严；要对所有的人物都抱以理解和爱的态度，尊重他们的人格，同情他们的境遇。

路遥的小说几乎全都明确显示了自己的存在和态度。他对小说中的人物理解、同情甚至爱护的态度，读者都可以感受到。只不过，他会根据具体情况，选择各种不同的方式来显示自己的态度。在《人生》《在困难的日子里》等作品里，他的态度是隐含在情节背后的；在《平凡的世界》里，他既通过隐含的方式来显示，也通过直接的充满激情的议论来表达，甚至选择以"笔者"这样的显性的言说身份，来表达自己对生活和人物的认知和态度。

在路遥几乎所有成熟的小说中，他自己的人生经历和他对生活的理解，全都以一种自然的方式融入了小说的事象体系里。路遥在《答中央广播电视大学问》中说："我自己写的几个作品，都是我自己精神上的长期的体验的结果，作品中的故事甚至在我动笔写前都还不完整，它是可以虚构的。但是你的感情、体验绝不可能虚构。它必须是你亲身体验、感觉过的，写起来才能真切，才能使你虚构的故事变成真实的故事。如果没有心理、感情上的真切体验，如果你和你所描写的对象很'隔'，那么真实的故事也写成了假的。……实际上作家所表现的生活，从某种程度上来说，就是你自己体验过的生活。"接下来，他就举了托尔斯泰的例子："从《一个地主的早晨》的主人公，到《复活》中的聂赫留朵夫，到列文，都有托尔斯泰自己的影子。"[①] 有了托尔斯泰经验的支持，路遥就有了将自己放入作品中的自信和勇气。这种"有我的叙事"，不仅赋予他的小说以亲切感和真实感，强化了作品的抒情性和感染力，而且，还给整个作品提供了一个稳定的情感基础，一条明晰的思想线索，一种解读作品的可靠的方向感。

读路遥的作品，你总是会感觉到一种巨大的吸引力，总是会感觉到一股暖流在字里行间涌动。几乎每一行字都带着作者心灵的温热。眼泪是情感最浓烈的凝结，它象征着最凝重的哀痛和最激动的喜乐。托尔斯泰爱流泪，路遥也爱流泪。无论是在日常生活中，还是在写作中，路遥常常激动

---

① 路遥：《路遥文集·第5卷》，人民文学出版社2005年版，第387页。

得泪水盈盈。他说自己"含着泪水写完了"①《在困难的日子里》。他在《早晨从中午开始》中多次写到自己流泪的情景："我看见自己泪流满面。索性用脚把卫生间的门踢住，出声地哭起来。我向另一个我表达无限的伤心、委屈和儿童一样的软弱。而那个父亲一样的我制止了哭泣的我并引导我走出卫生间。"②对一个作家来讲，这样的软弱和伤心就像坚强和欢乐一样，都属于正常情感的自然流露。某种程度上，正是因为有了这种对自己内心情绪的精微感受，一个作家才能理解所有人的痛苦和不幸，才能感受到所有人的悲哀和忧伤，才能在有情文字里表现出丰富的人性内容和情感内容。

法国作家勒莫瓦纳区别了两种不同的哭泣和眼泪：一种是消极而病态的，一种则是积极而健康的；积极而健康的哭泣和眼泪，"反映出人的思想，表示沉思、祈祷，是崇高内心的反应"③。在荷马笔下，阿基琉斯因为阿伽门农抢走了自己的女俘而流泪，"遥望那酒色的海水。他伸手向母亲祈祷"④；阿伽门农则因为战事不利而苦恼，"眼里流出两行泪，/ 有如黑色的泉水从高岩上面泄下来，/ 阿伽门农就这样沉痛哭泣"⑤。在路遥和托尔斯泰的哭泣和眼泪中，在荷马史诗中人物的哭泣和眼泪中，人们所看见的，就是"崇高内心的反应"——人们从中看见了勇士般的无畏，也看见了孩子般的单纯；看见了巨石般的坚强，也看见了羽毛般的柔弱。这样的哭泣和眼泪具有自然而真实的性质，所以，它虽然令人震惊，但却不仅不像"消极写作"中的绝对自我中心主义叙事那样让人厌恶，而且反而使人觉得特别同情和感动。

在对待自我的态度上，路遥像托尔斯泰一样，是一个有着自觉的自我

---

① 路遥：《路遥文集·第5卷》，人民文学出版社2005年版，第334页。

② 路遥：《路遥文集·第5卷》，人民文学出版社2005年版，第331页。

③〔法〕帕特里克·勒莫瓦纳：《眼泪的性别》，白睿译，深圳报业集团出版社2005年版，第139页。

④〔古希腊〕荷马：《荷马史诗·伊利亚特》，罗念生、王焕生译，人民文学出版社1994年版，第15页。

⑤〔古希腊〕荷马：《荷马史诗·伊利亚特》，罗念生、王焕生译，人民文学出版社1994年版，第196页。

批判意识的作家。他在《文学·人生·精神——在西安矿业学院的演讲》中说："作家、艺术家应当具备的能力就是自省的能力、自我批判的能力、自我审视的能力,这对艺术家来说是至关重要的……对自己要严厉一些。……有的人对别人很残酷,对自己有时候太温柔,这样,我认为要有大的进取就比较困难。"[1] 他用严肃的眼光审视自己,用极高的标准要求自己。他希望自己无论是作为普通人,还是作为一个作家,都要摆脱可怕的平庸状态,追求一种高尚而理想的生活。他认识到了作家在作品中的对象化存在的问题,即在作品中被表现和被塑造的问题,所以,他不允许自己像平庸的作家那样令人失望。在《早晨从中午开始》中,他在谈到自己在写作过程中的矛盾心情和复杂体验时说了这样一段话:"这样的时候,你是作家,也是艺术形象;你塑造人物,你也陶铸自己;你有莎士比亚的特性,你也有他笔下的哈姆雷特的特性。"[2] 这是一段极为深刻的文学哲语,显示出路遥敏锐的悟性和过人的概括能力。他揭示了一个常常被人们忽略的文学真理和小说写作规律:小说是作家不具名的精神传记,是作家的态度和人格的镜像,是作家塑造自我形象的一种特殊的文体样式。因此,阅读一部小说作品,我们不仅看见了丰富生动的细节,看见了引人入胜的情节,看见了性格各异的人物,也看见了那个隐含在小说事象体系背后的作家。作家不仅是一种修辞性的存在,也是一种人格和道德的存在,作为一个精神现象学意义上的人存在于自己创造出来的小说世界之中。显然,路遥对于作家塑造自我的深刻认知,既是对自己的写作经验的总结,也是受托尔斯泰文学思想启示的结果。

有了这样的认知和自觉,路遥就努力摆脱了精神上平庸的低级状态,让自己成为一个高尚的作家。一切最终都落实到了他对待写作的态度上。路遥对待自己的作家工作,"不仅严肃,而且苛求":"能充满责任感与使命感,从事一种与千百万人有关系的工作,这是多么值得庆幸。因此,必须紧张地抓住生命黄金段落中的一分一秒,而不管要付出什么样的代

---

[1] 路遥:《路遥全集·早晨从中午开始》,北京十月文艺出版社2013年版,第224页。

[2] 路遥:《路遥文集·第5卷》,人民文学出版社2005年版,第281页。

价。"① 他把自己当作一个普通劳动者，克服了在很多作家身上惯见的傲慢而浅薄、自私而轻浮的坏毛病。在《作家的劳动》中，他这样说道："艺术创作这种劳动的崇高绝不是因为它比其他人所从事的劳动高贵。它和其他任何劳动一样，需要一种实实在在的精神。我们应该具备普通劳动人民的品质，永远也不丧失一个普通劳动者的感觉，像牛一样地劳动，像土地一样地贡献。"② 他尖锐地批评那些"平庸的作家"，不屑于像他们那样，"反复制造出一堆又一堆被同样平庸的评论家所表扬的文学废品"③。他认识到了作家所从事的创造性劳动的艰巨性，为此，他努力培养自己顽强的毅力和坚强的性格。就像托尔斯泰在自己的作品中完成了对自我形象的塑造一样，路遥也在自己的作品中完成了对自我形象的塑造。路遥作品中的作家自我形象，是深沉而热情、沉重而快乐、严肃而亲切的。

托尔斯泰曾经说过一句很深刻的话："伟大的文学产生于崇高的道义感出现的时代。"④ 其实，应该将句中的核心词"时代"置换为"作家"，即"伟大的文学的产生依赖于具有崇高道义感的作家的出现"。因为，文学从根本上讲是一种"反求诸己"的精神创作活动。托尔斯泰和路遥都是具有这种"崇高道义感"的伟大作家。古谢夫说，托尔斯泰的所有作品"都渗透了作者高尚的道德观"⑤。像托尔斯泰一样，路遥的作品也同样显示出热情而庄严的态度，也同样"渗透了作者高尚的道德观"。

路遥带着圣徒般的牺牲精神从事写作。在道德精神上，他的态度是高尚的，把利他主义的牺牲和奉献当作自己的生活原则，致力于提高读者的精神境界；在生活上，他的态度是严肃的，从不允许自己选择人生的"下行线"，过那种唯利是图、浑浑噩噩的庸俗生活；在情感上，他的态度热

---

① 路遥：《路遥文集·第5卷》，人民文学出版社2005年版，第312页。
② 路遥：《路遥文集·第5卷》，人民文学出版社2005年版，第340页。
③ 路遥：《路遥文集·第5卷》，人民文学出版社2005年版，第339页。
④〔苏〕日尔凯维奇等：《同时代人回忆托尔斯泰·下》，周敏显等译，上海译文出版社1984年版，第249页。
⑤〔俄〕尼·尼·古谢夫：《托尔斯泰艺术才华的顶峰》，秦德儒译，湖北人民出版社2000年版，第318页。

诚而善良，爱生活，爱他人，同情自己笔下所有人物的痛苦和不幸；在写作上，他的态度是认真的，尽心竭力，一丝不苟，以真正的现实主义精神和方法来推敲每一个细节、打磨每一个句子；在趣味格调上，他涓洁而雅正，没有写过哪怕一行粗鄙而秽亵的文字，体现出很高的文化教养和精神境界。

路遥为文学付出了整个生命，也为读者留下了宝贵的文学遗产。他以热诚而严肃的态度，完成了对自己作家形象的塑造，最终成为一个广受读者尊敬和热爱的伟大而高尚的作家。

二、对生活的态度：责任意识与理想主义

人的生活是文学叙写的重要主题与核心内容。因而，谈论文学就是谈论人和生活，亦即谈论生活的意义和目的。路遥深刻地理解了这一点。他在《早晨从中午开始》中说："特定历史和社会环境中不同人的生活到底怎样，这正是文学应该探求的。"① 就此而言，谁深刻地理解了人和生活，谁才能写出有价值的作品。很多时候，我们的作家之所以写不出能够强烈吸引读者的有生命力的作品，最重要的原因，也许并不在于他们缺乏艺术才能，而在于他们缺乏对人和生活的正确态度和深刻理解。要知道，解决生活哲学和生活态度上的问题，远比解决艺术上的问题要艰难。

一个热爱生活的作家，才能真正理解生活；一个真正热爱人的作家，才能真正理解人。路遥曾在《作家的劳动》中说："对生活应该永远抱有热情。对生活无动于衷的人是搞不成艺术创作的。艺术作品都是激情的产物。如果你自己对生活没有热情，怎么能指望你的作品去感染别人？当然，这种热情绝不是那种简单的感情冲动。它必须接受成熟的思想和理智的指导。尤其是在进入艺术创造的具体过程中，应该用冷静的方式来处理热烈的感情，就像铁匠的锻造工作一样，得把烧红的铁器在水里蘸那么几下。不管怎样，作家没有热情是不行的，尤其是在个人遭到不幸的时候，更需

---

① 路遥：《路遥文集·第5卷》，人民文学出版社2005年版，第305页。

要对生活抱有热情。"① 路遥对作者态度的认识是辩证的：一方面，作者态度本身就是作品内容的构成部分，也是感染读者的力量之源；另一方面，它必须被艺术化，应该与思想和理智形成一种平衡关系，否则，就有可能让创作丧失分寸感和深刻性。在《答中央广播电视大学问》中，路遥再次谈到了作家对生活的态度问题："对生活冷漠、漠不关心对作家来说是致命伤，一个作家他可以外表是多么的冷静、冷峻，但他内心要有巨大的激情，就像一块火石，遇到什么，就能碰出火花来，不要把自己的心锁得很深，它应该是开放的、敏感的，别人不以为然的事情，你都应该多想一想。"② 说到底，写作是靠对生活的热情和激情推动的，所以，作家要敞开心扉，拥抱人们，拥抱生活。某些中国当代作家之所以写不出真正有价值的作品，他们的作品之所以不能吸引和感动读者，最根本的原因，是他们对人和生活的态度出了问题。

怀着美好的愿望和理想，通过写作来改变生活，这是优秀作家共同的特点。优秀作家的内心充满强烈的社会责任意识，要用理想的生活图景来感召读者，激励他们追求一种更高尚的生活。他们不会仅仅满足于写出自然和本能意义上的人，而是要写出人性的光辉，写出生活理想的样子。他们的生活哲学是严肃的和现实主义的，也是乐观的和理想主义的。正是这样的生活哲学，赋予了他们的作品以明朗、刚健和崇高的特征，使其充满了鼓舞人心的道德力量和照亮人心的精神光芒。路遥就是这样的充满责任意识和理想主义激情的优秀作家。他在《答陕西人民广播电台记者问》中说过这样一段话：

> 一个人在生活中肯定应该有理想。理想就是明天。如果一个人没有明天，他的生活在我看来已经就没有了意义。就是一个社会也应该有它的理想，那就是这个社会明天应该是一个什么社会。无论一个人，还是一个社会，他们所有的实践和努力都是为了向更美好的方向发展。所以我觉得，有理想，那么在奋斗的过程中

---

① 路遥：《路遥文集·第5卷》，人民文学出版社2005年版，第339页。
② 路遥：《路遥文集·第5卷》，人民文学出版社2005年版，第392页。

才可能有目标。一个人糊里糊涂混一辈子，这样一种生活是没有意义的。……人在生活中应该有责任感，也应该有使命感。我们来到这个世界上不仅仅是为了吃点饭、穿几件衣服就准备离开。在人的生命过程中，应该尽可能地寻求一种比较充实的生活。这样他就会为他的某种理想，为他设计的某种生活目标竭尽全力。对一个青年来说，应该有一个觉悟期——人生的觉悟期。这个觉悟期越早越好。这就是说应该意识到我们要做什么样的人，准备怎样去生活。只有对这些问题有深度的理解以后，他就会确立自己的一个比较远大的生活目标，也就会调动自己的所有力量，为达到此目标而奋斗。[1]

这段话表明了路遥的人生原则，也包含着他的文学纲领。进入"人生的觉悟期"之后，他就以成熟的态度面对生活，并为自己的文学事业确定了一个具有理想高度的目标。他此后的几乎全部创作，都在表现这种积极的人生态度和高尚的人生理想。由于人生经历的坎坷和生活经验的丰富，由于内心始终充满了理想主义的激情，由于受到19世纪现实主义文学经验的深刻影响，路遥很早就进入了自己的"人生觉悟期"。当很多作家还在迷乱中摸索的时候，他就为自己的写作确定了正确的态度，找到了可靠的方向。现实作为源泉和根本，是他写作的推力；理想作为方向和目标，是他写作的引力。路遥根据自己的理解界定了"理想"：

我认为所谓理想首先包含一种崇高的性质。不仅包含着达到个人的某种目的，更重要的是意味着要做出某种牺牲和奉献，理想不能纯粹局限于个人琐碎的欲望中。不要把理想和琐碎欲望混为一谈，因为这是有本质区别的。一个真正有理想的人，他所从事的一切劳动、工作和努力不仅仅是满足个人的一些欲望，而是要为他身处的大环境，为整个社会做出贡献。这样，他才可能会

---

[1] 路遥：《路遥文集·第5卷》，人民文学出版社2005年版，第398页。

感到更幸福一些。①

在路遥看来，理想主义显然包含着利他主义的高尚动机，而人们的幸福，就决定于其对待社会和他者的态度和行为。一个人真正的幸福，就来自这种高尚的利他主义，而定义一个作家是否真正优秀，就是看他有没有达到能为社会"牺牲和奉献"的境界。路遥就是一个崇高的奉献者和牺牲者。他以自己的人生和写作践行了自己的主张，实现了自己的理想。

像所有优秀的作家一样，路遥认为文学具有改变生活的巨大力量，而不是仅仅把它看作一件好玩的事情；将它当作与大众的生活密切相关的事业，而不是仅仅把它看作自己一个人的事情。他说："归根结底，我们需要一种积极的人生态度，而不是一种消极的人生态度和一种过分的自我主义。也就是说，我们不仅使自己生活得很好，也应该想办法去帮助别人。"②在路遥看来，作家创作的性质应该是积极的，本质上是一种超越自我的自觉行为；作家的写作虽然要从自我出发，但是最终必须摆脱自我，走向他人和生活，为此，就必须在自己内心培养自觉的利他主义精神。

文学上的利他主义意味着要有正确的方向感，意味着作家要将人性和生活向着美好的境界提升。所以，看到当代现实生活中出现的财富增加而道德水平下降的现象，看到人与人之间表现出来的冷漠，路遥便深感焦虑。在《这束淡弱的折光——关于〈在困难的日子里〉》中，他忧心忡忡地说："如果我们不能在全社会范围内克服这种不幸的现象，那么我们就很难完成一切具有崇高意义的使命。"③在《早晨从中午开始》中，路遥则深刻地表达了自己对生活的责任意识和理想主义愿景："我们最终要彻底改变我国广大农村落后的生产方式和生活方式，改变落后的生活观念和陈旧习俗，填平城乡之间的沟堑。我们今天为之奋斗的正是这样一个伟大的目标。这也是全人类的目标。"④这种美好的生活愿景，既是路遥文

---

① 路遥：《路遥文集·第5卷》，人民文学出版社2005年版，第399页。
② 路遥：《路遥文集·第5卷》，人民文学出版社2005年版，第401页。
③ 路遥：《路遥文集·第5卷》，人民文学出版社2005年版，第334页。
④ 路遥：《路遥文集·第5卷》，人民文学出版社2005年版，第303页。

学创作的内在动力,也是他通过文学追求的理想目标。

路遥将他严肃的生活态度、成熟的生活原则和崇高的理想主义精神灌注到了自己的小说写作中。他小说中的人物,无论是《黄叶在秋风中飘落》中的卢若琴,还是《在困难的日子里》中的马建强,无论是《人生》里巧珍和德顺老汉,还是《平凡的世界》里的孙少平、孙少安和田晓霞,都属于那种具有高尚人格和积极生活态度的人。在《平凡的世界》中的主要人物身上,理想主义的热情和光芒显得特别绚丽夺目。孙少平对生活的态度和理解,显示出一个优秀的文学人物应该具有的道德精神。他克服了流行价值观的影响,身上没有丝毫拜金主义的庸俗气息;他知道,财富是生活的必要条件,但绝不是充分条件。所以,他劝发了财的哥哥孙少安拿出一部分钱来"无偿地奉献给社会":

> 是啊,我们过去太穷了,我们需要钱,越多越好。可是我们又不能让钱把人拿住,否则我们仍然可能活得痛苦。我们既要活得富裕,又应该活得有意义。赚钱既是目的,也是充实我们生活的一种途径。如果这样看待金钱,就不会成为金钱的奴仆。归根结底,最值钱的是我们活得要有意义……①

孙少平的生活哲学朴素而又深刻,具有很强的现实意义,体现出一个青年奋斗者最可宝贵的人生态度和价值理念。更加难能可贵的是,孙少平不是说说而已,而是切切实实地按照自己的道德主张和人生理想来生活。他正像田晓霞所理解和评价的那样,"带着一种悲壮的激情,在一条最为艰难的道路上进行人生的搏斗",同时,还得坚持"不放弃最主要的精神追求","竭力使自己对生活的认识达到更深的层次"②。正因为在如此沉重的人生负担之下,孙少平依然保持着对生活的爱和责任感,依然充满对未来的热情和向往,依然不曾丧失人的尊严,他才成为中国当代小说中最令读者喜爱的人物形象之一。

---

① 路遥:《平凡的世界·第三部》,人民文学出版社2004年版,第378页。
② 路遥:《平凡的世界·第二部》,人民文学出版社2004年版,第173页。

接下来，我们看看路遥对人和生活的态度，看看他的生活哲学与托尔斯泰的人生态度和生活哲学有着什么样的内在关联，有着哪些共同点和相似性，从而进一步认识托尔斯泰对路遥的影响。

路遥在《关于〈人生〉的对话》中说："像托尔斯泰的作品，处处都会引起读者的深思。《安娜·卡列尼娜》开头的第一句话就引起人们的思索。优秀的作品，每一部分都反映了作家对生活认识的深度，应该这样去理解作品的主题思想。"[①] 显然，托尔斯泰对生活的态度和他在作品中思考和叙写生活的经验引起了路遥的共鸣，也给了路遥深刻的启示和极大的影响。这种文学上的内在影响，虽然无法用数学的方法进行一一对应的量化分析，但是可以从整体上进行精神现象学意义上的相似性比较。很多时候，文学上的影响类似于阳光和空气对一切生命的影响，这种影响的力量和结果最终体现在受影响者的精神生活中，体现在受影响者的创作和作品中。

托尔斯泰的生活态度和生活哲学有两个基本点，一个是利他主义，一个是博爱主义。"人类之爱"是托尔斯泰最基本的伦理原则。他在写给妻子的信中说，生活中需要这样一些"新东西"，"即尊敬一切人，爱一切人，关心他人，尽可能克制自己以及个人的利己的快乐"；他对善的胜利充满信心，"人类之恶定将被人类消灭，人类的使命和生命的意义正在于此。人们将要为此工作，也正在为此工作，我们又有什么理由不为此工作呢？"[②] 他在《我不能沉默》中说，仅仅爱自己的家人是不够的。真正的爱，应该是"人类之爱"："你们爱谁？谁爱你们？是你们的妻子吗？你们的孩子吗？但这并不是爱。妻子和孩子的爱不是人类之爱。动物也会这样爱，而且爱得更强烈。人类之爱是人人相爱，是爱一切人，像爱神的儿子因而也爱弟兄一样。"[③] 他认为爱是一种巨大的力量，也是一种被人们忽略的

---

① 路遥：《路遥文集·第5卷》，人民文学出版社2005年版，第406页。

② 〔俄〕列夫·托尔斯泰：《列夫·托尔斯泰文集·第十六卷·书信》，周圣、单继达等译，人民文学出版社1992年版，第208页。

③ 〔俄〕列夫·托尔斯泰：《列夫·托尔斯泰文集·第十五卷·政论》，冯增义、宋大图等译，人民文学出版社1992年版，第606页。

力量。他在给谢苗诺夫的信中说:"爱是一股极大的力量,只是我们往往没有看到它的作用的力量而已。"①只有在人们的内心唤醒这种力量,人类的生活才会得以改变。这样的伦理思想,虽然具有明显的绝对和抽象的性质,但也包含着足以激发人们产生善念的热情和力量。到了晚年,托尔斯泰仍然坚信自己所发现的真理,即"要爱所有的人,全部生活的安排,都要从能够爱所有的人出发"②。路遥虽然没有像托尔斯泰那样,用理论的语言系统地表达过自己的伦理思想,表达过自己对爱的情感和精神的理解,但是,在《平凡的世界》里,他写过这样一句话:"如果我们是善良的,我们就会普遍同情所有人的不幸和苦难。"③在这句话里,包含着路遥的伦理思想和爱的哲学。对路遥来讲,同情就意味着爱。强调对所有人的普遍的同情,就意味着强调对所有人的普遍的爱。这显然是一种伟大的态度和情怀。就对人的爱的态度来看,路遥与托尔斯泰有着显而易见的一致性。他们的这种一致性说明了这样一个真理:一切伟大的文学,都是深刻地理解了爱并赞美爱的文学。

生活是托尔斯泰所有作品的总的主题,他的全部作品都是关于生活的思考和叙事。他要建构一种理想的生活,一种以善和爱为基础的生活。他要找到那个传说中的"小绿棒",上面写着可以让所有人获得幸福的秘密。他终其一生,都在探究这个可以让全人类过上幸福生活的秘密。所以,对托尔斯泰来讲,文学从来就不是纯粹的个人主义现象,也不是纯粹的唯美主义现象,它意味着沉重的责任和严肃的使命。1857年,托尔斯泰在写给鲍特金的信中说,屠格涅夫想说服他接受这样的观点,那就是,"文学家应当只做文学家"。托尔斯泰的回答是:"这不是我的本性。"他拒绝那种脱离甚至逃离生活的文学,所以,他对当时的俄国文学并不满意:"我国的文学,就是说诗歌作品,如果不是不合理,那也是不正常

---

① 〔俄〕列夫·托尔斯泰:《托尔斯泰文学书简》,章其译,湖南人民出版社1984年版,第933页。

② 〔俄〕列夫·托尔斯泰:《列夫·托尔斯泰文集·第十七卷·日记》,陈馥、郑揆译,人民文学出版社1992年版,第308页。

③ 路遥:《平凡的世界·第二部》,人民文学出版社2004年版,第280页。

的现象（这一点我仿佛同您争论过），所以要在其中建设全部生活——那是不合理的。"[①] 在托尔斯泰看来，伟大的文学就是善的文学，就像他在1889年5月20日的日记中所写的那样："善是真正的艺术的标志。"[②] 这种善的文学观和艺术理念，具有天然的理想主义色彩，就像托尔斯泰自己所界定的那样："艺术是一种塑造应有的事物、塑造一切人都应该追求的、给人以最大幸福的东西的本领。"[③] 这种善的生活原则和生活态度，托尔斯泰终其一生都信奉不渝。他的文学创作的使命，就在于引导人们弃恶从善，培养人们对生活的善的态度和爱的能力，从而完成"建设全部生活"的使命。

托尔斯泰的小说，一方面以完美而客观的方式塑造人物，一方面又以热情而深刻的方式思考生活和讨论生活。他的小说里，总能看到生活的思考者。这些思考者与作者的情感和思想高度契合，几乎可以被视为特殊形态的作者形象。完成于1863年1月的中篇小说《哥萨克》，是托尔斯泰探索人生的具有奠基性质的初始文本。此后的《战争与和平》《安娜·卡列尼娜》《复活》，不过是对这部小说所探讨内容的丰富和深化。而其中的安德烈、彼埃尔、列文和聂赫留朵夫，不过是《哥萨克》中奥列宁的变体和延伸。奥列宁浪迹高加索，痛苦地探索着生活的目的，思考着幸福的真谛：

> 他开始追忆昔日的生活，他讨厌自己了。他觉得他是个要求过多的自私自利的人，事实上他并不需要什么。……他心里豁然开朗了。"幸福，哦，对了，"他自言自语，"幸福就在于为别人而生活。这是明明白白的。人天生要求幸福，所以这是合理的。想通过自私自利的办法去满足这种要求，也就是说为自己追

[①]〔俄〕列夫·托尔斯泰：《托尔斯泰文学书简》，章其译，湖南人民出版社1984年版，第241页。

[②]〔俄〕列夫·托尔斯泰：《列夫·托尔斯泰文集·第十七卷·日记》，陈馥、郑揆译，人民文学出版社1992年版，第145页。

[③]〔俄〕列夫·托尔斯泰：《列夫·托尔斯泰文集·第十七卷·日记》，陈馥、郑揆译，人民文学出版社1992年版，第179页。

求财富、荣誉、享受或者爱情，客观条件倒可能不允许你去满足这些欲望。由此可见，不合理的是这些欲望，而不是要求幸福这件事本身。有哪些欲望可以不问外界条件而能得到满足的呢？有哪些？只有爱，只有自我牺牲！"他觉得这是新的真理，如今发现了，感到十分快乐兴奋。他跳起来，迫不及待地找寻着，他可以为谁牺牲自己，可以为谁做些好事，可以把谁作为爱的对象。①

从奥列宁的话语里，我们分明听到了孙少平的一部分心声。从托尔斯泰的作品里，我们读到了路遥作品所表达的一部分生活理念。路遥所赞美的利他主义精神和自我牺牲精神，他对拜金主义和自私自利行为的批判，与托尔斯泰作品中所表现的人生态度和人生哲学多么相似。路遥主要通过描写人物在日常生活琐碎中的生活态度和行为，来表现自己充满现实感和理想主义热情的生活哲学；而托尔斯泰则主要通过描写人物心灵内部的思索和忏悔，来表现自己充满宗教意味的生活哲学。但是，从生活的基本态度来看，他们的小说属于同一类：都可以归入利他主义的精神谱系，也都可以归入"生活探索叙事"的小说谱系。

1865年，托尔斯泰在写给波波雷金的信中说，艺术的目的就在于使人们热爱生活："如果有人对我说，我写出东西，现在的孩子过二十年之后还会读，并且在阅读的时候会哭泣、发笑和热爱生活，那么，我会为这部书贡献出自己毕生的精力。"②他有自觉的人民意识和大众意识。在一次谈话中，他再次强调了艺术在生活中的任务："艺术的任务应当是把真理之光带到生活中，照亮生活的黑暗，指出生活真正的意义。"③在托尔斯泰看来，增进人们之间的感情也是艺术的任务："艺

---

① 外国文学名著丛书编辑委员会编：《托尔斯泰中短篇小说选》，草婴译，上海译文出版社1986年版，第308—309页。

② 〔俄〕列夫·托尔斯泰：《托尔斯泰文学书简》，章其译，湖南人民出版社1984年版，第718页。

③ 〔俄〕托尔斯泰娅等：《同时代人回忆托尔斯泰·上》，冯连驲等译，上海译文出版社1984年版，第366页。

术的主要任务就在于使人们互相亲近。"①1906年6月,他在与日本作家德富芦花的谈话中,也提到了艺术在培养人们感情方面的责任:"真正的艺术应该唤醒人们的美好的感情……"②1908年9月2日,他写信给安德烈耶夫,批评"当今的作家"总是"想用奇特的、标新立异的作品来使读者大吃一惊",但也赞扬了安德烈耶夫的作品"目的是善良的","希望有助于人们谋得幸福"③。托尔斯泰的这些文学主张,全都与人的感情和生活的意义密切相关,既表达出一个作家的美好愿望,也表现出他对文学真理的深刻认识,是任何一个具有起码的责任意识的作家都会认同和接受的。

路遥不仅在关于文学创作的文字里表达过与托尔斯泰的文学思想和伦理思想几乎相同的主张,而且,在他进入自觉期以后的几乎所有作品,也都在实践着这样的思想和主张。美国作家索尔·贝娄很喜欢托尔斯泰,他对罗马尼亚籍作家诺曼·马内阿说:"我之所以欣赏他,是因为他如此健康,但在那样一个时代保持健康可真够呛!"④在他看来,就连充满荒诞感和绝望情绪的中篇小说《伊凡·伊里奇之死》也是健康的,因为,"它的本意是号召人们在过自己的生活时要严肃认真,而不要没头没脑,不要沉迷于运动、纸牌游戏或其他布尔乔亚的文娱活动"⑤。事实上,像托尔斯泰一样,路遥也是一个健康的作家。在同样"真够呛"的道德氛围和文学环境里,他始终保持着伦理精神和美学趣味上的健康状态。他的作品是发着光和热的,他的几乎每一行文字都表达着对他人和生活的美好情感,都在唤起人们对生活的热爱,都在鼓励人们勇敢而正直地生活,都在提醒

---

① [苏]日尔凯维奇等:《同时代人回忆托尔斯泰·下》,周敏显等译,上海译文出版社1984年版,第380页。

② [苏]日尔凯维奇等:《同时代人回忆托尔斯泰·下》,周敏显等译,上海译文出版社1984年版,第503页。

③ [俄]列夫·托尔斯泰:《托尔斯泰文学书简》,章其译,湖南人民出版社1984年版,第998—999页。

④ [罗马尼亚]诺曼·马内阿:《索尔·贝娄访谈录》,邵文实译,中信出版社2015年版,第88页。

⑤ [罗马尼亚]诺曼·马内阿:《索尔·贝娄访谈录》,邵文实译,中信出版社2015年版,第89页。

人们善待他人，都在帮助人们既为自己也为别人谋求幸福。就此而言，我们完全可以说，路遥是托尔斯泰文学精神的继承者。

三、对人物的态度：同情、肯定性与复杂性

人物是小说内部世界真正的主人。一部小说的感染力和说服力，固然决定于作者对自己和人生的态度，决定于作者自我形象的塑造是否诚实和深刻，但是，这还不够。一部小说作品是否成功，最终决定于作者对人物的态度，决定于他是否能塑造出有个性、有生命的人物形象。

那么，托尔斯泰在对待人物的态度上，有哪些宝贵经验呢？这些经验又如何影响了路遥对人物的态度和塑造人物的方法？

托尔斯泰塑造人物的态度和方法，体现在两个主要原则上：一个是肯定性原则，一个是复杂性原则。

所谓肯定性原则和方法，就是同情和理解人物的原则和方法。即尊重人物的人格，进入他们的内心世界，通过设身处地的移情体验，写出人物真实的心理和性格，竭力表现人物内心善良而美好的一面，而不是以冷漠的态度和无情的讽刺来丑化人物，把他们写成一群怪物。

塑造人物的肯定性原则，实质上是一种用爱和同情的态度对待人物的原则，是发现人物身上的美质和闪光点，进而创造可爱人物和优秀人物的积极的原则。对托尔斯泰来讲，文学的生命和力量最终来自善和爱。没有善的态度和爱的情感，就不可能有真正意义上的文学创作。他甚至希望文学能像音乐那样温暖："要是文学作品中能遵循音乐表现的手法就好了。没有讽刺、没有恶感，只有好心肠与忧伤。"[①]他对狄更斯评价很高，特别赞同"贯穿在狄更斯作品中的那种精神上的积极因素"[②]。同时，他尖锐地批评那种态度超然、追求纯粹客观性的文学，认为"纯客观的漠不

[①]〔苏〕日尔凯维奇等：《同时代人回忆托尔斯泰·下》，周敏显等译，上海译文出版社1984年版，第191页。

[②]〔俄〕托尔斯泰娅：《同时代人回忆托尔斯泰·上》，冯连驸等译，上海译文出版社1984年版，第558页。

关心的态度也是很可恶的"①。至于作家对人物的凶狠态度，更认为是一种病态的情感和消极的倾向。1856 年 7 月 2 日，他在写给涅克拉索夫的信中说："只有在正常状态中才能做好事，才能把事物看清楚。所以我很喜欢您最近的诗作，它们充满忧郁，也就是爱，而不是凶恶，即仇恨。明智的人身上是永远不会有凶恶的，您身上则比其他人身上更少些。……而我们这里非常喜欢凶恶。"②年轻的时候，托尔斯泰就形成了这样的观点，即不应该过度渲染普通人身上的缺点和劣根性。在他写于二十五岁那年的日记里，有这样一段话："普通人生活中充满劳动和困苦，因此比我们这样的人高尚得多，我们再到他们身上去寻找恶劣的东西来加以描写就不大好了。他们身上有恶劣的东西，但是谈到他们的时候，最好（像谈到死者那样）只说好话。"③1891 年 1 月 13 日，托尔斯泰写信给查索吉姆斯基，批评他的小说虽然写得很美，但也有一个缺点，即过分地强调了人物的"坏处"④。他反对那种对小人物无节制的讽刺，因为，这样的讽刺缺乏对人物的同情和尊重。在他看来，屠格涅夫的小说就缺乏对人物的积极态度和正向情感。1860 年 2 月 23 日，托尔斯泰在写给费特的信中，批评屠格涅夫的《前夜》和《贵族之家》中用了太多的"反面手法"："对人物缺乏人道主义同情，而对那些丑陋的人物，作者只是谩骂，没有怜悯。"⑤1886 年 2 月，他在给季先科的信中，尖锐地批评了短篇小说《罪人》，认为其中的片面化描写，会让读者"只能够看出罪恶并非罪恶，或者感到绝望"，并指出他之所以这样写，是因为受了"否定生活的老爷文学和拜伦派文学

---

① 〔苏〕日尔凯维奇等：《同时代人回忆托尔斯泰·下》，周敏显等译，上海译文出版社 1984 年版，第 124 页。

② 〔俄〕列夫·托尔斯泰：《列夫·托尔斯泰文集·第十六卷·书信》，周圣、单继达等译，人民文学出版社 1992 年版，第 30 页。

③ 〔俄〕列夫·托尔斯泰：《列夫·托尔斯泰文集·第十七卷·日记》，陈馥、郑揆译，人民文学出版社 1992 年版，第 48 页。

④ 〔俄〕列夫·托尔斯泰：《托尔斯泰文学书简》，章其译，湖南人民出版社 1984 年版，第 985 页。

⑤ 〔俄〕列夫·托尔斯泰：《托尔斯泰文学书简》，章其译，湖南人民出版社 1984 年版，第 357 页。

的影响"①。1908年2月11日,在写给多克希茨基的信中,托尔斯泰谴责了阿尔志跋绥夫并批判了他的小说《萨宁》:由于阿尔志跋绥夫"危害到许多人",所以,自己"无论如何也抑制不住对他的仇恨";阿尔志跋绥夫的根本问题,就在于他的情感、态度和思想出了问题:"他不描写任何一种真实的人的感情,而只描写最卑下的动物的动机。他也没有任何自己的新思想,只有屠格涅夫称之为'相反的老生常谈'的东西。"②显然,在托尔斯泰看来,塑造人物时是否遵从肯定性原则,关乎写作成败。这体现着一种文化教养,意味着对人的爱和尊重。只有按照肯定原则来塑造人物,才能在读者内心引起积极的反应,才能最终实现那些善的目的。即帮助人们认识到生活的意义,使人们看见真正美好的人和德性,从而产生强烈的认同感和向善的冲动。

因为用肯定性的态度和原则塑造人物,所以,在托尔斯泰的小说里,总有很多令读者喜爱的人物。托尔斯泰也会写出人物的缺点——娜塔莎在恋爱时的轻信和冲动,安娜·卡列尼娜过于强烈的自我意识和多疑心理,彼埃尔的迟钝和随顺,以及安德烈的敏感和固执。但是,他着力刻画的却是他们身上的美好、闪光之处。娜塔莎的纯洁和可爱,安娜·卡列尼娜的高贵气质和对自己内心的忠诚,列文的高尚和善良,彼埃尔的单纯和宽忍,安德烈的勇敢和执着,聂赫留朵夫的忏悔意识和自我救赎,都给读者留下了深刻而美好的印象。托尔斯泰写出了人物精神的发展和人格的成熟,甚至写出了他们优秀的品质和伟大的精神。例如,彼埃尔到最后成了一个让人尊敬和喜爱的人,他变得"更聪明,更有眼光",更重要的是,他更懂得爱了:"他不像过去那样要在人们身上找到个人优点才爱他们,现在他的内心充满爱,他无缘无故地爱人们,并且总能找到值得爱的理由。"③

---

① 〔俄〕列夫·托尔斯泰:《列夫·托尔斯泰文集·第十六卷·书信》,周圣、单继达等译,人民文学出版社1992年版,第203页。

② 〔俄〕列夫·托尔斯泰:《列夫·托尔斯泰文集·第十六卷·书信》,周圣、单继达等译,人民文学出版社1992年版,第333页。

③ 〔俄〕列夫·托尔斯泰:《战争与和平 4》,草婴译,上海文艺出版社2007年版,第1145页。

以积极的"无缘无故"的态度爱自己笔下的人物、塑造小说中的人物,这就是托尔斯泰在文学上之所以伟大的一个重要原因。

所谓复杂性原则,就是不以简单的善恶标准来衡量人,而是要写出人物复杂的人性图谱和心理活动。这个原则既体现出伦理上的求善态度,也体现出现实主义的求真态度。坚持复杂性原则,意味着要充分尊重和理解人物精神的矛盾性和变化性。任何一个人都是一个矛盾体,其人格和心理状况不是单纯而静止的。托尔斯泰在《论生命》中指出,在人的身上存在两种冲突的意识:"动物人"意识与"理性意识";前者是低级的,甚至是恶的,而后者则是高级的和善的,是真正属于人的意识。所谓生命就是动物人服从理性和爱的原则,并"确立对世界的新态度"[①]。在托尔斯泰看来,一个人物的"生命中可能包含恶,但生命本身不可能是恶"[②]。在人的内心发生的善与恶、本能与理性的冲突中,最后都是善和道德理性占了上风。相信善在复杂人性中的绝对主导作用,这是托尔斯泰特别伟大的地方。托尔斯泰的几乎所有作品,都表现了善对恶、爱对恨、道德理性对本能冲动的胜利。

因为用以善为主导的复杂态度和原则塑造人物,托尔斯泰很少在作品中塑造绝对的恶人。即便在那些被他尖锐批评的人物身上,他也会写出其内心深处尚未泯灭的善念。《魔鬼》中的叶夫根尼·伊尔捷涅夫强烈地感受到了道德焦虑和良心的痛苦,最终选择了自杀,显示出善对恶的含有悲剧意味的胜利。《复活》中的聂赫留朵夫良心发现,并努力完成良心上的自我救赎。《黑暗的势力》中的尼基塔最后也觉悟了,意识到自己的罪孽,请求父亲的饶恕。[③] 就连《战争与和平》中傲慢而冷酷的拿破仑,也会被战场上的可怕景象压倒:"人类的感情刹那间胜过了他长期追求的生活幻

[①] 〔俄〕列夫·托尔斯泰:《列夫·托尔斯泰文集·第十五卷·政论》,冯增义、宋大图等译,人民文学出版社1992年版,第303页。

[②] 〔俄〕列夫·托尔斯泰:《列夫·托尔斯泰文集·第十七卷·日记》,陈馥、郑揆译,人民文学出版社1992年版,第260页。

[③] 〔俄〕列夫·托尔斯泰:《列夫·托尔斯泰文集·第十三卷·戏剧》,人民文学出版社1992年版,第140页。

象。他亲身体验到他在战场上看到的苦难和死亡。他头脑沉重,精神压抑,想到他也可能遭到这样的痛苦和死亡。在这一刹那,他既不要莫斯科,也不再要胜利和荣誉。他还需要什么荣誉呢?他现在唯一的希望就是休息、安静和自由。"① 这样的描写不仅具有强大的艺术感染力,而且还体现出一种公正的写作态度和成熟的现实主义文学精神。

在人物塑造上,托尔斯泰对路遥的影响非常大。路遥对小说写作要"从人物之间关系出发"的认识,就来自托尔斯泰长篇小说构思"草图"的启示:"托尔斯泰的每个草图,开始往往都比较简单:一两个人物,关系也比较单纯,后来经过不断交织,使作品中的人物都有机会有条件'见面'并形成冲突。《安娜·卡列尼娜》上百个人物,《战争与和平》人物更多,但这里所有人物都能形成关系,这种关系就是作家描写的空间,实际上作家的主要功力也就在于此。"② 路遥自己就用这种构思"草图"的方法来组织人物关系。当然,在人物塑造上,或者说在对待人物的态度上,路遥与托尔斯泰的共同点,鲜明而集中地体现在肯定性和复杂性这两个主要的原则上。

像托尔斯泰一样,路遥对人物抱着同情、理解甚至是爱的态度,所以,他始终用肯定性的原则和方法来塑造人物。托尔斯泰不允许自己以一种高高在上的姿态来写作,尤其反对那种试图"教训人民"③ 的傲慢态度。路遥也用一种低姿态的诚恳态度来塑造人物,同样不允许自己态度傲慢、在人物面前指手画脚,更不允许自己以一种简单化的态度来批判和讽刺他们,而是怀着充分的敬意来塑造人物。

在《生活的大树万古长青》一文中,路遥表达了自己作为普通劳动者对劳动大众的理解和态度:"生活在大地上这亿万平凡而伟大的人们,创

---

① 〔俄〕列夫·托尔斯泰:《战争与和平 3》,草婴译,上海文艺出版社2007年版,第842—843页。

② 路遥:《路遥全集·早晨从中午开始》,北京十月文艺出版社2013年版,第159—160页。

③ 〔苏〕日尔凯维奇等:《同时代人回忆托尔斯泰·下》,周敏显等译,上海译文出版社1984年版,第187页。

造了我们的历史,在很大的程度上也决定着我们的现实生活和未来走向。那种在他们身上专意寻找垢痂的眼光是一种浅薄的眼光。无论政治家还是艺术家,只有不丧失普通劳动者的感觉,才有可能把握住社会生活历史过程的主流,才能使我们所从事的工作具有真正的价值。在我的作品中,可能有批判,有暴露,有痛惜,但绝对不能没有致敬。我们只能在无数胼手胝足创造伟大生活伟大历史的劳动人民身上而不是在某几个新的和古老的哲学家那里领悟人生的大境界,艺术的大境界。"① 这种态度影响下的写作,就是体现肯定性原则的写作。路遥在塑造孙少平的时候,一方面,真实地写出了他生活的艰辛和苦难,细致地叙述了他奋斗的坎坷和不易;另一方面,也写出了这个人物身上的人性光辉和人格力量,写出了他坚韧乐观的生活态度。在自己的恋人田晓霞牺牲之后,孙少平深刻地领悟了生命的意义和人生的真谛:

> 生活总是美好的,生命在其间又是如此短促;既然活着,就应该好好地活。思念早逝的亲人,应该更珍惜自己生命的每个时刻。精神上的消沉无异于自杀。像往日一样,正常地投入生活吧!即便是痛苦,也应该看作是人的正常情感;甚至它是组成我们人生幸福的一个不可欠缺的部分呢!②

通过这样的肯定性描写和叙述,孙少平被塑造成了像托尔斯泰小说中的安德烈、彼埃尔、娜塔莎、列文和聂赫留朵夫一样高大的人物。他完成了自己精神上的成长,成了一个让读者喜爱的"肯定性形象",甚至使读者对他产生了朋友和亲人一般的感觉。

像托尔斯泰一样,路遥也注意到了人物性格和心理的复杂性问题,并用复杂的态度和原则来塑造人物。他在《早晨从中午开始》中说:"我们会发现十恶不赦的坏蛋不是很多,但'完人'几乎没有。这就是实际生活

---

① 路遥:《路遥文集·第5卷》,人民文学出版社2005年版,第337页。
② 路遥:《平凡的世界·第三部》,人民文学出版社2004年版,第277页。

中的人。他们不可能超越历史、社会现实和个人的种种局限。"①他又在《东拉西扯谈创作（二）》中这样说道："要在作品中很好完成写人的任务，有一个重要的前提就是怎么看待实际生活中的人。过去的作品对人物处理比较简单：好人、坏人，最多增加一个层次，来个中间人物。我觉得人类生活不这么简单。人是复杂的，在实际生活中没有那么多完美的人，甚至可以说每个人都有他的局限性。这个认识对文学创作来说是很重要的。……作家看待人的层次绝不能简单化，在这个世界上如果人不复杂还有什么复杂呢！"②即便是生活方式和情感方式都比较简单的农民阶层，也都是复杂的，然而，我们的文学对人物的表现，"在很大程度上还处于一种简单状态"③。他通过大量的阅读，"检阅了一九四九年以后中国文学的基本面貌、主要成就及其代表性作品"，也找到了其症结所在。他在《早晨从中午开始》中说：

> 我印象最强烈的是，这些作品中的人很少例外地被分成好坏两种。而将这种印象交叉地和我同时阅读的中外名著作一比较，我便对我国当代文学这一现象感到非常的不满足，当然也就对自己当时的那些儿童涂鸦式的作品不满足了。……因此，我想对整个这一文学现象作一次挑战性尝试，于是便有了写《人生》这一作品的动机。我要给文学界、批评界，给习惯于看好人与坏人或大团圆故事的读者提供一个新的形象，一个急忙分不清是"好人坏人"的人。④

显然，路遥的"挑战性尝试"，并不是一个单纯的技巧问题，而是一个伦理问题，即对人的态度和原则的问题。他要用一种复杂的眼光来观察人物，要用一种爱的情感来对待人物，要用一种同情的态度来理解

---

① 路遥：《路遥文集·第5卷》，人民文学出版社2005年版，第305页。
② 路遥：《路遥全集·早晨从中午开始》，北京十月文艺出版社2013年版，第158页。
③ 路遥：《路遥全集·早晨从中午开始》，北京十月文艺出版社2013年版，第161页。
④ 路遥：《路遥文集·第5卷》，人民文学出版社2005年版，第259—260页。

和塑造人物。

按照复杂性原则，作者不应该把人塑造成毫无杂质的好人或者一无是处的坏人，而应该把他们塑造成人本来的样子，塑造成一个个有着多面性和复杂性的、和谐统一的人。这样一来，即便是对那些有着明显性格缺陷和道德缺点的人物，例如高加林、田福堂、孙玉亭和王满银，路遥都抱着理解和同情的态度，甚至不忘展示他们身上可爱和亲切的一面，决不对他们进行简单化的嘲笑和否定。在《〈人生〉法文版序》中，他一方面告诉法国读者高加林的悲剧"有着明显的社会和时代特征"，另一方面，又联系自己的人生经历，感同身受地表达了自己对人物博大而温柔的同情态度："我自己就是从一条坎坷的生活道路上走过来的。因此我完全理解那些遭受痛苦与挫折而仍然顽强地追求生活的青年。我永远怀着巨大的同情心关注他们的命运；即使我为他们的某种过失而痛心的时候，也常常抱有一种兄长般的宽容态度。"① 路遥所说的"兄长般的宽容态度"，既是符合人性原则的态度，也是符合小说叙事伦理的态度。这是很多伟大的小说家对待人物的共同态度。

总之，在对人物的态度上，在塑造人物的两个重要原则上，我们看到了路遥与托尔斯泰的相似性，也看到了托尔斯泰对路遥的巨大影响。正是由于接受了这种影响，路遥才在对生活和人物的态度上表现出高度自觉的意识，才在人物塑造上表现出极为成熟的能力，才在小说写作上达到了很高的境界。

当然，无论是就精神的开阔性和思想的深刻性来看，还是就叙事内容的丰富性和艺术表达的完美度来看，四十二岁便去世的路遥并没有达到托尔斯泰的高度和境界。他的生命终止于其文学事业即将获得更多提升和更大成就的时刻。尽管如此，他仍是一个堪称伟大的作家，是一个无论在伦理精神上还是在文学成就上都达到了很高境界和很高水平的作家。

---

① 路遥：《路遥文集·第5卷》，人民文学出版社2005年版，第358页。

四、结语

作家的态度是小说写作中一个至关重要的问题。对自我的态度,对人和生活的态度,对自己笔下人物的态度,显示出一个作家精神境界的高低,也决定着其创作的成败。

优秀的作家对自己有着很高的道德要求和文学要求,所以,他们常常冷静地审视自己,甚至尖锐地否定自己。他们热爱人和生活,也同情和理解自己笔下的人物。他们用肯定性原则和复杂性原则来塑造人物,其作品显示出一种真实的美学效果和积极的伦理效果。托尔斯泰和路遥都是这样的优秀作家。

在一个道德价值观和文学价值观混乱的语境里,当许多当代作家依然停留在不成熟的写作状态的时候,托尔斯泰和路遥的生活态度和文学经验就显得特别重要,特别值得我们珍惜。以托尔斯泰和路遥的经验为镜像,可以更加清晰地看见某些中国当代作家在小说写作上存在的问题,也有助于我们分析这些问题的成因,寻找解决问题的办法。

首先,是作者与作品的关系问题。或者说,是作者对待自我的态度和塑造自我形象的原则问题。这是一个古老而又新鲜的命题。承认作者与作品内在一致性的人们,强调人与文的关系,因而,就要求作家意识到自己所承担的责任,提高自己的人格修养和伦理自觉,从而写出人与文之间和谐统一的作品。然而,现代主义文学兴起以来,一种人与文分离的文学主张渐渐占了上风。在这种主张下,作品一旦完成,就脱离了作者的控制,二者就无甚关联了。因此,我们既不必根据作者的意图阐释作品,也不必在作品中寻找作者的存在。作品诞生后,作者死掉了,读者为王。这种主张之下的阐释学理论,不仅助长了读者在阅读上的无政府主义倾向,也助长了作者在写作上的放纵意识和狂欢倾向。在那些将小说写作游戏化的作家那里,在那些"零度写作"模式的作品里,嬉皮士式的任性和胡闹,内容上的苍白和无意义感,可谓所在多有,屡见不鲜。

托尔斯泰和路遥都属于那种承认并强调作品与作者内在一致性的作家。他们诚实而坦率地在作品中显示自己的存在,把自己的情感、思想和人格整个地投入自己的作品中。读者在他们的作品中，不仅看见了人物和故事，也看见了作者自己的存在，了解了作者的性格和心灵，真切地感受到了作者对人和生活的态度。托尔斯泰在自己的小说中塑造了一个伟大的作家形象。他懂得战争与和平的关系，懂得和平的意义——"和平是人类社会最高的物质幸福"[①]；懂得爱情的秘密，懂得幸福的真谛；懂得几乎一切生命——包括一棵树、一匹马——内心的愿望与理想、恐惧与哀愁、欢乐与希望。

　　路遥则在自己的小说中塑造了一个优秀的作家形象。他虽然体验过很多的人生挫折和精神痛苦，但却以英雄般的韧性和毅力超越了苦难。他不仅战胜了命运，也战胜了自己所取得的成功。他了解底层大众的生活，理解农村青年内心的梦想和痛苦，并与他们息息相通，痛痒相关，像对待亲人一样善待他们。他在沉重的"人生"和"困难的日子"里，看见了生活的严峻面孔，也看见了像大地一样宽厚的爱，像阳光一样温暖的真情；他在"平凡的世界"里，叙述着底层青年奋斗的艰辛，描写了被生活的巨石碾磨出来的血痕，但是，他也以充满爱意和诗意的文字，赞美了爱情、亲情和友情，赞美了大地、阳光、河流，赞美了生活的美好。他所塑造出来的自我形象，是一个让读者热爱和信赖的优秀作家形象。

　　然而，很多时候，我们时代的那些经验并不成熟的作家，却忽略了自己在作品中的存在，认识不到在作品中塑造自我形象的意义。他们所描写的生活与他们自己的人生经验是隔绝和脱节的。他们既不在作品中真实而深刻地呈现自己，也很少用严肃的态度来对待写作。他们作品中的自我形象是苍白的、虚假的，甚至是丑陋和缺乏教养的。那些仅仅将小说当作"安妥自己灵魂"的手段的作家，陶醉在自己虚构出来的颓废而混乱的叙事世界里，常常通过歪曲性地塑造人物，通过对情节的任性编造，通过表现低级的趣味，通过粗鄙而泛滥的性描写来凸显自己的存在，获得惊听回视的效果，达到释放自己压抑情绪的目的。他们的写作，既冒犯了生活和文学，也侮辱了人物和自己。我们在《废都》《怀念狼》《猎人》等

---

　　①〔俄〕列夫·托尔斯泰：《列夫·托尔斯泰文集·第十七卷·日记》，陈馥、郑揆译，人民文学出版社1992年版，第297页。

小说里，就可以看见这样的文学病相。

其次，是对待生活的态度问题。托尔斯泰和路遥把文学看作叙述和探索生活的艺术，严肃地探讨生活的意义和目的。对他们来讲，文学是人生观的形象化展示，而成熟的人生观则是文学的价值基础。一个优秀的作家，必须有积极的人生态度。文学的意义和力量，很大程度上就来自它所表现的人生观和人生态度。假如没有积极的人生观和人生态度，任何作家都不可能深刻地理解生活，也不可能完美地表现生活。路遥之所以在精神境界和影响力上高出许多当代作家，就在于他对生活的态度是积极和热情的，就在于他的人生观是高尚而伟大的。

然而，不少中国当代作家却缺乏这种积极的生活态度和成熟的人生观。他们只能看见生活中的丑恶、污秽和荒诞，却看不见生活中那些纯洁、健康和美好的东西。优秀的作家绝不会只看见生活的一个面向。鲁迅也看到了故乡的美和诗意，沈从文也看见了湘西的野蛮和丑陋。有些作家对复杂而多样的生活进行了简单化的理解和片面化的概括，赋予它一种抽象而单一的性质。他们不知道，生活从来就是多样和多面的，其中不只有荒诞，不只有丑恶，不只有痛苦，也有美丽和诗意，有爱和幸福，有庄严和神圣。他们似乎也没有领悟并解释清楚这样一个道理："伟大和崇高"与"世俗和庸常"的关系，并不是一种静态的同一关系，而是一种动态的对立关系；只有具有强大的超越能力的作家，才能最终超越"庸俗"，写出真正崇高和伟大的作品，否则，就只能做出一锅杂七杂八、稀里糊涂的乱炖。只看到生活的一个侧面，并将这一侧面作为生活的全部，或者将两个完全不同的方面混为一谈，都是站不住脚的，也是非常有害的——既对文学有害，也对读者有害。如果只看见人性和生活的背面，而忽略了它们的正面，那么，这样的文学，在认知上是错谬的，在精神上是残缺的，最终很难成为有说服力和生命力的文学。像《檀香刑》《酒国》《蛙》和《狼图腾》这样的小说，就过多地渲染了人性的恶，甚至将恶的原则奉为生活的"图腾"，它们就属于在对人和生活的态度和理解上存在严重问题的作品。

最后，是对人物的态度问题。这是考察一个作家是否成熟的重要标准，也是影响其创作成败的重要因素。托尔斯泰和路遥同情自己笔下的每一个人物，尊重自己笔下的每一个人物，理解自己笔下的每一个人物，总是努力写出他们身上的美好品质和闪光点。他们塑造人物的成功经验,完美地体现在对肯定性原则和复杂性原则的运用上。就像托尔斯泰和路遥的经验所昭示的那样:作家不应该将自己笔下的人物看作"物",而应该将他们看作"人";小说家要尊重和理解出现在小说中的男男女女,要同情甚至爱着那些幸福或不幸的人,而不能对他们进行恣睢而任性的话语施暴;在塑造人物的时候,作家并不是绝对的主宰者,想怎么写就怎么写,而要充分尊重人物,与人物之间确立一种平等的关系,一种人与人之间自然而正常的关系。

然而,我们时代的某些著名作家却不懂得尊重人物,而是把他们看作可以随意摆布的物件。他们对人物的态度是冷漠的。一个冷漠的人无法正确地理解生活,也无法深入地理解他人。在写作的时候,他们倾向于选择一种置身事外的姿态,倾向于把自己当作一个超然的主宰,这不是对待人物的正常态度,它反映出作家严重的自我中心主义倾向。一个极端主观和任性的作家有可能成为"著名作家",但却很难成为一个真正优秀的作家。比较起来,托尔斯泰和路遥对待生活和人物的态度,无疑是一种更加人性化的健康态度。

总之,文学是对作家生活态度的反应。只有抱着积极的文学态度,才能写出有价值的文学作品。要想成为一个优秀的作家,要想写出无愧于生活和读者的作品,那么就应该像托尔斯泰和路遥那样严格地对待自己,认真而庄严地对待生活,并以爱和同情的态度对待人物。应该在作品中给读者塑造一个值得尊敬的作者形象,展示一幅充满现实主义内容和理想主义激情的生活图景,贡献出一个个真实、鲜活而又充满魅力的人物形象。

第三节 仿佛柔软的泥土与和善的目光
——路遥的风格与谦逊式文体

文学是用词语的音符演奏的乐曲,是用词语的颜料绘制的图画,是用词语的木石构造的建筑。文学的所有效果目标的实现,都离不开语言。甚至可以说,一部作品的成败首先决定于语言。词汇贫乏,语法不通,修辞不美，标点不当，足以使一部作品丧失最基本的文学价值。所以，那些文学意识自觉的作家，大都是语言艺术效果的追求者。他们不仅要求自己培养良好的语感，要把字词用对，要把句子写通，还要赋予自己的语言以丰富的诗意和美感。

路遥是一个语言意识成熟的作家。他的小说通俗易懂，又让人觉得异常亲切。阅读他的小说，你可能会在个别方言词上略作逗留，稍加琢磨，此外少有难以理解的地方。你会被小说中自然而曲折的故事情节所吸引，会被其朴素而热情的语言所感染，读完整部作品，内心会油然生发出依依不舍的感觉。

然而，任何一个时代的文学场域里，都存在泥沙俱下、不辨妍媸的情形，甚至存在黄钟毁弃、瓦釜雷鸣的情形。时代风气会极大地影响人们的文学观念，甚至会严重地干扰人们的文学判断。贡布里希说："越走近我们自己的时代，就越难以分辨什么是恒久的成就，什么是短暂的时尚。"[1] 由于时间距离太近，要准确地评价路遥和他的作品，并不是一件很容易的事情。

很多时候，人们容易有一种错误的认知，似乎只有那些极意雕饰、镂金错彩的语言，才是唯一优美的文学语言。人们喜欢那种放纵想象、泥沙俱下的语言，喜欢那种半文不白、半通不通的语言，喜欢那种痞里痞气、油腔滑调的语言。任性而不加节制，夸饰而缺乏诚意，成了一种普遍的语言习惯和文体风格。

那些缺乏良好的文学修养和雅正的文学趣味的人，总是低估和排挤路遥，谈起他的文学语言和文学成就来，满脸的鄙夷和不屑。他们就像患了弱视症的人一样，没有强烈的刺激，便感受不到光的存在。他们没有能力欣赏那种色调柔和的美。

在有的人看来，路遥的写作方式显得陈旧而寻常，缺乏先锋文学的颠覆性和新鲜感；而他的语言既不像某些先锋作家那样汪洋恣肆，异彩纷呈，也不像汪曾祺和阿城那样精妙绝伦，韵致超绝。总之，就语言风格来看，

---

[1]〔英〕贡布里希：《艺术的故事》，范景中译，杨成凯校，广西美术出版社2008年版，第600页。

路遥的小说作品平淡无奇，无足称道。

其然乎？岂其然乎？

那么，文学语言包含着什么样的要素？如何分析和评价一部文学作品的语言风格？路遥的语言有些什么特点？应该如何概括和评价他的风格？对于那些缺乏语言意识的作家来讲，路遥的"谦逊式文体"又包含着什么样的启示？试一一分析之。

一、文学语言的五要素与路遥语言的乡土性

分析一个作家的语言能力和语言成就，可以从词汇、语法、修辞、语感和风格五个要素入手。这五个要素，大体上是按语言能力形成的自然顺序和层级来排列的。

词汇是语言的基础。语法是组织语词的基本法则。修辞是强化语言表现力的手段。语感是一种高级形态的语言能力，是对语言是否顺通和巧妙的精微而准确的感觉。它是语言表达上的一种直觉能力，也是语言判断上的一种理性能力。语感固然决定于一个人的禀赋，但也是通过艰苦的训练培养起来的。风格是作者在词语、句子、调性、创作方法和文学规则等方面表现出来的个性、姿态与风度，显示出作家在语言上的总体风貌和创造能力。

文学作品的语言是由句子构成的，而句子则是由词汇构成的。无论从哪个角度来看，词汇都是文学表达最主要的材料，也是影响风格形成的重要因素。巴西尔·沃斯福尔德说："风格并不体现在句子的构造或者词语的选择，甚至不体现在某些典型文学创作方法的使用与否。它不同于这些元素，但同时又反过来影响着它们。它是一种文学创作元素，作家并不直接展现对文学规则的遵守或违反，而是无意识地表现自己的性情、教养或境遇。这就是作者在读者面前展现出来的姿态与风度。"① 这段文字，除了最后一句，几乎全都是值得商榷的。事实上，作为一种直观而又具体的

---

① 〔英〕巴西尔·沃斯福尔德：《文学通诠》，罗选民全译、导读，商务印书馆2021年版，第113页。

东西,风格不仅体现在"句子的构造""词语的选择"和"创作方法"的使用上,也体现在对"文学规则"的态度上。风格不是"无意识地表现自己"的结果,而是作家"有意识地表现自己"的结果,甚至是经过惨淡经营才逐渐形成的。

词汇是文学语言的基本细胞。文学本质上就是巧妙地使用词汇的艺术。没有词汇就谈不到文学语言,也谈不到语感和风格。美国学者詹姆斯·彭尼贝克将语言比喻为一个人的精神指纹,视之为一个人的地位、情绪、性格和隐秘动机的表征。很多时候,他甚至倾向于将语言等同于词汇,"词汇是通往人类内心的窗户"①,"词汇可以反映语言风格,而语言风格可以揭示一个人的性格、社会关系和心理状态。"②在彭尼贝克看来,最能反映一个人的风格和心理的不是实词,而是虚词。或者说,是那些连接和组织实词的风格词(也称功能词和隐性词汇),诸如代词、介词、助动词、否定词、连词、数量词和常用副词。例如,地位高的人喜欢用"我们"和"你们",而地位低的人则过度地使用"我"③。

作家的情感和思想就是通过一个个具体的词汇表现出来的。在彭尼贝克看来,最可靠的语言分析,不是笼统的宏观分析,而是具体的微观分析,也就是词语分析。因为,人的情绪和情感,都是通过对具体语词的选择表现出来的——"词汇使用通常反映人们心理状态的改变"④,所以,分析作家的情感,也只能通过语词分析的途径。词汇即情绪,所以,可以通过对"表示积极情绪的词(如爱、关心、高兴)和表示消极情绪的词(如悲伤、

---

① 〔美〕詹姆斯·彭尼贝克:《语言风格的秘密:语言如何透露人们的性格、情感和社交关系》,刘珊译,机械工业出版社2018年版,第19页。

② 〔美〕詹姆斯·彭尼贝克:《语言风格的秘密:语言如何透露人们的性格、情感和社交关系》,刘珊译,机械工业出版社2018年版,第22页。

③ 〔美〕詹姆斯·彭尼贝克:《语言风格的秘密:语言如何透露人们的性格、情感和社交关系》,刘珊译,机械工业出版社2018年版,第315页。

④ 〔美〕詹姆斯·彭尼贝克:《语言风格的秘密:语言如何透露人们的性格、情感和社交关系》,刘珊译,机械工业出版社2018年版,第16页。

痛苦、愤怒）的计数情况，大致可以推断出一个人的情感状态"①。他还将词汇分为"积极情绪词汇"和"负面情绪词汇"，认为写作的性质和情感状态，就体现在词汇的使用上："健康的写作涉及使用积极情绪词汇，适度使用负面情绪词汇，认知词汇不断增多，以及代词使用的变化。这些表现在每天的写作中是这样的：会从写作中获益的人的表达更积极向上，会承认事情的消极面，为自己的经历建构一个有意义的故事，并且可以在写作时使用不同的视角。"②也就是说，如果一个作家想表现积极的情感，那他就要注意选择"积极情绪词汇"，即便使用"负面情绪词汇"，也要适度，并通过"认知词汇"来实现平衡。

词汇首先意味着词汇量。一个词汇量不足的作家，也许能将语言写通顺，也有可能在一定程度上形成自己的风格，但是很难成为真正的语言大师。因为，词汇意味着对人和世界的丰富知识，意味着对事物和人心理微妙变化的准确认知和把握，意味着清晰的表达和细致的描述。没有足够丰富的词汇量，作家就无法强化语言的丰富性，无法最终将自己的语言表达能力提高到理想的水平。第一流的作家，通常都是拥有极大词汇量的作家。

可以根据作品的词汇量，将作家分为四个等级。第一等级的作家，拥有巨大的词汇量；他们所掌握的词汇像词典一样丰富，而他们的语言表达能力和语言表达效果，也因为词汇的丰富，达到了极高的境界。司马迁、杜甫、曹雪芹、鲁迅和莎士比亚就是这样的作家。人们甚至可以根据《红楼梦》和莎士比亚的作品来编一本词典。

第二等级作家的词汇量虽然也比较大，但是，没有第一等级作家那么丰富，茅盾、孙犁、张爱玲和王鼎钧皆可归入这类。第四等级的作家，词汇量在水平线上下浮动，有时也会显得词穷语尽，文不逮意。至于那些患有"词汇贫乏症"的作家，则等而下之，要么语言苍白，淡乎寡味，要么用词不当，胡乱搭配。根据我的阅读印象，路遥的词汇量大体上处于第三

---

① 〔美〕詹姆斯·彭尼贝克：《语言风格的秘密：语言如何透露人们的性格、情感和社交关系》，刘珊译，机械工业出版社2018年版，第11页。

② 〔美〕詹姆斯·彭尼贝克：《语言风格的秘密：语言如何透露人们的性格、情感和社交关系》，刘珊译，机械工业出版社2018年版，第15页。

级等级。这与他吸收词汇的渠道和方式有关。中国现当代作家的词汇，主要来自古典作品中的雅语、民间社会的俗语和翻译作品里的外来语。路遥的词汇来源和构成略显单一：一部分来自中国当代作家的作品和现代翻译作品，一部分来自陕北尤其是延川一带的方言；虽然他也喜欢引用古诗词，但是，整体上看，他从古典作品中吸收的词汇，还是显得太少。路遥的语言有明显的个人风格，但是，他并不是语言大师。他的语言缺乏汉语的古雅韵致。

乡土叙事的模式和需要，决定了路遥将民间语言当作自己吸收词汇和表达方式的第一源泉。为了更生动地把握人物的说话方式，为了表现特殊地域语言的乡土性，路遥在小说写作中使用了大量的陕北方言。在《平凡的世界》里，第一部的方言味儿比较浓，方言词汇比较多，据我的不完全统计，比较典型的方言词有："派势""脚地""炕崖下""言传""操磨""难肠""爬熊""硬正""抬埋""残火""残""碎脑娃娃""歪好""把他的""塌火""五麻六道""灵醒""挣命""羞丑"——"有些十七八岁的大姑娘，衣服都不能遮住羞丑。"还有"拧龇（似应为'拧趾'）""麻縻（似应为'麻迷'）""晃脑小子"。到了第二部和第三部，方言词明显减少了。其中，第二部有"瓷脑""逛鬼""解开"和"瓷锤"等；第三部则有"苦情"等。在这些词汇中，除了"派势"是一个亦雅亦俗的词，其他几乎全都是方言词。对非陕北方言区的读者来讲，如果不略加注释，怕是很难准确地理解这些方言词的意思。

路遥之所以重视语言的乡土性，之所以喜欢用方言词，原因大概不出二端：一是方言确实很生动，很有表现力；二是为了更真切地表现生活在特殊地域的人物的语言习惯和文化心理。例如，在中篇小说《人生》的叙述语言中，路遥这样从黄亚萍的角度评价张克南：

> 她发现克南做啥事有股实干劲，心地也很善良，尤其在生活方面，他是一个很周到的人。他身上有些东西她不喜欢，他自己也有所察觉，在她面前尽量克制着。他也真有贤心。她一般生病从不告诉父母亲，常一个人在单位躺着。但瞒不住克南。他立刻就像一个细心的护士和保姆一样守护在她身边。他做一手好菜，

一天几换样侍候她吃。①

这里的"贤心"一词,《收获》杂志改为"耐心"②;北京十月文艺出版社出版的《路遥全集》中被改为"闲心"③;网上的版本甚至将"贤心"改为"孝心"。然而,陕西人民出版社出版的《路遥文集》④和广州出版社、太白文艺出版社出版的《路遥全集》里都是"贤心",没有改动。《路遥文集》是路遥自己亲自编订的,应该是经过多次摩挲和推敲的,所以,"贤心"一词,才有可能是路遥自己的"初意"和"正语"。

根据我的印象和浅见,陕北至少可以划分为北部、中部、南部和特殊区四个方言区。自甘泉县道镇以南至金锁关以北,包括富县、洛川、宜川和黄陵诸县,属于南部方言区,跟关中渭北地区的语言和文化习俗比较接近。道镇以北属于中部和北部方言区。至于中部与北部方言区的分界线,愧未留心,不敢妄断,以俟知者。所谓特殊方言区,就是指子长、清涧和延川三个县;它们的特殊之处,典型地表现在"zhi""chi""shi"与"zi""ci""si"的发音上,即翘舌音与平舌音不分。

路遥生活过的清涧和延川,都在特殊方言区。所以,对"贤心"一词,我这个生活在陕北南部方言区的人,素所未见,不知其意。于是,我便向研究陕北方言的北京学者王克明先生请教。他说没见过这个词。我又问子长籍的学者狄马先生,他也说第一次见。最后,我决定找路遥的同乡厚夫先生请教。他很肯定地告诉我,"贤心"是延川方言,他的父母也经常说,包含着"耐心、包容心、厚道心和吃亏心"等意思。

从词源学的角度看,"贤心"也是一个亦俗亦雅的词。关于"贤",《说文解字》释曰:"多才也。"⑤《辞源》提供了七个义项,其中前三个是"德

---

① 路遥:《人生》,中国青年出版社1982年版,第137—138页。
② 路遥:《人生》,《收获》1982年第3期。
③ 路遥:《路遥全集·人生》,北京十月文艺出版社2010年版,第115页。
④ 路遥:《路遥文集·第1卷》,陕西人民出版社1993年版,第126页。
⑤ 许慎撰:《说文解字》,中华书局2013年版,第126页。

才兼备""善"和"尊重"①。可见,"贤心"的主要涵义,就是善意和好心,也包含着耐心的意思。照此来看,这个方言词不仅不俗,反倒显得很雅,甚至颇有点古意。

尽管如此,像"贤心"这种极生僻的方言,还是要尽量少用。任何一个方言词,一旦需要读者费时劳力才能弄明白它的意思,那么,作家就应该用更常见的同义词来代替。一切影响读者阅读和理解的用语和表达,都有悖文学写作的基本修辞原则,也不符合文学交流的积极效果原则。

二、现当代作家语言的"失雅"与"失真"

从语言风格看,路遥的作品虽然充满活泼而朴素的民间气息,也没有令人生厌的欧化倾向和文艺腔,但是缺乏典雅蕴藉的韵致,缺乏从古典文学中吸纳而来的丰富词汇和美妙修辞。

王世贞在《艺苑卮言》中谈到黄庭坚和王安石的时候说:"鲁直用生拗句法,或拙或巧,从老杜歌行中来。介甫用生重字力于七言绝句及颔联内,亦从老杜律中来。"②无论在哪个时代,汉语作家丰富的词汇,都是从古人的作品里吸纳来的,而他们成熟的语言风格,则是由古典文学熏陶出来的。然而,由于特殊时代的文化氛围和教育体制等复杂原因,路遥没有机会接受良好的古典文学教育,错过了诵读中国古代文化典籍和古典文学作品的最佳年龄段。所以,在路遥的笔下,就看不到黄庭坚的"生拗句法",也看不到王安石的"生重字力"。

事实上,写作中古语和雅词的贫乏,或者说,典雅的书面语的贫乏,并不是路遥一个人的问题,而是当代作家的普遍问题。徐迟回忆说,自己年轻时"非常喜欢西方文学,已经胜过了中国的古典文学。中国的新文学本是中国古典文学的否定,中国文学我认为只能从外国文学中,取得营养

---

① 广东、广西、湖南、河南辞源修订组,商务印书馆编辑部编:《辞源·第4册》(修订本),商务印书馆2001年版,第2966页。

② 丁福保辑:《历代诗话续编·中》,中华书局2006年版,第1021页。

的"①。自20世纪初期至70年代极端化的反传统,造成了中国当代文学与中国古典文学的断裂,造成了当代作家与古典文学作品的隔膜。索尔仁尼琴的短篇小说《娜斯坚卡》中的文学青年舒尔卡说:"没什么可说的,文学中的革命还没真正开始。革命后需要的不仅是新词汇,更是新字母!甚至以前的逗号和句号——都变得让人厌恶!"②文学革命的这种激进主义倾向,文学语言上的这种绝对化的反传统意识,极大地影响了20世纪的中国文学。五四新文化运动提倡白话文,反对文言文,一味地追求语言通俗而直白的大众化效果,而忽略了典雅的文言词语的表现力和审美价值,于是,便造成了中国现当代文学语言文雅性的普遍降低,也造成了欧化的翻译腔和文艺腔的泛滥和流行,最终对中国文学的语言造成了严重的伤害。例如,在《子夜》里,茅盾这样写道:"那时候,十六七岁的她们这一伙,享受着'五四'以后新得的'自由',对于眼前的一杯满满的青春美酒永不会想到有一天也要喝干了的;那时候,读了莎士比亚的《海风引舟曲》(The Tempest)和司各德的《撒克逊劫后英雄略》(Ivanhoe)的她们这一伙,满脑子是俊伟英武的骑士和王子的影像,以及海岛,古堡,大森林中,斜月一楼,那样的'诗意'的境地——并且她们那座僻处沪西的大公园近旁的校舍,似乎也就很像那样的境地,她们怀抱着多么美妙的未来的憧憬。"③这样的句子,臃肿,僵硬,滞涩,沉闷,实在算不得上好的文学语言。最终的结果,就像刘勰在谈及"通变"时所说的那样:"竞今疏古,风味气衰也。"④在中国现当代作家中,语言有古文之风致,文字含古雅之韵味者固不少见。但是,索诸20世纪40年代之后出生的中国当代作家群,则百不得一,邈难靓矣。

窥豹借一斑,见微而知著,从对"兀自"这个词的使用上,就可以看

---

① 徐迟:《我的文学生涯》,百花文艺出版社2007年版,第54页。
② 〔俄〕亚历山大·索尔仁尼琴:《杏子酱:索尔仁尼琴中短篇小说集》,李新梅译,译林出版社2015年版,第81—82页。
③ 茅盾:《子夜》,人民文学出版社1960年版,第76页。
④ 〔南朝梁〕刘勰:《文心雕龙注·下》,范文澜注,人民文学出版社1958年版,第520页。

出某些中国当代作家的语言能力。"兀自"是宋元明时期的一个口语用法;在宋代话本、元曲和明代小说里,时时可见。但是,到了清代,就很少有人用了;在《红楼梦》里,该词一次都不曾出现。那些语言修养很高的现当代作家,例如鲁迅、钱锺书、张爱玲、孙犁和汪曾祺,似乎都不曾用过这个词。然而,许多当代作家却对它情有独钟,很喜欢用。由于"以今度之,想当然耳",未能准确地把握它的意思,几乎没有哪个当代作家是用对的。

那么,"兀自"一词的准确词义和正确用法,到底是怎样的呢?"兀"字,《汉语大词典》释云:"仍、还。唐·杜甫《壮游》诗:'黑貂宁免弊,斑鬓兀称觞。'明·沈鲸《双珠记·卖儿系珠》:'说到堪伤泪自流。沉痛黄泉兀未休。'"而"兀自"(亦作"兀子")一词则有两个义项:一个是"径自",略带贬义。例如,《敦煌变文集·燕子赋》中:"见他宅舍鲜净,便即兀自占着。"一个是"还,仍然",属于中性词,例如,《京本通俗小说·碾玉观音》中:"你记得当时在月台上赏月,把我许你,你兀自拜谢,你记得也不记得?"《西厢记诸宫调》卷八:"谁知今日见伊,尚兀子鳏居独自。"在这两个义项里,"径自"属于次要的义项,较为少用,而"还"和"仍"则是主要的义项,最为常用。关汉卿在套曲《不伏老》中这样写道:"你便是落了我牙、歪了我嘴、瘸了我腿、折了我手,天赐与我这几般儿歹症候,尚兀自不肯休。则除是阎王亲自唤,神鬼自来勾,三魂归地府,七魄丧冥幽,天哪,那其间才不向烟花路儿上走!"① 显然,"尚兀自"就是"兀自"的强化性表达。有时候,它还会被简化为"尚自":"朱武道:'亦是不可。他尚自输了,你如何并得他过?'"② 它常常被用来强调一直保持或延续某个动作、某种状态。例如,《喻世明言》第一卷《蒋兴哥重会珍珠衫》中:"三巧儿见不是丈夫,羞得两颊通红,忙忙把窗儿拽转,跑在楼后,靠着窗沿儿坐地,兀自心头突突地跳一个不住。"注者释云:"兀自——还、犹。"③《水浒传》第一回:"我是朝廷贵官公子,在京师时重茵而卧,列鼎而食,尚兀自倦怠,何曾穿草鞋,走这般山路!"

---

① 隋树森编:《金元散曲·上》,中华书局1964年版,第116—117页。
② 施耐庵、罗贯中:《水浒传》,人民文学出版社1997年版,第34页。
③ 〔明〕冯梦龙编:《喻世明言》,人民文学出版社1958年版,第8页。

注者释云:"兀自——径自、公然的意思。"①放在具体的语境里来看,这个注释显然是错的;因为,此处的"兀自",就是"还""仍然"和"犹且"的意思。《水浒传》第四回中写道:"长老使侍者到僧堂里坐禅处唤智深时,尚兀自未起。"②这里的"尚兀自",同关汉卿《不伏老》中的语义一样,就是"还"和"犹"的意思。

然而,许多中国当代作家,却完全把它给用错了。在当代作家中,木心以知识渊博著称,然而,在语言的古雅方面,他的水平似乎也不尽人意。在木心的笔下,"兀自"一词随处可见。在《鱼丽之宴》中,死掉的"兀自"竟然调理起方块字来了:"漫无实际的功利目的,兀自调理一群岌岌可危的方块字,不使僭越'文学'的本体界范。"③在《爱默生家的恶客》中,木心又让"兀自"诡秘登场:"试想一个舞蹈家,要舞'沮丧',呆滞、弹萎,不欲一举手一投足,舞蹈家兀自在台角的暗影里。"④在《豹变》中,这个已经死了的词,更是复活过来,频频现身:"心里兀自抱怨:超度祖宗真不容易。"⑤随后,它又一惊一乍,与"惊异"联袂登场:"我嘴里是问长问短,眼和心却兀自惊异她的兴旺发达,肤色微黑泛红……"⑥显然,在这几本书里,木心的"兀自",没有一处是用对的。他想当然地将"兀自"当作"独自"和"暗自"来用了。

既然说到木心,不妨多说几句。

木心刻意追求语言的古雅之美,但是,他所造之雅语,却似古而非古。在短篇小说集《豹变》中,木心欲求古色惊人,雅色可爱,但用词多有不当,语法常见不通,显示出极不自然的文艺腔。例如,"可知那盛大的比赛何其倥偬喧豗"⑦一语,随意搭配;又如:"寒流来时刮大风,窗扉严闭的

---

① 施耐庵、罗贯中:《水浒传》,人民文学出版社1997年版,第9页。
② 施耐庵、罗贯中:《水浒传》,人民文学出版社1997年版,第65页。
③ 木心:《鱼丽之宴》,广西师范大学出版社2007年版,第53页。
④ 木心:《爱默生家的恶客》,广西师范大学出版社2009年版,第98页。
⑤ 木心:《豹变》,广西师范大学出版社2017年版,第45页。
⑥ 木心:《豹变》,广西师范大学出版社2017年版,第75页。
⑦ 木心:《豹变》,广西师范大学出版社2017年版,第142—143页。

居室，桌面一层灰，壁炉火焰如书，恬漠剀切的神圣气象隐失。"① "火焰如书"的比喻，"恬漠剀切"的构词，"恬漠剀切的神圣气象"的搭配，显得语义茫昧，不甚条畅清通。他还喜欢生造词语，例如，"两岸山色苍翠，水里的倒影鲜活闪袅，迎面的风又暖又凉，母亲为什么不来"②。整个句子颇为跳脱，意象杂沓，"闪袅"一语不失别致。别致固然好，可惜不规范，即便在《辞源》和《汉语大词典》里，也找不到"闪袅"的影子。它到底语出何处，又是什么意思呢？它莫非就是木心自己所说的"浩汗的矜式，精致的疑阵"③？事实上，文学语言过度雕饰而不自然、刻意求雅而不清通，是许多当代著名作家的通病，这种语言经不住细致而严格的语言分析。

如果说，诗和散文的语言是一种高度个性化的语言，亦即表现作者自己的情感和趣味的语言，那么，小说的语言就有所不同。小说的语言具有多元的话语结构，要根据需要不断变化。一旦进入小说的世界，作家就要克制自己的主观性冲动，就要让自己服从真实原则和客观原则的制约。

小说的语言由人物的话语与作者的话语构成。作者的语言由叙述语言、描写语言和议论语言构成，而人物的语言则主要体现在对话语言上。只有非常优秀的作家，才能捕捉到每一个人物说话的习惯和话语的风格。作家必须像尊重人物的个性一样，尊重人物的语言习惯和风格。能够表现人物个性和生活多样性的"真实"，是小说语言的一个重要特点。

然而，很多作家都倾向于把自己的意志强加给人物，让人物讲作家自己的语言。在《子夜》里，茅盾这样描写张素素的话语："就是过度刺激！我想，死在过度刺激里，也许最有味，但是我绝对不需要像老太爷今天那样的过度刺激，我需要的是另一种，是狂风暴雨，是火山爆裂，是大地震，是宇宙混沌那样的大刺激，大变动！啊，啊，多么奇伟，多么雄壮！"④

---

① 木心：《豹变》，广西师范大学出版社2017年版，第142页。
② 木心：《豹变》，广西师范大学出版社2017年版，第51页。
③ 木心：《豹变》，广西师范大学出版社2017年版，第142页。
④ 茅盾：《子夜》，人民文学出版社1960年版，第22页。

这不是客观而真实的人物语言描写，而是主观而夸张的情感抒发；这不是人物的语言，而是作者自己的语言，或者说，是那个时代流行的"文艺腔"，是轰动一时的要"把全宇宙来吞了"的浪漫主义诗歌中的语言。如此失真的人物语言，在中国现当代作家的小说里，可谓比比皆是。

从小说语言的角度看，路遥无疑是一个懂得克制自己的作家。在叙述语言和修辞性话语里，他表达自己的人生观，表现自己对生活和人物的态度。但是，一旦转换到对人物语言的描写，他就努力追求客观真实的效果。他让人物说自己想说的话，说自己能说的话。

在他的小说中，人物语言与人物的性格、身份和心境大体是契合的。刘巧珍的说话方式不同于黄亚萍——刘巧珍爱高加林，但她只会用最质朴的日常语言来表达，但是，黄亚萍却会通过写诗的方式，间接而又热情地表达自己的爱情；田润叶说话的方式不同于田晓霞——田润叶对孙少安的爱情表达，是坚定的又是简单的，但是，田晓霞对孙少平的爱情表达，却充满了情感上的力量感和思想上的深刻性，显示出一个知识女性的文化修养和理想主义精神；孙少安的说话方式也不同于孙少平——孙少安的语言带有现实性的机智，这是体现在日常生活具体事务上的机智，而孙少平的语言则具备精神性的智慧，充满了对人生意义痛苦而深刻的思考；孙玉亭的说话方式也不同于田福军——孙玉亭喜欢打官腔，他的语言虽然也显示着他的小聪明，但是空洞而乏味，充满流行的套话，而田福军的语言虽然也能体现出他的官员身份，但是诚实、坦率、充满人情味，体现出强烈的现实感和力量感。

总之，路遥的语言是一种充满乡土气息和诗性意味的语言。它虽然有点"失雅"，但却并不"失真"。他的语言是抒情性的，表现出对生活的热情态度；同时也是写实性的，显示出他追求客观效果的自觉意识，也包含着充满说服力的真实性。就小说语言的几种话语模式来看，路遥无疑是一个意识自觉且成绩不俗的小说家。

三、不是"写语言"，而是用有温度的语言来写人和生活

小说是一个由多种元素构成的丰富的文本世界。汪曾祺在《中国作

家的语言意识》一文中说,语言是小说的本体,写小说就是写语言。索尔仁尼琴笔下的一位作家说:"作品的语言——就是一切!如果列夫·托尔斯泰能像斯大林同志那样清晰地思维——他就不会在长句里绕来绕去。"①这位苏联作家的话全然是错的,因为,"作品的语言"并不是"一切",也并不只是一个"思维"的问题。歌德说:"就本质而言,正确的,实在的,精致的东西,并不是语言,而是语言所体现的精神。"②英国作家玛琳娜·柳薇卡长篇小说中的一位人物说:"语言至高无上地重要。语言里不仅包括了思想,也包括了文化价值观……"③语言问题固然是一个技巧问题和形式问题,但也是一个复杂的价值问题和意义问题,它广泛地反映着人类生活中那些重要的东西。这样看来,汪曾祺的"写小说就是写语言"的话,就只说对了五分之一。因为,在小说中,除了语言,还有人物、情节、生活和价值观等更为重要的东西。小说是写语言的艺术,也是写生活的艺术;是写人物的艺术,也是写情节的艺术;是显示审美态度的艺术,也是显示价值观的艺术。

不管你愿不愿意,你都得接受这样一个基本的事实和常识——语言只是小说的载体,而不是像汪曾祺所说的那样,是小说的本体。"本体"意味着唯一性和绝对性,本质上是一个排斥性的概念;它与小说开放性的多元品质是格格不入的。也就是说,无论语言多么重要,它都不应该被视为小说的本体。小说家固然应该追求语言的上达和优美,但是也要认识到,仅有好的语言是不够的。他还要追求那些像语言一样重要的东西;离开人和生活,离开思想、道德和信仰等意义世界,语言就无所附丽,它的价值也就无从谈起。伟大的作家绝不会把语言和形式置于内容和意义之上。利哈乔夫说:"道德探索是如此吸引文学,以至于在俄罗斯文学中内容明显地高于形式。……他们经常抛弃形式的衣衫,认为赤裸裸效果的真实比它

---

① 〔俄〕亚历山大·索尔仁尼琴:《杏子酱:索尔仁尼琴中短篇小说集》,李新梅译,译林出版社2015年版,第61页。

② 〔德〕歌德:《维廉·麦斯特的漫游时代》,人民文学出版社1988年版,第310页。

③ 〔英〕玛琳娜·柳薇卡:《乌克兰拖拉机简史》,邵文实译,中信出版社2017年版,第126页。

们更好。"① 形式的衣衫当然不能抛弃，但是，内容的肉身和灵魂更应该受到重视。因为，一部文学作品的吸引力虽然也来自作品的语言和修辞，来自技巧和形式，来自人物形象和故事情节，但是，根本上讲，却决定于作家的人格力量和情感态度，决定于作品所表现的思想、价值观和道德情调。

亨利·詹姆斯在批评乔治·桑的时候说："有人说，使一部著作成为经典乃是它的风格。我们得把这句话略作改变，我们说，使一部作品成为经典的不是风格而是形式。乔治·桑的小说在风格上是丰富多彩的，但它们却缺乏形式。巴尔扎克的小说谈不上有什么风格，但它们的形式却极其丰富多彩。"② 事实上，无论是风格还是形式，都只是一部小说生命和价值的一部分；如果仅有风格和形式，而缺乏人性内容、思想深度、道德热情和信仰力量，那么，任何一部作品都不可能成为真正意义上的经典。所以，罗斯金才说："你必须具有最高的精神要素——技巧和美感，你的创作还必须具有非精神上的但必不可少的要素——真实性和实用性。这种对事实和效用的渴求……更是深植于伟大艺术大师的心中，毫无例外。他们允许自己的作品拙劣、丑陋，但绝不允许自己的作品毫无价值、虚假不堪。"③ 显然，单靠技巧和美感，不可能使一部作品成为伟大的作品，因为，只有怀着"对事实和效用的渴求"，也就是怀着对社会意义和文化效用的关切，一个作家和艺术家才能创造出有巨大价值的作品。

英国著名批评家沃斯福尔德也强调"非技巧因素"的重要性，他甚至揭示了技巧与读者感受之间的微妙冲突："技巧水平远不能作为衡量诗歌优劣程度的绝对基础，事实上，技巧发展到一定程度反而可能妨碍人们对作品的欣赏或接受。"④ 这是一个极为深刻的见解，它有助于我们破除文

---

① 〔俄〕德·谢·利哈乔夫：《解读俄罗斯》，吴晓都等译，北京大学出版社2003年版，第40页。

② 〔美〕亨利·詹姆斯：《小说的艺术 亨利·詹姆斯文论选》，朱雯等译，上海译文出版社2001年版，第194页。

③ 〔英〕罗斯金：《艺术与道德》，张凤译，金城出版社2012年版，第48页。

④ 〔英〕巴西尔·沃斯福尔德：《文学通诠》，罗选民全译、导读，商务印书馆2021年版，第65页。

学上的"技巧拜物教"和"语言拜物教"。如果将写小说等同于写语言，或者将语言视作小说的"本体"，就会堕入趣味主义的窨井，就有可能将小说辽阔的世界缩小为螺蛳壳里的道场。

路遥知道语言对于小说的意义，也很用心地追求语言的美，但是，他反对小说写作上的唯技巧论和唯美主义倾向，也不同意"写小说就是写语言"这样的观点。对他来讲，在小说里，有像语言一样重要的东西，甚至还有比语言更重要的东西，比如人生，比如信仰，比如对生活的态度。

在评价李天芳、晓雷的长篇小说《月亮的环形山》的时候，路遥批评了小说写作上轻忽内容的"唯语言论"倾向，批评了那种"为写而写"的写作模式："有的人可能把这种小说仅仅看作是语言讲究，这种认识是浅薄的。最主要是一种深切的体验和感受。这部书使我感受到了内容上的一种真诚性，这种真诚又得到了一种强有力的表述。有的小说缺乏生活的真诚感，只是为写而写；有的虽然具备真诚，却不能通过艺术特别是语言的品位达到。而这部作品尽可能把两者结合在一起。最主要的是对生活的深切感受和理解，然后才是语言的表述，这两种的结合，才能造成真正意义上的小说。这部小说的真正价值就在于此。尽管描写是平静的，但内心充满了暴风骤雨。把读者引进心灵深处，这才是一个真正博大的世界。人的精神世界是一座无边的宫殿。作家的体验是任何人不能代替的，读者是跟着作家提供的体验去思索的。因此，这部小说在外部的结构上似乎特别平淡，但具有真正内在的张力。"① 路遥的小说语言观，强调"真诚"，强调"对生活的深切感受和理解"；只有真诚的态度和经验与有品位的语言"结合在一起"的时候，才可能创造出"真正意义上的小说"；经验先于语言，感受先于表达，没有深刻的感受和理解，就不可能有成功的"语言表述"。这种经验先于形式、形式与内容完美融合的语言观，既是他切实的经验之谈，也是一种深刻的文学思想。

在路遥的文学观念里，人生的痛苦和考验，生活的困境和出路，生命的意义和价值，是具有首要意义的东西。语言的背后是人，语言的内里是人的情感、态度和思想。人们固然会欣赏语言的美，但更重要的是，人们

---

① 路遥：《路遥全集·早晨从中午开始》，北京十月文艺出版社2013年版，第212页。

希望看见作者和人物,看见人物的命运和生活的面目,看见如何在小说中表现对人物和生活的态度。语言本质上是伦理性和价值性的,它的生命和力量,就来自它所阐明的道德精神和人性内容。就像罗斯金所说的那样:

> 语言的所有高贵之处归根结底是道德。说话者希望说真话,它就是正确的;说话者满怀同情心,希望说的话简洁明了,它就会很清晰;他很有激情,它就很有力度;他有韵律感和秩序感,它就很愉悦。……透彻地教授一个词,就是教授这个词的精神实质。语言的秘密就是同情心的秘密,它的无穷魅力只对有教养的人展示。①

如果作家放弃对人生的思考,放弃对生活的探索,那么,所谓语言便成了无皮之毛,无本之木,就会成为一种轻飘飘的、无足轻重的东西。"语言的秘密就是同情"——这样的语言观念,路遥一定会认同和接受。

如此说来,没有一部小说是不表现作者自己的情感和态度的。虽然小说是一个复杂的客观性文学样式,但是,作者的情感和思想等主观性因素仍然是作品内容和价值结构中的重要部分。在涉及人物的心理和性格、思想和行为等客观情状的时候,作者当然要克制自己直接介入的冲动,要用冷静而准确的描写真实地呈现人物形象。但是,在修辞性的语言中,作家就必须选择那种最有效的语言风格和叙事方式,以便明确而完美地表达自己的情感和态度。

显然,从修辞的角度,路遥积极地显示自己在小说中的存在,坦率地表现自己的态度和情感。因而,"有我"的表达模式和热情的叙事调性,无疑是路遥小说语言的一个特点。美国学者詹姆斯·彭尼贝克曾经分析过不同人称的说话方式及其效果。他发现,在语言表达中,人称代词的变化,会带来完全不同的语气和效果。一个常见的情形是,那些不可一世的掌权者,会更经常地使用"我们"和"你们",而不是"我"和"你"。纽约市市长鲁道夫·朱利安尼在克服了自己的心理障碍,变得比以前"更真诚、

---

① 〔英〕罗斯金:《艺术与道德》,张凤译,金城出版社2012年版,第34页。

更谦逊、更热情"的时候,使用"我"的频率便急剧上升,而使用"我们"的频率则大大降低,这说明,"他的性格发生了有趣的变化,从冰冷、有距离的人转变成一个更热情和更直接的人"①。彭尼贝克对政治人物说话方式的分析很有洞察力,而他的判断也是有效的。

  然而,在文学语言和小说叙事中,情况可能就不那么简单了。因为,小说原本就是一个人人平等的话语共和国,叙述人称的转换和语气的变化并不足以影响人们的平等。事实上,只要作者的态度是真诚的,只要作者的叙事有足够大的吸引力和说服力,那么,无论使用哪种人称,都不会影响语言的感染力。例如,在路遥小说的叙述语言和描写语言中,无论他使用"我"还是"我们",都不妨碍读者感受到那种来自作者内心的温柔而真诚的情感。有的时候,他会明确以"笔者"的身份或"我们"的语气来发出自己的声音,但更多的时候,则会隐身于寻常的叙述语言中。无论他选择什么样的方式,读者都能感受到他的存在,都能感受到他的情感和态度。在为自己笔下的人物辩护的时候,或者,在希望读者理解人物的时候,他就会像中国话本小说中的叙述者那样,就会像亨利·菲尔丁和维克多·雨果那样,坦率而直接地对"看官"和读者说话:

  但是,宽容的读者不要责怪他吧!不论在任何时代,只有年轻的血液才会如此沸腾和激荡。每一个人都不同程度有过自己的少年意气,有过自己青春的梦想和冲动。不妨让他去吧,对于像他这样的青年,这行为未必就是轻举妄动!虽然同是外出"闯荡世界",但孙少平不是金富,也不是他姐夫王满银!②

  诸位,在我们的印象中,田福堂的儿子似乎一直很平庸。对于一个进入垂暮之年的老者,我们大约可以对他进行某种评判;但对一个未成长起来的青年,我们为时过早地下某种论断,看来

---

① 〔美〕詹姆斯·彭尼贝克:《语言风格的秘密:语言如何透露人们的性格、情感和社交关系》,机械工业出版社2018年版,第122页。
② 路遥:《平凡的世界·第二部》,人民文学出版社2004年版,第92页。

是不可取的。青年人是富有弹性的，他们随时都发生变化，甚至让我们都认不出他的面目来。现在，我们是应该修正对润生的看法了。当然，这样说，我们并不认为这小伙倒能成个啥了不起的人物。他仍然是一个平平常常的青年，只不过我们再不能小视他罢了。①

路遥不相信那种要求作家在小说中隐藏自己的教条，有时也不在意某些小说理论中过于绝对的"客观性"教条。他不怕显示自己在小说中的存在，喜欢向读者发出自己的声音。所以，虽然他直接用"你们"来称呼读者，但是人们仍然会觉得亲切和热情，丝毫没有疏离感。而"宽容"和"不妨"等祈使性的话语，则给人一种推心置腹的感觉。

同样，在小说内部，在描写人物的时候，路遥也常常用"有我"的叙述语调来表达对人物友善的，甚至是充满爱和祝福的态度：

少平一直目送着红梅的身影消失在远处的黑暗中，然后才长长地叹了一口气，一个人慢慢地向学校走去。严厉的寒风像碎针扎在脸上一般刺疼，但他心里感到很熨帖。好了，一切都平息了。红梅又能正常地生活在人们之间，生活在阳光之下。把黑夜留给鬼魅吧，白天应该是属于人的……②

李向前啊，李向前！面对眼前的你，我们悲伤，但也感到欣慰，你的两条腿是失去了，但愿你能在精神上站起来！死是不可取的。死并不表明强大（当然，也未必就是软弱）。③

当路遥把小说中的人物称作"你"的时候，他笔下的"我们"，不仅完全没有了第一人称复数充满距离感的修辞色彩，全无那种空洞而冰冷的

---

① 路遥：《平凡的世界·第二部》，人民文学出版社2004年版，第287页。
② 路遥：《平凡的世界·第一部》，人民文学出版社2004年版，第329—330页。
③ 路遥：《平凡的世界·第二部》，人民文学出版社2004年版，第381页。

语气，而且，还显示出一种将所有人——作者、读者和人物——联结为一个情感共同体的巨大力量。路遥还特别喜欢用"亲爱的""可爱的""可怜的"和"我们的"——例如，"亲爱的人""至亲至爱的人们""亲爱的少安哥""亲爱的晓霞""亲爱的儿子""亲爱的爸爸""两个亲爱的小东西""亲爱的双水村""睡吧，亲爱的大地，我们疲劳过度的父亲……""那可爱的村庄""可怜的润叶"和"我们的双水村"——来表达自己对人物的态度，来描写人物对其他人物或家乡的态度。在写田晓霞到煤矿来看孙少平的时候，路遥从叙述者的角度，用近乎抒情的调性这样写道："亲爱的人！你不会想到，你此刻看见的是这样一个孙少平吧？他又脏又黑，像刚从地狱里爬出来的鬼魂。"[①] 路遥这种充满爱意的、温暖的修辞，具有特别重要的文化意义。要知道，由于斗争哲学和仇恨文化的影响，由于现代文学的"恶意文化"和"憎恨修辞"的影响，中国的文学中普遍缺乏爱——既不善于感受爱，也不善于表达爱。在很长的时间里，我们的文学丧失了对人的普遍尊重、怜悯和同情。这种无情无爱的文学，语言干瘪而僵硬，缺乏普遍的人性内容和巨大的感染力。

然而，路遥的语言全然两样。他"有我"的语言和介入性的叙事方式，像白居易的诗一样，有一种特别打动人心的力量，有一股特别吸引人的魅力。与20世纪流行的客观到近乎冷漠的叙事方式不同，路遥的语言像春天的阳光一样温暖，像夏天的溪水一样温柔，显示出一种完全不同的话语风貌和叙事方式。在法国的"新小说"等客观主义小说里，在中国的某些冷色调的先锋小说里，作者竭力避免用这样的语言来展开叙述，而读者也很难读到如此温暖的语言。

路遥小说语言的热情和温度，或者说，他语言的抒情性，更直接地体现在他的议论性话语中：

> 血液在热情中燃烧。目光迸射出爱恋的火花。
> …………
> 没有爱情，人的生活就不堪设想。爱情啊！它使荒芜变为繁

[①] 路遥：《平凡的世界·第三部》，人民文学出版社2004年版，第65页。

荣，平庸变为伟大；使死去的复活，活着的闪闪发光。即便爱情是不尽的煎熬，不尽的折磨，像冰霜般严厉，烈火般烤灼，但爱情对心理和身体健康的男女永远是那样的自然；同时又永远让我们感到新奇、神秘和不可思议……

当然，我们和这里拥抱的他们自己都深知，他们毕竟不是伊甸园里上帝平等的子民。①

伟大的生命，不论以何种形式，将会在宇宙间永存。我们这个小小星球上的人类，也将继续繁衍和发展，直至遥远的未来。可是，生命对于我们来说又多么短暂。不论是谁，总有一天，都将会走向自己的终点。死亡，这是伟人和凡人共有的最后归宿。热情的诗人高唱生命的恋歌，而冷静的哲学家却说：死亡是自然法则的胜利。

是的，如果一个人是按自然法则寿终正寝，就生命而言，死者没有什么遗憾，活着的人也不必过分地伤痛。最令人痛心和难以接受的是，当生命的花朵正蓬勃怒放的时候，却猝然间凋谢了。②

用激进的现代主义小说理论来衡量，路遥小说的叙事方式和语言风格，简直就是反现代性的，甚至是反小说的。现代小说的戒律告诉人们：小说宜冷不宜热；只有冷淡的语言，才是高级的；只有不动声色的叙事和描写，才是高明的。所以，作者必须将追求语言的"零度"效果当作最基本的原则和最重要的目的。

然而，路遥更相信19世纪现实主义小说的伟大经验。小说不是无情物，它是人与人的交流，它属于约翰逊博士所说的"伟大的人性共和国"③。小说家应该用真正人性化的语言，用真诚而充满诗性的方式，显示他对人

---

① 路遥：《平凡的世界·第三部》，人民文学出版社2004年版，第70页。
② 路遥：《平凡的世界·第三部》，人民文学出版社2004年版，第270页。
③〔英〕塞缪尔·约翰逊：《王子出游记 译文经典》，水天同译，上海译文出版社2020年版，第164页。

物和读者的态度,显示他对生活与价值领域重要问题的理解。著名捷克作家伊凡·克里玛说:"在我们这个世纪降临于人类的灾难是由这样一种艺术提供帮助,它推崇原创性、变化、无责任感、先锋派,它嘲笑所有以往的传统和蔑视在画廊和剧院的观众听众,它以一种自以为是的愉悦冲击读者,而不是对那些拷问人的问题提出解答。"① 路遥的文学创作与克里玛所批评的这种艺术截然不同,甚至格格不入。

路遥关注那些"拷问人的问题",重视爱情、友谊和一切美好的情感,关心生命的价值和生活的意义。在书写这一切的时候,他既是诗人,也是哲人;既是叙事者,也是布道者。他努力用热情而深刻的语言,表达他对那些伟大的价值和重要的问题的态度和认识。

只有当小说的语言具备了吸引读者的人性力量和价值内容,只有当它圆满地实现了描写和修辞的效果,它才有可能是最具感染力和生命力的语言。布罗茨基在一篇关于曼德尔施塔姆的文章中说:"抒情是语言的伦理学。"② 事实上,小说不仅遵循语言的伦理学,而且也遵循人性的伦理学。它尊重人,理解人,同情人。作为人性共和国里最有教养的公民,小说中的每一行字都散发着人性的光辉和浓浓的人情味。

路遥的小说也许不是最完美的,但是,它符合人性的伦理学和语言的伦理学,充满了善良的人性和美好的人情味。

路遥作品的语言也许不是最完美的语言,但却是热情而有温度的语言,因而,也就是有吸引力、感染力和生命力的语言。

四、风格的理念与路遥的风格

形成风格是作家语言创造力趋于成熟的重要标志,也是评价文学语言的最高标准。风格体现在作家语言表达的细微之处,如词汇、句式、修辞

---

① 〔捷〕伊凡·克里玛:《布拉格精神》,崔卫平译,广西师范大学出版社2016年版,第47页。

② 〔美〕约瑟夫·布罗茨基:《小于一》,黄灿然译,浙江文艺出版社2014年版,第114页。

和使用标点符号的习惯上,也体现在语言表达的宏观方面,如语感、语势和调性上。一个作家在语言上所能取得的最高成就,就是形成真正属于自己的风格。

语言是心灵的表情。语言风格能够显示出一个人的情感、思想、人格和文化修养。叔本华说:"风格是心灵的观相术,并且它比相貌更可靠地反映了心灵的特征。"① 一个人的语言风格,就是他的情感风格和思想风格,就是他的趣味风格和道德风格。雅人才有雅言。一个缺乏教养的人,无论想把诗写得多么风雅,无论想把文章写得多么华丽,都无法掩饰自己趣味上的粗鄙和格调上的低劣。一个俗人的雅,必然雅得俗不可耐。

那么,评价风格的标准是什么?人们为何要追求自己的风格?斯蒂芬·平克也注意到了这些问题,他将语言看作人类交流情感和信息的手段,所以,他这样界定风格:"所谓写作风格,说到底,不就是有效地运用词语来吸引人类灵魂的关注吗?"② 他提出了"风格感觉"(The Sense of Style)这一概念,并强调风格的重要性:第一,风格"确保作者清楚传达信息,使读者免于浪费宝贵生命来解码含混文字";第二,"风格赢得信任";第三,"风格给世界增加美"③。在他看来,语言风格和写作风格,或者说,有风格的语言和有风格的写作,就是那种清晰的、可信的、具有美感的风格。

虽然语言风格就像人的性格一般千差万别,丰富多样,但是,观其大略,不外乎两种基本类型,即两种形成鲜明对照甚至尖锐对抗的风格模式:一种是朴素的风格,一种是华丽的风格。从态度和方式来看,前者是自然而低调的,后者是刻意而高调的;从效果来看,前者通常是家常亲切而通俗易懂的,后者则常常显得矫揉造作,甚至晦涩难懂。

---

① 〔德〕叔本华:《叔本华论说文集》,范进等译,商务印书馆2000年版,第318页。

② 〔美〕斯蒂芬·平克:《风格感觉:21世纪写作指南》,王烁、王佩译,机械工业出版社2018年版,第3页。

③ 〔美〕斯蒂芬·平克:《风格感觉:21世纪写作指南》,王烁、王佩译,机械工业出版社2018年版,第11页。

表面上看，华丽的风格似乎更高级，掌握起来难度也更大，但实际的情形却像叔本华所说的那样："没有比写作无人理解的东西更容易的了；与此相反，也没有比用人人都必然能理解的方式表达深奥的思想困难的事了。"①叔本华厌恶拿腔作调、令人厌恶的语言，赞赏朴素而清晰的语言："一般来说，自然朴素是富有魅力的，而矫揉造作无论在何处都是招人厌恶的。事实上，我们发现每一位真正伟大的作者都尽可能洗练、明晰、精确而简要地表达自己的思想。单纯质朴总是被看作真理的标志，而且也是天才的象征。……风格只是思想的轮廓，朦胧暧昧或者拙劣低下的风格意味着理智的贫乏和思想的混乱。"②也就是说，风格问题并不是一个纯粹的技巧问题和形式问题，它更多的是一个文化人格和文化修养的问题。风格深刻地反映着一个人的精神风貌，没有比养成并表现出良好的文化教养更难的了。

从写作动机和修辞意识上看，风格问题本质上是伦理学和心理学范畴的问题。一个道德和心理健康的人，或者说，一个善良而真诚的人，更在意的是别人的感受，而不是满足自己的虚荣心。因而，他的风格就会显得更加诚实、克制和低调，就会给人一种亲切可爱的感觉。相反，一个自私、浅薄而又傲慢的人，通常会表现出强烈的自我中心主义倾向，喜欢将自己当作表现的核心，特别在乎外在的成功、荣誉和奖赏。因而，他的风格就会显得虚荣而夸张，或者飞扬跋扈、不可一世，有一种做作而又虚假的性质。

对文学来讲，最坏的风格就是喜欢卖弄的浮华风格，就是装腔作势的傲慢风格。就像叔本华所批评的那样："文学作品一旦沾染上矫揉造作的风格，就喜欢表现出那种体面的傲慢、堂皇的气派，摆出第一流的架子，简直令人难以忍受。贫乏的思想往往对这种外衣趋之若鹜，正如日常生活中，凡喜欢装模作样、拘泥于形式的人大都是笨蛋一样。"③然而，在任

---

① 叔本华：《叔本华论说文集》，范进等译，商务印书馆2000年版，第321页。
② 叔本华：《叔本华论说文集》，范进等译，商务印书馆2000年版，第321—322页。
③ 叔本华：《叔本华论说文集》，范进等译，商务印书馆2000年版，第326页。

何一个时代，最易流行成为时尚，也最受某些专家吹捧的，大都是这种矫揉造作、华而不实的风格。我们的学者和批评家常常称这种风格的散文为"美文"，喜欢不假思索地称这种风格的小说为"伟大的小说"。

由于修辞意味着明确的目的，意味着对效果的强化，尤其意味着对形式上的美感的追求，所以，人们往往倾向于将华丽而强烈的文体风格当作最高的境界和最值得追求的目标。然而，随着年龄的增长和经验的增加，人们最终会认识到，《诗经》等书质朴的风格，才是一种最有力量的风格，也是一种最美的风格。

绚烂至极，归于平淡。真正优美的文体，正是那种朴实而有力量的文体。美国作家和小说理论家约翰·加德纳觉察了平淡风格的本质和秘密，认识到了朴素风格的价值和力量，所以，他喜欢契诃夫式的朴素自然的风格，反对现代主义矫揉造作的风格。在他看来，现代主义风格显示出作者的自负，甚至"源于一种有缺陷的性格"[1]。他尖锐地批评了福克纳，认为他的写作"非常矫揉造作"，因为，他的"奇异修辞"已经沦为"泡沫、吼叫和噪声，就像是一辆没有了货物的货车。海明威的情况同样糟糕，虽然他矫揉造作的散文与福克纳的作品构成了对比"[2]。他对海明威的批评尤其难得，很有勇气，也很有见地。因为，海明威的"电报文体"虽然显得凝练、简洁，但是，在这风格的背后，是一种极端形态的刻意和不自然；海明威式的语言风格虽然峭拔而简洁，但是缺乏自然和朴素的品质，很容易成为高级形态的"文艺腔"。在加德纳看来，詹姆斯·乔伊斯也属于风格不佳的作家。《尤利西斯》不自然的修辞和风格，"永远带着乔伊斯纨绔主义的味道。……乔伊斯是病态的，他是酒鬼并充满自我仇恨"[3]。加德纳对福克纳、海明威和乔伊斯的批评也许过于尖锐，但是，他对现代主

---

[1]〔美〕约翰·加德纳：《小说的艺术》，王威译，中国人民大学出版社2021年版，第130页。

[2]〔美〕约翰·加德纳：《小说的艺术》，王威译，中国人民大学出版社2021年版，第131页。

[3]〔美〕约翰·加德纳：《小说的艺术》，王威译，中国人民大学出版社2021年版，第132页。

义作家语言风格的分析和判断却是深刻而准确的。就风格来看,现代主义作家总是表现出一种高高在上的自我中心主义倾向,总是表现出对固有规律和传统经验的蔑视,也缺乏对普通读者的尊重。

像加德纳一样,梅列日可夫斯基也喜欢契诃夫的文学风格,或者说,喜欢那种朴素的风格。他认为文学应该摆脱复杂而矫饰的风格,回到语言朴素而本真的状态。在语言观念上,谷崎润一郎算得上是梅列日可夫斯基的同志。他也反对华而不实的文体风格,高度评价朴素而自然的风格。谷崎润一郎在《文章写法》中说:"写文章的要领是把自己心中所想所感,尽可能原封不动地且明了地表达出来。无论是写信还是写小说,都不会脱离这点。以前有'去华求实'乃文章宗旨的说法,也就是说除却华而不实的修饰,仅仅把必要的话写出来。如此这般,最实用的文章也就是最优秀的文章。"[①] 事实上,任何时候,自然和真诚都应该是文学和语言的基本品质。因为,如果缺乏这一基本品质,一个作家的语言就难免会显得虚假和做作,甚至会满纸都是令人厌烦的"文艺腔"。风格的自然效果包含着这样的标准和要求——要有老老实实的求真态度,要尊重和表现对象的客观属性,要有修辞的分寸感和描写的事实感,要抑制自己内心的夸饰冲动和夸张倾向,要时时想着读者的期待和感受。

路遥接受了19世纪现实主义作家的影响,形成了自觉的文学意识,也领悟了文学语言的真谛和价值。他对叙事方式和语言风格有着深刻的认识和自觉的追求:"我认为小说应该这样,既要淋漓尽致,又要有所节制。不到火候,令人遗憾;火候太过,同样令人遗憾。艺术就是和谐,而恰如其分就是和谐。不到或多余,都破坏和谐。"[②] 他这种"节制"而"和谐"的语言观,恰恰来自热情而朴素的风格观。他克服了那种展示个人才华的虚荣心,放弃了那种轻快华丽的写作模式,选择了一种质朴的调性和庄重的文体。

路遥返璞归真的写作,往往会给人留下缺少才华的印象,甚至会像海

---

① 〔日〕谷崎润一郎:《文章写法》,李慧译,江苏人民出版社2019年版,第5页。

② 路遥:《路遥全集·早晨从中午开始》,北京十月文艺出版社2013年版,第213页。

波所说的那样，给人留下"笨"的印象："很多人认为这是路遥能力有限，写不活泛。其实完全不是这样，是他故意这样做的，用他的话说，'把笔磨秃了写'。为什么要这样呢？他担心诙谐的、轻快的语言对整个小说的浑厚大气造成伤害。"①"把笔磨秃了写"就是一种慢而细的写作，就是一种朴实而切实的写作，就是一种真正有效的写作。

王世贞批评宋人程克勤为文造情，忸怩作态，其文"如假面吊丧，缓步严服，动止举举，而乏至情"②。又批评颜惟乔"如暴显措大，不堪造作"③。事实上，包括诗歌和小说在内的所有艺术门类，都需要作者以自然而真诚的方式来表达情感，或者说，都要以美的方式来显示对人物和生活的态度。路遥的语言充满对人和生活的"至情"，成功地克服了普遍流行的"暴显措大"的坏习气，显示出一种热情而又可亲的风格魅力。

《蕙风词话》卷一云："作词有三要，曰重、拙、大。南渡诸贤不可及处在是。"④重，即厚重，与轻巧相对；拙，即质朴，与华丽相对；大，即宏阔，与狭仄相对。路遥的风格追求，实可用"重、拙、大"三个字来概括。他这种像秋天的谷穗一样成熟的风格，使那些笔头尖细、日出万言的作家，使那些胡编乱造、墨守成规的作家，使那些心性浮薄、故弄狡狯的作家，无不相形见绌。

路遥的语言朴素而明快，带给读者的是明确的思想、美好的情感和充分的信任。同情是路遥展开叙事的基本态度，也是他小说语言的基本情感色彩。在路遥小说语言庄严的表层结构下面，读者总是能感受到情绪的波动和情感的温度。尼采在《人性的，太人性的》中说："敏锐而明快的作家的不幸是，人们以他们为肤浅，因此不在他们身上下苦功；晦涩的作家的幸运是，读者费力地读他们，并且把自己勤奋的快乐也归于他们。"⑤

---

① 海波：《人生路遥》，广东人民出版社2019年版，第169页。

② 丁福保辑：《历代诗话续编·中》，中华书局2006年版，第1037页。

③ 丁福保辑：《历代诗话续编·中》，中华书局2006年版，第1038页。

④ 〔清〕况周颐、〔清〕王国维：《蕙风词话 人间词话》，人民文学出版社1960年版，第4页。

⑤ 〔德〕尼采：《悲剧的诞生》，周国平译，生活·读书·新知三联书店1986年版，第192页。

尼采愤愤不平地称此为"双重误会"。路遥的语言也许不是尼采所说的前一种语言，但是，它并不"肤浅"，也不会让读者觉得"晦涩"。他尊重读者，在乎读者的感受和反应，所以，便选择用亲切而诚恳的方式来写作，用朴素而充满诗意的方式来表现生活。他积极地建构文学与生活的关系、文学与读者的关系、文学与自我的关系。

路遥的语言是感性而自然的，也是理性而克制的。他绝不用那些已经死掉的词语，更不随意生造词汇。在他的笔下，你很少看到语法不通、修辞拙劣的瑕疵。他的语言带着心灵的温热，带着生活的气息，始终给人一种活泼而亲切的感觉。从他富有感染力的文字里，你总是能感受到一种亢昂而又悲抑的调性，能倾听到从心灵深处发出来的声音。是的，朴素而不乏诗意，清通而富有感染力，这些，就是路遥的文学创作在语言风格上的特点。

五、路遥的"谦逊式"文体

路遥在文学风格上最突出的优点，就是朴素和自然。他的写作是低调而朴实的，显示出美学上的克制和谦逊。他无意炫耀自己，讨厌艺术上的装腔作势，讨厌修辞上的华而不实。他会根据所要表现的内容，选择表现的方法和形式。也就是说，他让自己的想象、语言和修辞服从所要表现的内容，而不是相反。

苦难和不幸、痛苦和眼泪虽然意味着强烈的情感，甚至包含着强烈的倾诉冲动，但是，它们本能地拒绝修辞上的夸张和华丽，而期待那种真诚的语言和低调的叙述。面对沉重的人生，面对平凡的人们，唯有朴实而庄严的文学形式才是适当的。

这样，在叙述农村生活和农村青年的奋斗史的时候，路遥就选择了一种与小说的叙事内容相协调的叙述调性和文体风格。在《人生》和《平凡的世界》等小说中，路遥的语言朴素而又深沉，仿佛北方高原肃穆的大地；他的叙述平静而又热情，仿佛黄河在河套地区舒缓的流水。在写小说的时候，他宁愿自己的文字像生活本身那样粗朴，也不愿刻意追求华丽和精致。

认真、克制和低调是俄罗斯文学的一个优良传统。对俄罗斯作家来讲，文学创作中十分重要的是真实和准确，因而，就要紧紧贴着描写对象来写，要忠实地表现其本身的情状，同时，也要求克制作家自我表现的虚荣心，克制那种显示自我的冲动。别林斯基在《亚历山大·普希金作品集》中说："普希金的艺术上的认真，也是使他的诗歌同过去的派别截然划分开来的一个特征。普希金一点也不夸张，一点也不粉饰，一点也不考虑效果，从来不把冠冕堂皇但却是他所没有经验过的感情加在自己身上，而且无论在什么场合，实际怎么样，他就表现为怎么样。"[①] 利哈乔夫也像别林斯基一样，高度评价俄罗斯古典作家的"谦逊式"文体。这种文体所注重的，不是作者的感受，而是读者的感受。所以，在普希金、托尔斯泰和陀思妥耶夫斯基等伟大作家的作品中，"没有丝毫的自我满足感"。

为了获得积极的阅读反应，为了尽到自己的责任，俄罗斯作家甚至宁愿降低语言表达的难度系数，选择那种更接近读者大众理解能力和语言习惯的风格。托尔斯泰和陀思妥耶夫斯基写作的"琐细冗长"，证明了他们"对语言和文学的特殊责任感"，"表面上看似粗枝大叶和不太流畅的叙述形式说明了另一个问题：可用对整个俄罗斯文学非常典型的术语——'谦逊式'来表示"[②]。在另外一部研究著作中，利哈乔夫更加深入地揭示了"谦逊式"风格的性质和作用："谦逊式"不仅反映在艺术形式上，还反映在思想和内容上，甚至反映在作家的精神气质和道德态度上。它本身就是一种精神力量和道德激情："'谦逊式'是揭露各种高傲的谎言时必需的激情，是对不加渲染的和赤裸裸的真理之追求，是对过于华丽辞藻的憎恶，是各种形式的简单化、因自己缺乏知识和教养而感到羞耻、走向人间、美化农民和公社的具体表现；'谦逊式'还表现为美化被斯拉夫主义看作某种像农民那样质朴的古罗斯。"[③] 这样的观点，无疑有助于

[①]〔俄〕别林斯基：《别林斯基选集·第四卷》，满涛译，上海译文出版社1991年版，第391页。

[②]〔俄〕德米特里·利哈乔夫：《俄罗斯千年文化 从古罗斯至今》，焦东建、董茉莉译，东方出版社2020年版，第171页。

[③]〔俄〕德米特里·利哈乔夫：《俄罗斯千年艺术 从古罗斯至先锋派》，焦东建、董茉莉译，东方出版社2020年版，第14页。

我们认识那种与"谦逊式"相对的文体，即"傲慢式"文体。所谓"傲慢式"文体，就是一种完全不在乎读者感受的文体。这是一种病态的、不自然的文体。它的本质，就是自我中心主义的傲慢。它有两个最有代表性的类型：一种是僵硬而自大的、体现着权力意志的文体；一种是故作高深、华丽做作、不好好说话的文体。它们的共同特点，就是缺乏与读者平等交流的意识，而这将最终导致作者与读者之间无法取得良好的交流效果。

卢那察尔斯基也凭着直觉，发现了朴素的"谦逊式"文体的价值和力量。他揭示了托尔斯泰语言风格上的特点，也试图解释这种特点形成的原因："当你读托尔斯泰的时候，你会觉得他只是个粗通文墨的人。他很有些笨拙的词句。最近莫斯科一位教授说：《复活》开头一句根本不通，如果一个学生交来这么一页作文，任何俄语教师都会给他打上个'2⁻'。怎么会这样的呢？托尔斯泰把他所有的作品重写过五遍到七遍，作了无穷无尽的修改，这一切都经他酝酿过，可是出人意外，竟然写得这样不完善！这不完善绝不是偶然的。托尔斯泰本人情愿让他的句子别扭，而唯恐它华丽和平顺，因为他认为这是不严肃。一个人谈论一件很重要的事情却并不激动，只是关心如何使他的声音悦耳，使一切显得精美流利，他就得不到任何人的信赖。……托尔斯泰的朴素是最高的朴素，是克服了一切矫饰的人的朴素，他丢开了任何的有色眼镜，因为他不再需要它，他是那样一位巨匠，他能够表现如实的事物。"[①] 托尔斯泰确实是一个伟大的文体家。他厌恶华丽的风格，要用朴素的表达实现情感的传递和交流。

普希金也像托尔斯泰一样追求语言的朴素和诗意。他在写作的时候，就像一个普通人一样朴实和亲切："作为普通人，普希金并没有丝毫的矫揉造作，因为那样做会在他与我们之间造成无法拉近的距离。……诗人一定要在生活中充当普通人，目的是使他的诗歌具有真正崇高的魅力。……鲜花永远都不会在清洁的大理石上绽放。"[②] 普希金的诗歌和小说都有一

---

① 倪蕊琴编：《俄国作家批评家论列夫·托尔斯泰》，中国社会科学出版社1982年版，第338—339页。

② 〔俄〕德米特里·利哈乔夫：《俄罗斯千年文化 从古罗斯至今》，焦东建、董茉莉译，东方出版社2020年版，第190页。

种特别迷人的美,一种自然而又朴素的美,一种含蓄而又强烈的美。读者会被它紧紧地吸引住,一口气读完。然后,就像收获了美好的友谊一样,将它珍藏在心里,每次想起都会感到美好和快乐。

从文学精神和写作意识的角度看,路遥与普希金、托尔斯泰同属一个谱系。他像普通人一样生活,也像普通人一样写作。对他来讲,任何时候,虚假的做作都是美学上的幼稚行为,而华而不实的"文艺腔"则是最令人厌恶的风格。在路遥的小说里,毫无那种装腔作势的怪句子,几乎没有一行晦涩难懂的文字,无论是人物的对话语言还是作者的叙述语言,都显得本色而亲切。在《平凡的世界》里,路遥这样描写盛夏时节双水村的自然环境:

> 进入伏天以后,双水村和它周围的山野,看起来已不再荒凉。沟道里和山峁上,到处都有了深深浅浅的绿色。这里不久前曾落过半锄雨,暂时还可以抵挡一下阳光烈火般的烤晒。可怜的东拉河眼下又瘦得像一根细麻绳,只是还没有断流,悄无声息地淌过八月的村庄。[1]

在这里,作者就近取譬,比喻修辞的喻体全都来自乡村生活中常见之物。他用"半锄"来形容春天降雨量之小,用"细麻绳"来比喻东拉河之瘦,既生动传神,又让人觉得亲切。这样的比喻,看似平平常常,实则皆是神来之笔,非有极家常之心态,非有极朴素之意识,是写不出来的。

路遥这样描写晚秋的最后一场雨:"这雨已经下了一天一夜,还没有停歇的迹象。南风赶着灰黑的云彩,潮水般向北方漫过去。雨时疏时密,但一直没有断头。老天爷总是不尽人意,伏天要雨的时候,偏偏一滴雨也不落;现在不需要雨,雨倒下个没完没了!"[2] 在这段描述性的文字里,路遥所用的词语,除了"时疏时密",全都是略带点陕北方言特色的日常用语;句式也显得简短自然,给人一种从容舒缓的感觉。

同样,路遥对人物语言的描写,也显得极为"谦逊"和克制。他没有

---

[1] 路遥:《平凡的世界·第二部》,人民文学出版社2004年版,第43页。
[2] 路遥:《平凡的世界·第二部》,人民文学出版社2004年版,第164页。

把自己的意识和话语方式强加给作品中的人物——不是让他们全都用作者自己的腔调讲话，而是把话语权交给人物，让他们用真正属于自己的方式说话。刘巧珍坐在月夜下的打麦场上，温情脉脉地对高加林说："加林哥，我看见你比我爸和我妈还亲……"① 这句话，是一个恋爱中的农村姑娘最真实的心声，既热烈又真实，是最美也最让人难忘的人物语言。田润叶写给孙少安的情书，只有两句话："少安哥：我愿意一辈子和你好。咱们慢慢再说这事。"② 这是真正属于她自己的语言。从这种简单而真诚的话语里，人们看见了她纯朴的心灵，看见了她对少安含蓄而执着的爱情。假如路遥也让刘巧珍和田润叶像莫言《檀香刑》中的孙眉娘那样，施施然踅进莎士比亚的剧本，文绉绉讲着朱丽叶的语言，那《人生》和《平凡的世界》肯定不会像现在这样真实和感人。

总之，路遥小说的语言，像收割后的大地一样坦率，像阳光下的麦秸垛一样朴实；仿佛春天的泥土一样柔软，仿佛仁者的目光一样和善。在他作品那看似质木无文、殊乏情采的形式下，显示出一种低调的文学意识，一种朴素的文学气质，一种"谦逊"的文学品格。

雨果在《威廉·莎士比亚》中说："谁不理解埃斯库罗斯，那真是无可救药的平庸。可以在埃斯库罗斯身上试出智慧深浅。"③ 路遥不是埃斯库罗斯，所以，在他身上也许试不出中国批评家智慧的深浅。但是，他成熟的现实主义经验，他热情又不乏诗意的语言，他低调而"谦逊"的文体风格，绝对可以试出批评家文学趣味的良窳和批评能力的高下。

第四节　"我不愿意再像你们一样"
——重读《人生》

时间是文学最权威的估价师。经得起时间之水磨洗的作品，才是真

---

① 路遥：《人生》，人民文学出版社2006年版，第50页。
② 路遥：《平凡的世界·第一部》，人民文学出版社2004年版，第100页。
③〔法〕维克多·雨果：《威廉·莎士比亚　插图本》，丁世忠译，团结出版社2001年版，第94页。

正的好作品。距离路遥的中篇小说《人生》出版，忽忽已超四十年。现在来看，《人生》仍然是一部让人读来欲罢不能、感叹唏嘘的杰作。遥想当年，它刚一出版便风行一时，让许多读者为人物的不幸悲不自胜，凄然下泪。在中国当代文学史上，如此充满真实感、悲剧性和震撼力的作品并不多见。

为什么说《人生》是中国当代文学史上罕见的杰作呢？因为，它第一次把叙事的焦点集中在了长期被整体遮蔽的个人身上；第一次真实地写出了个人与社会的尖锐冲突；第一次写出了一个农村青年与时代的紧张关系。在卡夫卡看来，"主观的自我世界和客观的外部世界之间的紧张关系，人和时代之间的紧张关系是一切艺术的首要问题"[1]。同时，它还第一次以含着悲剧意味的叙事调性，写出了农村青年在差序格局下的困境与焦虑、无奈与屈辱。

就艺术性来看，《人生》也多有可圈可点之处。语言朴素而清通，结构巧妙而圆整，人物刻画准确而生动，景物描写充满诗情画意，叙事的调性则凝重、深沉、温暖，像一首悲伤、压抑而又热情的命运交响曲。它凭借巨大的艺术魅力，不仅感染了无数读者，也给许多作家带来了强烈的冲击和深刻的启示。在题为《摧毁与新生》的文章里，陈忠实细致地记录了自己读完《人生》之后的"高峰体验"："几乎是一口气读完了这部十多万字的中篇小说《人生》。读完时坐在椅子上是一种瘫软的感觉，显然不是高加林波折起伏的人生命运对我的影响，而是小说《人生》所创造的完美的艺术境界，对我正高涨的创作激情是一种几乎彻底的摧毁。"[2]所谓"瘫软的感觉"，所谓"几乎彻底的摧毁"，描述的正是一部真正非凡的作品才有的巨大魔力和感染力。

然而，几十年来，对于《人生》的解读却仍然不能令人满意。无论是对它创作经验的总结，还是对它缺陷的分析，都远未达到"题无剩义"的程度。我们忽略了它在揭示城乡生活差异和冲突方面所表现出来的敏锐和

---

[1]〔奥〕叶廷芳主编：《卡夫卡全集·第4卷》，赵蓉恒译，河北教育出版社2001年版，第492页。

[2] 陈忠实：《陈忠实文集·第9卷》，人民文学出版社2016年版，第56页。

深刻，看不到它在表现个人境遇和个性复活方面所具有的巨大意义，反而用"资产阶级""利己主义"和"个人主义"等大而无当的概念来为高加林定性。有学者说，"从思想上或从道德上说，加林都还不是一个先进的青年，他受到资产阶级思想意识的侵蚀，身上有很多应该受到人们批评和谴责的东西"①。这是一番令人极为费解的话。高加林在学校接受的是无产阶级教育，在农村交往的是无产阶级劳动者，所读的书籍，则是《红岩》和《钢铁是怎样炼成的》这样的无产阶级作品，他的"资产阶级思想意识"到底是从哪里来的呢？他那些应该被批评和谴责的"很多"的"东西"，到底是什么东西呢？一个人对生活有自己的愿望和诉求，就是被资产阶级思想意识侵蚀的表现吗？

　　王富仁在讨论《人生》的时候说，高加林进城后，在新的工作岗位上，"并没有表现出多少个人主义的东西"，但是，转眼之间，他又说是农村的落后环境发展了高加林的"个人主义倾向"，"以另外的一种方式培养着它的反抗者身上的资产阶级个人主义的倾向"②。这样的认知和判断，好像是在说"资产阶级个人主义"会让人更热爱贫困落后的异乡农村，而不是自己流光溢彩的故乡城市。他还批评路遥说，"作者主要把悬念建立在高加林是否离开农村这一点上，其实这是极不充分的"③。事实上，没有比这更充分的了。要知道，为了"离开农村"，许多农村青年所承受的痛苦，所付出的代价，远非坐在书斋里的学者所能想象。

　　世间几乎不存在无可挑剔的叙事作品，《人生》也有自己的瑕疵。例如，由于特殊语境的限制，由于作者所选择的让步叙事，《人生》中经验与观念相互冲突的问题就显得特别严重，而作者处理这一冲突的败笔，亦明显可见。分析这些"败笔"的表现及成因，无疑有助于我们更全面地评

---

① 马一夫、厚夫主编：《西北作家文丛 第2辑 路遥研究资料汇编》，中国文史出版社2006年版，第319页。

② 马一夫、厚夫主编：《西北作家文丛 第2辑 路遥研究资料汇编》，中国文史出版社2006年版，第333页。

③ 马一夫、厚夫主编：《西北作家文丛 第2辑 路遥研究资料汇编》，中国文史出版社2006年版，第335页。

价路遥和他的这部作品。

现在，我们有必要从那些最基本的事实出发来解读《人生》，来阐释其情节发展的社会学背景，来揭示高加林形象所包含的个性意义和独特价值，来探讨作者的让步叙事所存在的问题。

一、差序格局下的人生困境

每一个人都是社会海洋中的一滴水，都是时代森林里的一棵树。波涛汹涌，没有一滴海水不随之起伏；林间风来，没有一根树枝不随之摇摆。人的生活和命运，也都不可避免地要受到特殊时代的社会组织方式和制度安排模式的影响。小说是一种讲述社会中的人在特定时代的生活和命运的艺术。因而，要读懂一部小说，就要了解人物所处的具体时代社会的基本状况，尤其要了解那些影响他们生活的社会结构模式和社会管理方式。

社会管理主要是对人的管理。高度的文明化和充分的人性化是现代社会管理的根本特点。管理人的根本目的，不是为了限制人的行动，更不是为了剥夺人的自由，而是为人服务，以最大限度地调动人们的生活热情和创造能力，使他们体验到做人的价值和尊严。户口登记和户籍管理制度就是这样一种社会管理方式和社会服务方式。

关于差序格局下的中国户籍管理问题，中国户籍问题专家、中国人民大学教授陆益龙曾做过系统而深入的研究。他的研究具有成熟的问题意识和充分的事实感。他以严肃的学术态度，深刻地分析了1958年公布和实施的《中华人民共和国户口登记条例》。在他看来，该户籍制度的"逻辑结构"，是"家庭出身—身份—秩序—控制—分配"[1]。这是一个存在着"逻辑悖论"的政策设计："一方面，国家极力希望更快地在城市发展工业，另一方面，户口政策又试图限制工业劳动力的增长，控制农民进城。"[2]

---

[1] 陆益龙：《超越户口——解读中国户籍制度》，中国社会科学出版社2004年版，第34页。

[2] 陆益龙：《超越户口——解读中国户籍制度》，中国社会科学出版社2004年版，第27页。

这一观点是尖锐的,也是客观的,深刻地揭示了该户籍制度的结构和问题。

新的户籍制度是按照这样的规则制定出来的,即"按照地域规定权利和配置资源的原则"。陆益龙教授进而从现代性的高度,从公共事务管理和公共秩序维护的角度,指出了国家制定制度和规则的公平正义原则:

> 现代国家作为公共事务的处理者和公共秩序的维护者,其主要任务是解决人们在相互交往、共同生活中形成的公共问题,因此,国家需要以中间人的身份来解决公共领域的问题,即国家权力代表的是公正、正义的权威。所以,国家所制定的制度和规则,首先必须是公平的和正义的,否则就违背了合理性原则,其合法性也就会动摇。

新华社记者田炳信也对中国户籍问题特别留意,很有研究。他通过田野调查和新闻采访的方式,揭示了当时户籍制度所存在的问题。他描绘了户口分类的"宝塔式等级结构":"处于最低层的户口类别是农民户,循此逐级上升,分别是非农户、城镇户、城市户、大城市户、直辖市户。越处于下层的户口类别,分布越广,户数越多;越处于上层的户口类别,分布越窄,户数越少。"[1] 在他看来,户籍制度改革的目标,就是"消除其二元特征,淡化城市户籍的高附加值,增加农村户口的含金量,使之不再成为人才流动的壁垒和资源配置的障碍"[2]。

陆益龙教授和田炳信记者对中国户籍问题的调查和研究,体现着求真的激情和探索的勇气。他们的学术观点,则显示出成熟的问题意识、充分的事实感和深刻的真理性,既有助于人们认识当时的户籍制度,解决现实生活中的具体问题,也有助于认识和分析与户籍问题有关的文学叙事。从生活矛盾和情节冲突的角度看,《人生》揭示的主要是城乡生活之间的差

---

[1] 田炳信:《中国第一证件——中国户籍制度调查手稿》,广东人民出版社2003年版,第31页。

[2] 田炳信:《中国第一证件——中国户籍制度调查手稿》,广东人民出版社2003年版,第42页。

异所造成的矛盾和冲突，这与当时的户籍制度不无关系。路遥在《人生》中所揭示出来的问题，与研究户籍制度的专家学者所提供的学术判断是高度契合的，也是可以相互映照的。

当时，二元结构形态下的城乡户籍，意味着两种完全不同的社会身份和生活方式，意味着两种完全不同的生活水平和生活质量。城镇户籍意味着衣食无忧的生活——粮食供应有保障，无论丰歉，城里人都不至于因饥饿陷入绝境；未来出路有着落，无论智愚，城里人都能获得一份有稳定收入的工作。而农村户籍则意味着高强度的劳动和微薄的劳动报偿，意味着可怕的贫穷和饥饿，甚至意味着深深的屈辱感和自卑感。所以，一旦有机会，农民就会不顾一切地涌入城市，争取生存空间。他们"放弃了曾视为生命的土地，远离了曾经日夜厮守的村落和熟悉的农事，宁可忍受寂寞、屈辱与歧视，也要涌进各地城市。于是，数以百万计的中国农民掀起的'民工潮'，便一次又一次成为20世纪最后十多年的一道奇异的风景"[1]。然而，关于农村社会和农民生活的困境，某些外国学者却因为与中国社会存在隔膜，知之未详，便根据主观想象来进行描述和判断。费正清就在《美国与中国》中不切实际地高估了"农业机械化"对农村生活的影响。在他看来，农村的小型工业几乎解决了所有问题，不仅"能够灵活地适应当地的需要"，而且，还"缩小了城乡之间的知识和社会差距，产生了一定程度的自给自足和自力更生……不仅有助于保卫国家，也增进了实现民主自治的机会"[2]。事实上，单靠机械化和工业化来缩小城乡之间的巨大差距，增进实现某种理想的机会，在实践上是困难的，在理论上更是荒谬的。路遥的小说叙事，就给费正清的想象和判断提供了切实的反例和有力的反证。

路遥几乎所有重要的作品，都在书写农村青年在城乡之间的艰难挣扎，书写他们的贫困境况和饥饿体验，书写他们的屈辱感受和身份焦虑。《人生》中高加林的悲剧，虽然也是道德悲剧和性格悲剧，但主要是一种社会

---

[1] 陈桂棣、春桃：《中国农民调查》，人民文学出版社2004年版，第1页。
[2] 〔美〕费正清：《美国与中国》（第四版），张理京译，世界知识出版社1999年版，第429页。

悲剧。具体地说，是差序格局下的二元结构户籍制度造成的社会悲剧。在《人生》里，高中毕业后，城里和农村的学生立即就显示出了身份和生活上的巨大差异：

> 农村户口的同学都回了农村，城市户口的纷纷寻门路找工作。亚萍凭她一口高水平的普通话到了县广播站，当了播音员。克南在县副食公司当了保管。生活的变化使他们很快就隔开很远了，尽管他们相距只有十来里路，但在实际生活中，他们已经是在两个世界了。①

无论从哪个方面来看，高加林都是他们班上的优秀人物，而他的自尊心较一般人又更强，所以，他所感受到的不平和屈辱就比别人更加尖锐和强烈。他的同学张克南真心想帮助高加林，无意中说了一句："唉，现在乡下人买一点东西真难！"这句话让高加林极为不快，觉得张克南是在夸耀自己的优越感：

> 他的自尊心太强了，因此精神立刻处于一种藐视一切的状态，稍有点不客气地说："要买我想其他办法，不敢给老同学添麻烦！"
> 一句话把张克南刺了个大红脸。②

巴尔扎克的长篇小说《高老头》中的拉斯蒂涅，在巴黎接受了大学教育，也学会了欣赏城市的风景。回乡过暑假的时候，他发现自己的意识变了，而故乡也变得陌生了起来："童年的幻象，外省人的观念，完全消灭了。见识改换，雄心奋发之下，他看清了老家的情形。"③高加林的心理和意识也有过相近的变化。他在县城里读了几年书，便清楚地知道了

---

① 路遥：《人生》，人民文学出版社2006年版，第22页。
② 路遥：《人生》，人民文学出版社2006年版，第20页。
③〔法〕巴尔扎克：《人间喜剧·第五卷》，人民文学出版社1994年版，第31页。

城乡之间的差距有多么大,也清醒地认识到了农村青年与城里青年的生活距离有多远。他的内心没有拉斯蒂涅那种对社会的敌意和仇恨,但是,他有着强烈的自卑感和焦虑感。所以,他才会对热烈地爱着他的黄亚萍"暴躁地喊着":"你父亲肯定不会接受我!他们要门当户对的!我一个老百姓的儿子,会辱没他们的尊严!"① 高加林接受过教育,经常读报,也阅读过很多课外书。他已经掌握了很多关于外部世界的知识。他对生活的理解,对未来的想象,都远远超越了他高家村的父辈。这一切决定了他不可能再像父辈那样平心静气地当一辈子农民,他对城里的生活充满向往。他的人生理想,就是能够像城里人一样,过一种体面的、有文化品位的生活。然而,他的悲剧在于,他完全无法摆脱自己的农民身份,因而也就不可能进入城市,成为市民、工人或国家干部。他注定要在城与乡之间进行无望的精神流浪,承受精神被撕裂的痛苦和苦苦挣扎的煎熬:

  当年他来到县城,基本上还是个乡下孩子,在城市的面前胆怯而且惶恐。几年活跃的学校生活,使他渐渐把自己的思想感情和生活习惯与城市紧密地融合在了一起;他很快把自己从里到外都变成了一个城里人。农村对他来说,变得淡漠了。有时候成了生活舞台上的一道布景,他只有在寒暑假才重新领略一下其中的情趣。

  正当他和城市分不开的时候,城市却毫不留情地把他遣送了出来。②

他曾经获得过当"民办教师"的资格,这意味着他有机会实现自己进入城市和成为市民的梦想。尽管这梦想依然非常渺茫,需要付出艰辛的努力才有可能最终实现。然而,就连这个渺茫的梦想,也因为被人顶替而化为泡影:

---

① 路遥:《人生》,人民文学出版社2006年版,第138页。
② 路遥:《人生》,人民文学出版社2006年版,第103页。

现在这一切都结束了,他将不得不像父亲一样开始自己的农民生涯。他虽然没有认真地在土地上劳动过,但他是农民的儿子,知道在这贫瘠的山区当个农民意味着什么。农民啊,他们那全部伟大的艰辛他都一清二楚!他虽然从来也没鄙视过任何一个农民,但他自己从来都没有当农民的精神准备!不必隐瞒,他十几年拼命读书,就是为了不像他父亲一样一辈子当土地的主人(或者按他的另一种说法是奴隶)。虽然这几年当民办教师,但这个职业对他来说还是充满希望的。几年以后,通过考试,他或许会转为正式的国家教师。到那时,他再努力,争取做他认为更好的工作。可是现在,他所抱有的幻想和希望彻底破灭了。此刻,他躺在这里,脸在被角下面痛苦地抽搐着,一只手狠狠地揪着自己的头发。①

所以,对他来讲,失去民办教师的工作,就是一件天塌地陷的事情,无法不让他极度慌乱和痛苦:"他猛地转过身,一头扑在炕栏石上,伤心地痛哭起来。"②在路遥身上,丝毫没有农村出身的作家身上那种惯见的狭隘性,即固守狭隘的"乡村立场",内心充满对都市文明的偏见和敌意。他热爱城市,视之为"人类进步的伟大标志"③。像路遥一样,他笔下的人物,例如马建强、高加林和孙少平,也都认同和向往都市文明。对高加林来讲,失去进入城市的机会,就是失去享受向往的生活的机会,他的痛苦和伤心全都因此而起。路遥怀着深刻的理解和深切的同情,叙写了高加林们的"城市梦",写出了他们内心的焦虑和痛苦。

这种强烈的身份焦虑,不仅路遥笔下的人物有,俄罗斯作家笔下的人物也有。在苏联,印着镰刀和锤子的身份证只发给城镇居民,不发给集体农庄的农民。所以,农村青年叶戈尔沙的梦想,就是拥有这样的身份证,

---

① 路遥:《人生》,人民文学出版社2006年版,第4—5页。
② 路遥:《人生》,人民文学出版社2006年版,第7页。
③ 路遥:《路遥全集·早晨从中午开始》,北京十月文艺出版社2013年版,第51页。

自由地到想去的地方生活：

> 叶戈尔沙翻了个身，仰天躺着，把扫帚枕在头底下，后来他沉默片刻，解释说：
> "我目前的任务是这样的——先把镰刀和锤子弄到手，往后再走着瞧，看看该做些什么，怎么做。"
> "我从前倒没有看出来你想当铁匠。"
> "现在也不想。"
> "那又为啥呢？"
> "我想要一种长着翅膀的镰刀和锤子，"叶戈尔沙伸着懒腰说，"我可以凭着它们，想到哪儿就飞到哪儿。"
> "噢，原来这样，"米哈伊尔恍然大悟，"你是指身份证，我倒不知道。没有身份证，松树和杉树也一样认识我们。"
> "我要跟集体农庄的树林告别了。"叶戈尔沙说。
> "谁会放你走呢？"[1]

像高加林一样，叶戈尔沙最终也没有离开被森林包围的佩卡希诺村。事实上，小说中当时的城乡二元户籍结构，以及农民和城市居民在政治和经济上的不同地位和待遇，几乎从苏维埃政权一建立时起就确定下来了。1927年3月12日，一个叫齐布特金的农民给《农民报》写了一封信，指出城市居民的生活水平远远高于农民，"没有一个工人愿意穿农民所穿的那种衣服"[2]。他对城乡之间的种种差别深感困惑和不满。他根据自己所了解的情况，根据自己当过十五年工人的经历，发现无论从对革命的贡献来讲，还是从政治素质来讲，工人和农民都没有多大差别。他呼吁在即将召开的全俄苏维埃代表大会上审议自己提出的问题，彻底改变针对农民的

---

[1]〔苏〕费·阿勃拉莫夫：《普里亚斯林一家·第二卷》，上海译文出版社1984年版，第36—37页。

[2] 沈志华总主编：《苏联历史档案选编·第9卷》，社会科学文献出版社2002年版，第539页。

歧视性政策。然而，直到苏联解体，城市与乡村之间的巨大差异，工人与农民之间的种种差别，仍然毫无改变。

正像城乡二元户籍制度捆住了苏联农村青年叶戈尔沙的手脚，它也限制了中国农村青年高加林的发展，甚至决定性地影响着农村姑娘刘巧珍的爱情和命运。刘巧珍虽然不识字，却清楚地知道农村户口和城镇户口分别意味着什么。她知道，身为农民，就得一切靠自己，靠自己地里刨食，靠自己一分一厘地积攒买油盐酱醋的钱；而城里则是"商品粮世界"，城里人可以过拿着根本买粮的体面生活。她有没有机会最终得到高加林的爱情，也取决于高加林最后的户籍归属。当高加林还是民办教师的时候，就意味着他还有机会进入那个远离自己的"商品粮世界"，因而，她便深感自卑，"连走近他的勇气都没有"[①]。只有当高加林彻底成为农民的时候，她才有可能跟他生活在同一个世界，才有资格去爱他。

即便对黄亚萍来讲，"户籍"二字也是难以承受的重压。无论是多么浪漫和勇敢的爱情，也无法突破由"户籍"二字标示出来的冷冰冰的界线。只有当高加林摆脱农民身份，获得城镇户籍的时候，她才有可能不管不顾地爱他，否则，她也只有放弃自己的爱情。"农村户籍"，实在太可怕了；"农民"二字，实在太沉重了。"她真诚地爱高加林，但她也真诚地不情愿高加林是个农民！""她爱高加林而又怕他当农民啊！"然而，她最怕的事情最终还是发生了，"常委会的决定很快做出了：撤销高加林的工作和城市户口，送回所在大队"[②]。高加林失去了"城镇户口"，他和黄亚萍的爱情，也就无可挽回地终结了。尽管黄亚萍很勇敢，甚至说自己愿意为了爱情放弃工作、放弃城市，跟着高加林去当农民，但是，她完全清楚，嫁给一个农民意味着什么。

小说叙事需要一个"核"，需要一个决定性的因素和推动力。在《人生》里，这个"核"，这个决定性的因素和推动力，就是特殊时代的城乡二元户籍制度。正是这种户籍制度，决定性地影响了《人生》中几个青年的爱情和生活，根本性地影响了高加林的人生——影响了他对爱情的态

[①] 路遥：《人生》，人民文学出版社2006年版，第30页。
[②] 路遥：《人生》，人民文学出版社2006年版，第162页。

度和选择，甚至影响了他最终的命运和结局。高加林的人生困境，本质上就是身份的困境，就是由户籍的限制造成的难以摆脱的生存困境和精神焦虑。

二、个性的毁灭与个人的复活

赫尔岑说："个人是社会最真实、最现实的单子。"① 无论是谁，一旦失去个性意识、失去自我，就算不得真正意义上的人。所以，他为那种正常范围内的"利己主义"辩护："消灭人身上的利己主义，人就会变成一个恭顺的狒狒。奴隶身上利己主义最少。"② 在赫尔岑看来，个人性的利己与社会性的利他，完全可以自由而和谐地结合起来。

个性是健全人格的徽章。正是鲜明的个性，使一个人显示出与众不同的特点和价值。每一个人格健全、意识成熟的人，都应该有自己的独特个性。无个性的人，就是平均数意义上的人，就属于被群体特征覆盖的人。无个性意味着精神上的依附和意识上的盲从。这是精神上的沉睡状态，是意识世界的无力状态甚至僵死状态。一个人如果缺乏个性，也就必然缺乏独立性，缺乏创造的活力和自己的思想。所有无个性的人都是相似的，就像土豆与土豆一样，只有大小的区别，而没有本质的区别。

没有个性成熟的个人，就没有精神成熟的社会。人们的个性越丰富、越健全，则社会的文明程度越高。就像泰戈尔访苏之后所提醒的那样："削弱个人，不可能加强集体。如果束缚个人，集体也不可能获得自由。"③ 然而，在20世纪的复杂语境中，个人与个性常常陷入一种尴尬而被动的境地。社会化的运动常常以追求自由和解放个性为号召，同时，却又要求个人服从规约和束缚，甚至放弃个人的自由：一方面极力肯定个人的自由，一方面又极力限制和否定个人的自由；一方面提倡人的个性解放，另一方面又通过各种舆论宣传和强制手段压抑人的个性。最终的结果，是整体性

---

① 〔俄〕赫尔岑：《彼岸书》，张冰译，四川人民出版社2016年版，第167页。
② 〔俄〕赫尔岑：《彼岸书》，张冰译，四川人民出版社2016年版，第172页。
③ 〔印〕泰戈尔：《俄罗斯书简》，董友忱译，东方出版社2014年版，第112页。

规约甚至瓦解了个性，造就了大量无个性、无热情、无思想的空心人；无论是在现实生活中还是在文学叙事中，人的无个性化皆成普遍的现象和严重的问题。

高尔基是为20世纪俄国文学奠定基础和确立方向的人之一。令人费解的是，他竟然忽视个体精神和个体人格的价值和意义，竟然对个人和个性抱着全然否定和绝对排斥的态度。在论及陀思妥耶夫斯基等人的时候，他说，"一切都在推翻个人的绝对性"①。显然，对他来讲，在现实生活中，个人是相对的、无足轻重的，甚至不可能"获救"。1909年，在《个性的毁灭——现代生活与文学概要》一文中，高尔基更加彻底和尖锐地否定了个人的地位和个性的价值："在精神创造的领域内个人是起着保守作用的。"②他将个人与集体对立起来，用集体来否定个人和个性："个人，如果单靠自己，如果置身于集体的关系之外，置身于任何团结民众的伟大思想的范围之外，就会变成怠惰的、保守的、与生活发展相敌对的人。"③这显然是一种简单化的认知和判断。因为，他所陈述的条件，并不必然导致他所陈述的后果。如果人丧失了个性，就会不可避免地变成丧失活力的、与生活发展相敌对的人。另外，高尔基还忽略了这样一个事实，即作家的写作是一种特殊的个体劳动，这种创造活动主要靠作家自己来完成。为此，他就必须有独立的人格和基本的自由。俄罗斯和其他国家第一流的伟大作家，几乎全都是健全意义上的个人，全都依靠个体的力量来完成自己的工作。

高尔基否定几乎所有19世纪伟大的作家，批评他们的写作是毁灭于平庸的"个人主义"和疯狂的"个性"的写作："庸碌与疯狂——这就是现代作家的两种典型。"④他对果戈理充满偏见，所以，否定起他来便有一股不管不顾的劲头："这个人体质虚弱，精神恍惚，爱好虚荣，在对人（的）态度上极其自私……这种特性适合于一切国家一切时代的个人主义

---

① 〔苏〕高尔基：《俄国文学史》，缪灵珠译，上海文艺出版社1951年版，第452页。
② 〔苏〕高尔基：《俄国文学史》，缪灵珠译，上海文艺出版社1951年版，第512页。
③ 〔苏〕高尔基：《俄国文学史》，缪灵珠译，上海文艺出版社1951年版，第515页。
④ 〔苏〕高尔基：《俄国文学史》，缪灵珠译，上海文艺出版社1951年版，第560页。

浪漫主义者……在幻想中使自己超越于别人之前,凌驾于别人之上,一个人便落得孑然独立,于是便觉得天壤之间除了自己之外再没有任何人。"① 他把《红与黑》的主角和巴尔扎克笔下的拉斯蒂涅,称为"粗鲁的小市民胜利者"或者"意志薄弱的可怜虫"。他用"小市民"和"市侩习气"这样一些概念,否定了几乎所有欧洲19世纪文学作品中的人物,包括俄国作家所塑造的"多余人"形象。他认为,这种人物"对于社会生活是极端危险的,因为这些意志消沉、没有希望、没有憧憬的人们,正是我们(的)敌人最善于大量利用的人。……文学的任务就是去消灭这种人,或者使他们鼓起勇气来恢复盛旺的生活"②。他最后要求作家承担的"历史使命",就是"尽可能地去发展和组织各国人民的全部潜力,把它化为积极的力量,建立阶级的、集团的、党的集体"③。他动员作家消灭个人主义,通过文学实现对个性的毁灭。有必要指出的是,在很长的时间里,对个人和个性的否定,几乎是俄国一种普遍的倾向和思潮。我们在其意识形态领域的权威人物那里(例如托洛茨基、日丹诺夫和沃隆斯基),都可以看见这样的倾向和主张。

那么,高尔基所欲汲汲然追求和建构的,又是一种什么样的人格精神呢?他要建构的是一种个体消融于整体的人格精神,是一种充满激情和雄心但缺乏理性意识的人格精神,是一种过于迷信集体的意志和力量的人格精神。非理性的冲动和浪漫主义的激情,是这种人格精神的突出特点。所以,他才会在《海燕》里喊出"让暴风雨来得更猛烈些吧"这样的浪漫主义口号,才会发表《敌人不投降,就叫他灭亡》等缺乏理性精神的檄文。

为什么要在讨论路遥的《人生》之前,对高尔基写于一百多年前的、几乎与路遥的小说完全不相干的著作喋喋不休地大加议论呢?

因为,这种流行一时的极端化和整体化观念,也曾极大地影响中国20世纪的文学实践。

因为,在很长的时间里,就是像高尔基所期待的那样,由丧失个性的

---

① 〔苏〕高尔基:《俄国文学史》,缪灵珠译,上海文艺出版社1951年版,第221页。
② 〔苏〕高尔基:《俄国文学史》,缪灵珠译,上海文艺出版社1951年版,第570页。
③ 〔苏〕高尔基:《俄国文学史》,缪灵珠译,上海文艺出版社1951年版,第572页。

作家塑造了大量缺乏个性的人物。

因为，正是通过与这种文学理念的对照，我们才能更清楚地看见路遥小说创作的新意和成就。

是的，在20世纪的文学作品中，充满了这种按照意识形态配方塑造出来的平均数意义上的人物。他们的个性是苍白的，内心是空洞的。他们终其一生，心智和情感都停留在一种不成熟的状态，既没有爱的热情和能力，也没有自己的思想和生活理想。他们随时准备接受外部的指令，按照一种既定的方式行动和生活。

然而，路遥拒绝继续按照僵硬的意识形态公式来写作，来塑造人物。他要用自己的方式，即尊重人物个性的、复杂的方式，塑造一些让人一下子分不出好坏和善恶的人，亦即真实的、有自己的个性的人。

高加林很倔强，性子很硬。不认命，不服从，是他性格中极为突出的特点。他拒绝像自己的父辈一样，像千千万万个农民一样，按照一种既定的方式生活。他要过自己向往的生活，一种摆脱了近乎原始的劳动方式的生活，一种更有尊严感的生活。就像他对父亲和德顺老汉所说的那样："你们有你们的活法，我有我的活法！我不愿意再像你们一样，就在咱高家村的土里刨挖一生……"[①]

高加林的这几句话，尤其是"我不愿意再像你们一样"一语，切不可等闲视之。这不是随便什么人都能讲出来的话，而是只有个性强大的人才能发出来的声音，是只有对生活有个人诉求的人才能表达出来的主张。

在相当长的一段时间里，人们大都倾向于接受那种被安排好的"活法"，几乎无人敢说"我有我的活法"和"我不愿意再像你们一样"之类的近乎无法无天的话。就此而言，高加林这一人物的出现标志着个人和个性在20世纪70年代与80年代之交的复活。他关于"活法"的宣言，显示出强烈的自我意识和与众不同的个性。对于长期缺乏个性化人物的中国当代文学来讲，高加林的出现具有非同寻常的重要意义。他是一个有血有肉、有自己个性的人，一个敢于表达自己的生活愿望和人生理想的人，而不是一个虚假的符号，一个苍白而毫无个性的人。

[①] 路遥：《人生》，人民文学出版社2006年版，第148页。

然而，人们似乎忽略了高加林身上积极的个性力量，忽略了他——作为敢于表达自己生活意愿的个人——对于中国当代文学的重要意义。人们想当然地将他与《红与黑》中的于连·索黑尔归为一类，视他们为性格上的同类和道德上的兄弟。这是一种似是而非的表面之谈。因为，他们属于完全不同的道德谱系和人格谱系。

无论从哪个方面看，于连·索黑尔都是一个极为平庸的人。他的情感是病态的，人格是扭曲的，思想是浅薄的。英国学者邓肯·希思说他是一个"冷酷"而"有预谋"的浪漫主义者，"在后革命时期的法国，他是一股危险的力量，是被谦恭和自我压抑伪装起来的'罗伯斯庇尔'"[1]。于连还是个不可救药的权力拜物教分子。他崇拜拿破仑，崇拜这个法国大革命的背叛者。这样，于连·索黑尔就成了复辟时代的郁郁不得志的小拿破仑。

一个小城的底层青年，一个出身卑微的木匠之子，怎么会奉拿破仑这样的人为自己的精神偶像呢？这也不难理解。通常情况下，那些能够跻身国家元首位置的人物，都拥有巨大的道德影响力。权力给人们造成一种幻觉，那就是，它是道德的同盟军，甚至就是美德的代名词。所以，握有绝对权力的人物，常常被不切实际地视为道德权威和人格榜样。涉世未深的青年人很容易将大权在握的人物当作自己的人生导师和精神教父，还没有学会把权力上的成功与道德上的成功区别开来。他们总是将政治权威等同于道德权威，常常因为这种错误的认知而成为掌权者精神病毒的受害者。只有等到年纪渐长，他们才会明白，自己歆慕和热爱过的大人物，其实既不伟大也不高尚，根本不值得崇拜和追随。拿破仑和希特勒就属于那种容易使青年们上当和受害的独裁者。

作为独裁者，拿破仑的道德意识和道德行为里充满了不正派的因子，充满了反人性的精神毒素。被拿破仑迫害过的斯塔尔夫人曾经这样批评这位虚伪无耻、倒行逆施的"革命者"和"解放者"："他在一天时间里恣意妄为、专制武断的程度，是其他任何一位欧洲君主在一年里都不敢做到

---

[1]〔英〕邓肯·希思：《浪漫主义》，李晖、贾倩译，生活·读书·新知三联书店2019年版，第145页。

的。他唯一所做的，就是夺走了欧洲人民的平静、独立、语言、法律、财产、生命、孩子，换来的却是灾难和耻辱——作为民族惨被灭绝的耻辱、作为人遭到藐视的耻辱。他开始了自己称霸天下的宏伟蓝图，这却给人类带来最深重的苦难，让世界烽烟四起、战祸连连。""任何追求和平的行为都不对波拿巴的胃口：只有在战争的腥风血雨中，他才能体会到乐趣。"① 就是这样一个给世界带来灾难和痛苦的暴君，却成了几代欧洲青年的精神偶像，并在消极的意义上影响了他们的道德意识和道德行为。就像普希金在《叶甫盖尼·奥涅金》里所写的那样："我们把一切人全当作零看，/ 能够算作壹的只有自己，/ 我这话不包含一丝儿偏见；/ 我们全都在向拿破仑看齐；/ 成千上万两只脚的东西，/ 对于我们只是工具一件，/ 我们认为感情滑稽而野蛮。"② 《罪与罚》中的拉斯科尼科夫就是拿破仑的崇拜者。正是在拿破仑的影响下，他才毫无恐惧向两位老妪举起了寒光闪闪的斧头。然而，正像一位法国历史学家所指出的那样："在法国，没有一本书敢于说出这个简单的真相：波拿巴试图恢复奴隶制，然后整个民族起来反抗他，打败了他。"③ 其实，从人格精神和道德意识方面完成对拿破仑这样的独裁者的清算，也同样是一件很有必要又很艰难的事情。

　　于连是一个在精神上中了"拿破仑病毒"的底层青年。感染这种病毒最明显的特征、傲慢和自负、疯狂和野心、冷酷和无情，就是对世界和他者的蔑视。对拿破仑来讲，生活的内容就是斗争和战争，而生活的目的就是征服和胜利，就是追求虚妄的荣誉和无上的权力。于连将拿破仑当作"上帝给法国青年派来的救星"④。他对拿破仑佩服得五体投地，将他当作自己的榜样，渴望像他一样在二十八岁就征服世界，功成名就。他望着天空

---

① 〔法〕斯塔尔夫人：《十年流亡记》，李筱希译，吉林出版集团股份有限公司2016年版，第88—89页。

② 〔俄〕普希金：《叶甫盖尼·奥涅金》，智量译，人民文学出版社1985年版，第58页。

③ 〔法〕克洛德·利布：《拿破仑的罪行》，朱洁译，吉林出版集团有限责任公司2010年版，第86页。

④ 〔法〕司汤达：《红与黑》，张冠尧译，人民文学出版社1999年版，第91页。

中盘旋的鹰,也能因为羡慕它的力量,向往那种孤独,而怦然心动地联想到拿破仑:"这是拿破仑的命运。难道有一天,这也会是他的自己的命运吗?"①他甚至冒着风险,随身带着拿破仑的"肖像"和《圣赫勒拿岛回忆录》。他行走在迎接国王的仪仗队里,心里想的却是那个科西嘉冒险家:"他觉得自己的确是一个英雄,他是拿破仑手下的传令官,领导着一个炮队进攻。"②在于连的词典里,只有"敌人""战斗""征服""胜利""成功"和"英雄"这样的词汇。

于连不仅不懂得爱,不懂得爱情,而且心胸狭隘,对一切都充满仇恨。他报复心极强,几乎到了睚眦必报的程度。他并不爱德·瑞那夫人,而是将她当作自己情感上的猎物,将猎获她爱情的过程视为承受和结束"折磨"的过程。在这一过程中,他所体验到的不是爱情,而是对令他愤怒的怯懦的克服。对他来讲,追求到德·瑞那夫人就是一场战斗的胜利,"不错,我打赢了一次,但必须乘胜追击,在这个贵族退却的时候彻底打掉他的傲气。这才是真正的拿破仑作风"③。他对德·瑞那夫人既没有真诚的情感,也缺乏起码的尊重。有一次,她试图靠在他的胳膊上,这是一个很自然的亲昵动作。但是,于连却感到"恶心",以至于"将她猛地一推,把胳膊抽了回来"④。这个粗野的动作,反映出他内心的冷酷和无情。他玩世不恭,将人生看作一场戏,在征服了德·瑞那夫人之后,他回忆了所有的细节,然后问自己:"我该做的做全了吗?我的角色演得好吗?"⑤他对自己的学生——德·瑞那夫人的几个孩子——也没有正常的情感,认为"这些孩子和我亲热不过像抚摸昨天买的那只小猎狗一样罢了!"⑥

于连仇恨一切,敌视整个世界。他对自己成长的地方毫无感情:"他讨厌自己的家乡,这里他举目所见的一切都使他心灰意冷。"⑦他为自己

---

① 〔法〕司汤达:《红与黑》,罗玉君译,上海译文出版社1979年版,第88页。
② 〔法〕司汤达:《红与黑》,罗玉君译,上海译文出版社1979年版,第133页。
③ 〔法〕司汤达:《红与黑》,张冠尧译,人民文学出版社1999年版,第67页。
④ 〔法〕司汤达:《红与黑》,张冠尧译,人民文学出版社1999年版,第57页。
⑤ 〔法〕司汤达:《红与黑》,张冠尧译,人民文学出版社1999年版,第86页。
⑥ 〔法〕司汤达:《红与黑》,张冠尧译,人民文学出版社1999年版,第60页。
⑦ 〔法〕司汤达:《红与黑》,张冠尧译,人民文学出版社1999年版,第26页。

的底层出身感到自卑和愤怒,为此,"他对上层社会只有仇恨和厌恶"①。到市长家里做家庭教师,也只是给他提供了仇视别人的机会:"他深恨和他一起生活的人,当然,这些人也恨他。"②作为一个典型的自我中心主义者,他自私而狭隘,几乎视一切人为自己前行道路上的羁绊,也无端地恨那些被他视为羁绊的人。德·瑞那夫人很美,"但正因为很美,于连反倒恨她,因为她是差一点使他前途尽毁的第一块礁石"③。他对德·拉·木尔侯爵小姐更是冷酷无情,将她当作必须征服的敌人。他从拿破仑的《圣赫勒拿岛回忆录》中获得了启示:"要她害怕,只有越使敌人害怕,敌人才越听我的,那样对方就不敢小看我了。"④

他最后似乎认识到了,自己所崇拜的那位伟人其实也不过是一个人格猥琐的庸人,因为,他也撒谎:"宣布让位给罗马王,纯属骗局!"⑤于连偶尔也能意识到自己的不诚实——他与自己说话,还要自欺欺人。但是,他没有能力改变自己。

于连的病态心理和消极行为,与他家庭的影响也有直接关系。他几乎没有从家庭里感受到过一丝的温暖和爱。他从家人那里得到的只有冷漠和伤害,包括暴力伤害——他的父亲和两个哥哥经常无端地对他拳脚相加,甚至打得他昏了过去。"家里谁也看不起他。他恨他的父亲和哥哥。"⑥在生命即将结束的时候,他还怀着深深的恨意,抱怨自己的父亲:"他从来没有爱过我。"⑦最后,就像司汤达自己在一篇论《红与黑》的文章中所说的那样:"由于他在家里经常受到拳打脚踢,被作为取笑的对象,这个心灵十分敏感的人在不断的屈辱中,变得多疑和暴戾。"⑧在法国19

---

① 〔法〕司汤达:《红与黑》,张冠尧译,人民文学出版社1999年版,第38页。
② 〔法〕司汤达:《红与黑》,张冠尧译,人民文学出版社1999年版,第44页。
③ 〔法〕司汤达:《红与黑》,张冠尧译,人民文学出版社1999年版,第39页。
④ 〔法〕司汤达:《红与黑》,张冠尧译,人民文学出版社1999年版,第399页。
⑤ 〔法〕司汤达:《红与黑》,张冠尧译,人民文学出版社1999年版,第467页。
⑥ 〔法〕司汤达:《红与黑》,张冠尧译,人民文学出版社1999年版,第20页。
⑦ 〔法〕司汤达:《红与黑》,张冠尧译,人民文学出版社1999年版,第466页。
⑧ 古典文艺理论译丛编辑委员会编:《古典文艺理论译丛 4》,人民文学出版社1962年版,第173页。

世纪著名批评家圣勃夫看来,于连并不是一个真实而自然的人物,而是司汤达"两三个观念"的产物:"不是生龙活虎般的人物,而是些妙手造成的机器人;读者几乎时时刻刻可以看到机械师装进去的,并且从外面操纵着的那个弹簧。……于连带着作者给他的那两三个固定思想,不久就只显得是一个可怕的、不可能的小怪物,一个穷凶极恶的人……"[①]

总之,于连·索黑尔是一个对一切都充满仇恨的人,是一个极端自私和狭隘的人。他本质上是一个人格畸形的人,他是法国大革命消极意义上的精神之子,是拿破仑思想病毒和人格病毒的受害者。

比较起来,高加林就属于完全不同的另一类人。

在很多方面,他都与于连·索黑尔形成了鲜明的对照,也显示出与马丁·伊登极大的不同。

高加林有对个人生活的想象和主张,但他也只是一个寻常意义上的理想主义者。他既不是于连·索黑尔式的恨世主义者,也不是马丁·伊登式的崇拜尼采的个人主义者。高加林有抱负,相信自己有能力做很多事情,但是他没有征服世界的野心。他只是想像城里人一样,过一种文明而体面的生活。

高加林对生活有不满,但是对人没有仇恨。他的心理和人格都是健康的。

他从父母那里感受到了强烈的爱,也懂得如何去爱别人。他孝敬父母,心疼他们:"他每次从城里回来,总是给他们说长道短的,还给他们带一堆吃食:面包啦,蛋糕啦,硬给他们手里塞;说他们牙口不好,这些东西又有'养料',又绵软,吃到肚子里好消化。"[②]他会为母亲阳光下显眼的白发感到难受和羞愧。因为自尊心太敏感,他本不想到集市上卖蒸馍,但是,一想到家里"连一点零花钱都没有了,这样回去,父母亲虽不会说什么,但他们肯定心里会难受的"[③],便强迫自己向市场走去。

[①] 〔法〕夏尔·奥古斯丁·圣勃夫:《圣勃夫文学批评文选》,范希衡译,南京大学出版社2016年版,第906—907页。

[②] 路遥:《人生》,人民文学出版社2006年版,第2页。

[③] 路遥:《人生》,人民文学出版社2006年版,第19页。

他的心里是有别人的。他知道体恤人。在炎炎烈日下干完重活之后，他抱住水罐，本想一口气喝完，但看到同样辛劳的德顺爷爷，"就又把水罐放到牛回头的地方"①。他甚至有带着巧珍一起离开农村到外面去当工人或干部的想法。如果没有户籍问题所造成的难以克服的困难和阻遏，他也许根本就不会抛弃亲爱的巧珍。

高加林是一个良心未泯的人，甚至可以说是一个道德意识很强的人。他为了摆脱农村户籍和农村生活而辜负了刘巧珍的爱情，抛弃了她，但是，在这一过程中，他的内心并不平静。巨大的精神痛苦始终伴随着他："他像一个疯子一样在自己的窑里转圈圈走；用拳头捣办公桌；把头往墙壁上碰……"他从道德上鄙视和谴责自己："你是一个混蛋！你已经不要良心了，还想良心干什么……"②

黄亚萍离开张克南，转而爱上了高加林，这也让高加林于心不忍，叹息着说："克南是会很痛苦的……"③在与黄亚萍恋爱的过程中，他始终都是被动的，克制的，甚至是自责的。这一切都说明，高加林本质上是一个善良的人，是一个心里有他人的人。

可见，高加林与于连·索黑尔有着完全不同的情感和心性，二者属于完全不同的道德谱系和人格谱系。

于连的心始终是冷的，高加林的心则一直都是热的。

于连把仇恨变成了一种心理习惯，几乎恨所有人；高加林则把善良变成了一种稳定的心情态度，所以，他厌恶高明楼的霸道，厌恶马占胜的邪僻，厌恶刘立本的精明，但却从来没有无端地恨过任何不该恨的人。

于连没有反省的意识，高加林则会愧疚和自责。

于连的心理是复杂的，他多疑，冷漠，对任何人都没有感激之心；但高加林本质上是一个单纯的人，不仅很少用恶意揣度别人，而且对那些有恩于自己的人心存感激。

在于连的眼里，生活就是战争和征服，就是一场又一场无情的斗争，

---

① 路遥：《人生》，人民文学出版社2006年版，第46—47页。
② 路遥：《人生》，人民文学出版社2006年版，第136页。
③ 路遥：《人生》，人民文学出版社2006年版，第138页。

只有通过斗争，人们才能获得尊严和地位；在高加林的眼里，生活就是生活——它应该是体面的，应该是具有文化意味和现代意味的，能够允许人们通过认真工作获得别人的认可和尊重。

于连用否定的态度生活，而高加林则用肯定的态度生活。所以，于连常常用消极的意识来想象人和生活，而高加林则倾向于用积极的态度来想象生活："他觉得他既然已经成了国家干部，就要好好工作，搞出成绩来。这种心情也是真实的。他有时还把他的变化归到了党的关怀上，下决心努力为党工作——并且还庄严地想：干脆，明年就写入党申请书！"①这说明，高加林并不是一个反社会的叛逆者，而是一个本质上单纯的人，一个社会认同感很强的人。

当然，高加林也不是一个思想家，更不是一个惊世骇俗的反抗者。他的个人意识主要表现在对自己的未来生活的态度和选择上。他的诉求很具体，不过是改变自己的农民身份而已。他不仅看清了自己的境遇，而且内心还充满了改变境遇的强烈愿望和内在自觉。这样，他就成了一个勇敢的拒绝者和追求者。他敢于表达自己对落后的农村生活的不满，敢于拒绝被安排好的生活，敢于追求似乎遥不可及的城市生活。

事实上，在中国当代文学史上，这样的拒绝者和追求者还是第一次出现。就此而言，高加林这一人物形象具有重要的象征意义。他象征着个性在一个农村青年身上的复活，象征着真正意义上的个人在当代农村题材小说中的诞生。尽管高加林还只是一个成长形态的个人，而不是完成形态的个人，但是，放在当时的语境下看，这种几乎处于初级形态的个性复活和个人意识仍然具有弥足珍贵的意义和价值。

三、让步叙事：调和观念与经验冲突的修辞选择

路遥是一个现实感很强的作家，他的现实感来自自己切实的人生经验。徘徊于城与乡之间的人生困境，是他作品的核心主题。他自己的青春时代，就是在走出乡村与走进城市的坎坷路途中度过的。如何摆脱农民身份，如

---

① 路遥：《人生》，人民文学出版社2006年版，第104页。

何获得市民身份,是让他和自己笔下的人物都备受煎熬的沉重问题。他的小说写作,就是以这种沉重而痛苦的人生经验作为叙事内容的。

路遥在《面对着新的生活》中说:"我只能在我自己生活和认识所达到的范围内努力。""我是一个传统农民的儿子,在大山田野里长大;又从那里走出来,先到小县城,然后又到大城市参加了工作。农村我是熟悉的;城市我正在努力熟悉着;而最熟悉的是农村和城市的'交叉地带'。我曾长时间生活在这一地带,现在也经常'往返'于其间。我自己感到,由于城乡交往逐渐频繁,相互渗透日趋广泛,加之农村有文化的人越来越多,这中间所发生的生活现象和矛盾冲突,越来越具有突出的社会意义。"① 城乡之间的差异和冲突,的确是当代中国极为突出的社会现象,也是具有重要意义的文学叙事内容。但是,在过去很长的一段时间里,当代作家却很少留意和表现城乡生活的差别,也很少表现农民阶层对这种差别的不满和焦虑。他们常常将农村当作一个封闭而自足的世界,倾向于用夸张而浪漫的诗性调子来赞美农村的变化和农民生活的美好。就像赵树理的《三里湾》、孙犁的《村歌》、周立波的《山那面人家》等作品所表现出来的那样。

路遥是第一个深刻地思考和叙写城乡生活差异和冲突的作家。他根据自己在城乡之间切实而沉重的人生经验展开叙事,这使得他所讲述的高加林们的人生故事,给人一种特别真实的感觉和极为深刻的印象。同时,他在《人生》中介入性的叙事态度,也极大地增强了小说的叙事效果,对读者的阅读产生了积极的影响。但是,有的时候,他的经验和观念也会发生冲突。在这冲突中,我们可以看见特殊时代的意识形态和主流观念对写作的微妙影响,也可以看见作者的复杂心态和矛盾心理,可以看见他在某些重要问题上存在的认知局限。

就经验而言,路遥知道高加林的境遇有多么艰难,知道他的内心有多么压抑,所以,他理解高加林的不满和向往,同情高加林的痛苦和不幸。就像他在一次文学讲座中所说的那样:"他们觉得这样一种生活对于人来说是屈辱的,他们想追求一种起码不能像父亲这样生活的生活,所以他们

---

① 路遥:《路遥全集·早晨从中午开始》,北京十月文艺出版社2013年版,第102页。

苦苦地在社会上挣扎和奋斗。"① 但是，某种长期形成的社会意识又要求作者压抑自己对人物的同情心，并按照某种抽象而冰冷的原则从观念上批评和谴责他。

早在20世纪70年代中期，在短篇小说《父子俩》中，路遥就以抒情的笔调和坚定不疑的口气赞美了"生活"能够推进和改变一切的巨大力量："生活啊！生活啊！浪涛一般推进的生活，不断给人们提出了一次又一次严峻的考验！无疑问，经受一次考验，就能跨入一个新的境界。"② 到了1982年，在《人生》的结尾部分，面对尖锐的现实问题和沉重的人生悲剧，路遥仍然这样用这样的观念来理解生活。这样，他就选择了一种观念形态的让步修辞和让步叙事，即让人物向生活让步，让经验向观念让步，让真实向正确让步，让同情向原则让步，从而用流行的观念来阐释生活和批评人物。选择这种让步修辞和让步叙事的直接后果，就是会对人物进行外在的描写和简单化的道德批评，最终弱化了小说的说服力和悲剧性效果。

在对高加林和黄亚萍进行人格分析和道德评价的时候，路遥根据有关"现实"和"生活"的抽象观念，确立了批判的原则和评价的标准。在这些观念里，抽象的原则高于有血有肉的人；"生活"作为"无所不在的上帝"永远是正确的，而个人则是渺小的，必然会犯错误。路遥首先用坚硬而冰冷的"原则"，"无情"地教训和谴责了在感情上与他稍显疏远的黄亚萍：

> 生活对于她这样的人总是无情的。如果她不确立和坚定自己的生活原则，生活就会不断地给她提出这样严峻的问题，让她选择。不选择也不行！生活本身的矛盾就是无所不在的上帝，谁也别想摆脱它！③

不仅如此，他还让黄亚萍的军人父亲用同样的"原则"批评了自己的

---

① 路遥：《路遥全集·早晨从中午开始》，北京十月文艺出版社2013年版，第221页。
② 路遥：《路遥全集·一生中最高兴的一天》，北京十月文艺出版社2013年版，第29页。
③ 路遥：《人生》，人民文学出版社2006年版，第163页。

女儿:"不要抱怨生活!生活永远是公正的!你应该怨你自己!"①抽象的"生活"怎么会"永远是公正"的呢?生活本身就是一个复杂的矛盾体。在契诃夫的理解中,"生活纯粹是由灾祸、纠纷、庸俗构成的,它们混在一起,互相更替……"②生活当然不"纯粹是"由这一面构成的。因为,从另一面来看,它也意味着和谐、教养、幸福、欢乐和爱。在契诃夫晚年所写的中篇小说《第六病室》中,"被虐狂"伊凡·德米特利奇·格罗莫夫也像契诃夫一样,将生活理解为不幸和痛苦:"蔑视痛苦无异于蔑视生活本身,因为人的全部实质就是由饥饿、寒冷、委屈、损失等感觉以及在死亡面前的哈姆雷特式的恐惧构成的。全部生活不外乎这些感觉:人可以因这种生活而苦恼,憎恨它,可是不能蔑视它。"③可见,生活本身就是一个需要分析和认识的对象。这样的"生活",怎么能说它"永远公正"呢?显然,我们用笼统的"生活"遮蔽了那些具体的问题,替代了那些至关重要的原则,那些包含着正义、真理和人道主义的原则。这样,与司马迁的见于《伯夷叔齐列传》等作品中的正义观比起来,那些长期流行的貌似正确的生活观,就显得缺乏力量和深度了。怀疑和批判是司马迁稳定的认知原则和叙事态度。即便对神秘且令人畏惧的"天道",司马迁亦不惮在叙述了生活中的种种"不公正"之后表示质疑:"余甚惑焉,傥所谓天道,是邪?非邪?"面对"生活",我们的作家应该保持理性的批判态度,应该像司马迁一样,具有问一句"是邪?非邪?"的怀疑精神和道德勇气。

其实,对这种"生活永远正确"的观念,以及根据这种观念而加于人物的批评和谴责,也不必讶异。因为,在20世纪80年代初期的语境下,由于"去古未远",由于僵硬的意识形态教条仍然束缚着人们的思想,所以,无论是作者还是读者,都没有意识到如此简单地对人物进行道德谴责有什

---

① 路遥:《人生》,人民文学出版社2006年版,第164页。

② 〔俄〕契诃夫:《契诃夫文集·第十四卷》,汝龙译,上海译文出版社1999年版,第162页。

③ 〔俄〕契诃夫:《契诃夫小说全集·第8卷》,汝龙译,上海译文出版社2008年版,第390页。

么不妥。

在那种由抽象观念主导一切的文化氛围里,站在人物的视角,进入人物的意识深处,以复杂、多声部的方式写出他们的情感逻辑和行为逻辑,几乎是一件不可能的事情。所以,虽然路遥已经最大限度地表达了对人物的理解和同情,但是,有的时候,在处理人物与生活关系的时候,在处理尖锐的矛盾冲突的时候,他却习惯性地表现出用"生活"来评判人物的冲动。

这其实不是路遥一个人的问题,而是很长的一段时间里几乎所有当代作家的问题。作家们常常夸张而错误地理解"生活",习惯用"生活"来笼统而含混地指代一切。他们没有意识到,貌似天经地义的所谓"生活",只不过是客体,而不是主体;只不过是宾语,而不是主语;只不过是受动者,而不是施动者。所以,说"生活"是"无情的",或者说它是"公正的",都是缺乏事实感和逻辑性的。

决定着生活的,不是生活本身,而是它背后的东西。准确地说,是站在生活背后的人主宰着生活,正是人所设计和制定的生活方式和规训模式影响着人们及其生活。人所"设计"出来的规约机制,人所设置和"创造"出来的"生活",不过是其主观意图和权力意志的体现而已。

所以,路遥在作品内部对人物的观念化批评看似正确,实则严重颠倒了主体与客体的关系。本应作为客体的生活竟然获得了高于人的主体性力量。人与人之间的关系,被置换成了人与客体之间的关系。这是一种严重的认知错位和本末倒置。

路遥显然也意识到了这一点,意识到了问题的复杂性。所以,他的心情常常是矛盾而复杂的,他对人物的批评里是含着同情的。他在批评人物的时候,也委婉地批评了"社会",批评了"生活中无数不合理的东西":

> 他现在仍然面对的是自己的现实。
> 是的,现实是不能以个人的意志为转移的。谁如果要离开自己的现实,就等于要离开地球。一个人应该有理想,甚至应该有幻想,但他千万不能抛开现实生活,去盲目追求实际上还不能得到的东西。尤其是对于刚踏入生活道路的年轻人来说,这应该是

一个最重要的认识。

可是,社会也不能回避自己的责任。我们应该真正廓清生活中无数不合理的东西,让阳光照亮生活的每一个角落;使那些正徘徊在生活十字路口的年轻人走向正轨,让他们的才能得到充分的发展,让他们的理想得以实现。祖国的未来属于年轻的一代,祖国的未来也得指靠他们!

当然,作为青年人自己来说,重要的是正确对待理想和现实生活。哪怕你的追求是正当的,也不能通过邪门歪道去实现啊!而且一旦摔了跤,反过来会给人造成一种多大的痛苦;甚至能毁掉人的一生![1]

从这几段文字中,可以看出路遥在人物与"生活"之间摇摆的复杂心态。他试图在生活与人之间寻找一个"正确"的判断标准,建构关于生活的"正当"的认知方式,指出生活的"正轨"之所在。问题是,所谓的"现实是不能以个人的意志为转移的"这句话,本身就是对人和人的主体性的否定。虽然改变生活的结构和状况是一件非常艰难的事情,但人的使命就在于积极地寻找改变不如意生活的方式和途径,而不是通过否定人的主体性来逃避以"人的意志"来"转移"现实生活的责任。

路遥在小说叙事中,一方面否定无情的"命运"对人的"摆布",一方面又替环境和现实说话,进而说服无数的高加林们接受现实:

高中毕业了,大学又没考上,他只得回到自己已经有些陌生的土地上。当时的痛苦对这样一个向往很高的青年人来说,是可想而知的,也是可以理解的。但这并不是通常人们说的命运摆布人。国家目前正处于困难时期,不可能满足所有公民的愿望与要求。[2]

---

[1] 路遥:《人生》,人民文学出版社2006年版,第168—169页。
[2] 路遥:《人生》,人民文学出版社2006年版,第103页。

路遥忽略了这样一个常识,那就是,即便是一个全能的国家,也不可能神通广大到无所不能的程度,也不可能满足所有人的需求。所以,无论在何种情况下,国家的职能和责任,并不是直接地"满足所有公民的愿望与要求",而是给人们自己满足自己的愿望与要求提供自由的空间和平等的机会,提供国家应该提供的帮助和支持。

在小说的最后部分,路遥描写了高加林离开县委大院和县城时的痛苦心情——他脚步踉跄,神态麻木,"一下子就好像老了许多岁"。他深感迷茫和绝望。然而,路遥却让高加林在回家的路上,进行一番了深刻的自我反省:

>这一切怨谁呢?想来想去,他现在谁也不怨了,反而恨起了自己:他的悲剧是他自己造成的!他为了虚荣而抛弃了生活的原则,落了今天这个下场!他渐渐明白,如果他就这样下去,他躲过了生活的这一次惩罚,也躲不过去下一次惩罚——那时候,他也许就被彻底毁灭了……
>
>严峻的现实生活最能教育人,它使高加林此刻减少了一些狂热,而增强了一些自我反省的力量。他进一步想:假如他跟黄亚萍去了南京,他这一辈子就会真的幸福吗?他能不能就和他幻想的那样在生活中平步青云?亚萍会不会永远爱他?南京比他出色的人谁知有多少,以后根本无法保证她不再去爱其他男人,而把他甩到一边,就像甩张克南一样。可是,如果他和巧珍结了婚,她就敢保证巧珍永远会爱他。他们一辈子在农村生活苦一点,但会活得很幸福的……现在,他把生活中最宝贵的东西轻易地丢弃了!他做了昧良心的事!爸爸和德顺爷的话应验了,他害了别人,也害了自己!他搅乱了许多人的生活,也把自己的生活搅了个一塌糊涂……①

就艺术性来看,这些话语显得既不够自然,也不够真实,给人一种简

---

① 路遥:《人生》,人民文学出版社2006年版,第178页。

单而虚假、游离而琐屑的印象,缺乏艺术上的说服力。高加林此时的心情,应该像《诗经·小雅·小弁》中所描写的那样:"我心忧伤,惄焉如捣。假寐永叹,维忧用老。心之忧矣,疢如疾首。"然而,在这样的"拉奥孔时刻",路遥却没有贴着人物的心情来写,而是按照某种"社会习惯"来写。所以,读者在这里听到的,就不是人物语言和声音,而是作者的语言和声音,或者说是时代的语言和声音。作者把时代的流行话语转换成了自己的话语,又把这种转换过来的话语强加给了人物。这种外在的、他者化的叙述和描写,无疑是《人生》创作中最严重的失误和败笔。

高加林对黄亚萍的质疑和对自己的否定,既不符合爱情心理学的一般规律,也不符合他此时此刻的特殊心境。高加林关于黄亚萍的爱情心理的想象,关于"幸福"的可能性的揣测,都极不合情理。爱情,即便是业已成为过去式的爱情,也依然是值得感念和追怀的,就像马丁·伊登在想到罗斯的爱情时所理解的那样:"爱情是世间最美好的东西。"[①] 这个时候应该是处于一种心如死灰的状态。当一个人心乱如麻、茫无头绪的时候,不大可能像组织做鉴定一样,对自己的过错和"悲剧"分析得那么清楚。摆脱农村、进入城市,是高加林极为坚定的生活理想,他怎么随随便便就将它等同于"虚荣",进而贬得一钱不值了呢?这等于把高加林摆脱农村、走向城市的强烈愿望和内在动力全都消解掉了。

高加林的问题,也根本不是什么"虚荣"的问题。他的生活愿望和追求完全是合理的。无论根据什么样的"生活原则",人们都无法得出高加林"虚荣"的结论,更不会将他梦想的破灭与"惩罚"关联起来。唉!"惩罚"二字,用得实在太重了,然而,路遥竟然用了两次,还带上了一个更严重的词:"毁灭"。高加林的悲剧,主要是一种城乡二元户籍制度下的社会悲剧。他自己固然要承担一定的责任,但是,主要的原因仍然是外在的和社会性的,而不是内在的和个人性的。

贾雷德·戴蒙德在谈到"个人危机"的时候,罗列了多种形式的"危机",也提供了多种应对"危机"的方法。他所讨论的"个人危机",没

[①] 〔美〕杰克·伦敦:《马丁·伊登》,吴劳译,上海译文出版社1981年版,第215页。

有一种是与高加林的"危机"相似的。莎士比亚的《威尼斯商人》《李尔王》《麦克白》等作品中的人物，简·奥斯汀的《傲慢与偏见》《爱玛》等小说中的人物，麦尔维尔的《白鲸》和海明威的《老人与海》中的人物，都必须替自己的命运负责，因为，他们是按照自己的意志自由地选择和生活的。简·奥斯汀小说中的人物甚至从自己生活的并不完美的环境里"找到了一种个人解放的途径"[1]。这些外国经典作品中人物的"危机"，属于纯粹意义上的"个人危机"。

然而，高加林所面对的"个人危机"，其实并不是个人的原因造成的，即不是由"珍爱之人生病、去世，或个人健康、职业、财务安全状况的变动"[2]造成的，而主要是由外部的社会原因造成的。因而，他所面临的"危机"，本质上属于"社会危机"。面对这样的危机，个人几乎是无能为力的。所以，对高加林来讲，戴蒙德所说的"选择的自由"，即"不受现实问题和责任的约束"[3]，根本就是不可能的。同样，像路遥那样让人物通过内在的"反省"来克服"个人危机"，也同样是无效的。因为，作为一种包含着巨大痛苦的挫折和幻灭，高加林的个人危机和人生悲剧注定很难被轻轻松松地化解掉。长期的精神煎熬在等着他，他未来的生活注定是沉重而痛苦的。想当初，在被剥夺了民办教师资格的时候，他所承受的折磨和痛苦，就几乎到了"不复堪命"的程度：在一个月的时间里，他辗转反侧，彻夜难眠，"在黑暗中大睁着眼睛"，直到黎明，才"眼里噙着泪水睡着了"[4]。这次被从县城赶回农村，他所遭受的打击和伤害只会更重，而不会更轻。所以，麻雀变成孔雀的可能性有多小，高加林完全从痛苦中轻轻松松摆脱出来的可能性就有多小。高加林会体验到属于自己的悲伤，会被困苦的日子抓住，也将承受巨大的痛苦和考验。作者应该深入到高加林的内心深处，设身处

---

[1] [英]安德鲁·桑德斯：《牛津简明英国文学史》，谷启楠等译，人民文学出版社2000年版，第380页。

[2] [美]贾雷德·戴蒙德：《剧变：人类社会与国家危机的转折点》，曾楚媛译，中信出版社2020年版，第8页。

[3] [美]贾雷德·戴蒙德：《剧变：人类社会与国家危机的转折点》，曾楚媛译，中信出版社2020年版，第20页。

[4] 路遥：《人生》，人民文学出版社2006年版，第8页。

地地写出他的痛苦心情和复杂经验。

事实上,从《人生》中那两段来自《创业史》的关于"人生的道路"的题词中,就可以看出路遥在叙事观念上可能存在的问题。他的叙事,从一开始就包含着按照外在的抽象"原则"来训诲人物和读者的潜在动机。在长期形成的叙事逻辑和叙事模式中,这个"绝对正确"的原则是高于个人的,也是高于人生具体经验的。在这"原则"的审视下,个体的人永远是不完美的,永远是要犯错的,永远是有责任的,永远是需要改造的。谁若抛弃了这个"原则",谁就应该受到"惩罚",谁就必须接受"毁灭"的命运。正是这样的观念,极大地弱化了《人生》中的悲剧冲突,也极大地弱化了它的悲剧力量,最终使这部小说成为一部不纯粹和不彻底的悲剧,一部中和形态的悲剧,即一部"正剧化的悲剧"。在《进步与贫困》一书中,美国19世纪经济学家亨利·乔治说过一句极为深刻的话:"人类的进步并不是人性的进步。体现文明的进步不靠人的素质获得,而靠社会的素质获得。"[①] 这说明,深刻的小说叙事,固然要将焦点集中在个人身上,但也应该将解剖的锋芒指向社会,指向影响个人生活和命运的巨大的社会性主宰力量。

从路遥对黄亚萍形象的塑造上,也能看出他经验与观念的冲突。本来,黄亚萍是一个像高加林一样有自我意识的女性,是一个个性意识非常成熟的人物。在当代文学作品中,这种像莎菲女士一样个性独立的女性并不多见。在她的意识中,追求个人幸福是一个人最基本的权利和自由。但是,路遥的想象和笔触,完全没有进入她的内心。书中关于黄亚萍心理的描写,都是外部视角的描写,甚至是含着鄙夷态度和否定意味的描写:"在这个县城里,黄亚萍可以算得上少数几个'现代青年'之一。在她看来,追求个人幸福是一个人的权利和自由,'我是我自己的',谁也没权利干涉她的追求,包括至亲至爱的父母亲;他们只是从岳父岳母的角度看女婿,而她应该是从爱情的角度看爱人。别说是她和克南现在还是恋爱关系,就是已经结婚了,她发现她实际上爱另外一个人,她也要和他离婚!"[②] 即便是从正统的经典理论的角度看,黄亚萍的自我意识和爱情观念也是正确

[①]〔美〕亨利·乔治:《进步与贫困》,吴良健、王翼龙译,商务印书馆2010年版,第498页。

[②] 路遥:《人生》,人民文学出版社2006年版,第126页。

的，完全符合马克思主义经典理论家的"婚姻应该以爱情为前提和基础"的著名论断。如果路遥能抱着理解的态度，用真正文学的方法从内部来塑造这个人物，将她的情感和思想真实而深刻地展示出来，那么，她的性格将会显得更加丰满，思想和情感也将显得更加深沉，她的形象里甚至会包蕴着巨大的个性解放和思想启蒙的意义。

然而，在路遥的叙述中，"现代青年"四个字是加了引号的。他也许并不认为黄亚萍的观念是全然错误的，但是，他显然也并不认为她的个性主义表现是绝对合理的。毕竟，在很长的一段时间里，压抑和取消人的个性是一种普遍的社会习惯，而"个人主义"则是一个被严重污名化的概念。这种无意识性质的流行观念，会潜在地影响路遥对人物的理解，影响他的叙事和描写，最终使他未能成功塑造出一个充满个性力量和启蒙精神的现代女性形象。

路遥在《答〈延河〉编辑部问》中说："我常常选择我自己体验最深的生活题材来表现，比如《在困难的日子里》、《人生》等作品，如果我没有困难时期在学校的那段生活体验，我就不可能进行《在困难的日子里》的创作。如果我没有从农村到城市这样的生活经历和这个经历过程中的各种体验，我也就不可能写出《人生》。实际上，作为故事来说，我听过无数比这两个作品更为有趣的故事，但这些故事中的生活我没有深切的体验，因此这些故事再绝妙我也不可能写好。当然，不是自己所有的生活体验都可以作为写作题材的。"①

根据自己的经验来写作，是路遥写作范式转换和经验成熟的一个标志。

但是，在《在困难的日子里》《人生》等作品中，他并没有平衡地处理好观念与经验的关系，遂使僵硬而抽象的观念干扰了他对真实经验的叙写。

只有到了写作《平凡的世界》时，他才较好地解决了经验与观念的冲突，才让客观化的真实经验主导着叙事，从而极大地摆脱了抽象观念对小说叙事的干扰。

---

① 路遥：《路遥全集·早晨从中午开始》，北京十月文艺出版社 2013 年版，第 174—175 页。

第二章 俄国文学的整数化观念与经验

每一个民族的文学,都有它独特的精神气质,都有它自己的精神传统。一个民族的文学越是成熟,它的精神气质就越是明显,精神传统也就越是强大。

沉重的苦难意识、强烈的宗教意识、强大的自由意识和热情的人道主义精神,影响着俄罗斯文学的精神气质,构成了俄罗斯文学的精神基础和精神传统,使它成为一种充满道德诗意和批判激情的高贵的文学。

现实主义的质疑精神和批判精神,是俄罗斯文学精神的一个重要方面。它总是向生活提出尖锐的问题,总是向现实表达自己的不满和抗议。它敢于批判世俗的权力,敢于讽刺社会的弊端和人性的弱点。

将道德诗意化,将诗意道德化,是俄罗斯文学又一个重要特点。它不能容忍道德上的粗野和趣味上的粗鄙。许多俄罗斯作家不允许自己随随便便写出低级趣味的作品。在伟大的俄罗斯作家笔下,你几乎看不到哪怕一行不堪入目的描写。

由于具有很强的宗教意识,俄罗斯作家在信仰问题上显得特别虔诚,在善恶问题上显得特别敏感。他们总是表现出求善的热情和对世界的祝福,总是表现出对罪恶的反省精神和忏悔意识。他们自觉地塑造优秀的人物形象,充满热情地描写人物在道德上的升华和精神上的复活。

整体上看,俄罗斯文学天然地是功利主义的文学,而不是唯美主义的文学。对宗教和人道主义的信仰,赋予了俄罗斯文学一种特殊的功利主义气质。它充满了从道德上影响人和改变人的内在热情。对俄罗斯作家来讲,文学不仅是一种美学现象和艺术现象,更是一种宗教现象和伦理现象。没有信仰基础和道德目的的文学,是没有生命和力量的,甚至是不可思议的。即便像契诃夫这样近乎坚持无神论的作家,也有自己在文学创作上的道德目的,也通过写作建构起了属于自己的信仰基础。

第一节 "仿佛他一诞生就已一百多万岁了"
——托尔斯泰的伦理压舱物

> 每个艺术家都为这位伟大作家的榜样力量而激动,他为众人而思想,他用他文字的力量去反对人世间的不义,为此而折磨自己的灵魂。在一位杰出的艺术家身上,同时也能感受到他是道德的榜样,是一个不沽名钓誉的人,是一个使自己成为人道仆人的人,是一个为了真正的伦理除他本人廉洁的良心外决不服从人世间任何权威的人,这总是一件乐事。
> ——斯蒂芬·茨威格:《作为宗教思想家和社会思想家的托尔斯泰》

> 从传统法国小说或维多利亚时代英国小说的观点看,托尔斯泰的作品必然是缺乏艺术形式的。所以我们必须跨过这种构想的肤浅狭窄的美学范围而把这种新艺术的人性源泉以及道德和社会基础的问题提出来。愈能深刻地钻研这个问题,就愈不可避免地使我们的认识发生转变。
> ——卢卡契:《托尔斯泰和西欧文学》

如果用一种树木来比喻 19 世纪伟大的俄罗斯作家,我想,品质优秀的先锋树种白桦,也许是最恰当的喻体。他们就像高高的白桦树一样,喜光,耐寒,根深,叶茂,端直而坚韧地生长在辽阔的大地上。

从精神信仰、人格境界和情感态度来看,那些优秀的俄罗斯作家,几乎个个都体现出很高的道德水平和文化修养。信仰上帝,崇尚自由,追求真理，热爱自然，赞美女性，同情弱者，正视苦难，批判现实，这些，都是19世纪俄罗斯作家在精神上的共同特点。

在黄金时代的俄罗斯作家中，普希金、赫尔岑和托尔斯泰三人的思想，也许是最具锋芒和异端性质的。普希金在诗里诅咒沙皇，赫尔岑在回忆录里诮讽沙皇，托尔斯泰则在小说和信件里训诲沙皇。表面上看，托尔斯泰的态度温温然有若阳光下安静的鸽子，思想亦归归焉不出基督教的藩篱。他宣扬基督教精神，甚至教人逆来顺受，被打了左脸，再将右脸递将上去。如此态度，如此思想，似乎很是中庸平正，并不那么具有挑战性和颠覆性。

然而，托尔斯泰对东正教教会的质疑，对沙皇政府的批评，皆极猛锐，颇有扫穴犁庭之气势，摧枯拉朽之力量。这一切，既决定于他健全而伟大的人格，也决定于他的基于善、爱和正义的思想与精神。

一

英国作家阿瑟·库斯勒为"个人的自由意志"辩护，反对不择手段的"后果逻辑"，反对那种牺牲一切的"无可争辩的原则"。他通过《中午的黑暗》主人公鲁巴肖夫的反省，表达了这样的认知：应该将"传统"当作生活的"伦理压舱物"[①]。

"伦理压舱物"，一个多么有新意的洞见，一个多么有价值的概念！

那么，文学有没有自己的伦理压舱物呢？如果答案是肯定的，它又有着什么样的性质和特点呢？

人类生活的几乎所有方面，都包含着道德的意味，都有一个伦理的维度，文学也不例外。文学也需要自己的伦理压舱物。

作为一种特殊的精神力量，文学的伦理压舱物主要是一种来自作家精神世界的主体性力量，而不是来自外部世界的客体性力量。它不是金钱和权力等外在的力量，而是爱和善等内在的力量；它并不来自宙斯的威势，甚至也不来自阿特拉斯的双肩，而是来自爱洛斯的心灵。质言之，它应该

---

① 〔英〕阿瑟·库斯勒：《中午的黑暗》，董乐山译，译林出版社1999年版，第204页。

是一种伦理精神，一种体现着善、爱和正义感的伦理精神，尤其应该是一种特殊的人格精神。

文学是作家人格精神的投射和反映。文学的境界和力量，首先决定于作家的人格。如果作家人格低劣，则其写作必卑卑乎不足观。

人格不仅是文学的压舱物，而且还是文学之舟的导航仪和发动机。如果作家没有健全的人格，那么，文学之舟既不能平稳地航行，也会失去前行的方向和动力。

所谓人格，按照通常的界定，是指一个人整体的精神面貌，即具有一定倾向性的和比较稳定的心理特征的总和，反映着他的性格、气质、品德、品质、信仰、良心，以及由此形成的尊严、魅力等。它是人先天获得的遗传素质与后天环境相互作用而形成的。

按照我的理解，"人格是一套观念体系，也是一种行为方式。它意味着人对尊严、自由和权利的理解，也意味着人如何处理与他者的关系，尤其是与权力、金钱和利益的关系。就此而言，它本质上是一个伦理学范畴，反映着一个人的道德境界和道德勇气。所谓健全的人格，就是指能够在权力和一切压迫性的力量面前，表现出高贵态度、高尚行为和自由意志的人格境界"[①]。显然，文学所需要的人格，就是这样一种在良心和信念问题上绝不苟且的真诚人格，就是这样一种自由而独立的批判型人格。

文学的本质是反讽和批判，反讽和批判基于独立之人格与自由之精神。无此人格与精神，即无反讽之勇气和批判之热情。由此而言，批判型人格即自由型人格。在托尔斯泰看来，"一个没有自由的人只能被看作一个没有生命的人"[②]。同样，没有自由精神的作家，就只能被看作一个没有生命的作家。正是这样的自由精神，给了托尔斯泰反抗权力的勇气。

托尔斯泰是人格自由的作家，也是人格自由的基督徒。他拒绝服从教会的僵硬而虚假的教条。他对基督的爱是以真理为前提的："而现在我爱真理更甚于世上一切。对我来说，迄今为止，真理是与我所理解的基督相

[①] 李建军：《陈忠实的蝶变》，二十一世纪出版社2017年版，第386—387页。
[②] [俄] 列夫·托尔斯泰：《战争与和平 4》，上海文艺出版社2007年版，第1223页。

符的。"① 显然，即便在信仰领域，托尔斯泰也是一个思想自由、人格独立的人。

1876年5月3日，年长托尔斯泰八岁的费特，写信给《安娜·卡列尼娜》的作者，借着谈论这部小说中的列文，批评那些不称职的俄国知识分子，批评他们不尊重科学，也不尊重"人类的最高的利益"："谁不尊重人类的最高的利益，谁就不能在任何事情上提出一个好主意。然而那些胸无点墨的家伙却一定会当大官，而且还是二级、三级的文官。"② 他在这封信的附言中，提醒托尔斯泰要做一个自由的人："为了要成为艺术家、哲学家，一句话，要站在高度上，就必须成为一个自由的人，就是说，不要在铁路火车上，或在办公室里，或在区法院里，站到头昏眼花。这样的人还没有过。"③ 这说明，在当时的俄国，仅仅是摆脱外在的束缚，获得最起码的人身自由，便良非易事。

然而，托尔斯泰却做到了，而且做得远比费特期待的更多、更好。托尔斯泰虽然也有虚荣心，在很长的时期里，对军功、军衔和贵族头衔都很在意，但却几乎从来没有产生过到政府部门谋职的念头。策名委质，鹏抟鹢退，根本就不是他在意和计较的事情。权力与他的信仰和个性存在着天然的冲突。屈服于权力不符合他的天性，强迫别人服从自己，似乎也有违他的原则。对他来讲，自由和尊严高于一切，他只想自由地生活和写作。他不仅获得了外在的人身自由，也获得了内在的精神自由。对文学来讲，这内在的自由，实在是很紧要的。没有这种自由，任何人都不可能写出真正有价值的作品。

从上大学时起，托尔斯泰就是一个有着很强的独立精神和自由意识的人。他甚至拒绝加入任何团体，是"一个不愿意自己和任何团体结合在一

---

① 汪家明编著：《灵魂酷旅 列夫·托尔斯泰》，太白文艺出版社1998年版，第168页。

② 〔俄〕列夫·托尔斯泰：《托尔斯泰文学书简》，章其译，湖南人民出版社1984年版，第491页。

③ 〔俄〕列夫·托尔斯泰：《托尔斯泰文学书简》，章其译，湖南人民出版社1984年版，第492页。

起的人",因为,"因为任何结合多少含有妥协之意,多少是要把一个人自己的意见从属于别人的"①。1884年,他读孔子,感觉里边"几乎所有的话都重要而深刻",并得到了这样一个启示:"只要人屈从于他并不完全尊重的人或物,无论那是父亲也好,皇帝也好,立法会议也好,那就会出现暴力。"②终其一生,托尔斯泰都是一个特立独行的人。他绝不卑己从人,也很少盲目从众。

1856年退役之后,托尔斯泰就选择了不受体制羁縻的自由生活。他先是在彼得堡与莫斯科之间自由来去,后来,又于1857年和1861年两次出国,到巴黎、马赛、罗马、都灵、那不勒斯、日内瓦、西昂、伯尔尼、卢塞恩、伦敦、巴登—巴登、法兰克福等地旅行:"大自然的风光,犹如音乐和艺术一样,不断地对他产生着影响,激励着他去思考,去创作。"③最后,就在雅斯纳雅·波良纳住了下来,一边从事写作,一边经营庄园。他是自己庄园的大管家。他在写给费特的信中说:"我养了蜜蜂、绵羊,建了一个新果园,一座酿酒厂。"④他常常很严厉地责备自己懒散,干什么事情都没有长性。事实上,在许多事情(尤其是在写作)上,他始终是一个勤奋而有耐性的人。他习惯用极为严格的尺度来进行自我评价,总是责备自己、否定自己,总是对自己不满。

自由需要内在的价值规约,需要有一个稳定的信仰基础。自由若无信仰作为支撑,就有可能沦为任性的胡闹。一切丧失善的基础和信仰引领的自由,都必然会异化为巨大的恶,必然会带来可怕的毁灭。托尔斯泰是一个有坚定信仰的作家。信仰给了他对抗人间邪恶力量的信念和勇气,也给了他的自由精神以可靠的方向和伟大的目标。

---

①〔英〕艾尔默·莫德:《托尔斯泰传·上》,北京十月文艺出版社2001年版,第164页。

②〔俄〕列夫·托尔斯泰:《列夫·托尔斯泰文集·第十七卷·日记》,陈馥、郑揆译,人民文学出版社1992年版,第127页。

③〔俄〕托尔斯泰娅:《父亲·上》,上海译文出版社1985年版,第175页。

④〔俄〕列夫·托尔斯泰:《托尔斯泰文学书简》,章其译,湖南人民出版社1984年版,第389页。

对托尔斯泰来讲，文学既是一种自由的精神活动，也是一种高尚而纯粹的事业；它有着与宗教相近的性质，因而，要努力超越外在的功利主义计较。1898年10月15日，他在写给切尔特科夫的信中说："作家的使命不允许使创作这一精神活动从属于其他一些实际的考虑。因为这种考虑含有令人愤慨的丑恶东西。"[1]事实上，早在1855年，刚刚开始写作的时候，他就在日记里表达了自己的文学信念和写作态度："我无论如何不可能做一个说甜言蜜语的作家，也不可能去写没有思想，主要是没有目的的无聊的空话。"[2]在文学写作上，托尔斯泰有自觉的责任意识，有高尚的精神追求，有明确的理想目标。从他的文学观念里，人们看见了高贵而严肃的态度，也看见了健全而自由的人格。

正因为有了这健全而自由的人格，托尔斯泰才有了自己独立的地位，而这独立的地位，又"帮助他形成了特有的思虑，这种特点使他后来能不受理智的偏见的约束，去研究批判教会的、《圣经》的、经济学家的和政府的主张，以及社会上最根深蒂固的礼貌与习俗，不致因害怕震骇或损害别人而有所止"[3]。托尔斯泰的影响力，固然来自他的文学成就，但也来自他的人格成就。

没有自由而独立的人格，一个作家可能会写出一大堆不疼不痒的作品，可能会获得很多奖项，可能会受到媒体的追捧，可能会成为一个头顶很多光环的"著名作家"，但是，他永远不可能写出真正伟大的作品，更不可能成为一个真正伟大的作家。

自由而独立的批判型人格精神，这无疑是托尔斯泰的文学伦理压舱物中最重要的组成部分。

---

[1] 〔俄〕列夫·托尔斯泰：《列夫·托尔斯泰文集·第十六卷·书信》，周圣等译，人民文学出版社1992年版，第286页。

[2] 〔俄〕列夫·托尔斯泰：《列夫·托尔斯泰文集·第十七卷·日记》，陈馥、郑揆译，人民文学出版社1992年版，第66页。

[3] 〔英〕艾尔默·莫德：《托尔斯泰传·上》，北京十月文艺出版社2001年版，第67页。

二

作家的人格首先体现在对权力的态度上。面对落后的前现代社会里至高无上的统治者，一个真正伟大的作家，总是选择高贵地批判他，而不是卑贱地赞美他。

手握绝对权力的前现代社会统治者，通常是一群情感病态、人格扭曲的人。在斯蒂芬·平克看来，这类统治者大都具有自恋型人格，总是表现出这种人格的三大"核心症状"——"自以为是、寻求仰慕和缺乏移情能力"；"狂妄自大的纪念碑、颂歌式的宣传画和万众欢呼的大型集会，典型地反映出他们的这些病态"[1]。更为可怕的是，如果"当统治者具有暴力倾向的个性时，后果更加严重。他的病态会影响到成千上万人的命运，而不仅仅是几个生活在一起或者不幸偶遇的人跟着倒霉。那些对自己水深火热中的人民实行冷酷统治的暴君和那些发动毁灭性征服战争的狂人为世界带来了无法想象的痛苦。"[2] 对于统治者和暴君，托尔斯泰也许还没有斯蒂芬·平克那样的视野广阔的科学性认识，但是，他几乎从一开始就发现了他们在人格和道德上的缺陷，因而，也就总是用批判的眼光来审视他们。

托尔斯泰把权力看作信仰与善的对立面。攫取权力需要一种异常的德性，所以，"好人是不可能夺取并且控制权力的"；"要夺取权力并且控制权力，就一定要酷爱权力。而与对权力的酷爱相伴的并不是善，而是与其相反的品质——骄傲、狡猾和残忍"；总之，"没有自我扩张和对他人的贬低，没有伪善、谎言、监狱、堡垒、死刑和谋杀，权力就无由出现，

---

[1]〔美〕斯蒂芬·平克：《人性中的善良天使：暴力为什么会减少》，安雯译，中信出版社2015年版，第601页。

[2]〔美〕斯蒂芬·平克：《人性中的善良天使：暴力为什么会减少》，安雯译，中信出版社2015年版，第600—601页。

它本身也就无法保持"①。不仅如此,那些握有绝对权力的帝王,其实都是不自由、不自主的。外在地看,他们似乎可以专断独行,享受着"恶乎往而不可哉"的自由,事实上,这不过是假象。因为,他们也不过是受神秘而巨大的力量摆布的棋子而已,就像托尔斯泰在《战争与和平》中所说的那样:"帝王是历史的奴仆。"②虽然,托尔斯泰的权力观像他的宗教意识一样,有一种绝对而神秘的性质,但是,他对权力本质的深刻认识,与斯蒂芬·平克对前现代社会权力现象的科学分析和理性判断,大体是一致的。

面对权力,面对那些炎威赫赫的掌权人物,托尔斯泰的态度高贵而坦率。他既不崇拜他们,也不惧怕他们,而是表现出自觉的批评意识和勇敢的批评精神。19岁那年,他在日记里批评女皇叶卡捷琳娜不尊重自然法则,不能放弃专制主义。他从这位女皇1766年写给新法典起草委员会的《手谕》里,看到了这样一些东西,即"浅薄多于实际,俏皮多于理性,虚荣心多于对真理的爱,最后爱自己胜于爱人民"③。批判型人格赋予托尔斯泰良好的善恶感和明敏的是非感,使他能够穿透虚假话语的表象,看清那些历史人物的真面目。托尔斯泰一度对彼得大帝很感兴趣,想写一部关于他的史诗性作品,但是,读了很多资料之后,他完全改变了对彼得大帝的看法。他发现,"彼得大帝的性格没有一点儿是好的,其人格和活动并没有什么伟大。这位大帝的所谓改革,根本不关心人民大众的福利,他只是替自己打算盘。……他建立彼得堡还因为他要自由自在地过他的不道德的生活"④。精神上如此平庸的大帝,有什么好写的呢?于是,他放弃了自

---

① 〔俄〕列夫·托尔斯泰:《天国在你心中》,孙晓春译,吉林人民出版社2004年版,第201页。

② 〔俄〕列夫·托尔斯泰:《战争与和平 3》,草婴译,上海文艺出版社2007年版,第635页。

③ 〔俄〕列夫·托尔斯泰:《列夫·托尔斯泰文集·第十七卷·日记》,陈馥、郑揆译,人民文学出版社1992年版,第5页。

④ 〔英〕艾尔默·莫德:《托尔斯泰传·上》,北京十月文艺出版社2001年版,第399页。

己的写作计划。

在任何时候，在任何地方，都难免会有审时度势、承风希旨的聪明人。他们面对当世炙手可热的权贵，敛声屏气，股战而栗，嗫嚅不能出一言。然而，在托尔斯泰的身上，全然没有这种可鄙的怯懦和可耻的势利。他批评起自己同时代的沙皇来，也同样不留情面，甚至更加尖锐。他常常写信质问和规训沙皇。1881年3月，他写信给亚历山大三世，替暗杀亚历山大二世的十几个犯人求情，希望他遵照《马太福音》的教导，遵从上帝的旨意，宽恕那些有杀父之仇的人："希望您做出世上最伟大的壮举，战胜诱惑，作为一国之君，为实践基督的教训给世界开创伟大的范例，也就是以德报怨。"⑤1901年3月22日，发表了名为《致沙皇及其诸大臣》的公开信，表达了对学生运动的同情，也表达了对政府处置失当的不满。给最高统治集团写信这件"重大的事情"，使托尔斯泰夫人惴惴不安。她在日记中这样写道："这不定招致什么后果呢！我可不愿在我们垂暮之年被驱逐出境。"⑥1901年12月26日，病中的托尔斯泰决定写信给沙皇尼古拉二世，把农民极度艰难的处境告诉他，并表明了自己对土地所有制改革的意见。托尔斯泰夫人说，这封信"措辞非常严厉、激烈"，内里"全是些斥责之词"，她甚至不希望尼古拉·米哈伊洛维奇亲王转呈此信。1904年，日俄两国为争夺朝鲜半岛和中国辽东半岛的控制权，在中国东北发动战争。对此，托尔斯泰也公开发表文章，严厉谴责俄国沙皇和日本天皇的这一行为。

在沙皇俄国那样的前现代国家，最高统治者的性格就是国家的性格，最高统治者的德性就是国家的德性。所以，托尔斯泰批评沙皇，也批评沙皇所统治的国家。1857年，在写给博特金的信中，他毫不遮掩地表达了自己的国家观："国家不仅仅是为了剥削，而主要是为了使公民道德败坏

---

⑤〔俄〕列夫·托尔斯泰：《列夫·托尔斯泰文集·第十六卷·书信》，周圣等译，人民文学出版社1992年版，第166页。

⑥〔俄〕托尔斯泰娅：《托尔斯泰夫人日记·下卷（1901—1910）》，蔡时济、晨曦译，中国社会科学出版社1984年版，第15页。

而缔结的阴谋。"①这样的国家观念，显然来自他对俄国社会现实的观察。托尔斯泰之所以如此尖锐地批评国家和政府，是因为他对它们的本质有着深刻的认识。他从前现代的国家和政府那里，看到了一种极端形态的恶，一种任何个体的恶都无法与之相比的恶。美国人威廉·布莱恩试图用一个极端的例子——如果一个恶棍在您面前虐待婴儿怎么办？——来驳难托尔斯泰主义。托尔斯泰给他的回答是："我在世上活了七十五年，还没有遇到过这样的恶棍。但是我亲眼看到成百万人、妇女、儿童，由于政府的暴行而走向毁灭和死亡。"②听了这样的话，布莱恩终于理解了托尔斯泰。托尔斯泰的思想不是基于随意的想象，不是来自抽象的理论，而是来自真实的生活和沉重的现实。也许，在了解现代民主国家的文明和进步方面，托尔斯泰的思想和观念帮不了我们什么忙，但是，在认识专制国家野蛮而落后的本质方面，托尔斯泰却可以给我们带来深刻的启示。

面对暴力化的政府权力，托尔斯泰采取一种不承认、不参与、不服从的态度，就像他在《论俄国革命的意义》中所说的那样："答应对暴力政权俯首听命，承认它的合法性，这是一种双重的罪孽。"③他甚至断然宣布："我将永远不再为任何地方的任何政府服务。"④他试图创造一些不同于政府制度和政策规定的"社会生活的新的形式"。这种"新的形式"，就像他1905年12月4日写给中国学者张庆桐的信中所说的那样，体现着"真正的自由"："就是除去最高无上的道德法则之外，人们无须乎依赖政府，也无须乎服从任何人而生活的自由。"⑤批评托尔斯泰的无政府主义思想，

---

① 〔俄〕列夫·托尔斯泰：《列夫·托尔斯泰文集·第十六卷·书信》，周圣等译，人民文学出版社1992年版，第59页。

② 〔俄〕托尔斯泰娅：《父亲·下》，上海译文出版社1986年版，第299页。

③ 〔俄〕列夫·托尔斯泰：《列夫·托尔斯泰文集·第十五卷·政论》，冯增义、宋大图等译，人民文学出版社1992年版，第570页。

④ 〔俄〕列夫·托尔斯泰：《列夫·托尔斯泰文集·第十六卷·书信》，周圣等译，人民文学出版社1992年版，第60页。

⑤ 〔俄〕列夫·托尔斯泰：《列夫·托尔斯泰文集·第十六卷·书信》，周圣等译，人民文学出版社1992年版，第326页。

并非难事。因为，仅仅根据常识，我们就可以明白：人类社会不能没有政府；任何时候，一个运行有序和有效的政府，都是维持正常社会生活秩序的必要条件。就此而言，托尔斯泰的这种无政府主义思想，无疑是极端而错误的。但是，这种思想也包含着这样的正义精神和重要原则：在政府面前，任何人都享有批判性地表达自己基本诉求的权利；只有政府足够道德和文明时，个体的服从才不是一种耻辱，而是一件正当而体面的事情。所以，对前现代政府来讲，在开始统治人民之前，要先用文明的制度来约束自己，使自己的德性配得上自己的权力。

对于受政府操控的民间组织，托尔斯泰也抱以不合作的态度。托尔斯泰收到了第二届全俄作家代表大会的邀请函。托尔斯泰"同情"这样的大会，因为，它有助于促进作家之间的团结。他在写给大会组织者格拉多夫斯基的信中说"我完全支持并祝大会圆满成功"。他甚至打算参加这次作家代表大会。然而，1910年4月6日，当他得知会议由政府官员来操控的时候，即"大会的组成乃至大会的活动范围都要得到我们称之为政府的那些人的允许并且由他们来确定"，他断然拒绝参加。他拒绝的原因很简单："在我们这个时代，每一个尊重自己的人，尤其是作家，都不能和我们称之为政府的那一群腐化堕落的败类自愿达成协议。在自己的活动中听从那些人的命令更与人的尊严不相容。"[1] 托尔斯泰是一个坚持原则的人。在那些涉及绝对原则的问题上，他素来不马虎，不妥协。

托尔斯泰不仅批评世俗政权，也批评俄国的东正教会。在19世纪的俄国，批评穿僧袍的神职人员，并不比批评穿制服的政府官员更安全。千百年来，那些官僚化的神职人员将自己神圣化，赋予自己不可侵犯的权威。然而，托尔斯泰却窥见了俄国东正教会法袍下的本相：

> 我们俄国人的所谓的正教教会的行为清楚地摆在我们面前，大量的事实是无法掩盖的，也是无可争议的。

---

[1] 〔俄〕列夫·托尔斯泰：《列夫·托尔斯泰文集·第十六卷·书信》，周圣等译，人民文学出版社1992年版，第349页。

> 俄国教会的行为在于——竭尽全力运转的庞大机器，由50万人组成的军队，花费了人民数以千万计的卢布。
>
> 这个教会的行为就是，通过一切可能的手段，把当今全无理由的陈旧过时的信仰灌输到上亿的俄罗斯人心里。①

就这样，托尔斯泰既是世俗政权的肉中刺，也成了神权机关的眼中钉。但是，他无所畏惧。通过批判世俗权力，他寻求实现社会公平正义的可能；通过批判教会权力，他探索通向天国的路途。他最终成了"一个特立独行的伟人，独立的思想家，宗教的导师，他创立了某个介于教堂、学校和社会政治机构之间的组织"②。他的作品和思想，成了无数俄罗斯读者的"伦理压舱物"。在整个国家陷入停滞和混乱的时候，他承担起对抗权力和不义的责任，向所有俄国读者揭示了被谎言遮蔽的真理，回答了那些至关重要的问题：

> 正是在这个时候，托尔斯泰向人们的理智和良心发出了坦率而坚定的呼吁，它像一阵新鲜空气吹入一个瘟疫遍地的国度，使许多人苏醒过来。托尔斯泰讨论了一切生命攸关的重大问题，而且讲得很直率，尽管这样做是被禁止的。当局要求人们盲目服从外部的权威；托尔斯泰除了服从理智和良心，决不屈从任何权威。政府依靠哥萨克和宪兵的野蛮武力；托尔斯泰斥责一切暴力为罪恶。他在十九世纪的最后几十年，给了希腊教会的精神权威和沙皇统治的神圣权力以致命的打击，认为相信君权神授是错误的。③

---

① 〔俄〕列夫·托尔斯泰：《天国在你心中》，吉林人民出版社2011年版，第60页。
② 〔英〕罗莎蒙德·巴特利特：《托尔斯泰大传：一个俄国人的一生》，朱建迅等译，现代出版社2014年版，第306页。
③ 〔英〕艾尔默·莫德：《托尔斯泰传·下》，北京十月文艺出版社2001年版，第686页。

就像托尔斯泰的英国朋友、传记作家埃尔默·莫德所说的那样，在死气沉沉的俄国，在人们普遍感觉绝望和无奈的时刻，"也只有他，敢于并能够公开指责压迫人民的政权，而我们大家对这个政权尽管烦恼、愤怒，但却无能为力"①。谁做了最重要、最艰难的工作，谁就有可能收获最高的荣誉和普遍的尊敬。托尔斯泰的影响力，一部分来自他的文学成就，同时，也有相当大的一部分来自他反抗权力的勇气。假如没有向人们良心发出的呼吁，没有对权力的斥责，没有对教会的精神权威的批评，那么，托尔斯泰就不可能像现在这样伟大和重要。

三

一切带有批判性的现实主义写作，必然是承受压力和考验的写作。

文学写作的意义和价值，与作家人格的坚韧性和抗压力是成正比的。

托尔斯泰在写作时坚持的真实性原则和批判性态度，决定了他与现实的关系必然是紧张的。

几乎从拿起笔的那一刻起，他就承受着来自政府的压力和威胁。

托尔斯泰生活的时代，既是一个限制公民自由的时代，也是一个剥夺文学自由的时代。

1848年欧洲革命爆发之后，俄国的专制统治更加严酷。

尼古拉一世开始对文学进行全面监控。

果戈理的作品被禁。

屠格涅夫因为给果戈理写了一份讣告，被关押了一个月。

西方主义者和斯拉夫主义者的言论被一起禁绝了。所有的思想都受到了严厉的压制。

1890年12月20日，日尔凯维奇问托尔斯泰："我国的文学究竟为什么会衰落？"托尔斯泰的回答是："首要的原因当然在于书刊审查制度。

---

① 〔英〕艾尔默·莫德：《托尔斯泰传·下》，北京十月文艺出版社2001年版，第987页。

审查机关把我们作品中一切鲜明的、新颖的、推动思想前进的东西全部都删掉了，剩下的只是一些淡而无味的、谁也不需要的东西。"①

人人都觉得压抑和无奈，都觉得失望和痛苦，他们等待着那个最后时刻的到来。就像著名的格拉诺夫斯基教授所说的那样："我们有理由伤心绝望……形势日趋恶劣，难以忍受。很多正派人士陷入绝望之中，冷眼旁观，等待着这个世界分崩离析的那一天。"②

到了19世纪80年代初，随着亚历山大二世被刺身亡和亚历山大三世登基，沙皇俄国更是进入了漫长而可怕的极夜。当时的情形，就像莫德所说的那样："由于亚历山大三世登基和波别多诺斯采夫担任神圣宗教会议代理人，俄罗斯进入了一个政治、社会和道德上的停滞时期，在这个时期，似乎一切表现出活力、真诚、自由和进步的人们都必须窒息而死。没有出版自由或集会自由，不允许讨论政治问题或宗教问题。凡是不加批判地接受并支持现存秩序的人，都被官方认为是'好意的'，而凡不是'好意的'，就都是危险的，应该受到迫害。特务和密探大肆活动，那些不信奉正教或要求宪法的俄罗斯人，都被视为罪大恶极者并受到这样的对待。"③亚历山大三世政权是傲慢的，也是恣睢的。为了维护宫廷和权贵阶级的利益，它不怕冒犯和伤害任何一个公民："这个政权为了达到维护它自身这一目的而牺牲每件事、每个人，它所用的方法引起了一切有理性的人的反感。"④在这样的社会里，政府是文学的灾星，权力是文学的天敌。没有一个伟大作家可以完全自由轻松地写作，托尔斯泰的写作也同样是艰难的。他的作品经常受到检察机关的删改，以至于如何与检察官周旋，成了他与涅克拉

---

① 〔苏〕日尔凯维奇等：《同时代人回忆托尔斯泰·下》，周敏显等译，上海译文出版社1984年版，第7页。

② 〔俄〕爱德华·拉津斯基：《亚历山大二世：最后的伟大沙皇》，周镜译，新世纪出版社2017年版，第98页。

③ 〔英〕艾尔默·莫德：《托尔斯泰传·下》，北京十月文艺出版社2001年版，第686页。

④ 〔英〕艾尔默·莫德：《托尔斯泰传·下》，北京十月文艺出版社2001年版，第726页。

索夫和帕纳耶夫经常讨论的话题。

1855年5月19日，巴纳耶夫（亦译帕纳耶夫）从圣彼得堡写信给托尔斯泰，提到了对他的稿子大加删削的不是编辑，而是检察机关："编辑部对您的文章没有做任何改动，如果它发表出来不完全像您寄来的那个样子，那不是我们的过错，而是检察机关的过错。"① 检察机关不仅删掉作品的内容，还不辞辛劳，添加上一些东西，这让托尔斯泰非常生气。1855年8月8日，他在给帕纳耶夫的信中说："您可以涂改，甚至可以淡化，但是看在上帝面上，请什么也不要添加，这会使我十分伤心。"② 他甚至在给涅克拉索夫的信里放了这样的"狠话"："如果事与愿违，检察机关对这篇小说删削太多，那就请您不要将它残缺不全地刊登出来，最好退还给我。"③ 事实上，如果完全不删改，托尔斯泰的作品，是无法发表出来的。1856年12月5日，巴纳耶夫写信给托尔斯泰，坦率地告诉他，即便像《少年》这样一部"非常优美的东西"，也要删改："为对付检察机关，也要把最后几章改得缓和一些，照现在它这样子是通不过的。"④ 最后，托尔斯泰的作品只得接受沙皇的文学刀斧手的砍削。

有时候，托尔斯泰作品的出版，甚至需要经过沙皇的批准。为了获得《托尔斯泰全集》第13卷的出版机会，托尔斯泰夫人写信给内务大臣要求取消禁令，但未能成功。1891年3月28日，她前往彼得堡，意欲觐见亚历山大三世，请求他批准《托尔斯泰全集》第13卷中的《克莱采奏鸣曲》单独出版。

1891年4月13日，亚历山大三世接见了托尔斯泰夫人。沙皇不同意出单行本，但同意将其放在全集里出版，因为，在沙皇看来，不是任何人

---

① 〔俄〕列夫·托尔斯泰：《托尔斯泰文学书简》，章其译，湖南人民出版社1984年版，第115页。

② 〔俄〕列夫·托尔斯泰：《列夫·托尔斯泰文集·第十六卷·书信》，周圣等译，人民文学出版社1992年版，第25页。

③ 〔俄〕列夫·托尔斯泰：《列夫·托尔斯泰文集·第十六卷·书信》，周圣等译，人民文学出版社1992年版，第13页。

④ 〔俄〕列夫·托尔斯泰：《托尔斯泰文学书简》，章其译，湖南人民出版社1984年版，第135页。

都买得起全集的，因此这部小说不会流传得很广。沙皇又问："您的丈夫不能将这篇小说稍稍改改吗？"托尔斯泰夫人给了否定的回答。①这件事，在托尔斯泰夫人1891年4月22日的日记里，有详细记载。

托尔斯泰的作品被文职部门删改，而他本人和家庭则屡屡遭到专政机关的侵扰和侮辱。

他是宪兵的重点监控对象。这些宪兵不是像有教养的政府官员那样，客客气气地请托尔斯泰喝茶和谈话，而是像穿穴逾墙的盗贼一样，趁他不在家的时候，来骚扰他的家人。

1862年7月6日，宪兵在地方官员的陪同下，趁托尔斯泰外出度假，来到了托尔斯泰的庄园。他们宣布托尔斯泰的家人和来访的几位客人都被捕了，命令他们交出所有证件。宪兵对托尔斯泰家的所有房间，包括地下室、储藏室和他给穷人办的学校，都进行了彻底搜查："马厩的地板用铁条翻了起来，看里面藏了东西没有。池子汲干了水，可是除了龙虾和鲤鱼，什么也没有。屋子里所有的碗橱、抽屉、箱笼、书桌都打开搜查了，女人们吓得要死。一个警官还不让托尔斯泰的妹妹走出图书馆，要等他在她和两个宪兵面前高声读完托尔斯泰的信件和日记，那里面是他从十六岁起所秘藏的，他的生活中最深邃的秘密的记录。"②由于搜查得很细，整整折腾了两天。结果，未发现任何可疑的东西。

回到家的托尔斯泰怒不可遏。1962年8月7日，托尔斯泰给自己在宫廷做女官的堂姑亚历山德琳娜写了一封措辞非常严厉的信，表达了自己对当局的愤怒和不满。他准备卖掉家产，离开俄国，移居国外，"因为在俄国，随时都可能给我、妹妹、我的妻子、我的母亲当上镣铐并加以鞭打的"③。他告诉这位堂姑，自己已经给手枪装满了子弹，随时准备以武力对抗胆敢擅入私宅的宪兵："所有这一切将以某种方式告终，我正等待这

---

① [俄] 托尔斯泰娅：《托尔斯泰夫人日记·上（1862—1900）》，张会森、晨曦译，中国社会科学出版社1983年版，第168页。

② [英] 艾尔默·莫德：《托尔斯泰传·上》，北京十月文艺出版社2001年版，第336页。

③ [俄] 托尔斯泰娅：《父亲·上》，上海译文出版社1985年版，第278页。

一时刻的到来。"①1962年8月22日,托尔斯泰给沙皇亚历山大二世写了一封抗议信:

> 除了我的客人们受到侮辱以外,我、我的姑母和我的妹妹也被认为应当受到同样的侮辱。宪兵军官曾去搜查我的书房,还有我妹妹的卧室。问到他根据什么这样做时,宪兵军官宣称他是按圣上的旨意行事。同行的宪兵和官员对他的话作了肯定表示。官员们进入我妹妹的卧室,翻看了所有的来往信件和日记,离开时向我的客人和家人宣布,他们自由了,没有发现任何可疑的东西。这样一来,他们做了我们的审判官,由他们决定是否判决我们为可疑和不得享有自由的人。宪兵军官还补充说,我们不得因他离开而以为万事大吉,他说:"我们每天都可能再来。"
>
> 我认为无须向陛下证明我受到这种侮辱是不公正的。我过去的一生,我的社会关系,众所周知的我的职务活动和国民教育活动,以及表达我全部内心信念的杂志都可以向每一个对我感兴趣的人证明(而无须采取破坏人们的幸福和安宁的手段证明),我不可能搞阴谋、编传单、杀人放火。除了侮辱、涉嫌犯罪,除了我在社会舆论中受辱和我不得不在时时刻刻的威胁下生活与活动以外,这次造访极大地降低了我在人民心目中的声誉,而我在人民中的声誉是我很珍重的,是我多年赢得的,而且是我所选择的活动——办人民学校所必需的。
>
> 我在寻找谁应对发生在我身上的事负责,这也是人之常情。我不能怪罪自己,我感觉自己比任何时候都无罪。有谁诬告,我不知道。审判与侮辱我的官员我也不能怪罪,因为他们一再说不是他们要这样做,而是遵照圣上的旨意。
>
> 为了对我的政府和陛下永远如此无罪,我不能也不愿相信这些。我想,让无辜受惩,让无罪的人经常生活在受侮辱与惩罚的恐惧之下,这不可能是陛下的旨意。

---

① 〔俄〕托尔斯泰娅:《父亲·上》,上海译文出版社1985年版,第279页。

为了知道我这件事应该责备谁，我斗胆直接诉诸陛下。我只求消除责怪陛下不公的可能，使滥用陛下名义的人即使不受惩罚也应被揭露。①

沙皇收到了托尔斯泰的这封信。几个星期之后，他通过图拉省长，将自己的复信转给了托尔斯泰。他向托尔斯泰表示"抱歉"。

然而，沙皇俄国的国家之恶，是一种极端形态的非理性之恶，是一种充满巨大惯性力量的制度之恶。几乎每一个政府官员都获得了合法作恶的授权。所以，他们在作恶的时候，显得特别肆无忌惮和不计后果。很大程度上，专制国家就依赖这种靡所底止的恶而维持其存在。谁都知道这种恶是可怕的，是具有破坏性的，但是谁都遏制不了它。所以，沙皇的权力机关对托尔斯泰的侵扰和侮辱，不仅并未止歇，而且愈演愈烈。《莫斯科报》在多篇社论中呼吁对托尔斯泰进行镇压；谢尔巴托夫公爵给报纸写信，要求把托尔斯泰"除掉"；到处都在传播托尔斯泰被捕的谣言。

托尔斯泰七岁的幼子伊凡的夭折，使托尔斯泰夫人痛不欲生。托尔斯泰打算陪她出国摆脱痛苦，平复心情。就在这时，托尔斯泰从彼得堡的亲戚那里得到了一个确切信息：他出国不会遇到障碍，但是不允许他回国。他只好放弃了出国旅行的计划。

托尔斯泰也是教会最恨的人。早在1888年，教会就提出革除托尔斯泰的教籍；1900年，根据沙皇的指示，宗教法院听取了一个首席成员的发言，列举了革除托尔斯泰教籍的理由。1901年2月22日，宗教会议正式公布了这一决定："当今，老天降灾，出现了一个新的伪教师列夫·托尔斯泰。……他被自己高傲的理智所迷惑，胆大妄为地反对上帝和基督，反对上帝的神圣财产，公然在所有人面前退出……抚育和教养他的母亲——正教教会……"②2月24日，所有的俄国报纸都发表了托尔斯泰被开除教籍的消息。此事"在社会上引起了公愤，人民中间引起了误解和不

---

① 〔俄〕列夫·托尔斯泰：《列夫·托尔斯泰文集·第十六卷·书信》，周圣等译，人民文学出版社1992年版，第88—89页。

② 〔俄〕托尔斯泰娅：《父亲·下》，上海译文出版社1986年版，第255页。

满。三天来人们接连不断地向列夫·尼古拉耶维奇欢呼，献花篮，函电、祝词纷至沓来。"① 这一事件甚至引发了规模巨大的示威游行。

在弗拉基米尔省，就有教会自己的巴士底狱。有人无缘无故就被关进了这里潮湿阴森的地牢。一个人被开除教籍，就意味着他离这座监狱只有一步之遥。

托尔斯泰之所以能摆脱政府和教会的迫害，是因为他那个做宫廷女官的堂姑母。

他的堂姑母听到了一个可怕的谣言——内政部长打算把列夫·托尔斯泰监禁在苏兹达尔修道院里，而且不能自由写作。

她去找了内政部长，发现他很为难。

于是，她给沙皇写了一封信请求紧急觐见的信。

沙皇接见了她，问她如此迫切要求觐见的原因。

女伯爵激动地回答道：

"一两天之内，会有一个判决书要送给您，主张把俄罗斯最伟大的天才监禁在一家修道院里。"

皇上的面容立刻改变了，他变得严肃而极其悲哀。

"托尔斯泰？"他简短地问道。

"您猜中了，陛下！"我回答。

"那么他企图加害于我？"皇上问。

我向皇上重述了我从内政部长那里听到的关于列夫所犯过错的全部情况，看见他的面容渐渐恢复了一向温和而且极其友好的表情，我高兴极了。不久他起身告辞。在分别时我只说了一件事，就是假如按照这位部长的建议执行，在俄罗斯和国外所引起的普遍的愤怒自然不会落在部长的头上。②

---

① 〔俄〕托尔斯泰娅：《托尔斯泰夫人日记·下（1901—1910）》，蔡时济、晨曦译，中国社会科学出版社1984年版，第14页。

② 〔英〕艾尔默·莫德：《托尔斯泰传·上》，北京十月文艺出版社2001年版，第933页。

托尔斯堂姑母的说情，最终起了作用。沙皇把托尔斯泰的"判决书"搁置了起来。他要求部长"不要去动托尔斯泰"，否则，自己会受到全世界的愤怒谴责。

事实上，正像艾尔默·莫德说的那样："假如不是因为他有一位姑母在宫廷里，那么委托给莫斯科总督的权力，尽可以用来处置他，而无需经过令人不快的正式的审判手续，并且完全可以想象得到，当时还活着的这位俄罗斯最伟大的作家，很可能死在一间阴湿污臭的地牢里，而不会在自由中度过他的晚年。俄罗斯就是那样被统治着的。"① 托尔斯泰没有身陷囹圄，没有被折磨而死，纯属小概率的偶然和幸运。

四

作品被禁、被误读，作者被误解、被诋毁，作者和自己的读者被构陷、被迫害，这是许多伟大作家的遭遇，也是托尔斯泰的遭遇。

在一个正常社会里，写作是自由的，阅读是自由的，作家与读者之间也可以正常地交往和交流。在这样的社会里，那些伟大作家所创作的具有伦理压舱物性质的作品，会被当作全民的主流读物。

然而，在一个封闭的前现代社会里，一切都是不自由的。全社会共同被强制阅读的主流书籍里，则充满了病态的趣味和邪恶的思想。《商君书》和《我的奋斗》就在这类书之列。它们打开恶的魔盒，点燃仇恨的火焰，揭开反人性时代的序幕。它们将人训练成非人的怪物，将所有人拖入灾难的深渊。一个以这类书籍为主流性读物的时代，通常是缺乏伦理压舱物的时代，也必然是充斥着法西斯主义暴力和人道主义灾难的时代。

在托尔斯泰看来，那些真正伟大的作品，蕴含着可以改变生活的巨大力量，应该成为俄罗斯读者的主流性读物。1888年2月13日，托尔斯泰在写给尼·尼·格的信中，高度评价了赫尔岑的作品，肯定了其对于俄国

---

① 〔英〕艾尔默·莫德：《托尔斯泰传·上》，北京十月文艺出版社2001年版，第934页。

读者的价值和意义："最近我一直在阅读赫尔岑的作品，常常想起您。他是一位出类拔萃的作家。假如他没有被埋没，能得到年轻一代的推崇，那么我们俄罗斯近二十年的生活就不会是这样了。可实际上从俄罗斯社会的肌体上强行摘除了一个至关重要的器官。"① 托尔斯泰自己的作品，就属于他所赞美的那类俄罗斯社会肌体上的"至关重要的器官"，即可以对人们的心灵和俄国社会产生巨大影响的作品。

蒂里希在《爱、力量与正义》中说："爱、力量与正义在上帝之中是统一的，它们在上帝在此世的新创造中也是统一的。"② 在托尔斯泰身上，这三者也是统一的。他的文学写作的"伦理压舱物"，主要是由这三种精神力量构成的。可以说，他的人格力量就来自爱、力量和正义。对他来讲，爱是最高的伦理原则。爱是力量，也是正义。就像《战争与和平》中安德烈公爵在临死前所体悟到的那样："人间的爱可以由爱变为恨；但上帝的爱是不会变的。不论是死亡还是别的什么都不能把它消灭。它是心灵的本质。"③ 正因为这种包含着巨大的人格力量和博大的爱，正因为包含着伟大的思想和道德精神，托尔斯泰的文学作品才对当时的读者和后来的读者产生了巨大的影响。即便经历了翻天覆地的社会变革，这种影响依然存在。

然而，托尔斯泰却遭到了各种人的误解和排斥，甚至遭到了立场截然对立的政治家和文化人的否定和抵拒。俄国政府视他为破坏社会秩序的异端分子，右翼的自由知识分子视他为自由的敌人，左翼的革命者则视他为保守的落后分子。他们都从自己的立场发射怀疑的箭矢，投掷批判的石头。

沙皇政府并不喜欢托尔斯泰，也不接受他的精神和思想，不仅误读和贬低他的作品，而且还试图禁绝甚至毁废它们。就连沙皇政府中最聪明的人，也认识不到托尔斯泰的价值。著名的政治家、总理大臣维特伯爵以一

---

① 〔俄〕列夫·托尔斯泰：《列夫·托尔斯泰文集·第十六卷·书信》，周圣等译，人民文学出版社1992年版，第225页。

② 〔美〕蒂里希著，何光沪选编：《蒂里希选集·上》，上海三联书店1999年版，第370页。

③ 〔俄〕列夫·托尔斯泰：《战争与和平 3》，上海文艺出版社2007年版，第943页。

种傲慢而独断的语气彻底否定托尔斯泰:"他的学说的实质却是陈旧幼稚的。既无新主张,又无新思想,全部说教无非拾《圣经》之余唾,向以往的哲学家学舌,只是以通俗的形式和天才的手法作出陈旧幼稚的结论而已。他是一位伟大的艺术家,一位幼稚的思想家,是自'我'的膜拜者。"①维特伯爵犯了所有"拜新教"分子常犯的错误——现在的,新的,就是好的;往昔的,旧的,都是坏的。他完全忽略了托尔斯泰思想中那些朴素而重要的真理,即关于爱、善和正义的真理。他也忽略了托尔斯泰的思想和精神对于人类生活的伦理意义,忽略了其中所蕴蓄的巨大力量——培养人们产生爱的热情和善的意识的力量,以及推动人类追求和平与和谐的生活的力量。美国作家威廉·萨洛扬在《天才》中说,托尔斯泰"具有一切生灵与生俱来的深邃的智慧,仿佛他一诞生就已一百多万岁了"②。这句话,是对维特们最有力量的反驳。托尔斯泰的思想,是深邃的,也是朴素的,有一种新鲜而又古老的性质。

对俄国统治者来说,托尔斯泰的书,不仅对人们的精神生活无益,而且还是最大的祸源和威胁。因而,无论是阅读还是传播托尔斯泰的作品,都意味着对政府权力和法律秩序的冒犯。托尔斯泰的读者常常遭到搜查,甚至被投入监狱。一位姓霍列温斯卡娅的女医生,上了年纪,身体多病,因为品德高尚,很受人们尊敬和爱戴。然而,这位老人竟然因为喜爱托尔斯泰的作品而被宪兵搜查,并被投入监狱。随后,她又因为传播托尔斯泰的作品而受到侦查员的审讯。对霍列温斯卡娅夫人的迫害,让托尔斯泰感到震惊和愤怒。

1896年4月20日,托尔斯泰从莫斯科写信给俄国内政部长戈列梅金,抗议政府对霍列温斯卡娅夫人和其他读者的迫害。托尔斯泰讲述了霍列温斯卡娅与他的女儿交往的情况,以及他女儿请住在图拉城的霍列温斯卡娅夫人转交《我的信仰是什么?》给另外一个读者的原因和过程。他谴责政

---

①〔俄〕谢·尤·维特:《俄国末代沙皇尼古拉二世:维特伯爵的回忆》,张开译,新华出版社1983年版,第253页。

②陈燊编选:《欧美作家论列夫·托尔斯泰》,中国社会科学出版社1983年版,第352页。

府对读者的迫害,认为这样的迫害是徒劳的,因为,霍列温斯卡娅夫人这样的读者有千千万万。

托尔斯泰声明,制造"危害"的人,不是读者,而是他自己,是自己写的书传播了政府认为有害的思想。他最后的结论是:政府的残酷迫害不可能阻止这些思想的传播,所以,"不论政府怎样做,传播真理的过程不会停止,不会放慢,也不会加速"。他同时声明:"我至死将毫不停顿地进行政府认为是恶而我却看作是在上帝面前应尽的神圣义务的事业。"①他也吁请戈列梅金等政府人士,停止对无辜者的迫害,免得因此承担道义上的责任。最后,他提醒执政者,如果非要采取措施惩罚"制造恶的人",那么,就应该来对付和惩罚他,如果迫害不可避免,那么,就请把"所有的迫害",都加之于"我这个从政府角度来看是应该受到迫害的主要的人身上"②。

进入 20 世纪,托尔斯泰受到了来自左右两个层面的夹击。那些站在右面的自由知识分子,也悻悻然迁怒于他,认为他要为俄国后来的悲惨命运负责。梅列日可夫斯基认为欧洲的"自杀行为",就是"由托尔斯泰发起,由列宁结束";别尔嘉耶夫则认为,"如果要使俄国人的精神获得新生,就必须肃清托尔斯泰主义"③。他们似乎都忽略了一个根本问题,那就是托尔斯泰是一个虔诚的基督徒。就像托尔斯泰自己所说的那样:"这些思想的实质是,把高于人世间一切法的不容置疑的上帝法律告诉人们。根据这一法律,我们所有的人都不应该相互仇视,相互使用暴力,相反,应该友爱互助,对待别人像您希望别人对待您那样。"④在他看来,任何

---

① [俄]列夫·托尔斯泰:《列夫·托尔斯泰文集·第十六卷·书信》,周圣等译,人民文学出版社 1992 年版,第 280 页。
② [俄]列夫·托尔斯泰:《列夫·托尔斯泰文集·第十六卷·书信》,周圣等译,人民文学出版社 1992 年版,第 280 页。
③ [英]罗莎蒙德·巴特利特:《托尔斯泰大传:一个俄国人的一生》,朱建迅等译,现代出版社 2014 年版,第 450 页。
④ [俄]列夫·托尔斯泰:《列夫·托尔斯泰文集·第十六卷·书信》,周圣等译,人民文学出版社 1992 年版,第 279 页。

人都不可能在没有信仰的情况下正当地生活。假如一个没有信仰的人试图为人们安排生活，那么，他必然因为傲慢而成为缺乏德性的人："认为有人可以为别人安排生活，这种谬误是非常可怕的，在这种信仰之下，那越被看重的人，越是缺少道德的人。"①从这样的思想和观念中可以看出，托尔斯泰根本不可能发起梅列日可夫斯基所指责的那种"自杀行为"。他所追求的生活，是那种通过信仰和爱才能实现的生活。这样的生活拒绝任何形式的暴力，排斥任何形式的歧视、敌意和仇恨。

　　对于俄国革命，托尔斯泰始终是一个冷静的观察者和批评者。在他看来，革命应该是内在的，而不是外在的，所以，"人类如果没有内心精神上的提高"，只有"外部形式上"的变化，是无济于事的。在经历了1905至1907年的俄国革命之后，托尔斯泰在1909年3月6日的日记中以充满现实感和预言性的笔调这样写道："当革命者开始夺取政权的时候，在他们身上就明显地表现出政权通常具有的腐败行为：自命不凡，骄傲自大，讲究虚荣，以及最主要的是对人的不尊重。这比前人更坏，因为人们还不习惯。"②对新生活秩序的建立者来讲，这样的托尔斯泰，这样的托尔斯泰主义，显然既是一个绕不过去的话题，又是一个需要严肃对待的问题——必须对托尔斯泰进行重新定位和评价，甚至必须对他进行必要的清算和批判，以便让他的思想和精神服务于新的社会和新的生活。卢那察尔斯基在1924年的一次演讲中，将托尔斯泰主义视为最大的威胁，甚至动员开展"消灭托尔斯泰主义的运动"③。契卡的秘密警察则监视着那些靠托尔斯泰的"伦理压舱物"生活的人们。

　　然而，驯服托尔斯泰的思想并不容易，规训托尔斯泰主义者同样艰难。托尔斯泰的小女儿亚历山德拉就忠实地按照父亲的精神原则生活，她为此付出了巨大的代价。1917年之后，她曾四次被契卡逮捕入狱。1919

---

①〔俄〕列夫·托尔斯泰：《生活之路》，王志耕译，中国人民大学出版社2006年版，第195—196页。

②〔俄〕托尔斯泰娅：《父亲·下》，上海译文出版社1986年版，第318页。

③〔英〕罗莎蒙德·巴特利特：《托尔斯泰大传：一个俄国人的一生》，朱建迅等译，现代出版社2014年版，第472页。

年 7 月,她在莫斯科第一次被捕,不久被释放;1920 年 3 月,再次被契卡逮捕,"被指控参与了反革命活动";1920 年 11 月,第三次被契卡逮捕,1921 年 2 月获释;1921 年 8 月,她第四次契卡被捕,短期羁押后获释。

1920 年年底,60 名托尔斯泰主义者因"反苏维埃"罪被捕。

托尔斯泰的秘书切尔特科夫被判流放三年。

在 1917 年之后的俄国,托尔斯泰主义者甚至成立了托尔斯泰农庄。为了生存,1931 年,在意外获得苏联政府的批准之后,1000 多名托尔斯泰信徒向东跋涉 2000 英里,在新库兹涅茨克镇定居了下来,成立了"生活与劳动公社"。但是,推动这个公社解体的行政措施很快付诸实施。1936 年,许多公社成员被逮捕,公社也变成了普通的集体农庄。到了 1939 年,公社社员所剩无几。

1920 年 8 月,托尔斯泰的女儿亚历山德拉在审判她的法庭上,这样表达了自己的态度和观点:

> 我并不是在利用我最后的陈述为自己辩护,因为我并不认为我有任何罪过。但是,我想对审判我的这些公民说,我并不认可人类的审判制度,一个人有权审判另一个人,我认为这种观点本身就是错的。我认为我们都是自由之人,这种自由存在于我的内心——谁都无法剥夺,无论是特殊隔离的高墙,还是拘留营都无法剥夺。这种自由的精神不是在自由的俄国刺刀威逼之下的那种自由,而是我的精神自由,它将永远陪伴着我……①

可以肯定的是,假如没有托尔斯泰的"伦理压舱物",他女儿的精神之舟就不会选择这样的方向,也不可能经受住如此巨大的考验。

托尔斯泰的思想不仅影响了自己的女儿,也改变了很多普通的俄国人。在新库兹涅茨克建立的托尔斯泰学校的首任校长安娜·玛洛若德,就将托尔斯泰当作自己精神上的父亲。1961 年 12 月 20 日,她在日记中这样写道:

---

① 〔英〕罗莎蒙德·巴特利特:《托尔斯泰大传:一个俄国人的一生》,朱建迅等译,现代出版社 2014 年版,第 454 页。

今天是我亲爱的父亲和终生的老师 L. N. 托尔斯泰逝世 50 周年。他帮我从存在于几百年间的迷信思想中提炼出纯正的基督教义，他帮我找到许多亲爱的朋友，组成了一个从心灵相通的家庭，虽无血缘关系，但却更好，更强，更真诚。多亏托尔斯泰，我从城市搬到了乡村，成为像其他人一样的农民。我开始在菜园和花园里从事体力劳动，并渐渐爱上了它。托尔斯泰帮我发现生命中真正美好的事物。他为全世界指明了团结友爱的正确道路。他指出了使人产生分歧，有时甚至彻底毁掉人们生活的许多缺点。说托尔斯泰伟大，仍然是对他的贬低！①

托尔斯泰确实是伟大的。有必要指出的是，他的伟大，不是那种虚假而短暂的伟大，而是一种真实而长久的伟大。他的伟大，不是那种外在的伟大，即由于权力和金钱而获得的伟大，而是一种内在的伟大，即因为精神上的高尚和健全而获得的伟大。他的伟大，本质上是一种因为仁爱的情感和神圣的信仰而获得的伟大。

如果我们想追求真正的理想生活，那么，我们就应该更加热爱托尔斯泰和他的作品，就应该珍惜他所宣扬的信念和原则。我们应该将他的文学作品及其所包含的思想和精神，当作我们的伦理压舱物。没有这样的伦理压舱物，我们就很难摆脱自己身上的动物性，我们的精神之船就有可能失去动力、迷失方向。

第二节　俄罗斯文学的精神品质
——文化教养与反对庸俗

我经常思考这样一个问题——使俄罗斯文学伟大而迷人的到底是什

---

① 〔英〕罗莎蒙德·巴特利特：《托尔斯泰大传：一个俄国人的一生》，朱建迅等译，现代出版社 2014 年版，第 476 页。

么？是对人道主义精神的执着守护，还是对宗教信仰的坚定捍卫？是对底层小人物的真诚同情，还是对上层社会的无情批判？是对罪恶和苦难的极度敏感，还是对善良和拯救的深切呼唤？是对大自然的诗意描写，还是对人类生活的温情叙述？

事实上，所有这些对立的选项，都包容在俄罗斯文学里，共同构成了俄罗斯文学的丰富性和深刻性。很多时候，描述俄罗斯文学不能用"不是……而是"的句式，而必须用"既是……又是"或者"不仅……而且"的句式。俄罗斯文学世界是完整的，而不是一个残缺的局部。

然而，如果非得用一个词来概括俄罗斯文学的精神品质和特点，该用哪一个呢？

我想应该是"教养"。是的，文化教养。俄罗斯文学在伦理精神上最突出的特点，就是它总是表现出极高的文化教养。它的种种优秀品质，它令人着迷的魅力，都来自它的教养。文学有多么伟大，最终决定于其所包蕴的伦理精神的高度，而伦理精神的核心和灵魂，则是充满道德诗意的文化教养。

文化教养集中体现着人的情感、行为中所有有价值的东西。文化教养高，意味着一个人极大地摆脱了野蛮和粗俗，意味着人性的光辉和美好得以维持在一个稳定的状态，从而在许多方面，都能表现得优雅而得体。

许多俄罗斯作家都有良好的文化教养。他们摈弃一切粗俗、下流的东西，对庸俗和粗野抱有深深的反感。他们几乎天生就是庸俗的敌人。有人对果戈理在小说中从不渲染男女私情感到困惑。原因其实很简单：他更关注人的心灵世界，他所揭示的是人的精神病痛和残缺。这其实是许多俄罗斯作家共同的特点。在对待文学的态度上，许多俄罗斯作家都有一种近乎羞涩的节制。

为了在伦理精神的追求上达到令人满意的境界，俄罗斯作家付出了艰苦的努力。即使在微末的细节描写上，他们也从不轻忽、随意。托尔斯泰在《安娜·卡列尼娜》中这样写道："卡列宁夫人不等哥哥走近，就用一种轻盈、敏捷的步伐迎上前去，她满脸放光，就像被一道光线照射着似的，伸出右臂搂住他的颈子，用力而迅速地把他拉到面前，咂然有声地吻了他一下。"这样的细节描写所展示的安娜形象，是有些轻佻的。所以，在最后的定稿中，托尔斯泰更改了自己最初的描写：让司梯瓦自己向安娜走过来，而不再是安娜向他走过去，这样，安娜的形象就显得更加优雅了。正像贝奇柯夫所说的那样，托尔斯泰"去掉了那种在他笔下永远会起反作用的肉感性笔触"[1]。通过这样的修改，托尔斯泰既显示出了自己极高的教养，也表现出对人物和读者的尊重。

事实上，追求一种能够显示人类尊严和教养的境界，已经成为俄罗斯作家自觉的文学理念和写作原则。对俄罗斯作家来讲，文学就是对精神生活的一种富有伦理性的体验和表现，而文学价值的大小，甚至文学的成败得失，最终都决定于它对伦理的态度，决定于它在对文化教养的表现上是否达到了很高的境界。他们认为，生活并不仅仅意味着要满足自己穿衣、吃饭、生育的自然需求，它还是一件心理学和伦理学意义上的事情——人类还需要满足自己的精神需求，需要通过健全的教育培养良好的教养，从而生活得体面而富有尊严；换言之，人还需要一种利他主义的精神维度，通过利他的慷慨行为获得社会的认可和尊重，获得他人友善的对待和积极的评价。

如何满足人的这种伦理性的精神需求，是一切伟大的艺术共同关心的一个至关重要的问题。近年来，美学的一个重大转变，就是把被割裂的"美学"和"伦理学"重构为一个整体。为了强调二者不可分离的整一性，沃尔夫冈·韦尔施甚至把"美学"和"伦理学"缩约为一个新词"aesthet/hics"。这种新的美学理念，反对那种"表面的审美化"和"最肤浅的审美价值"——后者被认为是一种"不计目的的快感、娱乐和享受"[2]。总之，"不同的领域与学科取决于相互之间缠绕不清的关系，这与现代的区分理论和分割教条所想象的方式是截然对立的。这需要思维由分割的形式转变为相互缠绕的形式。学科的纯粹主义和分离主义已变成陈腐的策略，

---

[1]〔苏〕贝奇柯夫：《托尔斯泰评传》，吴均燮译，人民文学出版社1959年版，第334—335页。

[2]〔德〕沃尔夫冈·韦尔施：《重构美学》，陆扬、张岩冰译，上海译文出版社2002年版，第6页。

超学科性与横向分析正取代它们的位置"①。

这种新的美学理念致力于克服过去简单的"生存决定论",以求全面地满足人的需求,尤其是满足人"更高级的愉悦"和升华的需要:"作为一种动物,生存的需要同样也是我们的伦理/美学中的第一需要,升华的需要只能是第二位的。但是作为人类,升华的需要是我们本质性和决定性的需要。对人类而言,它是一种明显的对'高尚'的需要。"②对"高尚"的需要,是人的一种内在精神需要,也是人的生活达到高度自觉的境界以后必然会产生的一种精神渴望。一切具有升华和净化力量的美学,都是为满足人的这一需要服务的。

如果说,所有人类创作的优秀文学作品,都具有严肃的伦理态度和崇高的伦理目标,都表现出对"高尚"的尊崇、对人格尊严的捍卫和对优雅与教养的敬意,那么,俄罗斯文学在这一点上表现得尤为突出。由于对伦理价值的重视,由于高度成熟的文化意识,无论在文学的理论表达中,还是在创作实践中,俄罗斯知识分子对一切丑恶现象尤其是庸俗性怀有深深的不满和厌恶,并以一种近乎仇恨的心情予以揭露和抨击。在他们看来,文学和艺术的"高尚"品质与庸俗性是格格不入的;文艺的使命就是通过否定庸俗性来净化生活,捍卫人的尊严。

庸俗不仅是生活之敌,而且是文学之敌。庸俗与文学的伦理精神格格不入,与一切美好的事物格格不入。如果说,教养是人类摆脱庸俗之后所获得的一种精神品质,那么,文学只有在更高的境界上超越庸俗,才能成为真正意义上有价值的文学,才能成为对人类的内心世界产生积极影响的文学。赫尔岑说:"艺术,它主要是美的均衡适度,它不能忍受市侩生活中这种鼠目寸光,平庸自满的尺度,这种生活在艺术看来是世界上最可怕的污点——这就是庸俗性。"③作为一个具有宗教气质的哲学家和美学家,

---

① 〔德〕沃尔夫冈·韦尔施:《重构美学》,陆扬、张岩冰译,上海译文出版社2002年版,第79页。

② 〔德〕沃尔夫冈·韦尔施:《重构美学》,陆扬、张岩冰译,上海译文出版社2002年版,第84页。

③ 〔俄〕赫尔岑:《赫尔岑论文学》,辛未艾译,上海文艺出版社1962年版,第48页。

别尔嘉耶夫关心的根本问题,就是如何从种种严重的奴役和"堕落"的诱惑中把人解救出来。他说:"应该从童年起就在精神里道德地培养人。"他的"创造伦理学"探求的是如何通过富有创造性的努力,通过"对肯定价值的爱"来克服个人主义,从而实现人格的升华,"提高生命内容的质量和价值"①。从根本上讲,没有对日常生活中琐屑和无聊的克服,没有升华性的积极的伦理态度,就不会产生真正有价值的作品,作家就不可能赋予自己的写作以丰富的诗意和内在的深度。就此而言,写作本质上是一种高度伦理化的艺术活动,即一种彰显高贵与尊严的精神创造活动。它意味着升华,意味着照亮,意味着教养,意味着对庸俗的超越。别尔嘉耶夫说:"庸俗化不可避免地威胁着日常世界。在庸俗的世界里所发生的对恐惧的摆脱不是通过向上的运动,而是通过向下的堕落。庸俗是彻底地堕落到低级平庸之中,在这里不但不再有对高尚世界的忧郁和在先验世界面前的神圣敬畏,而且甚至不再有恐惧。高山从地平线上彻底消失,只剩下无限的平面。……在庸俗的王国里,一切都是那么轻松,困难消失了,但是这个轻松是由于拒绝为高尚的存在进行斗争而产生的。"②真正的精神创造活动就是"向上的运动",就是为了"高尚的生存"而"进行斗争"。那些真正的作家之所以要摆脱低级的庸俗,之所以要超越琐屑无聊,之所以要升华作品的格调,就是为了达到与生活的意义和价值密切相关的"美好"与"高尚"的精神境界。

从伦理精神上看,俄罗斯文学有两种类型:一种怀着深深的罪感和忏悔的心情,叙写苦难和不幸,赞美宽容和仁爱的精神;一种怀着强烈的焦虑和不满,以喜剧式的幽默或讽刺的方式,揭露生活的残缺和可笑,表达对乏味、沉闷的庸俗生活的否定。前者以托尔斯泰和陀思妥耶夫斯基为代表,后者以果戈理和契诃夫为代表。这种划分无疑是简单化的。事实上,无论是前者还是后者,都体现出一种纯洁的道德姿态和高度的文化教养,都体现出一种高尚的情感态度,即对于人的爱和尊敬。正像别尔嘉耶夫所

---

① 〔俄〕别尔嘉耶夫:《论人的使命》,张百春译,学林出版社2000年版,第186页。
② 〔俄〕别尔嘉耶夫:《论人的使命》,张百春译,学林出版社2000年版,第236页。

说的那样:"在俄罗斯文学和俄罗斯思想里出现了强烈的同情和怜悯。这对人类道德意识具有重大意义。俄罗斯文学创作和思想的使命就是表达完全的仁爱、同情和怜悯。正是俄罗斯人在自己精神的顶峰不能忍受幸福,假如有别人遭到不幸。"①

在俄罗斯作家中具有极高教养的,必然包括契诃夫。高尔基说:"他是很谦虚的,他的谦虚差不多到了贞节的地步,他不肯高声地、公开地对人们说:'啊,你们应当……更正派点!'……他憎恨一切庸俗、肮脏的东西,他用一种诗人的崇高的语言和幽默家的温和的微笑来描写了人生的丑恶,很少有人在他那些短篇小说的美丽的外衣下面,看出那个严厉斥责的含意来。"②在俄罗斯作家中,没有谁像契诃夫那样温和,甚至温和得近乎羞涩,同样,也没有谁像契诃夫一样持续书写俄罗斯人灰暗的生活图景,表现他们身上可笑的缺点和缺乏教养的庸俗性。

是的,批评庸俗性,这是几乎契诃夫小说具有根本意义的、统摄其他所有内容的主题。

对于人们内心的根深蒂固的庸俗心理,对于他们身上的习焉不察的庸俗习气,契诃夫有着极为敏锐的洞察。正像高尔基发现并指出的那样:

> 没有人像安东·契诃夫那样透彻地、敏锐地了解生活的琐碎卑微方面的悲剧性,在他以前没有一个人能够把人们生活的那幅可耻、可厌的图画,照它在小市民日常生活的毫无生气的混乱中间现出来的那个样子,极其真实地描绘给他们看。
>
> "庸俗"是他的仇敌;他一生都在跟它斗争;他嘲笑了它,他用了一管锋利而冷静的笔描写了它,他能够随处发现"庸俗"的霉臭,就是在那些第一眼看来好像很好、很舒服并且光辉灿烂的地方,他也能够找出那种霉臭来。③

---

① 〔俄〕别尔嘉耶夫:《论人的使命》,张百春译,学林出版社2000年版,第257—258页。

② 〔苏〕高尔基:《文学写照》,巴金译,人民文学出版社1959年版,第109页。

③ 〔苏〕高尔基:《文学写照》,巴金译,人民文学出版社1959年版,第109页。

这是到目前为止,我看到的对契诃夫文学精神最为深刻的理解。虽然,高尔基在评价贵族作家果戈理、托尔斯泰和陀思妥耶夫斯基的时候,多有言过其实的否定和令人费解的偏见,但是,对平民作家契诃夫,他却始终是尊敬的,评价很高。他不仅正确地揭示了契诃夫的文学创作伦理精神上的特点,而且还体察入微地指出了契诃夫观察和讽刺"庸俗"的纯洁动机与高尚愿望:"他有一种随地发现和暴露'庸俗'的技巧——这种技巧是只有那些对人生有很高的要求的人才能够有的,而且只能够由那种想看见人成为单纯、美丽、和谐的热烈的愿望产生。"①

高尔基在评价契诃夫的时候,说过这样一段很形象又很深刻的话:

> 在这一群软弱无力的人的厌倦的灰色行列面前,走过一个伟大、聪明、对一切都很注意的人;他观察了他祖国的寂寞的居民,他露出悲哀的微笑,带着温和的但又是深重的责备的调子,脸上和心里都充满了一种绝望的苦恼,用了一种好听的、恳切的声音说:"诸位先生,你们过的是丑恶的生活!"②

沃罗夫斯基无疑认同高尔基对契诃夫的评价。像高尔基一样,沃罗夫斯基也认为"契诃夫主要是描写我们生活中的一切渺小、无聊和庸俗的东西"③,但是,他所信奉的狭隘理论使他严重误解了契诃夫。他认为契诃夫远离了那些进行"实际斗争"的人,与他们"格格不入","始终是一个不问政治的人":"这就使他不能不消极地看待俄国生活中的许多正面现象,而这些现象,亦因囿于这样的先入之见,也被归到阴沉灰暗的当代

---

① 〔苏〕高尔基:《文学写照》,巴金译,人民文学出版社1959年版,第105页。
② 〔苏〕高尔基:《文学写照》,巴金译,人民文学出版社1959年版,第112页。
③ 〔苏〕沃罗夫斯基:《论文学》,程代熙等译,人民文学出版社1981年版,第264页。

生活里去了。"① 他以困惑不解甚至责备的语气，谈到了契诃夫在作品中表现出的"尖刻和残酷无情"。他把"个人生活上善良、温和而又高尚的契诃夫"与作品中表现出来的严肃的契诃夫对立了起来。他没有看到，契诃夫在小说中所表现出的幽默，是尖锐的、严峻的，但从来不是"残酷无情"的，而是温和的、善意的、充满期待的。他用反讽和否定的方式，表达着自己对于生活的不满和愿望——他希望人们摆脱"丑恶的生活"，活得更有尊严，更有教养，更有活力，更有诗意。

比较起来，卢那察尔斯基虽然也"鄙弃"契诃夫的"调和主义"，但是，他正确认识到了契诃夫作品的价值，高度评价了契诃夫的人格。他说，"人数众多的全体知识分子对契诃夫的爱重，甚至超过了对高尔基、托尔斯泰和柯罗连科的爱重"②。他从契诃夫身上看到了"爱"，而不是"冷酷无情"："生活引起契诃夫的兴趣，契诃夫爱生活，爱大自然，也希望爱人们"。虽然他碰见的人"残缺不全"，但是，他为此感到"深切的悲痛"。而在描写这些人的时候，他引发的是人们"含泪的笑"③。不仅如此，他还指出，"就内容来说，契诃夫也非常符合我们现代的精神。这是因为，虽然像我说过的那样，契诃夫的世界的基础已经崩溃，可是这个世界本身还残存着"④。

一位西方哲学家说，文化的最终成果是人格。这是一句很深刻的话。据此，我们可以说，从作家的主体性角度来看，真正优秀的文学赖以产生的决定因素是作家的良好教养。任何试图在文学创作上有所作为的作家，都必须通过艰苦的努力，实现自己的人格发展和精神成长，最终使自己成

---

① 〔苏〕沃罗夫斯基：《论文学》，程代熙等译，人民文学出版社1981年版，第265页。

② 〔苏〕卢那察尔斯基：《卢那察尔斯基论文学》，蒋路译，人民文学出版社1978年版，第235页。

③ 〔苏〕卢那察尔斯基：《卢那察尔斯基论文学》，蒋路译，人民文学出版社1978年版，第236页。

④ 〔苏〕卢那察尔斯基：《卢那察尔斯基论文学》，蒋路译，人民文学出版社1978年版，第239页。

为一个有高度文化教养的人。

我们在俄罗斯文学里看见了教养,看见了由这种教养带来的美的境界。从这种经验里,我们还明白了这样一个道理:除非改变自己身上原始性的粗野,除非彻底摆脱自己身上庸俗的部分,并最终成为一个文明的、有教养的人,否则,一个作家根本就不可能写出有价值的作品,一个时代的文学也不可能达到成熟而完美的境界——对价值拔根状态下的文学略有所知的人,当信吾言之不妄;对俄罗斯文学经验心有戚戚焉的人,当信吾言之不妄。

第三节　体会当代生活的苦恼与问题
——赫尔岑及其文学精神与文学批评

> 俄罗斯生活像叫人纳闷的斯芬克司,它在沙皇虎视眈眈的监视下,在军用大衣的覆盖下蒙头大睡,恰达耶夫和斯拉夫派同样站在它面前,同样发出了疑问:"今后怎么办?不能这样生活下去:现状的沉闷和荒谬已一目了然,再也无法忍受,但出路在哪里呢?"
>
> ——赫尔岑:《往事与随想》(中),第三十章

> 在俄罗斯精神中有一种特征,能够把俄国与其他斯拉夫民族区别开来,这就是能够时不时进行自我反省,否定自己的过去,能够以深刻、真诚、铁面无私的嘲讽眼光来观察它,有勇气公开承认这一点,没有那种顽固不化的恶棍的自私,也没有为了获得别人的谅解因而归咎自己的伪善态度。
>
> ——赫尔岑:《赫尔岑论文学》

赫尔岑(1812—1870)是俄罗斯19世纪最有影响力的知识分子之一。他是高尔基所说的"极端人物",出身宗教家庭,却极端反基督;出身贵族家庭,却极端反沙皇。他是一个复杂的矛盾体——既是理性的,又是感

性的；既是现实主义者，又是浪漫主义者；既是社会主义者，又是自由主义者；既是理论上的利己主义者，又是实践上的利他主义者。这样的矛盾和分裂，若放在别人身上，一定会给人极其别扭的印象。但赫尔岑的热情、坦率和真诚，他的强烈的正义感和勇敢的反抗精神，化解了人们的消极反应，甚至赢得了人们的认同和尊敬。

如果用一个意象来形容赫尔岑，恐怕没有比"警钟"更合适的了。他的充满思想力量的文字，就像洪亮的钟声，越过千万里的空间阻隔，回响在彼得堡和莫斯科，回响在辽阔的俄罗斯大地上。他要用尖锐的声音唤醒沉睡的俄罗斯。1857年，他创办了《警钟》。它被大量运进俄国，"所有人都阅读这份刊物，甚至包括那些当权者。他对滥用权力和渎职行为的披露往往能促使官方立即采取行动，撤换最不得人心的肇事者。在1857—1861年间，《警钟》是俄国最重要的政治力量"①。他打破了俄国沉闷的政治空气，激发了革命者的热情，曾"在俄罗斯革命史上起过不平凡的作用"②，用列宁的话说，因为这份杂志，"奴隶般的沉默被打破了"③。他的所有努力，都有一个总的目标，那就是将人从悲惨的奴役状态中解放出来，赋予他们以人应该享有的自由、权利、价值和尊严。

赫尔岑是一个圣西门式的社会主义者，他用实证主义和科学思维宣传社会主义。高尔基说："他代表着一种正确的思想，这种思想差不多四十年间不断指出并且评论了形形色色的俄国生活现象。"④其实，赫尔岑之所以至今还令人感兴趣，并非因为他的"思想"总是"正确"的，而是因为，作为知识分子和作家，他的伦理精神始终是伟大的——从很早的时候起，他就认真体会自己时代的苦恼，关注现实生活中那些重大的问题；即使面

---

① [俄]德·斯·米尔斯基：《俄国文学史·上》，刘文飞译，人民出版社2013年版，第288页。

② 布罗茨基主编，波斯彼洛夫等著：《俄国文学史》（中卷），蒋路、孙玮译，作家出版社1955年版，第650页。

③ [苏]列宁：《纪念赫尔岑》，见《列宁选集·第2卷》，人民出版社1995年版，第286页。

④ [苏]高尔基：《俄国文学史》，缪灵珠译，上海文艺出版社1959年版，第360页。

对最高的宗教权威和强大的世俗权力,他也毫不畏惧,总是表现出决绝的反对态度。虽然他的有些认知和思想业已过时,甚至压根就是错误的;他所追求的政治理想,最终也都落了空,但是,他的伟大的人道主义和自由主义精神,他的坚定的批判精神和反抗精神,他的从人格和政治上解放人的追求,以及他表现自己精神和思想的迅雷烈风般的文字,却仍然具有不朽的价值。

一、身份与境遇:压力下的反抗

身份与境遇会极大地影响一个人的生活态度和社会意识。考察赫尔岑的境遇,可从两个层面着眼:一是家庭生活层面的个人身份和生活境遇,一是公共生活层面的公民身份和政治境遇;前者主要是指他的私生子身份,后者是指1825年十二月党人起义事件之后他的精神境况。不被尊重的非婚生子身份,会使人产生强烈的屈辱感和反抗情绪,而类似1825年12月那样的暴力事件,则会极大地影响一个公民的社会意识,甚至会彻底改变一个年轻人的生活态度和对国家的认同感。

在19世纪的俄罗斯,非婚生子的大量出现是一个很值得研究的社会现象。贵族老爷与家里的女仆生子,是件并不稀奇的事情,甚至颇为常见。所以,大可不必像保罗·约翰逊那样过于严苛地进行道德指责。[①]1859年7月,托尔斯泰跟女仆阿克西尼娅生了个名叫季莫费·巴济金的孩子。屠格涅夫也跟女仆阿芙多季雅,生了个名叫别拉盖雅的女儿。《复活》中玛丝洛娃与涅赫柳多夫的孩子,出生不久就夭折了。《卡拉马佐夫兄弟》中风流成性的老卡拉马佐夫也有个私生子,名叫斯麦尔佳科夫,是他奸污疯女丽莎所生的。俄国诗歌"黄金世纪"的"首位先锋"茹科夫斯基,是一个名叫布宁的乡村贵族和一位被俘的土耳其姑娘的非婚生子[②]。被视为莱

---

① 〔英〕保罗·约翰逊:《知识分子》,杨正润等译,台海出版社2017年版,第115页。

② 〔俄〕德·斯·米尔斯基:《俄国文学史·上》,刘文飞译,人民出版社2013年版,第103页。

蒙托夫之"先声"的诗人波列扎耶夫,是地主斯特鲁伊斯基的非婚生子,"这使他成为一个无相称社会地位的人"①。赫尔岑最好的朋友奥加辽夫是非婚生子,他的妻子娜塔莎也是非婚生女②。赫尔岑则是年届中岁的父亲跟一个比自己小三十岁的德国少艾的私生子。他于1812年4月6日出生于莫斯科。

在当时的俄罗斯,非婚生子是一个颇受歧视的身份。托尔斯泰的非婚生子,终其一生,不过是父亲家的马厩夫和护林人。尽管屠格涅夫很爱自己的非婚生女,却无法让她在俄国体面地生活,只得将她送到巴黎,交由女友波琳·维亚尔多来抚养。赫尔岑的父系属于莫斯科的雅科夫列夫家族,"虽没有爵位,但却是古老而显贵的门第"③。赫尔岑的父亲也爱自己的非婚生子,但无力对抗严苛的贵族宗法制度,无法让儿子跟父姓,便给他起了一个很特别的姓氏——赫尔岑,"意思是说,他是心的产儿,愿以此表示自己对新生儿子的爱"④。

被歧视的特殊身份,会给非婚生子带来严重的心理伤害——从小就缺乏安全感和对家庭与社会的信任感,内心充满羞耻感和自卑感,甚至会产生强烈的身份焦虑和反社会情绪。在《谁之罪?》中,赫尔岑叙写了私生女柳波尼加知道自己身世之后的痛苦:"先是脸色灰白,随后因为害羞过度,脸上发烧了。"⑤著名诗人费特的父亲是贵族,母亲是一位德国女性,由于他们的境外婚姻在俄国无效,费特"一直被官方视为私生子,直到成人后仍为外国侨民。第一次离家上学时,他才发现这一事实,这对于他是

---

①〔俄〕德·斯·米尔斯基:《俄国文学史·上》,刘文飞译,人民出版社2013年版,第171页。

②〔苏〕弗·普罗科菲耶夫:《赫尔岑传》,张根成、张瑞璇译,商务印书馆1992年版,第31页。

③〔苏〕弗·普罗科菲耶夫:《赫尔岑传》,张根成、张瑞璇译,商务印书馆1992年版,第4页。

④〔苏〕弗·普罗科菲耶夫:《赫尔岑传》,张根成、张瑞璇译,商务印书馆1992年版,第10页。

⑤〔俄〕赫尔岑:《谁之罪?》,楼适夷译,上海译文出版社1979年版,第39页。

一种残酷的体验,之后他终生均在不懈努力,以获取俄国贵族的权利和父亲的姓氏"①。

尽管,我们很准确地判断非婚生子这一让赫尔岑"处境有些尴尬"②的特殊身份在多大程度上影响了他的人格,影响了他对社会和人生的态度,但是,他的极端敏感的自尊心,他对压迫的极端形态的反抗,他对自由和平等的渴望,多多少少都与他这特殊的身份,与他早年的伤害性记忆,与父亲在家庭里的专制作风——"家里人都怕他,枢密官也不例外"③——有着一定的因果关系。1849年12月21日,在一篇写于苏黎世的文章中,赫尔岑这样说道:"我们遇到的,是怎样一个充满眼泪和绝望的时代呀!……脑袋被搞晕了,胸口憋闷,了解所发生的事情都令人感到恐惧,而不了解则更加恐惧,还会有怎样狂暴的事情发生呀。狂怒导致仇恨和鄙视,屈辱压迫着胸口……多想飞奔,想离开……想喘口气,想无声无息地、不知不觉地消逝。"④这种极端形态的情绪宣泄,固然是直接受到法国革命失败等现实事件刺激的结果,但也与他早年的特殊身份和生活境遇不无关系——从这种浪漫主义性质的抒情表达中,我们不仅看见了一种性格类型与文学风格,也能约略测知早年的特殊身份和伤害性记忆对赫尔岑情感模式和表达方式的影响。以赛亚·伯林也注意到了特殊身份对赫尔岑性格的影响:"非婚生子的事实,对赫尔岑性格大概有相当影响,他原本不会有那么强烈的反叛性,可能即由此造成。"⑤"反叛性"的形成,原因复杂,绝非一时一事影响之结果。

当然,赫尔岑不会让自己像卢梭和缪塞那样,成为在情感上极端自私

---

① 〔俄〕德·斯·米尔斯基:《俄国文学史·上》,刘文飞译,人民文学出版社2013年版,第308页。

② 〔俄〕赫尔岑:《往事与随想·上》,项星耀译,人民文学出版社1993年版,第23页。

③ 〔苏〕弗·普罗科菲耶夫:《赫尔岑传》,张根成、张瑞璇译,商务印书馆1992年版,第16页。

④ 〔俄〕赫尔岑:《彼岸书》,张冰译,四川人民出版社2016年版,第142页。

⑤ 〔英〕以赛亚·伯林:《俄国思想家》,彭淮栋译,译林出版社2001年版,第224页。

自利、自艾自怜的人。他的内心充满昂扬的激情和行动的力量。他厌恶那种软弱无力的人，厌恶没有才能和热情的人，对自己时代的"现代人"，也非常失望："现代人简直令我感到害怕。多么的无动于衷，多么的才智有限呀，多么的缺乏激情和愤怒，思维多么的软弱，身上蓬勃飞扬的激情多么易于冷却，身上的高贵情绪、充沛精力、对自己从事事业的信心，早早就精疲力竭，偃旗息鼓了！"① 他有很强的社会批判意识，有自觉的自我批判意识，也有成熟的自我超越能力。他积极地克服身份和环境对自己的消极影响。他说："人的受制于环境，受制于时代这一点是毋庸置疑的。"但是，人的意识和道德的独立性，可以帮助自己极大地摆脱环境的束缚和限制："道德的独立性与环境的关系呈反比：意识越深入，独立性就越强；意识越少，与环境的关系就越紧密，环境就越多地吞噬个性。"② 他还在另一个地方谈到了个人对环境的超越："要对环境做出应答而创造我们的行为，这一切却取决于我们自己。"③ 虽然在情感表达上，赫尔岑有时也难免会悲从中来，不经意间表现出潜存于内心深处的"伤害性记忆"，但他最终还是成功地将自己的人格和思想提升到了高度成熟的境界。

除了从个人生活的角度考察赫尔岑的"心理成长"，还可以从社会生活的角度，考察他的政治意识和政治人格的形成和发展。赫尔岑的政治热情几乎与生俱来，从少年时候开始，他就是一个政治人物。他的内心燃烧着高尚的牺牲精神和利他主义热情。在他还不知道自己将来到底从事什么职业的时候，他就确定了为人类服务的理想。1827年的夏天，十五岁那年，他与朋友奥加辽夫一起，登上了莫斯科的麻雀山。夏日，草木一片葱茏，山脚下的莫斯科河则向着东南静静地流去。登高使人心旷，临流使人意远。他们意与境会，情满于山，发誓要为人类的崇高事业服务："世上没有任何东西，能像崇高的全人类利益那样，激发一个少年的良知和正义，保护他不受邪恶的侵蚀。我们珍重蕴藏在我们身上的未来，彼此把对方看成为

---

① 〔俄〕赫尔岑：《彼岸书》，张冰译，四川人民出版社2016年版，第144页。
② 〔俄〕赫尔岑：《彼岸书》，张冰译，四川人民出版社2016年版，第159页。
③ 〔俄〕赫尔岑：《彼岸书》，张冰译，四川人民出版社2016年版，第173页。

完成某种使命来到世上的'选民'。"①他要做墨罗斯和威廉·退尔那样的英雄。他关心的是"崇高的全人类利益",要为"所选择的斗争献出我们的一生"②。然而,俄罗斯的现实却是令人失望的。他的道德精神注定要与现实发生冲突,尤其要与权力发生碰撞。他将成为俄罗斯国家的批判者和反抗者。

1825年,无论对赫尔岑个人,还是对整个俄罗斯来讲,都是一个具有分水岭意义的年份。正是在这一年,俄罗斯社会进入了严重的发展停滞期和混乱状态:"社会的道德水平降低了,发展中断了,生活中一切进步的、强大的因素被铲除了。剩下的是一些惊慌失措、软弱无力、灰心丧气的人,他们头脑空虚,胆小怕事;现在,亚历山大时期的废物窃据了要津,他们逐渐变成了趋炎附势的生意人,失去了对酒当歌、雍容华贵的豪迈诗意和任何独立自主的尊严感。这些人一心做官,爬上了高位,但并无雄才大略。他们的时代过去了。"③整个社会的道德体系崩溃了。生活失去了方向,善恶失去了界限,是非失去了标准。真理让位给利益,尊严让位给奴性,精英让位给市侩。

一切都乱了。一切都在瓦解过程中。

俄国的历史进入了漫长的"极夜"时期。

那么,1825年为什么如此重要?如此具有标志性的历史意义?

因为,这一年发生了一件严重影响俄国历史进程的事件。

1825年12月14日,发生了著名的十二月党人起义。沙皇政府以极其残酷的手段将起义镇压了下去。政府的血腥暴力造成了普遍的恐怖。恐怖强化专制,专制导致堕落——既导致普通公民的堕落,也导致政府和官员的腐败和堕落。人们的基本自由被剥夺了。处处形格势禁,人人噤若寒

---

① 〔俄〕赫尔岑:《往事与随想·上》,项星耀译,人民文学出版社1993年版,第76页。

② 〔俄〕赫尔岑:《往事与随想·上》,项星耀译,人民文学出版社1993年版,第78页。

③ 〔俄〕赫尔岑:《往事与随想·中》,项星耀译,人民文学出版社1993年版,第35页。

蝉。几乎所有人都陷入压抑情绪和绝望状态:"我国人永远都是压抑的、心事重重的、不敢出头露面的。自由言论在我国永远都被当作是肆无忌惮、特立独行,被当作是造反和谋叛,人消融在国家中,消融在村社制里。"① 血案发生之后,俄罗斯国家与人民关系的紧张,严重到了空前的程度。国家变得更加肆无忌惮。它以人民的恩主自居,态度傲慢地蔑视人民。于是,国家与人民之间的关系,就呈现出这样一种异常的情形:"在我国,奴役制度和教育制度同时增长,国家发展了,巩固了,而个人却未受益;与之相反,国家越是强大,个人就越是弱小。欧式的行政管理方式,法庭制度,军事和世俗管理制度在我国却发展成一种畸形的、毫无出路的专制主义。……政权当局的怙恶不悛由于受不到任何抵抗,所以常常到了肆无忌惮、无法无天,甚至史无前例、空前绝后的地步。"② 关于1825年之后的俄国政治颓圮和社会矛盾,赫尔岑的洞察和判断,无疑是极为准确和深刻的,表现出一个思想家非凡的观察能力和分析能力。他的判断不仅具有个案意义上的正确性,而且,还具有普遍意义上的有效性——在所有发生过同样灾难的地方,都可以看到赫尔岑所描述的"个人／国家"关系的异化和颠倒。

对赫尔岑来讲,十二月党人起义事件也有着极为特殊的意义,可以视为他的人格淬火仪式。几乎在一夜之间,他就完成了政治人格的成长,成了沙皇及其制度终生的反对者和反抗者,成了高尔基所说的"一种为欧洲所不能了解的人物"③。沙皇尼古拉一世对起义者的血腥镇压,在赫尔岑的记忆里"形成了一种圣像画上金色的底子",也点燃了他内心的愤怒,"我发誓要为了他们(十二月党人,引者注)的毁灭报仇"④。极端的愤怒和绝望,引发了极端的对抗激情和否定冲动。一切都是对立的,无法调和的。过去与现在、现在与未来之间,也不存在任何共存的可能。只有绝对的破坏和毁灭,才能最终解决问题。为了未来,完全可以牺牲过去甚至现在:

---

① 〔俄〕赫尔岑:《彼岸书》,张冰译,四川人民出版社2016年版,第12页。
② 〔俄〕赫尔岑:《彼岸书》,张冰译,四川人民出版社2016年版,第13页。
③ 〔苏〕高尔基:《俄国文学史》,缪灵珠译,上海文艺出版社1959年版,第351页。
④ 〔俄〕赫尔岑:《赫尔岑论文学》,辛未艾译,上海文艺出版社1962年版,第98页。

"我们的使命就是处死它（指过去，引者注），迫害它，无论它穿什么衣服都能把它认出来，然后为了未来之故把它奉为牺牲品。而当我们为了人类的思维把理念和信念中的它加以剿杀时，它实际上是在欢庆胜利。"① 极度的愤怒和不满，使他成了一个可怕的激进主义的复仇者。这样的激进主义思想，如果针对的是具体的对象，那还可具体分析；如果针对的是普遍的对象和问题，那么，就不仅缺乏起码的理性意识，而且简直是一种极端性质的虚无主义情绪。

失望的情绪让赫尔岑陷入绝望状态。1925年起义的失败，让他对俄罗斯彻底失望；1848年法国革命的失败，则让他对欧洲失去信心和希望。绝望者的希望之光，通常要在毁灭的废墟上再次升起。再次燃烧起来的希望很容易使人成为浪漫主义者。浪漫主义的革命激情一旦发展到极端，往往会激发出毁灭性的破坏冲动。于是，在《雷雨之后》中，赫尔岑这样写道："巴黎老了——少年时代的理想于它已经颇不相宜，要想复活就必须来一场强烈的震荡，就必须来一个圣巴托罗缪之夜，就必须来一个9月的日子。"② 他失去了等待的耐心——要么今天就来，要么永远别来；即便新的没来，旧的也先要毁灭；即使流血，也无所谓："从这样的血中会得出什么？——谁知道呢。但不管怎样，这一切早就够了，在这种达到白热化了的疯狂、复仇、分歧和报复中，这个使新人感到压抑，妨碍其生活，妨碍其创造未来的世界正在死去，而这是件好事，因此，混沌和毁灭万岁！死亡万岁！未来万岁！"③ 这是在19世纪的浪漫主义革命家身上常见的激进情绪。它把反抗本身当成了目标，有一种不计后果的盲动主义倾向。它是缺乏耐心的反抗冲动。它为未来的灾难性的乌托邦实验打开了通道。它本来要把人们从沉睡中唤醒，但却将他们引入了充满歇斯底里的迷狂状态。

在写于1848年10月1日的一篇文章中，赫尔岑这样说道："人类不会走一条狭窄而又肮脏的小道的——他需要一条康庄大道。为了清理这样

---

① 〔俄〕赫尔岑：《彼岸书》，张冰译，四川人民出版社2016年版，第57页。
② 〔俄〕赫尔岑：《彼岸书》，张冰译，四川人民出版社2016年版，第59页。
③ 〔俄〕赫尔岑：《彼岸书》，张冰译，四川人民出版社2016年版，第60页。

一条大道，人类是什么都不会吝惜的。"① 这显然是一种极端性质的政治浪漫主义。与其说它是理性的，不如说是情绪化的，甚至带有原始宗教的情绪色彩——通过对灾难和毁灭的想象和叙述，来达到感召和说服的目的。

赫尔岑的反抗，显示着一个知识分子的正义感和担当精神，但也表现出一个受伤害者的心理反应和情感态度。来自个人身份和社会境遇的屈辱和愤怒，极大地影响了他的情感和思想，影响了他文学写作和政论写作的调性和风格，也赋予了他的文字极端主义的性质和浪漫主义的倾向。

二、非宗教的逻辑

19世纪的俄罗斯文学中充斥着宗教的影子。甚至，20世纪那些伟大的俄罗斯文学作品，例如《静静的顿河》《日瓦戈医生》《生存与命运》《断头台》，也都渗透着复杂的宗教情感和宗教意识。因此，无论考察哪个时代的俄罗斯文学，都离不开宗教这个话题，就像我们无法离开泥土讨论万物的生长一样。

除了屠格涅夫、别林斯基、契诃夫、赫尔岑、车尔尼雪夫斯基和杜勃罗留波夫等作家和批评家，19世纪的大多数俄罗斯作家都信仰基督教。如果说，契诃夫只是一个温和的非宗教作家，那么，赫尔岑和车尔尼雪夫斯基就是激进的非宗教作家。

赫尔岑的父母都是虔诚的基督徒。他早先受家庭影响，也曾熟读福音书。然而，后来，他却自称是"新俄罗斯的子弟"，"在宗教上不信神，公开反对教会"②。在他看来，世俗的宗教在政治生活中的作用纯然是消极的，它"把国家神化"，虽然能造成一个"强大的国家"，却"不能有独立的公民"③。由于君主制是一种庸俗性质的宗教，而宗教则是一种信

---

① 〔俄〕赫尔岑：《彼岸书》，张冰译，四川人民出版社2016年版，第76页。

② 〔俄〕赫尔岑：《往事与随想·中》，项星耀译，人民文学出版社1993年版，第262页。

③ 〔俄〕赫尔岑：《往事与随想·中》，项星耀译，人民文学出版社1993年版，第281页。

仰形态的专制，所以，对它们都要否定，"只要这个世界上所有宗教的、政治的，应予批判和否定的一切一天不变成人性和朴实的，这个世界就一天不会自由"①。他随身带着普鲁塔克和席勒的著作②，而不是《圣经》；他更相信黑格尔的哲学，而不是耶稣基督的教义。他说："黑格尔的哲学是革命的代数学，它空前解放了人，彻底摧毁了基督教世界，摧毁了过时的传统世界。"③他不仅成了沙皇的反对者和敌人，还成了一个无神论者。

那么，他为什么如此尖锐地批评宗教，如此绝对地否定宗教呢？难道他不知道宗教是俄罗斯文学和艺术的信仰基础，也是俄罗斯作家进行精神创造的力量之源？

宗教要求人虔诚地信奉和服从，要求人为了善的目的而抑制自己的贪婪、傲慢和仇恨等内心冲动，甚至要求人们为了信仰而让渡自己的个性和自由。然而，对赫尔岑这样的自由主义知识分子来讲，一切无条件的服从和让渡，都意味着奴役和侮辱。在他看来，对任何力量的屈从，都是一件不可容忍的事情；而宗教对人的个性的压抑，对服从的强求，则最终会使人成为被驯服的奴隶：

> 个人服从社会，服从人民，服从人类和理念——这是人类供奉牺牲品的继续，宰杀羔羊是为了平息神祇的火气，为了有罪者而把无辜者钉死在十字架上。所有宗教都把道德建立在服从和恭顺之上，亦即建立在自觉自愿的奴从之上，因此它们才永远都比政治制度更加有害。哪里有暴力，哪里就有意志的放任和放荡。服从和恭顺意味着与之一起把个人全部特性提升到普遍、无个性领域，提升到与其本人脱离而独立的领域。基督教是一种矛盾宗教，他一方面承认个人的无限尊严，就好像为了在赎罪之前，在

---

① 〔俄〕赫尔岑：《彼岸书》，张冰译，四川人民出版社2016年版，第57页。
② 〔俄〕赫尔岑：《往事与随想·上》，项星耀译，人民文学出版社1993年版，第69页。
③ 〔俄〕赫尔岑：《往事与随想·中》，项星耀译，人民文学出版社1993年版，第18页。

教会面前，在天国之父面前，能更加庄严肃穆地将其杀死而已。它的观点业已渗进了风习中，凝结成为一个完整的道德奴役体系，凝结成一种完整而又被歪曲了的、对自己极其完全彻底的辩证法。①

赫尔岑拒绝一切形式的服从，尤其拒绝对宗教的服从。他用常识和逻辑来批判宗教的情感态度和伦理原则。对帕斯卡尔来说，"上帝是人心可感受的，而非理智可感受的"②；对赫尔岑来说，恰恰相反，宗教也要用理性的尺度来考察和评价，因为，"真理的法官并不是心，而是理性"③。他否定宗教的逻辑，与尼采是一样的，即从宗教对人的道德束缚方面立论。他们都对宗教的信条和戒律持彻底的拒绝态度，只不过，尼采是通过激烈的诋毁来反对，而赫尔岑则通过严肃的辩论来反对。尼采反对基督教的目的，是为了替"超人"争取生存的权利和空间，而赫尔岑反对的目的，则是为了捍卫"个性"和"个人"的自由，甚至为了保护人的合理的个人主义和利己主义，就像他在《把所有东西带在身上》中所说的那样：

> 毫无疑问，人是利己的，因为他们是活人；人怎么才能成为一个不具有鲜明个性意识的自我呢？剥夺人的这样一种意识就意味着放任他，意味着把一个人搞得淡而无味，平平淡淡，毫无性格。我们都是利己主义者，因此我们才会追求独立性，诸事顺遂，我国法律的认可，因为我们渴望爱情，寻求工作……
> 一个世纪以前，个人主义的宣传把人们从天主教毒害下陷入其中的沉甸甸的梦中唤醒了。这类宣传号召人们走向自由，一如和解把人们引向恭顺一般。利己主义者伏尔泰的著作更多的是为了解放的目的而写的，而不像充满爱心的卢梭是为了博爱而写的。

---

① 〔俄〕赫尔岑：《彼岸书》，张冰译，四川人民出版社2016年版，第167页。
② 〔法〕帕斯卡尔：《思想录》，何兆武译，商务印书馆1985年版，第130页。
③ 〔俄〕赫尔岑：《科学中华而不实的作风》，李原译，商务印书馆1959年版，第14页。

> 道德说教者谈论利己主义就像谈论一种不良习惯,却从来不问一句,一个人一旦丧失了个性意识,还算不算人……①

从宗教情感和宗教伦理的角度来看,爱自己的邻人,甚至爱自己的敌人,是一个绝对命令,而非一个逻辑问题;从赫尔岑的理性角度来看,要求人们"爱自己的敌人",就是一件不合逻辑的事情,就会陷入一个严重的悖论——"既然敌人那么可爱,那我们为什么又要仇视他们呢?"赫尔岑倾向于按照事理逻辑,从人的自然本性出发来理解人的情感和道德。于是,在他的眼里,"利己主义"就像"社会性"一样,既不善,也不恶,只不过是"人生活的基本状态"罢了。事实上,他的最终结论否定了他最初的判断。因为,在他的语境和逻辑体系里,"利己主义"显然是"善"的,是一种积极的道德力量和社会力量:"没有它就不会有历史有发展";"消灭人身上的利己主义,人就会变成一个恭顺的狒狒"②。他的"利己主义"是一种可以与绝对的利他主义相调和的道德主张。只不过,绝对的反宗教情绪,使他将自己的价值观与宗教之间的通道堵死了。

赫尔岑虽然反对宗教,提倡个性,但并不否定社会性,甚至反对将个人与社会对立起来。"个性"是好的,但"个人主义"是坏的:"个人主义憎恶普遍的东西,它使人脱离人类,要把他放在特殊地位上;对于他来说,除了自己的个性,一切一切都是无关的。它到处带着恶毒的气氛,弄得光明不被歪曲就无法穿过它。"③他也并不反对博爱,只是反对将博爱转化为一种禁欲主义性质的强制和义务,反对它将人降低为教条和制度的奴隶。在异化的情形下,宗教就是一种奴隶宗教:"奴隶宗教的最后一种形式是在社会和人二者的分裂和虚拟的仇恨下形成的。"④人完全有能力超越这样的宗教,创造自己的道德,把"利己主义"与"兄弟之爱","把

---

① 〔俄〕赫尔岑:《彼岸书》,张冰译,四川人民出版社2016年版,第171页。
② 〔俄〕赫尔岑:《彼岸书》,张冰译,四川人民出版社2016年版,第172页。
③ 〔俄〕赫尔岑:《科学中华而不实的作风》,李原译,商务印书馆1959年版,第10页。
④ 〔俄〕赫尔岑:《彼岸书》,张冰译,四川人民出版社2016年版,第173页。

人生活中这两种不可分割的因素自由而又和谐地结合起来"①。照此逻辑来看，赫尔岑的"利己主义"似乎完全可以与那些健全的宗教和解。

辩证地来看，赫尔岑的宗教意识，固然是理性和带有批判性的，但也是简单化甚至是傲慢的。在另外一种阐释中，宗教是一种包含着理性而又超越了理性的复杂的精神活动；它坚信"温和的爱是一种可畏的力量，比一切都更为强大，没有任何东西可以和它相比"②。它有自己的逻辑和现实性，甚至有自己特殊的超越数理逻辑的数学原理——"要知道，唯有在数学中，一加一才等于二，而在现实生活中，它也可以等于三和零"③。宗教的力量就在于它的超验性和彼岸性。它要求人们低调地认知自己，谦卑地让渡自己，甚至，在高尚的意义上牺牲自己。真正伟大的宗教包容一切人，因此其与利己主义并不是一种绝对格格不入的关系，毋宁说，它是一种融合了利他主义和利己主义的更高形态的信仰体系和人生哲学。

然而，赫尔岑完全忽略了俄罗斯文学的宗教思想和宗教伦理所提供的启示：如果没有这些思想，人就无法认识到自己的罪孽和有限性，就难以克制自己身上的傲慢的自大狂倾向；如果没有这些思想，人就可能失去对审判和惩罚的畏惧，就会无法无天，为所欲为，最终变成一个冷血的、无耻的、自大的利己主义者。同样，如果没有宗教精神，那么，俄罗斯文学绝对不会在对人性的表现上达到如此高的境界，获得如此大的成功。

三、新的信仰与价值观

就道德意识与道德行为来看，赫尔岑显然是一个利他主义者，而不是自我中心主义的利己主义者。他的心始终是热的。他的内心充满对祖国和

---

① 〔俄〕赫尔岑：《彼岸书》，张冰译，四川人民出版社2016年版，第172页。

② 〔俄〕陀思妥耶夫斯基：《卡拉马佐夫兄弟·上》，耿济之译，人民文学出版社1981年版，第477—478页。

③ 〔俄〕列夫·舍斯托夫：《钥匙的统治》，张冰译，上海人民出版社2004年版，第18页。

人类的责任感,充满了积极行动的道德勇气:"我为我们这一代人感到脸红,我们像一些缺乏灵魂的演说家,我们身上流淌的血液是冷的,只有墨水是热的。"①他批评那些胆怯、自私的人,批评那些明哲保身的"大多数":"暴力、谎言、凶猛、自私自利的奴颜婢膝、目光短浅、才智有限,以及丧失任何人类尊严感,已经成为大多数人的一种普遍规则。过去所有勇敢的故事都已经消失不见了,腐烂的世界本身也不相信自己,因而它也在绝望地保护着自己……"②这样的情感和思想,强烈的愤怒和不满,证明赫尔岑是一个有原则和信仰的人,也是一个敢于为了自己的原则和信仰呐喊、行动的人。

然而,赫尔岑身上却没有尼采式的傲慢,也没有梅列日科夫斯基式的狭隘。他甚至比信仰基督教的梅列日科夫斯基更像一个基督徒。他质疑和批判宗教,但是,他的精神深处,却有着接近宗教的东西——对社会不公的敏感,对弱者的同情,对世界和人类的祝福。他弃旧图新,"不久另一种宗教便占据了我的心灵"③。这个新的宗教,从政治上讲,就是坚决反对沙皇,公开地欢迎革命,信奉人道主义和社会主义;从哲学上讲,就是选择真理,信奉科学和唯物主义。

他是一个对底层人和不幸者怀有同情态度的人。别林斯基就认为赫尔岑是"一个人道主义诗人"④;"就是这种人道的感情构成所谓伊斯康德(即赫尔岑,引者注)作品的精神,他就是这种精神的启示者和辩护人"⑤。赫尔岑也自认为是一个人道主义者。1865 年,在给奥加辽夫的信中,他这样写道:"人道主义……是我性格的基础。正因为如此,一切非人道主

---

① 〔俄〕赫尔岑:《彼岸书》,张冰译,四川人民出版社 2016 年版,第 143 页。
② 〔俄〕赫尔岑:《彼岸书》,张冰译,四川人民出版社 2016 年版,第 161 页。
③ 〔俄〕赫尔岑:《往事与随想·上》,项星耀译,人民文学出版社 1993 年版,第 47 页。
④ 〔俄〕别林斯基:《别林斯基选集·第六卷》,辛未艾译,上海译文出版社 2006 年版,第 611 页。
⑤ 〔俄〕别林斯基:《别林斯基选集·第六卷》,辛未艾译,上海译文出版社 2006 年版,第 619 页。

义的东西比犯罪行为更令我气愤。有人偷了我的钱包，我抱怨一阵就完了，但若当着我的面严刑拷打小偷，我会为他难过死的。"① 这是一种多么仁慈的态度和情感！所以，完全可以说，赫尔岑与宗教的冲突，主要是理念上的，而不是情感上的。就情感来说，他天生就是一个有宗教情怀的人。

赫尔岑为自己建构了新的政治信仰，这就是流行于整个19世纪的民主的社会主义信仰。赫尔岑是一个无神论的社会主义者，是法国的圣西门的信徒。他在《往事与随想》中说："新世界要挤进门来，我们的灵魂，我们的心，向它敞开着。圣西门主义成了我们信仰的基础，它的重要性始终没变。……社会主义和现实主义至今依然是屹立在革命与科学道路上的试金石。"② 他所追求的社会主义是高度独立的个人的联合体，而他所信奉的无神论则是将个人当作绝对中心的无神论。在他的价值体系里，所有社会成员的绝对平等和绝对自由，是值得追求的目标；个人的地位和价值高于一切，个人的自由和利益高于一切。他将个人自由当作其他自由的前提："个人自由是一件伟大的事业，在其之上并且也只有在其基础之上，真正的人民意志才能够生长发育。"③ 离开个人，任何神圣的东西都是没有意义的。所以，他反对用宗教教条和社会手段来压抑人的个性，剥夺个人的权利。

作为一个民主主义和社会主义者，赫尔岑将自己的政治信仰提高到了世界主义的高度，从而形成了一个新的价值体系。他首先要面对的，就是民族主义问题。这是很多俄罗斯知识分子都处理不好的一个问题。也就是说，他们中很多人的民族情感和民族意识都存在封闭而自大的沙文主义倾向。然而，赫尔岑从来就不是一个狭隘的民族主义者。他身上没有斯拉夫主义者身上常见的民族主义和种族主义优越感。单就这一点讲，他就比陀思妥耶夫斯基和梅列日科夫斯基高出一大截——后面两人身上，都有傲慢

---

① 〔苏〕弗·普罗科菲耶夫：《赫尔岑传》，张根成、张瑞璇译，商务印书馆1992年版，第427—428页。

② 〔俄〕赫尔岑：《往事与随想·上》，项星耀译，人民文学出版社1993年版，第175页。

③ 〔俄〕赫尔岑：《彼岸书》，张冰译，四川人民出版社2016年版，第11页。

自大的俄罗斯民族沙文主义倾向。别尔嘉耶夫就曾批评陀思妥耶夫斯基"过于把自己与俄罗斯政权的挑衅性联结在一起了"①。

赫尔岑对于民族性的看法，显示出一种开放的现代意识。在他的意识里，意识形态化的民族主义，无论如何都是一种消极的现象："民族性的想法本身就是一种保守思想，它是为了维护自己的传统，对抗外来的影响。它含有犹太人的种族优越性观念，贵族对纯正血统和家世门第的自我吹嘘。"②在民族性和爱国主义问题上，沙皇尼古拉就是一个十足的机会主义者："尼古拉是为了逃避革命思想，用民族性和东正教作避风港。"③这样的"民族性"和"爱国主义"不过是"某种皮鞭和警棍"④罢了。与沙皇的保守和狭隘比起来，赫尔岑的民族意识无疑更具有现代性，更有利于俄罗斯的文明进步。有必要指出的是，虽然赫尔岑从国家生活的角度批评"民族性"，否定它的正当性，但却从文学的角度肯定"民族性"，肯定它的真实性和必然性。这种既否定又肯定的态度，其实并不矛盾。因为，前一种"民族性"是建构起来的一种意识形态话语，后一种则是民族的气质和性格自然而真实的表现："诗人和艺术家在他们的真正的作品中总是充满民族性的。不问他们创作了什么，不管在他的作品中目的和思想是什么，不管他有意无意，他总得表现出民族性的一些自然因素。总是把它们表现得比民族的历史本身还要深刻，还要明朗。"⑤

如果说，世界主义通常是开放的，具有很强的未来意识和包容意识，那么，极端形态的民族主义则必然是狭隘的，也必然是包含着保守主义和

---

① 〔俄〕尼古拉·别尔嘉耶夫：《俄罗斯的命运》，译林出版社2011年版，第121页。

② 〔俄〕赫尔岑：《往事与随想·中》，项星耀译，人民文学出版社1993年版，第144页。

③ 〔俄〕赫尔岑：《往事与随想·中》，项星耀译，人民文学出版社1993年版，第149页。

④ 〔俄〕赫尔岑：《往事与随想·中》，项星耀译，人民文学出版社1993年版，第148页。

⑤ 〔俄〕赫尔岑：《赫尔岑论文学》，辛未艾译，上海文艺出版社1962年版，第28页。

复古主义的。在赫尔岑看来，复古是一条走不通的路，"何况我们也无古可复。彼得以前的俄国生活是丑陋的，贫困的，粗野的，而斯拉夫派要恢复的就是这样一个社会，虽然他们并不承认这一点。否则，他们的一切复古意图，对古代风俗习惯的崇拜，以及不要穿好得多的现代农民服装，偏要恢复笨拙不便的老式衣服，该如何解释呢？"①他对俄罗斯人的精神气质和创造能力都持批评态度。这个民族有"敏于感受"的天性，有"女性气质"，甚至有"强大的吸收能力和可塑性"，但是缺乏独立性和首创精神。这就决定了俄罗斯民族对其他民族的依赖性："如果无依无靠，斯拉夫人便会像一位拜占庭编年史家所指出的，'为自己的歌声所催眠而昏昏入睡'。但一旦被别人惊醒，他们即会紧跟到底……斯拉夫民族这种富于同情、易于接受和吸收的天性，使它必须献出自己，追随别人。"②对19世纪的像赫尔岑这样的俄罗斯激进知识分子来讲，世界主义就是西方主义。俄罗斯必须怀着敬意向西方学习，必须低首下心走西方的社会主义道路："只有西方在漫长的历史中形成的强大思想（即社会主义思想，引者注），才足以使斯拉夫宗法制社会中酣睡的种子发芽生根。"③而且，俄罗斯必须在专制主义或社会主义中间做出选择。事实上，俄罗斯只有一种选择，那就是来自西方的社会主义，因为，"俄罗斯民族生活的合理而自由的发展是与西欧社会主义的理想一致的"④。

然而，赫尔岑自己时代的俄罗斯政府却缺乏这样的意识和认知，不仅如此，简直就是故意地倒行逆施，往完全相反的方向跑："彼得堡政府还是那么粗暴，那么野蛮，它爱好的只是专制，它希望引起的反应只是恐怖，它要求每个人在它面前发抖，总之，它向往的不仅是权力，而且是权力的

---

① 〔俄〕赫尔岑：《往事与随想·中》，项星耀译，人民文学出版社1993年版，第162页。
② 〔俄〕赫尔岑：《往事与随想·中》，项星耀译，人民文学出版社1993年版，第165页。
③ 〔俄〕赫尔岑：《往事与随想·中》，项星耀译，人民文学出版社1993年版，第164页。
④ 〔俄〕赫尔岑：《往事与随想·中》，项星耀译，人民文学出版社1993年版，第167页。

戏剧化效果。对于彼得堡的沙皇们来说，理想的社会秩序便是鸦雀无声的候见室和军营。"① 虽然赫尔岑对俄罗斯未来和前途的想象有着明显的时代色彩，显示着对人类进步的阶段性目标的认识和理解，但是，他的精神和理想是伟大的，他的思想和认识则是积极的和富有建设性的。

四、平庸性与浪漫主义

平庸性是异化生活的基本性质，也是畸形文学的普遍情状。平庸意味着停滞和僵化，是一种向下的、消沉的生活状态，是缺乏生活热情和创造活力的表现。一切伟大的文学都是为了克服平庸性而诞生的。

然而，19世纪的俄罗斯文学中，却多有令人不满的庸俗现象。赫尔岑就对自己时代的文学非常失望："在我们的文学艺术界有许多可笑的、荒唐的、畸形的现象——我们从来不曾触动这些方面。"②庸俗性就是市侩性。他毫不留情地批评森科夫斯基和他的《读书文库》杂志的市侩习气。他还从另外一些作家的作品里看见了"市侩精神"："艺术会在市侩精神中枯萎，好像绿叶在氯气中枯萎一样。"他的批评是具体而及物的，而不是大而无当、言不及义的："市侩，例如莫尔恰林有两种才能，这两种才能就是：中庸和中规中矩。中产阶级的生活充满小缺点和小优点；这种生活是谨慎的，常常是贫乏的，避开极端、避开过头。……艺术，它主要是美的均衡适度，它不能忍受市侩生活中这种鼠目寸光、平庸自满的尺度，这种生活在艺术看来是世界上最可怕的污点——这就是庸俗性。"③ 在21世纪的今天，中国的批评家中，有几个人敢像赫尔岑这样，坦率而尖锐地批评自己时代的"莫尔恰林"。

---

① 〔俄〕赫尔岑：《往事与随想·中》，项星耀译，人民文学出版社1993年版，第296页。

② 〔俄〕赫尔岑：《赫尔岑论文学》，辛未艾译，上海文艺出版社1962年版，第40页。

③ 〔俄〕赫尔岑：《赫尔岑论文学》，辛未艾译，上海文艺出版社1962年版，第47—48页。

所谓"平庸性",既是指政治和伦理上的平庸,也是指人格和美学上的平庸。平庸的文学缺乏伟大文学的勇气、锋芒和力量,而平庸的作家则缺乏伟大作家身上那种坚定的信念、尖锐的批判精神和巨大的力量。例如,森科夫斯基所缺乏的,就是"那种永远使得一个通过眼泪和笑而体现的所谓爱情与愤慨感到不安的东西。他欠缺的是,可以成为他终生事业、把一切都押上去的纸牌——成为他的热情、痛苦的那种信念。在从这种信念出发的言论里就包含了富有魅力的恶魔精神的成分,发言的人就在这种精神下写作,因此他的言论使人不安、使人惊惶、使人觉醒……形成一种力量、一种威力,有时还能推动着整整一代人前进……"[①]在赫尔岑的文学意识里,文学是有阶级性的,任何讨好资产阶级的文学,都不可能是优秀的文学,而只能是平庸的文学。他对资产阶级没有好感,甚至充满敌意。在他看来,这是一个不值得通过文学来表现的阶级,因为,"资产阶级又恶毒、又尖刻、又伶俐"[②];"资产阶级没有伟大的过去,也没有什么将来。它作为一种否定,一种过渡,一种对立物,坚持自己那一套,在刹那间是好的。……资产阶级是显赫的贵族和粗鲁的市民的继承人,在它本身结合了它们双方的最突出的缺点,却失去了他们的优点。他们好像显贵一样富足,可是却像小铺老板一样吝啬"[③]。他对法国的资产阶级作家斯克里布进行了尖锐的批评和嘲讽,称他是"资产阶级的廷臣,马屁精,传道师,丑角,教师,弄臣和诗人"[④]。虽然,他的阶级论文学观体现着一种19世纪特有的情绪和偏见,但是,如果剔除"阶级"这个符号,具体到特定的个体和群体来看,他的批评就是深刻而有效的。

[①]〔俄〕赫尔岑:《赫尔岑论文学》,辛未艾译,上海文艺出版社1962年版,第88—89页。

[②]〔俄〕赫尔岑:《赫尔岑论文学》,辛未艾译,上海文艺出版社1962年版,第19页。

[③]〔俄〕赫尔岑:《赫尔岑论文学》,辛未艾译,上海文艺出版社1962年版,第21页。

[④]〔俄〕赫尔岑:《赫尔岑论文学》,辛未艾译,上海文艺出版社1962年版,第20页。

赫尔岑有着发达的智力、成熟的科学意识和强烈的求真热情。客观性和真理性是他在一般的认知性活动中追求的目标，而朴素和真诚则是他在文学写作上追求的境界。他不能容忍这样一种坏习惯——"审美上的装腔作势"[①]。他通过对古典主义和浪漫主义的抨击来为现实主义辩护，为现实主义争取发展空间。他分析了古典主义和浪漫主义的情感基础："天性中理智多于情感的人们，按照精神的内部构成来讲乃是古典主义者；正如好冥想的、柔弱的、忧抑的、懒于思索的人们，多不是古典主义者而是浪漫主义者。"[②]同时，他也将这两种类型和风格的艺术看作历史范畴，认为它们是随着一定的历史条件而生灭的："古典主义和浪漫主义属于两个伟大的过去时代，无论如何努力也无法使它们复活，它们是作为在当今世界已无栖身之所的死者的幽灵而残存下来的。古典主义是属于古代世界的，这正像浪漫主义是属于中世纪一样。"[③]

那么，艺术和文学上的浪漫主义在形式上最突出的特点是什么呢？

就是赫尔岑所说的"华而不实"。

它做作，夸张，缺乏最起码的事实感和真实性："浪漫主义诗篇把骑士服装当作必要条件，他们的诗篇中没有一篇不流血，没有一篇没有天真的侍童和富于幻想的伯爵夫人，没有一篇没有骷髅和尸体，没有谵语和狂喜。"[④]它是天主教的附属品："浪漫主义的基础是唯灵论和超验性。对于它来讲，精神和物质不是处于和谐的发展中，而是处于争斗之中，处于不协调之中。自然是虚妄，不真实的，一切自然的事物都被否定了。"[⑤]1843

[①]〔俄〕赫尔岑：《赫尔岑论文学》，辛未艾译，上海文艺出版社1962年版，第39页。

[②]〔俄〕赫尔岑：《科学中华而不实的作风》，李原译，商务印书馆1959年版，第40页。

[③]〔俄〕赫尔岑：《科学中华而不实的作风》，李原译，商务印书馆1959年版，第30页。

[④]〔俄〕赫尔岑：《科学中华而不实的作风》，李原译，商务印书馆1959年版，第43页。

[⑤]〔俄〕赫尔岑：《科学中华而不实的作风》，李原译，商务印书馆1959年版，第32页。

年,在《谈谈一个戏剧》中,赫尔岑这样概括了浪漫主义的基本性质和基本特点:"浪漫主义观点,就是这样一个望远镜,他把整个世界都颠倒过来了。在浪漫主义的观点中,那种内在的东西给放到了远方,精神上充满了肉欲,肉欲受到了鼓舞。"[①]总之,浪漫主义属于纯粹唯心主义的精神现象,缺乏对物质世界的客观感受和真实表现,也未能在自己与世界之间建构起真实而和谐的关系。

其实,关于浪漫主义,赫尔岑的理解和界定并不全面和客观。他忽略了浪漫主义的多样性,也忽略了伟大的浪漫主义的不朽价值。他所否定的那种浪漫主义,应该被准确地命名为"伪浪漫主义"。在中国当代文学中,也不乏这样虚假而做作的文学现象。但是,世界上还存在一种充满诗意的真浪漫主义。它是真诚的、活泼的,是从人们的情感世界和想象中自然地生发和表现出来的。因为是美的、令人喜爱的,所以,它就具有超越了时间限制和空间限制的普遍性和永恒性。

事实上,赫尔岑之所以急切而彻底地否定浪漫主义,就是为了呼唤真正的现实主义。赫尔岑所理解的现实主义,是一种与浪漫主义相对立的精神现象和文学风格。它属于那种尊重自然,尊重生活,尊重事实的思想方法和艺术样式:"它爱好并尊崇自然,它与自然相处得颇为协调,它认为生存就是无上的幸福;对它来讲宇宙就是真实,超乎真实范围以外的,它任什么也没看见。"[②]"希腊—罗马世界"就是这样的现实主义。在赫尔岑的意识里,"自然"主要是指社会生活,因而,所有范畴的真正的现实主义,都是尊重并忠实于生活的,都要努力与生活保持一种积极的真实关系,而不是消极的虚假关系。只有克服了浪漫主义的消极影响和虚假性质,人们对自然和生活的认识和表现才有可能是真实的、有价值的、有魅力的。莎士比亚之所以伟大,就在于他虽然从浪漫主义时代走来,但却成功地摆脱了浪漫主义:"他结束了艺术的浪漫主义时代,而开辟一个新的时代。

[①]〔俄〕赫尔岑:《赫尔岑论文学》,辛未艾译,上海文艺出版社1962年版,第124页。

[②]〔俄〕赫尔岑:《科学中华而不实的作风》,李原译,商务印书馆1959年版,第30页。

他天才地揭示出人的内心生活的全部深度，全部内容、全部情欲和全部无限性。对于生活的难以触及的奥秘的大胆探求，以及对它的揭露，这些并没有形成浪漫主义，而是超越了它。"①事实上，莎士比亚超越了那种糟糕的浪漫主义，创造了诗意、迷人的浪漫主义。而且，像他的现实主义一样，他的浪漫主义也与生活、与世界维持着一种积极而真实的关系。

现实主义有助于文学实现反抗现实的目的，而浪漫主义则有可能将人们的注意力从现实上引开。这是赫尔岑极力肯定现实主义和极力否定浪漫主义的根本原因。然而，很多时候，这两种"主义"并不是一种对抗的关系，而是一种互补和共生的关系。更何况，浪漫主义同样也可以承担并完成"反抗"现实的任务。米尔斯基在评价赫尔岑的时候这样说道："在俄国，赫尔岑是宣传19世纪欧洲实证主义世界观和科学世界观的先锋，是宣传社会主义的先锋。然而，他却深深地植根于浪漫主义和贵族化的往昔，他的观念虽然就内容而言是唯物的、科学的，然而其调性和风格却始终是浪漫主义的。"②这说明，即便在赫尔岑的写作中，浪漫主义依然是一种"调性和风格"。他在写给妻子的信中，也谈到了自己在文学上接近浪漫主义的特点："我一定要在我的每一部作品中都能够看到我的内心生活的个别部分。就让它们汇集在一起不过是我的象形文字式的传记，大家都不理解它，但有人总会理解的。"③像卢那察尔斯基这样的更加激进的革命者和"唯阶级论者"，就不能正确地理解他，公正地评价他。他不信任赫尔岑，也不喜欢他的浪漫主义，因为，赫尔岑"毕竟是个地主"④；"他要表现和修饰自己，他有一条异常鲜艳华丽的孔雀尾巴，他喜欢展开来迷

---

① 〔俄〕赫尔岑：《科学中华而不实的作风》，李原译，商务印书馆1959年版，第38页。

② 〔俄〕德·斯·米尔斯基：《俄国文学史·上》，刘文飞译，人民出版社2013年版，第288页。

③ 〔俄〕赫尔岑：《赫尔岑论文学》，辛未艾译，上海文艺出版社1962年版，第127页。

④ 〔苏〕卢那察尔斯基：《论俄罗斯古典作家》，蒋路译，人民文学出版社1958年版，第39页。

感读者"①。我们没有理由赞同这种刻薄的充满阶级偏见的评价,因为,赫尔岑的诗性而热情的浪漫主义,不仅不使人讨厌,反而很令人喜爱。

对一个希望用真理说服人、用激情点燃人的启蒙者来讲,充满热情和活力的浪漫主义,无疑是一种有用的修辞方式和风格样态。因为,人们既需要一面镜子,也需要一盏灯,在寒冷的暗夜里,可以带来光明的灯火,实在是一种迫切的需要。既然如此,我们还有什么理由吹灭浪漫主义的神灯呢?

五、反抗的现实主义

考察赫尔岑的文学精神和文学理念,有两个重要的切入点:一个是政治,一个是反讽。前者关联着文学精神上的现实主义问题,即文学要从什么样的角度和立场关注、叙写自己时代的现实;后者关联着写作方法上的现实主义,即探讨文学要以什么样的调性(Tone)和风格(Style)来叙述和描写现实。

反对和抗议是赫尔岑面对生活的基本立场和精神姿态。

他反对现实,反对沙皇俄国,反对一切非人道的现象。

他的现实主义,可以被称为"反抗的现实主义"。

1983年,匈牙利的著名作家米克洛什·哈拉兹蒂在他著名的《天鹅绒监狱》中说:"直到上个世纪中叶,艺术才被看作反权威的代名词。也只是从那时起,艺术开始被公认为个体意识抗争质疑世界秩序的象征。"②不知道在他的判断和表述里,是否包含着对19世纪中叶俄罗斯作家和知识分子的认知。但他所说的情形,却与俄罗斯19世纪文学若合符契。赫尔岑的"艺术",就属于"反权威"的典型文本。

然而,在赫尔岑看来,他的"抗争"和"质疑"并不是"自我作古",

---

① 〔苏〕卢那察尔斯基:《论俄罗斯古典作家》,蒋路译,人民文学出版社1958年版,第40页。

② 〔匈〕米克洛什·哈拉兹蒂:《天鹅绒监狱》,戴潍娜译,中央编译出版社2015年版,第21页。

而是对一种传统的继承。因为，反抗和抗议不仅是俄罗斯文学的一个传统，还是它的力量之源："抗议从民歌和传说发展为小说和戏剧。在戏剧中它形成了一种力量。冤屈的爱情，不公正的家庭内幕，获得了自己的讲坛，公开的法庭。它们的申诉震动了千万颗心，激起了反抗奴役婚姻和暴力家庭的愤怒的眼泪和呐喊。池座和包厢中的陪审员们一再对这些人作出了无罪的裁决，有罪的只是制度。"① 只不过，较之过去的传统，赫尔岑的反抗具有革命的精神，因而显得更加猛烈和彻底——他所对抗的是整个"国家秩序"和"世界秩序"。

政治是赫尔岑审视一个作家的重要角度，也是他评价一个作家的重要标准。他所热爱的作家，几乎都是充满正义感和政治热情的作家。他总是在与现实生活的关联中评价作家，考察他们在文学上的成就。他最心爱的作家是席勒，因为，"他剧中的人对我们是现实的人，我们分析他们，爱他们，恨他们，不把他们当作诗中的人物，而是看作活的人。不仅如此，我们还在他们身上看到了我们自己"②。皮萨列夫将"政治上的诚实"当作一种"高度的诚实"和"伟大的诚实"，社会在培养起这种诚实之后，就要求它的优秀分子，尤其是作家——"那些倚靠自己的才智取得语言或笔墨去促进社会信仰的发展权利的人，具有这种政治诚实感"③。赫尔岑在政治上的"伟大的诚实"，早早就在自我意识中形成了，而且，像别林斯基等人一样，达到了19世纪40年代俄罗斯社会的最高水平。

对赫尔岑来讲，政治就是现实生活的重要内容。它关系着每一个当代社会成员的情感体验和生活感受。几乎每一个社会人的苦恼，都关联着一定的政治问题。所以，文学尤其要关注和表现当代生活，或者，像他在一

---

① 〔俄〕赫尔岑：《往事与随想·中》，项星耀译，人民文学出版社1993年版，第517页。

② 〔俄〕赫尔岑：《往事与随想·上》，项星耀译，人民文学出版社1993年版，第81页。

③ 〔苏〕皮萨列夫：《论现实主义者》，见《古典文艺理论译丛 4》，叶水夫译，人民文学出版社1962年版，第110页。

封信里所说的那样，尤其要"强烈地去体会当代生活的苦恼和问题"[①]。文学与政治真正的关系，简直就像血肉一样密不可分，因而，一切真正意义上的文学，都是政治的文学。正像赫尔岑所说的那样："我们觉得文学和政治生活同样是不可分的。公民生活动态就是具体化的文学，反过来，作为人民之声的文学，则是人民生活方式的表现。"[②]文学可以在政治失效的地方发挥作用。文学的价值和作用，很大程度上，就体现在对政治情绪的表达和对政治缺失的批评上："凡是失去政治自由的人民，文学是唯一的讲坛，可以从这个讲坛上向公众诉说自己的愤怒的呐喊和良心的呼声。"[③]对赫尔岑来讲，文学就是表达政治立场和政治诉求的直接而有效的工具。

现实感和时代性就是政治在文学上的具体体现。一切成熟的文学都勇敢地面对自己时代的现实，尖锐地表现自己时代人们的情绪和愿望。它密切观察自己的时代，积极地建构自己与时代的关系，因为，"伟大的艺术家不能不是属于他那个时代的。只有平庸的人才会给人以独立于时代精神之外的权利"[④]；"一个艺术家越是休戚相关地体会他当代的悲哀和问题，那么在他的笔下，这些东西就越是能够得到有力的表现"[⑤]。优秀的文学还要敢于对生活提供自己的认识和判断，不，赫尔岑的要求还要更高一些——要敢于对生活行使法庭的权力："剧院，这是解决生活问题的最高法院。有人曾经说，舞台，这是诗的议席。"[⑥]文学和艺术要在道德和哲

[①]〔苏〕季莫菲耶夫主编：《俄罗斯古典作家论·下卷》，夜澄等译，人民文学出版社1958年版，第666页。

[②]〔俄〕赫尔岑：《赫尔岑论文学》，辛未艾译，上海文艺出版社1962年版，第1页。

[③]〔俄〕赫尔岑：《赫尔岑论文学》，辛未艾译，上海文艺出版社1962年版，第58页。

[④]〔俄〕赫尔岑：《赫尔岑论文学》，辛未艾译，上海文艺出版社1962年版，第4页。

[⑤]〔俄〕赫尔岑：《赫尔岑论文学》，辛未艾译，上海文艺出版社1962年版，第36页。

[⑥]〔俄〕赫尔岑：《赫尔岑论文学》，辛未艾译，上海文艺出版社1962年版，第9页。

学的意义上对生活进行批判和审判，要为人们提供强大的政治支持和道义力量。

否定是文学的基本精神姿态。即便是肯定，也要经由深刻的否定意识才能最终实现。伟大的文学作品都有一种怀疑的意识和否定的激情。文学的力量和价值通常就来自对生活和人性的批判，来自对丑陋的人性和残缺的生活的嘲笑和讽刺。赫尔岑高度评价那些富有批评精神和否定意识的文学。他在《谈谈描写俄国人民生活的长篇小说》中，揭示了俄罗斯精神的这样一个特征——"这就是能够时不时进行自我反省，否定自己的过去，能够以深刻、真诚、铁面无私的嘲讽眼光来观察它"；同时，他还在几个伟大的英国作家身上发现了同样的品质——"真诚与否定的才能"[1]。他赞扬英国文学说："英国文学在揭露岛国内部生活的可悲状况方面，它的勇气要比法国文学大得不能相比。"[2] 文学考验着作家的勇气，而勇气则影响着文学的深刻性和力量感，决定着它能达到什么样的高度和境界。

现实主义文学的表情并不总是沉郁而凝重的。它还有一种表情，那就是笑。笑，准确地说，嘲笑，这既是一种美学气质，也是一种伦理精神。它是力量和自信的表现，也显示着尊严和勇气。卑微的人没资格笑，胆怯的人没勇气笑，愚蠢的人则不理解笑。精神虚弱的人既害怕自己被嘲笑，也不敢去嘲笑应该被嘲笑的人。所以，赫尔岑才说："笑是一种测量，那些害怕吊在自己的天平上来衡量的人，是害怕这一点的。"[3] 相反，有力量和自信心的人是不怕笑的，甚至是勇于自嘲的："凡是坦白地承认自己有弱点和毛病的人，他就感觉到这些弱点和毛病并不构成他的本质，它们还没有完全把他吞没，他还有力量避免并对抗堕落，他还能赎偿过

---

[1]〔俄〕赫尔岑：《赫尔岑论文学》，辛未艾译，上海文艺出版社1962年版，第78页。

[2]〔俄〕赫尔岑：《赫尔岑论文学》，辛未艾译，上海文艺出版社1962年版，第33页。

[3]〔俄〕赫尔岑：《赫尔岑论文学》，辛未艾译，上海文艺出版社1962年版，第34页。

去……"①笑包含着美学和道德上的否定倾向和批判意味，所以，赫尔岑视之为一种"坚强有力的武器"，可以"拿来反对一切虽然已经过时、可还是盘踞在上帝才知道什么之上负隅顽抗、阻止新生活的成长、吓唬弱者的事物"②。正是因为基于这样的理解，所以，他对果戈理的《死魂灵》大加赞赏。这是一部完美地体现了讽刺文学笑的力量的伟大作品。他在1842年的日记中这样评价《死魂灵》："这是一本令人震惊的书，这是对当代俄国一种痛苦的、但却不是绝望的责备。"③他从这部作品令人发笑的表象下看到了深刻的悲剧性："《死魂灵》，这是一部充满痛苦的史诗。"④这说明，伟大的讽刺作品本质上其实是悲剧。果戈理经典的讽刺作品中，既有笑和嘲弄，也有泪和同情。

完美的事物是不允许反讽和嘲笑的。讽刺的笑总是指向残缺、丑陋和病态。它意味着对生活的病理学反应，意味着对病象的观察和诊断。在中篇小说《克鲁博夫医生》中，赫尔岑借人物之口，表达了这样一个认知，那就是，人类生活本质上是一个病理现象："历史不是别的，而是关于世代相传、从不间断的疯狂症及其逐渐被治愈的系统叙述……请你随便打开哪一本历史书，到处都会使你大吃一惊的是，支配着一切的不是真正的利益，而是虚假的、幻想的利益……在古代世界中，目之所及，到处都是疯狂，几乎跟现代一样显著。"⑤在小说的结尾部分，赫尔岑一再提醒人们，"须要从病理学的角度来看历史，须要从疯狂的角度来看历史人物，从荒诞性

---

① 〔俄〕果戈理等：《文学的战斗传统》，满涛译，新文艺出版社1953年版，第110页。

② 〔俄〕赫尔岑：《赫尔岑论文学》，辛未艾译，上海文艺出版社1962年版，第33页。

③ 〔俄〕赫尔岑：《赫尔岑论文学》，辛未艾译，上海文艺出版社1962年版，第52页。

④ 〔俄〕赫尔岑：《赫尔岑论文学》，辛未艾译，上海文艺出版社1962年版，第53页。

⑤ 〔俄〕赫尔岑：《赫尔岑中短篇小说集》，程雨民译，上海译文出版社1980年版，第144页。

和缺乏必要性的角度来看各种事件"①。事实上,那些优秀的俄罗斯现实主义文学,大都是病理学意义上的文学,总是致力于发现和解释现实生活中的问题。正像赫尔岑在《论俄国革命的思想发展》中所说的那样:"揭开社会的病理,这是现代文学的主要性质。这种对既存事物秩序的新的否定,不管皇帝的意志,已经从觉醒了的意识深处迸发出来了——这是每一个青年人恐怖的叫喊,他们害怕人家把他们跟这些败类混在一起。"②他肯定果戈理找对了病理解剖的对象,集中注意到"两个最可诅咒的敌人:官僚和地主":"在他之前,从来没有一个人把俄国官僚的病理解剖过程写得这样完整。他一面嘲笑,一面穿透进这种卑鄙、可恶的灵魂的最隐秘的角落。果戈理的喜剧《巡按》(即《钦差大臣》,引者注),他的长篇小说《死魂灵》——这是俄国可怕的忏悔。"③他在写于1851年的《俄国人民与社会主义》中,揭示了病理解剖学写作的意义:

> 俄国长篇小说特别集中在病理解剖学方面;在俄国小说中常常揭露,有一种经久不息,没有怜悯,桀骜不驯的邪恶正在咬啮着我们的心。这里听不到曾向浮士德宣布宽恕年轻无知之罪的天庭的声音——这里飘荡着的只有怀疑与诅咒的声音。但是,假使俄国还有救的话,它只有通过对我们的处境这种深刻的认识,通过它从而在大家面前暴露这种处境的那些真情实事才能得救。④

显然,只有通过这种冷峻的、怀疑的、诅咒的小说写作,文学才能为人们提供真实的信息和"深刻的认识",并通过这种"暴露"使社会成熟

---

① 〔俄〕赫尔岑:《赫尔岑中短篇小说集》,程雨民译,上海译文出版社1980年版,第145—146页。
② 〔俄〕赫尔岑:《赫尔岑论文学》,辛未艾译,上海文艺出版社1962年版,第57—58页。
③ 〔俄〕赫尔岑:《赫尔岑论文学》,辛未艾译,上海文艺出版社1962年版,第72页。
④ 〔俄〕赫尔岑:《赫尔岑论文学》,辛未艾译,上海文艺出版社1962年版,第55页。

起来,健康起来,并最终"获救"。即便是像普希金那样的作家,身上虽有一种"希腊诗人的泛神论的、享乐主义的气质",可是,"每当他深入思索,在灵魂深处,就会产生拜伦式痛苦的沉思,对我们这个时代的嘲笑"[1]。也就是说,如果只有青春的欢乐和对生活的赞美,而没有对生活的关切和批判,没有"辛辣的嘲笑",没有"理解有文化人的一切痛苦"[2],那么,普希金也许仍然是优秀的,但绝不会像现在这样伟大和令人敬仰。普希金如此,别的作家也概莫能外。

法国19世纪的政论家勒鲁说:"从最高的观点来看,可以称为诗人的是那样一些人,他们从一个时代到一个时代,向我们揭示人类的痛苦,而可以称为思想家的是那样一些人,他们探索着能够减轻并治好这些病痛的方法。"[3] 赫尔岑显然属于符合这种"最高观点"的人——他既是揭示病痛的诗人,又是探索治疗方法的思想家;他是两者最完美的结合,是一个思想家诗人,或者说,是一个诗人思想家。他是一个真正意义上的现实主义作家。

六、文学上的精神气质与基本评价

几乎所有真正卓越的男性作家,都是具有双重气质的作家,也就是说,既要有男性气质,又要有女性气质。所谓男性气质,是指一种精神气概,一种刚性之美;所谓女性气质,是指一种情感态度,一种柔性之美。"无情未必真豪杰",没有柔情和女性气质,一个男性作家注定不会是一个精神健康、情感丰富的好作家。看看《史记》里有多少慈母般的"不忍之心",看看杜甫的诗里有多少温情的泪水。

---

[1]〔俄〕赫尔岑:《赫尔岑论文学》,辛未艾译,上海文艺出版社1962年版,第61页。

[2]〔俄〕赫尔岑:《赫尔岑论文学》,辛未艾译,上海文艺出版社1962年版,第62页。

[3]〔苏〕皮萨列夫:《论现实主义者》,见《古典文艺理论译丛 4》,叶水夫译,人民文学出版社1962年版,第105页。

温柔多爱，始成文学。女性气质是世界文学的重要气质，也是俄罗斯文学的主宰性气质。在普希金、果戈理、莱蒙托夫、屠格涅夫、托尔斯泰、陀思妥耶夫斯基和契诃夫这些伟大的俄罗斯作家身上，总是表现出女性的温柔和细腻，表现出对生活充满诗意的热爱或感伤。俄罗斯文学魅力的很大一部分，就像《牡丹亭》和《红楼梦》一样，来自它美好的女性气质，来自女性才有的温柔和妩媚。

赫尔岑是具有男性气质的作家，也是具有女性气质的作家，尽管后者所占的比例不如前者那么大，最多不超过三分之一，但有这三分之一和没这三分之一，却是大不一样的。车尔尼雪夫斯基和谢德林就属于女性气质太少的作家——他们的文学气质过度男性化，都属于"单向度"和"硬美学"性质的，显得有些简单、粗陋和僵硬，甚至有些装腔作势，令人生厌。比较起来，赫尔岑的文学气质，就更成熟一些，更复杂一些，更具有美学的魅力和伦理上的感召力。

赫尔岑的文学气质由两个层面构成：在处理情感生活和家庭生活相关的叙事内容的时候，他所体现出的，是一种温柔的女性气质；但在面对外部世界尤其是政治冲突的时候，他就会表现出刚猛的男性气质。这时，撞击性很强的修辞和语调，仿佛浩荡的流水，仿佛爆燃的烈火，自有一种不可羁縻的力量；敢于挺身而出的反抗精神，则显示着一种高贵的自由意志和公民精神，提高了俄罗斯知识分子和俄罗斯作家的道义水准。他从不掩饰自己对最高统治者尼古拉的厌恶，经常用不留情面的讽刺表达对这位沙皇的鄙夷。

别尔嘉耶夫对俄罗斯人的不反抗性格非常不满，尖锐地批评说："我们俄罗斯人存在着对力量的恐惧，存在着永恒的怀疑，以为所有力量都来自魔鬼。俄罗斯人在精神上是不抵抗主义者。……应该具有坚强的精神，不怕生活的恐怖和考验，接受不可避免的和净化的痛苦，与恶作斗争是真正基督教意识的绝对律令。俄罗斯人最需要的是这种性格锻造。俄罗斯的仁慈经常变成俄罗斯的无个性、意志薄弱、被动性、害怕痛苦。这是一种消极的仁慈，总是准备退让和献出整个价值，它不能被认为是一种高质量的东西。存在着积极的仁慈，他一直坚持着价值性。应该呼唤这种仁慈。

在生活的痛苦和残酷性面前，需要反对使人软化和柔化的恐怖。"①其实，他完全可以拿赫尔岑作为正面的典型和学习的典范。毕竟，在俄罗斯，像他这样"具有坚强精神"的、"不怕生活的恐怖和考验"的、终其一生都矢志不渝的"抵抗主义者"，并不多见。赫尔岑甚至在自己的小说中，也塑造了一些敢于向生活说"不"的人物形象。中篇小说《偷东西的喜鹊》中的女演员阿尼达就是一个很有血性的人，宁死也不向公爵的淫威低头。她说："我不怕他；我就预备死在这间屋子里，绝不向他请求什么。这句话我也一定要实践。"②她身上体现出的反抗精神，就是赫尔岑所赞美的道德和性格。

赫尔岑是一个具有思想家修养的人，或者说，他就是一个真正的思想家。托尔斯泰说："像他这样出色和深刻的人是很少见到的。"③高尔基甚至认为他是"俄国第一个思想家，在他之前从未有过谁这样多方面地、深刻地观察过俄国生活"④；在整整五十年前，凡是在俄国社会出现的思想，这个人没有不知道的。……他自成一个领域，一个思想非常丰富的王国"⑤。然而，更为重要的是，他还是俄罗斯第一流的作家和批评家。

赫尔岑有第一流的鉴赏力和批评能力。在他的理解中，文学批评首先是一种"纯粹的心灵活动"，所以，不能像德国的戏剧理论家勒瑟尔批评莎士比亚剧作那样，"把一切都提高到哲学的意义上，使一切活泼的变成了死的，一切新鲜的变成了陈腐的"⑥。也就是说，具体而鲜活的感受，是文学批评的根本特点；一切丧失了丰富的感性体验的批评，本质上都是反

---

① [俄]尼古拉·别尔嘉耶夫：《俄罗斯的命运》，译林出版社2011年版，第161页。
② [俄]赫尔岑：《赫尔岑中短篇小说集》，程雨民译，上海译文出版社1980年版，第111页。
③ [苏]日尔凯维奇等：《同时代人回忆托尔斯泰·下》，周敏显等译，上海译文出版社1984年版，第221页。
④ [苏]高尔基：《俄国文学史》，缪灵珠译，上海文艺出版社1959年版，第358页。
⑤ [苏]高尔基：《俄国文学史》，缪灵珠译，上海文艺出版社1959年版，第360页。
⑥ [俄]赫尔岑：《往事与随想·中》，项星耀译，人民文学出版社1993年版，第284页。

批评的。他熟知俄罗斯文学，也了解世界文学。他准确地分析和揭示了普希金、果戈理等俄罗斯作家的个性和优点。他善于比较，通过与拜伦和莱蒙托夫的比较，说明了普希金的独创性[1]；通过与哈姆雷特、浮士德等众多人物形象的比较，揭示了奥涅金的"俄国人"性格。他发现了果戈理作品里的"愤怒""民族性"和"完全独创的才能"[2]。他总是联系时代生活来阐释人物，认为哈姆雷特更容易被那些跟他处于相同时代的读者所理解：哈姆雷特，"这是具有全人类意义的性格，尤其在充满疑虑和苦闷的时代，在意识到某种罪恶勾当正在身旁进行，而德行遭到背弃，卑鄙宵小之徒飞扬跋扈的时代，很难设想谁会不理解这样的人物"[3]。

赫尔岑的小说写作也达到了很高的水平。他所写的不是常规形态的小说，而是特殊形态的小说；他的兴趣不在故事和人物，而在问题和主题。在他的小说里，思想比人物更重要，问题比故事更重要。他的小说具有强烈的思想性和论战性。他善于在小说中提出问题，并用叙事甚至直接用议论性语言跟自己的时代争论，就此而言，他的小说可以被命名为"政论小说"，"政论语言与艺术语言的结合却始终是赫尔岑全部美学体系的基本原则之一"[4]。他用小说来宣扬自己的政治理念和对时代生活的批评性意见，而鲜明的个性与热烈的激情，则使他的小说避免了理念化和功利化可能带来的苍白和无趣。对那些回避现实、思想贫乏的中国当代作家来讲，赫尔岑的小说经验，无疑具有发蒙启蔽的意义。

他的小说作品，如《谁之罪？》《偷东西的喜鹊》《克鲁博夫医生》《狂人》，颇受同时代批评家的好评。别林斯基在给赫尔岑的信中说，《谁

---

[1]〔俄〕果戈理等：《文学的战斗传统》，满涛译，新文艺出版社1953年版，第11页。

[2]〔俄〕果戈理等：《文学的战斗传统》，满涛译，新文艺出版社1953年版，第105页、第112—113页。

[3]〔俄〕赫尔岑：《往事与随想·中》，项星耀译，人民文学出版社1993年版，第34—35页。

[4]〔苏〕季莫菲耶夫主编：《俄罗斯古典作家论·下卷》，人民文学出版社1958年版，第662页。

之罪?》这样的小说,"是难得有的","在《谁之罪》以后,不论你拿出什么作品,只要是不如它的,你都会成为无辜的罪人"①。高尔基则从首创性的角度高度评价赫尔岑的小说,肯定他创造了很多"第一个":

> 在四十年代,赫尔岑是第一个在他的小说《偷东西的喜鹊》中大胆地抨击农奴制的人——在他之前,俄国文学描写农民,恰如在《猎人笔记》中所描写的那样,换句话说,仅是未被农奴制压倒的农民;赫尔岑说:"这是不真实的!"
>
> 赫尔岑在他的小说《谁之罪?》中第一次尖锐地提出妇女解放地位问题。后来,屠格涅夫、阿夫德叶夫、马科·伏夫错克等等就发展了他这个思想。②

然而,赫尔岑最重要、最优秀的作品,还不是他的小说,而是皇皇巨著的《往事与随想》。它虽以回忆录为主体形态,但也糅合了戏剧的冲突性、小说的叙事性和诗的抒情性——其中"创作虚构和历史真实的独特的结合,表现出这位真正的艺术家的作家的技巧",有着引人入胜的文学价值和巨大魅力,是足以与《猎人笔记》《死屋手记》《家庭纪事》相媲美的杰作,甚至是可以与《死魂灵》《战争与和平》和《卡拉马佐夫兄弟》放在同一个单元来考察的文学经典。在这部作品中,作者"没有羞怯,极度真诚","用一种能被普遍接受的话语谈论自己"③;他记录了自己时代知识界优秀人物——奥加辽夫、恰达耶夫、别林斯基、斯坦科维奇、维特贝格和格拉诺夫斯基等人——的生活,为人们认识那个时代权力与知识、专制与自由的冲突提供了重要的信息。他所表现出来的叙事能力,并

---

① 〔俄〕赫尔岑:《往事与随想·下》,项星耀译,人民文学出版社1993年版,第577页。

② 〔苏〕高尔基:《俄国文学史》,缪灵珠译,上海文艺出版社1959年版,第359—360页。

③ 〔俄〕德·斯·米尔斯基:《俄国文学史·上》,刘文飞译,人民文学出版社2013年版,第292页。

不低于任何一个小说家——他所描绘的知识分子群像,显示出伟大的性质和崇高之美;而他叙述自己家庭生活的部分,则跌宕起伏,一波三折,内蕴着令人震撼的精神痛苦和悲剧意味,使人读来恍然有种阅读《安娜·卡列尼娜》或者聆听《克莱采奏鸣曲》的感觉。

无论是作为作家,还是作为批评家,赫尔岑都属于19世纪俄罗斯文学家中的上上人物,是可以与普希金、果戈理、阿克萨柯夫、别林斯基、托尔斯泰、屠格涅夫、陀思妥耶夫斯基和契诃夫相提并论的文学巨擘。同时代最杰出的俄罗斯作家和批评家,都高度评价他的文学成就。

托尔斯泰无法接受赫尔岑对宗教的态度,跟他"争论","很固执,语言粗犷"①,但却将他视为像果戈理一样重要的作家。1893年3月,托尔斯泰曾经说过这样一段话:"要知道,如果用百分比来表示俄国作家的作用,那么普希金应占30%,果戈理——20%,屠格涅夫——10%,格里戈罗维奇及其余的作家约占20%,剩下的都要归于赫尔岑了。他是一位了不起的作家。他深邃、卓越而敏锐。"②他在一封信里高度评价了赫尔岑对于俄罗斯社会的重要性:"最近我一直在阅读赫尔岑的作品……他是一位出类拔萃的作家。假如他没有被埋没,能得到年轻一代的推崇,那么我们俄罗斯近二十年的生活就不会是这样了。可实际上从俄罗斯社会的机体上强行摘除了一个至关重要的器官。"③

在宗教精神和文化立场方面,陀思妥耶夫斯基与赫尔岑站在两个极端,可谓格格不入。前者的《群魔》和《白痴》简直就是与赫尔岑进行精神交锋的作品。但是,陀思妥耶夫斯基也知道,这个无神论的社会主义者是一个非凡的人物。他曾于1862年专程到伦敦与赫尔岑会面,多次友好交谈;1963年,他们又在意大利晤谈。他自称彼此之间亲密无间,如胶似漆。

---

① 〔苏〕弗·普罗科菲耶夫:《赫尔岑传》,张根成、张瑞璇译,商务印书馆1992年版,第379页。

② 〔苏〕弗·普罗科菲耶夫:《赫尔岑传》,张根成、张瑞璇译,商务印书馆1992年版,第379—380页。

③ 〔俄〕列夫·托尔斯泰:《列夫·托尔斯泰文集·第十六卷·书信》,周圣等译,人民文学出版社1992年版,第225页。

他非常爱读赫尔岑的书,尤其喜欢《彼岸书》。但他们——一个基督徒与一个蔑视上帝的人,一个赞美俄罗斯的人与一个否定俄罗斯的人,一个提倡爱和宽恕的人与一个鼓励反抗和革命的人——之间的分歧,终究是无法弥合的。1868年3月21日,陀思妥耶夫斯基在日内瓦写信给迈科夫说:"真讨厌!我和赫尔岑在街上偶然相遇,我们以客客气气而又怀有敌意的语气略带嘲讽地交谈了十分钟就分手了。"[①] 两人趋舍异路,话不投机,是很自然的事情。

就政治态度和文化立场来看,与托尔斯泰和陀思妥耶夫斯基不同,赫尔岑是一个绝对的"西欧派"。他不相信上帝,是个纯粹的无神论者,同时又是一个伟大的人道主义者和社会主义者。他的社会主义思想来源于圣西门。他的政治思想具有很浓的自由主义和浪漫主义色彩。他是沙皇及其专制制度的不共戴天的敌人,同时又是那些被压迫者的朋友。他以批判的眼光看待俄罗斯,否定这个国家的一切现存秩序。他渴望彻底意义上的革命,希望通过摧枯拉朽的方式彻底改变俄罗斯,建设一个全新的自由而平等的文明国家。

为了自己的理想,赫尔岑付出了巨大的代价。被监禁,被流放,最后在远离俄罗斯的异国他乡度过了充满痛苦和孤独的岁月,受尽了人们的误解、侮辱和排斥。他的个人生活也充满了磨难和悲剧。婚姻的危机,家人的横死,都给他带来了巨大的痛苦。但是,他的反抗精神和革命激情并未因此而消减。

赫尔岑终其一生都是政治意义上的反抗者,也是批判型的现实主义作家。他的政治激情成就了他的文学写作。他的几乎所有形式的写作都是政治性的。政治性赋予他的作品以巨大的吸引力和价值意义。他的"抗议的现实主义"文学精神,具有超时代的意义和超越地域的价值。因为,如果没有赫尔岑这种巨大的热情和勇敢的精神,那么不仅不会产生伟大的现实主义文学,而且还会导致文学的庸俗化甚至彻底的堕落。

---

① 〔俄〕陀思妥耶夫斯基:《费·陀思妥耶夫斯基全集 21》,郑文樾、朱逸森译,河北教育出版社2010年版,第560页。

第四节 革命文学的"革命代数学"
——托洛茨基文学思想批判

只有鸦群保持着警觉，
不时在空旷当中盘旋，
傍晚，橘红色的余晖
静静燃烧，凄凉惨淡。

色近柠檬的一抹残照，
在淡青的天幕上抖颤，
沉沉的暮色迅速降临，
四周的一切融入昏暗。
——勃留索夫：《雪野茫茫俄罗斯》

在异常的政治环境里，一个政治人物，无论他人格多么伟大，无论他功勋多么卓著，一旦被长时间、大规模地污名化，就很难浣涤其污，缁素复白，就像一块掉进泥灰里的豆腐很难被一下子弄干净一样。

托洛茨基就属于那种被严重污名化的政治人物。在斯大林亲自主持编写的《联共（布）党史简明教程》里，托洛茨基被定性为"间谍、暗害者和卖国贼余孽"，说他和布哈林、季诺维也夫、加米涅夫等"人类蟊贼"，从十月革命最初几天起，"就勾结起来阴谋反对列宁，反对党，反对苏维埃国家"，并"遵照他们的主人即外国资产阶级侦探机关的指令"，"出卖国家秘密并为外国侦探机关供给间谍消息；凶杀基洛夫；进行暗害勾当，军事破坏和爆炸工作；凶杀明仁斯基、库依贝舍夫和高尔基"。由于犯下了如此严重的罪行，所以，他们理所当然地受到了辱骂、诅咒和惩罚：他们被形容为"犹如蜉蝣一样脆弱无力的白卫侏儒小丑"，说"苏联人民是不费吹灰之力便能把他们打成粉碎的"，最终，"苏维埃法庭将布哈林、托洛茨基匪帮暴徒判决枪毙"①。

当托洛茨基被斯大林肆意羞辱和缺席审判的时候，全世界的著名左翼作家，几乎全都相信对他的指控是正当的，对他的判决是成立的。在国内，高尔基、肖洛霍夫和爱伦堡加入了高喊着"杀死疯狗"的声讨托洛茨基的大合唱；在西方，声名显赫的文学家，如德莱塞、巴比塞和阿拉贡毫无保留地声援斯大林的"世纪大审判"，甚至像罗曼·罗兰这样的甘地主义者、暴力的反对者和当代的"良心"，也"以自己福音书式委婉的语气为俄国的血腥屠杀辩护，颂扬主要的刽子手。罗曼·罗兰干得如此卖力，以至于托洛茨基想以败坏名誉罪对他起诉"②。

这次审判通过无所不用其极的妖魔化手段，从道德和政治两方面将托洛茨基彻底污名化，使他成为全世界无产阶级的敌人和国际共产主义运动的罪人。无论在苏联，还是在其卫星国家，"托派"和"托洛茨基主义"都是罪恶的代名词："赫鲁晓夫及其朋友仍竭尽全力保持斯大林对托洛茨基的诅咒。在赫鲁晓夫与毛泽东的争论中，他们都指责对方为托派分子，好像他们两人全力提供的至少是托洛茨基及其思想提出的那些有生命力的问题的消极结果似的。"③这种声势浩大的污名化运动所造成的后果如此严重，以至于直到今天，人们提到"托洛茨基"这四个字，多多少少都会有一种异样甚至不祥的感觉——谁与"托洛茨基"四个字沾上边，谁就会大倒其霉：轻者一蹶不振，终生坎坷；重者身败名裂，死无葬身之地。

其实，作为"红军"的缔造者，"十月革命"的重要领导人，托洛茨基曾经与列宁齐名。他把革命当作最高的信仰，把斗争当作最大的幸福，为苏维埃革命付出了艰苦的努力，做出了巨大的贡献。在决定命运的三年里，他乘坐着一辆军用专列，沿着8000公里的前线行进，哪里危险就出

---

① 联共（布）中央特设委员会编、联共（布）中央审定：《联共（布）党史简明教程》，外国文书籍出版局1953年版，第424—425页。

② 〔波〕伊萨克·多伊彻：《先知三部曲：流亡的先知》，中央编译出版社1999年版，第398页。

③ 〔波〕伊萨克·多伊彻：《先知三部曲：流亡的先知》，中央编译出版社1999年版。

现在哪里。① 他的内心充满理想主义的革命激情，至死不渝地坚持解放全人类的马克思主义革命理想，将"世界革命"和"继续革命"当作不容背叛的原则。他比斯大林资历更老，更有学识，也更有教养。他的人格固然并不绝对完美，有着自负、刻薄甚至冷酷的性格缺点和一定的道德缺陷，但也绝不像他的政敌所说的那样邪恶，那样一无是处。

在残酷的权力斗争中，谁更凶暴无情，谁更阴险卑劣，谁就更有可能笑到最后。托洛茨基在《斯大林评传》中说："毫无疑问，对人的、肉体上的残忍，即通常所谓的虐待狂是斯大林的特点。当斯大林被监禁在巴库监狱里的时候，和他同住一间囚室的一个人曾经梦想革命。当时名叫柯巴的斯大林出其不意地问：'你渴望血吗？'他拿出藏在靴子里的一把刀，高高地提起一只裤脚，在腿上扎了一个深而又长的切口。'这是血，给你。'在他当上苏维埃要人以后，他在他乡下的家里，以割断羊的喉咙或将煤油倒在蚁冢上放火去烧来取乐。"② 与这样一个人在权力的角斗场上交手，托洛茨基的失败和流亡，他的蒙羞和被暗杀，简直就是注定的。

托洛茨基虽然死了，但他的思想遗产犹存。在他所建构的意识形态中，革命是一个具有核心意义的命题，而文学与革命的关系，则是他特别关注的重要问题。他把文学当作展开革命活动的特殊领域和宣传革命思想的特殊阵地。通过对当时颇具影响力的种种文学现象的批评，他提出了革命对知识分子和作家的要求，表达了自己对文学与革命关系的理解。他有着充分的理论自信，试图为新的革命文学建构一种绝对正确的"革命代数学"。

托洛茨基的高度意识形态化的文学观点，完整地见于《文学与革命》一书。对他来讲，写作并出版这样一部书，绝不是一件基于个人兴趣的单纯的学术事件，而是一桩意义重大的文化事件和政治事件。1922年夏，为了集中时间和精力完成这部书，托洛茨基甚至拒绝担任列宁的副手，并

---

① 〔波〕伊萨克·多伊彻：《先知三部曲：被解除武装的先知》，中央编译出版社1999年版，第25页。

② 〔苏〕列·托洛茨基：《斯大林评传》，齐干译，东方出版社2005年版，第625—627页。

因为连续请假而遭到政治局的谴责。①此书由两部分构成：第一部分，收集了他在1922年和1923年两年间所写的文章；第二部分，是他在两次革命之间（1907年至1914年）所写的文章。

托洛茨基是苏联文学意识形态的奠基者之一。他的分析方法、话语风格和文学理念，极大地影响了苏联的意识形态话语和文学批评。韦勒克说："托洛茨基指名道姓审视当代俄国文学的时候，对主要作家加以分门别类，其方式似乎已为所有后来的作家所接受，虽然他们不可能或者并不希望沿用他的激烈的语言。"②事实上，日丹诺夫等官僚很喜欢托洛茨基激烈的语言，而且还能得其精髓，青胜于蓝。托洛茨基的理念和方法，启发了极具才华的批评家亚历山大·沃隆斯基——他在建构"新现实主义"的时候，不仅接受了托洛茨基对"新人"和"新的文学"的乌托邦幻想，从肉身和道德两方面美化属于新时代的"年青一代"，"我们新一代的艺术家都是坚强而有朝气的人。他们在生活中看见了许多……他们热血沸腾，身体健壮，肌肉发达，胃口好，声音洪亮，他们有着成千上万的希望与憧憬。他们如饥似渴地希望学习，绝不认为个人的'我'是宇宙的中心，习惯于共同行动和劳动"③。还接受了托洛茨基对"个人主义"等的偏见，将"个人主义"与"集体主义"和"现实主义"对立起来，并根据这些偏见，对勃洛克、别雷和阿赫玛托娃等诗人和作家做出了不客观的评价。

托洛茨基的文学思想甚至潜在地影响了苏联学者研究"白银时代"文学的观察角度和评价方式，例如，在影响甚巨的《苏联文学思想斗争史》中，虽然作者伊凡诺夫偶尔会按照《联共（布）党史简明教程》的腔调，对托洛茨基虚应故事地骂上几句④。虽然他明面上不曾引用过托洛茨基哪

---

①〔波〕伊萨克·多伊彻：《先知三部曲：被解除武装的先知》，中央编译出版社1999年版，第180页。

②〔美〕雷纳·韦勒克：《近代文学批评史·第七卷》，杨自伍译，上海译文出版社2006年版，第515页。

③〔俄〕亚·沃隆斯基：《在山口》，刁绍华译，东方出版社2000年版，第399页。

④〔苏〕弗·伊凡诺夫：《苏联文学思想斗争史 1917—1932》，曹葆华、徐云生译，作家出版社1957年版，第137—139页。

怕一句话，但是，在研究20世纪初期的文学现象的时候，他从被放逐的"先知"托洛茨基那里所获得的"支援意识"，绝不少于他从列宁、斯大林和卢那察尔斯基那里所得来的启示。

托洛茨基也曾对中国的现代文学和当代文学产生过很大的影响。在鲁迅的文学观念里，托洛茨基的影响有迹可循。例如，鲁迅"革命人""同路人"概念的提出与《革命文学》《在钟楼上》《文艺与政治的歧途》等文章的写作，都与托洛茨基的《文学与革命》有一些渊源关系。自20世纪40年代以来，中国文学的主流意识形态话语与文学上的托洛茨基主义之间，则存在着相当程度的类同与契合。

然而，由于种种原因，我们对托洛茨基文艺思想的研究并不深入。尤其是对他狭隘的政治实用主义倾向，对他贬低知识分子、忽视个性自由、宣扬"主宰阶级论"、蔑视文学传统的严重局限，以及他异常形态的文风和尖酸刻薄的修辞等，一直缺乏细致的解剖和深入的反思。

一

托洛茨基的文学理念，包含着他对知识分子的看法，也反映着他对知识分子的态度。所以，从知识分子问题入手，是考察其文学思想的一个有效角度。

尽管知识渊博，能言善辩，著述颇多，但是，托洛茨基本质上依然是个政治家。像所有自大而又自卑的政治家一样，他对知识分子既不十分信任，也不十分尊重。不仅如此，他们面对知识分子，总是表现出真理在握的自信和改造一切的傲慢。

托洛茨基将十月革命前的知识分子当作附皮之毛，当作统治阶级的附庸。在他看来，他们既没有独立的地位，也没有高尚的美德和从善的可能。他对这些旧知识分子的革命化改造几乎不抱任何希望，因为，他们的本性注定是不会改变的："从两次革命间时代的实验室，走出了'官方的'知识分子，如我们所见，他们是这样的：在战争时期是资产阶级爱国主义的；在革命时是自私和暗中进行破坏的，是无思想和充满仇恨的，是反革命的。"① 这就等于将知识分子当作了怙恶不悛的敌人和坏分子，等于从阶级属性和道德上判了知识分子死刑。由此可以看出，与那些敌视知识分子的政治家一样，托洛茨基也缺乏真正的现代气质和人文主义精神，是一个态度极端的反智主义者。

《文学与革命》考查和批评的对象是作家，尤其关注诗人，这是一个特殊的知识分子群落。他们内心充满介入现实的冲动，比那些纯粹的学者更敏感，也更活跃。他们有很大的读者群和支持者，是知识分子中颇受欢迎的一群。托洛茨基之所以选择这样一群人来研究，是因为他特别注意"隐藏在文学作品后面的社会动力、道德伦理和政治气候"②，是因为他们的作品影响着读者尤其是青年读者的社会意识和政治态度。

托洛茨基注意到了20世纪初期几乎所有重要的文学流派和文学现象，像象征派、"未来主义"、"无产阶级文化派"、形式主义语言学派、阿克梅派、谢拉皮翁兄弟、"锻冶场"和"宇宙派"等，都曾引起他的关注。活跃于当时的几乎所有有影响的作家和批评家，都进入了他的视野。他全然不欣赏这些文学家，将他们当作人格和意识上都存在严重问题的"患者"来解剖。扎米亚京、皮利尼亚克、勃洛克、布宁、别雷、巴尔蒙特、叶赛宁、马雅可夫斯基、梅列日科夫斯基、吉皮乌斯、奥楚普、拉德洛娃、列米佐夫、克留耶夫、楚科夫斯基、别尔嘉耶夫、罗扎诺夫等，都受到了托洛茨基的尖锐批评和无情否定。他站在"革命"的高地，俯瞰"文学"的原野。他用"革命"的放大镜远远近近、上上下下地看，却既没有看见蚂蚁，也没有看见大象，只看见了乌有（Nothingness）。

他蔑视几乎所有那些具有独立个性——或者，如他所命名的"立宪民主派"——的作家。他嘲笑起他们的人格、创作和生活方式来，可谓极尽讽刺挖苦之能事。他说诗人奥楚普的诗是不结籽的花蕾。为什么这样说呢？他突然将单数第三人称改为复数第三人称，这样回答："因为他们不

---

① 〔苏〕托洛茨基：《文学与革命》序，见《文学与革命》，刘文飞等译，外国文学出版社1992年版，第7页。

② 〔波〕伊萨克·多伊彻：《先知三部曲：武装的先知》，中央编译出版社1999年版，第53页。

是生活的创造者,因为他们不是生活的感觉和情绪的形成过程的参与者,他们只是一些迟到的坐享其成者,是他人鲜血浇灌出来的文化的模仿者。他们是受过教育、甚至很文雅的模仿者,是博学多识、甚至很有天赋的口技演员——仅此而已。"① 显然,托洛茨基嘲弄的锋芒并非指向奥楚普一个人,而是指向"他们"——所有的自由知识分子和作家。

托洛茨基将十月革命当作一个伟大的开端,将十月革命的胜利当作知识分子"失败"的"路标"。在战争和革命面前,知识分子的表现非常糟糕,显得怯懦而可笑:"战争把知识分子的恐惧融化在普遍的焦灼不安中。接着又出现了革命,革命把他们的恐惧浓缩为惊慌失措。"② 这场革命将不仅从行政上,而且还将从"更深刻的意义上"来安排文学。经过了十月革命摧枯拉朽的震荡,旧的社会秩序瓦解了,旧的生活方式也改变了。一切属于旧时代和旧文学的作家都没落了,不再受人重视:"布宁还在吗?关于梅列日科夫斯基,不能说他不在了,因为实质上他从未有过。库普林呢?巴尔蒙特呢?奇里科夫本人呢?"③ 他们不是流亡了,就是死亡了。然而,对他们的命运,托洛茨基毫无同情,而是语气严厉地宣布:这些人过去的历史是可耻的,未来的前途是暗淡的;他们的存在,从一开始就是没有意义的,就是注定要被革命否定和被历史遗忘的。

托洛茨基将作家视为"精神上平庸的人",认为他们"既无社会的本能,又无概括性的意识,他们过于个人主义化而无法像群众一样地理解,他们尚未达到综合把握的程度。他们看到的是那些凹凸处,他们在这些凹凸处碰出包来,便发出哲学或美学的咒骂"④。他批评勃洛克"不是一个

---

① 〔苏〕托洛茨基:《文学与革命》,刘文飞等译,外国文学出版社1992年版,第18页。

② 〔苏〕托洛茨基:《文学与革命》,刘文飞等译,外国文学出版社1992年版,第25页。

③ 〔苏〕托洛茨基:《文学与革命》,刘文飞等译,外国文学出版社1992年版,第8页。

④ 〔苏〕托洛茨基:《文学与革命》,刘文飞等译,外国文学出版社1992年版,第65页。

革命诗人",一生中"内心都充满混乱",是"真正的颓废派",更是个不折不扣的个人主义者。在革命面前,他们毫无抵抗之力,"革命用表现破坏的呼号和轰鸣的音乐压倒了那温柔的、蚊子叫似的个人主义声调"①。

对知识分子尤其是作家来讲,个性是精神生活的基础和源泉。没有健全的个性,没有充分的自由,生活就没有意义和价值,人就没有创造的力量和热情。然而,托洛茨基却敌视个性。他一开始就错误地理解了"个性"这个概念。他不知道,作为一个与集体、种族、民族、国家、政党相对应的概念,个性的发展及其价值的体现,完全依赖于一种不受干扰的独立性。就是说,它必须独立于集体性因素之外,而不是消融于这些因素之中。个性一旦被集体性因素压抑、分解和整合,那么,个性就毁灭了,就不复存在了。然而,托洛茨基却看不到这一点。虽然,他也承认,"没有个性就没有作家",但是,他又否认个性是"不可分解的":"个性是种族、民族、阶级、时代、生活诸因素的结合——个性正表现在这结合的独特性之中,在这心理与化学的混合体的比例中。批评最重要的任务之一,就是把艺术家的个性(亦即其艺术)分解成各个组成部分,并揭示出各个部分间的关系。"②他这不是在谈论一个活生生的个体的个性,而是在解剖学的意义上谈论一具尸体的个性,或者干脆说,是在谈论一个毫无生命的物体的个性。

在他看来,知识分子作家的个性天生就是消极的。他们是不习惯服从任何外在束缚和压制的"个人主义者"和"自由主义者"。然而,"革命"的首要原则就是服从,就是对组织力量的服从。这就要求压缩个人的自由空间,压制个人的自由意志。如此一来,文学家视为生命线的个性,以及由此延展出来的个人主义和自由主义,就与革命的"集体主义"和"组织原则"产生了尖锐的矛盾和激烈的冲突。在解决这一矛盾和冲突的时候,托洛茨基向知识分子施压——对知识分子所看重的个性、自由等价值,对

---

① 〔苏〕托洛茨基:《文学与革命》,刘文飞等译,外国文学出版社1992年版,第103页。

② 〔苏〕托洛茨基:《文学与革命》,刘文飞等译,外国文学出版社1992年版,第44—45页。

个性主义的价值理念和个人主义的人生哲学，对来自个人精神深处的感伤和疼痛等复杂体验，他都给予坚决的排斥和彻底的否定。1923年9月19日，在为《文学与革命》所写的自序中，他提倡一种"新的意识"："这一意识首先是与公开的或伪装为浪漫情调的神秘主义是不相容的，因为革命的出发点是这样一个中心思想：集体的人应当成为唯一的主人……它是现实主义的，积极的，充满着能动的集体主义和相信未来的无限的创造信念……"①他要用"集体主义"和"集体的人"来否定和瓦解知识分子的"个性主义"和"个体的人"。个人主义等于自私自利，而集体主义则等于高尚无私，所以，根据这个似乎不证自明的"绝对真理"，他从道德上宣判梅列日科夫斯基有罪："梅列日科夫斯基只不过是一个早期的文化个人主义者。一个在与这种人相敌对的历史环境中的过早出现的西欧式的自私自利者，因为我们这里依然洋溢着集体主义的情感和情绪。"②在文学与革命的冲突中，革命几乎是天经地义地占据了道德制高点，它有充分的理由要求文学让渡自己的个性和自由。正因为这样，托洛茨基才有足够的底气责备作家，他猛烈地批评一切试图要求创作自由权利的人，批评为了创作自由而与革命保持距离的人。他反对那些不承认文学的倾向性的作家和艺术家。在他看来，倾向性是文学的基本性质。他也知道，那些追求自由的艺术家和作家，不会无知到真的认为艺术和文学是没有倾向性的，他们只是通过这种"不承认"来表达这样的态度和诉求：坚持基于自己的感受和判断的倾向，而不是被动地接受被强加的"倾向"。

然而，托洛茨基是不会接受他们的诉求的。理由很简单：倾向是有原则性的，而绝对正确的倾向只有一种，那就是基于"阶级斗争"原则之上的"革命的倾向"，舍此之外，只有错误和犯罪，没有别的。所以，像"谢拉皮翁兄弟"组织中的一些人"想摆脱革命，保障其创作自由不受革命的

---

① 〔苏〕托洛茨基：《文学与革命》序，见《文学与革命》，刘文飞等译，外国文学出版社1992年版，第6页。

② 〔苏〕托洛茨基：《文学与革命》，刘文飞等译，外国文学出版社1992年版，第312页。

社会要求的干扰",就是"无原则性的炫耀","是胡说和愚蠢"[①]。托洛茨基很严厉地警告他们:"不能与历史开玩笑。在这里将直接根据罪行定罪。"[②]这简直就是赤裸裸的恐吓!

1946年,在《对文学的阻碍》一文中,奥威尔说道:"共产主义者常常给思想自由贴上'小资产阶级个人主义''十九世纪自由主义的幻觉'等等标签,而他们提出的论据,则是'罗曼蒂克的''感伤主义的'这样侮辱性的词句;又因为这些词句并没有确切的含义,所以也就很难反驳。"[③]其实也不难反驳。这些简单的标签和侮辱之词,无非是一种极端主义和实用主义的产物,充满了颐指气使的主宰者惯有的傲慢与偏见。作为一种文化霸权性质的话语,它蔑视自由的价值,缺乏对他者人格和权利的尊重,缺乏文学批评最重要的品质——平等意识和对话姿态。

二

阶级论是托洛茨基文学思想的重要基石,而阶级斗争是他文学观的重要内容。他的文学观本质上是一种阶级论的文学观。他说:"在历史上出现的人类社会中,社会的条件首先就是阶级属性的条件。这就说明,为什么阶级标准在意识形态的所有领域都很有用,在艺术中甚至更加有用,因为艺术时常反映着最深刻、最隐秘的社会意愿。"[④]不错,艺术和文学确实表达着最隐秘的"意愿",但这意愿因为有着极为丰富的、具有普遍性的人性内容,所以,远非"阶级标准"所能涵盖。

---

① 〔苏〕托洛茨基:《文学与革命》,刘文飞等译,外国文学出版社1992年版,第55页。

② 〔苏〕托洛茨基:《文学与革命》,刘文飞等译,外国文学出版社1992年版,第57页。

③ 〔英〕乔治·奥威尔:《政治与文学》,李存捧译,译林出版社2011年版,第396页。

④ 〔苏〕托洛茨基:《文学与革命》,刘文飞等译,外国文学出版社1992年版,第45页。

像所有用狭隘的阶级眼光看世界的政治家一样，托洛茨基很少把所有人都看作人，而是把人分为"我们"和"他们"或者"敌人"和"朋友"。他说："勃洛克不是我们的人。"[1] 这等于说，所有未被认可的文学家都不是"我们的人"。根据充满偏见的阶级理念，托洛茨基将文学分为判然分明、截然对立的两类：无产阶级的和资产阶级的。可以与之互换的表达是：新的文学和旧的文学，进步的文学与落后的文学，"十月革命的文学"与"非十月革命文学"。其中，"非十月革命文学"是一种与它所服务的阶级在精神上同构的文学："就形式的谱系而言，它是我们旧文学年长一脉的终结，那旧文学开头是贵族文学，最后成为彻头彻尾的资产阶级文学。"[2] 当然，根据共产主义将消灭阶级的最终理想，托洛茨基也将文学阶级性的存在看作暂时的现象："无产阶级制度只是暂时的、过渡的。无产阶级革命的历史意义和精神上的伟大就在于，它将为超阶级的、第一种真正人类的文化奠定基础。"[3] 在他看来，那些"同路人"的文学，虽然还不是"非十月革命的文学"，但是也属于那种不值得信任的、没有前途的文学："他们不是无产阶级革命的艺术家，而是无产阶级革命的艺术同路人。如果说，非十月革命的（实质上是反十月革命的）文学是地主资本家俄罗斯的垂死的文学，那么，'同路人'的文学是一种新的苏维埃民粹主义，它没有旧民粹派的传统，暂时也还没有政治前途。"[4] 他把知识分子与人民对立起来，认为知识分子是一群犯有原罪的人，他们缺乏人民的美德和能量："没有人民，知识分子就无法立足和巩固自己的地位，并赢得发挥历史作用的权利。"[5]

---

[1]〔苏〕托洛茨基：《文学与革命》，刘文飞等译，外国文学出版社1992年版，第109页。

[2]〔苏〕托洛茨基：《文学与革命》，刘文飞等译，外国文学出版社1992年版，第4页。

[3]〔苏〕托洛茨基：《文学与革命》，刘文飞等译，外国文学出版社1992年版，第5—6页。

[4]〔苏〕托洛茨基：《文学与革命》，刘文飞等译，外国文学出版社1992年版，第42页。

[5]〔苏〕托洛茨基：《文学与革命》，刘文飞等译，外国文学出版社1992年版，第157页。

极端的阶级论，必然包含着极端的偏爱和偏见。托洛茨基将无产阶级当作新的上帝选民，当作人类和世界未来命运的主宰者。他将文学视为阶级在道德上的直接对应物，毫无分寸地美化无产阶级和无产阶级文学，毫无理性地诅咒资产阶级和资产阶级文学。他将文学与外部制度和生活氛围的关系，阐释为一种简单的对应关系和因果关系："非十月革命艺术之所以垂死无力，是因为它的全部历史与之相联的那些阶级垂死了；离开了地主资产阶级的社会制度及其生活氛围，没有庄园和沙龙最巧妙的授意，这一艺术便看不到生活的意义，便会枯萎，死亡，走向乌有。"[①]问题是，在任何一个时代，真正的文学都不是认同和服从的结果。因为，作为一种表达意愿的精神现象，它赖以产生的内在动力来自离心力，而不是向心力。也就是说，都来自对社会制度和生活氛围的质疑和疏离，而不是认同和服从。谁能说托尔斯泰和契诃夫的写作是他们所生活的时代"巧妙授意"的结果呢？谁能说《史记》和《红楼梦》是服从其时代和阶级指令的结果，而不是疏离性甚至批判性反思的结果呢？

在托洛茨基将阶级性的意义无限夸大的观念体系里，政治作为意识形态的核心部分，必然高于一切，也高于文学；文学是具有阶级属性并为政治服务的工具。他反对"纯艺术"，反对"客观主义"，强调文学的阶级倾向性，提倡一种"新艺术"："新艺术就其本性来说不能不将无产阶级的斗争置于其注意的中心。……为了创造这样的抒情诗，诗人自己就必须以新的方式感知世界。如若只有基督或上帝本人俯身于诗人的怀抱（如阿赫玛托娃、茨维塔耶娃、什卡普斯卡娅等人的诗中所写的那样），那么，仅这一个特征就能证明那种抒情诗的陈旧，证明它在社会意义上、从而也在审美上都不适合于新人。"[②]这种狭隘的态度和极端形态的艺术观，甚至成了苏维埃获得政权之后被代代继承的稳定的"文学遗产"。

20世纪初期出现的"无产阶级文化派"有一个观点，叫作"风格即

---

① 〔苏〕托洛茨基：《文学与革命》，刘文飞等译，外国文学出版社1992年版，第46页。

② 〔苏〕托洛茨基：《文学与革命》，刘文飞等译，外国文学出版社1992年版，第158页。

阶级"。对这样一个近乎荒谬的观点，托洛茨基并不反对，只是做了修正和补充。在他看来，风格不是与阶级相伴而生的，不像有的人所说的那样，只要你是无产阶级，你写出来的东西就是无产阶级的；只要你是资产阶级，你写出来的东西就是资产阶级的。问题没有那么简单。因为，"阶级寻找自己的风格要经过十分复杂的途径"[①]。托洛茨基将"风格"问题政治化，认为它首先且唯一性地表现在政治中，"政治是无产阶级真正创造出自己风格的唯一领域"[②]。有了这种绝对的政治化理念作为"支援意识"，他便有足够的勇气和底气蔑视别林斯基的文学批评，因为这种业已过时的批评，只不过是"在文学上凿出一个通向社会的通风口"，完全没法跟马克思的政治学批评相提并论："我们把我们的整个社会生活置于聚光灯下，我们斗争的所有阶段都被马克思主义的光芒照亮，每一种设施都被从各方面批判地敲击过。在这样的条件下因没有别林斯基们而叹息，这便暴露出——唉！唉！——一种知识分子小团体式的孤僻，完全是那个最虔诚的左翼民粹派的伊万诺夫-拉祖姆尼克的风格（而绝不是宏伟的风格）。'没有别林斯基们。'但是要知道，别林斯基不是一个文学批评家，而是他那个时代的社会领袖。如果活的别林斯基被带到今天，他很可能是一位——我不想向'锻冶场'隐瞒这一点——政治局委员。他甚至可能去驾辕。"[③]这显然是一种极端狭隘的观点。托洛茨基将文学泛政治化，完全否定了文学的专业性特点。所造成最终后果，就是取消了文学创作和文学批评的独立性和独特价值。别林斯基担任"政治局委员"？亏他想得出！

极端自信的意识形态诉求，永远不会让自己停留在被质疑的相对主义的水平上。它要获得一种绝对的品质。从认知的角度讲，它要成为科学；从信仰的角度讲，它要成为宗教。于是，根据阶级、革命、阶级斗争、唯

[①]〔苏〕托洛茨基：《文学与革命》，刘文飞等译，外国文学出版社1992年版，第191页。

[②]〔苏〕托洛茨基：《文学与革命》，刘文飞等译，外国文学出版社1992年版，第192页。

[③]〔苏〕托洛茨基：《文学与革命》，刘文飞等译，外国文学出版社1992年版，第195—196页。

物辩证法所提供的精神支持和道德优越感,托洛茨基雄心勃勃、信心满满,自诩已经建构起了高级形态的理论体系,即"革命的代数学"。这是一种达到最高水准的科学理论。从这个理论的高度来看,没有无序和混乱,只有秩序和规律,而一切似乎混乱的现象,都是经过计算的或者能被预见到的:"各阶段的交替的合理性已被洞察并包含在铁一样的公式里。简单的混乱是盲目的深渊。而在起领导作用的政治中却有着明察和警觉。革命的战略不像自发势力那样无定形,而像数学公式那样完善。我们在历史上第一次看到了见诸行动的革命代数学。"[1]这显然是一种幼稚而虚妄的理性自负,也是一种必将带来灾难后果的理性自负。托洛茨基完全忽略了人类的有限性,尤其忽略了人类在自我认知和自我克制方面的有限性。由于过度的自负,他完全没有认识到这样一个严峻的问题:巨大的混乱和灾难,往往就是在人类最自信、最自负的时候发生的。

然而,这种认知上的自负不仅会导致行动上的盲目,而且还必然使人目空一切,必然使人蔑视他者。正是这种虚妄的自负心态,使托洛茨基在宣布自己的理论绝对正确和准确的同时,宣判了那些"同路人"作家的死刑:"明晰性、现实性、思想的物质力量、极度的彻底性、路线的明确性和坚定性——十月革命的这个基本特征是与十月革命的艺术同路人们格格不入的。正因为如此,他们只能是同路人。"[2]

身处逆境会使人更加谦虚和理性。许多年后,流亡中的托洛茨基终于摆脱了那种理论建构上的谵妄。这时的托洛茨基,已经没有了当初的那种志得意满和不可一世。他终于承认:"任何政治的预断都不能自命像数学一样准确。"[3]显然,他这样说是为了反驳"斯大林主义的基本教条"。不知道,在写下这句话的时刻,他是否想到过自己当年的狂妄和自负,是否想起了自己所宣扬的"革命代数学"?

---

[1] 〔苏〕托洛茨基:《文学与革命》,刘文飞等译,外国文学出版社1992年版,第89页。

[2] 〔苏〕托洛茨基:《文学与革命》,刘文飞等译,外国文学出版社1992年版,第89—90页。

[3] 〔苏〕托洛茨基:《斯大林评传》,齐干译,东方出版社2005年版,第659页。

三

极端的革命者都有一种特殊的历史观，他们通常都是天生的未来主义者。他们蔑视过去，轻视传统，立志要做前无古人的事情。他们有一种很强的文化优越感，倾向于否定已有的文化，建构一种全新的文化。托洛茨基无疑就是这样的革命者。

在考查无产阶级文学与传统文学的关系的时候，托洛茨基没有像未来主义者那样以完全不屑的态度否定普希金，蔑视伟大的传统和经验，并与之决裂。他承认普希金、托尔斯泰和陀思妥耶夫斯基的价值，肯定他们对未来的无产阶级文学的意义："我们马克思主义者从来都生活在传统中，说真的，我们并没有因此而不再是革命者。"① 但是，他反对将旧有传统文化与新的无产阶级文化等量齐观，反复提醒人们，"不能把封建文学、资产阶级文学和无产阶级文学并置于同一历史行列"②。他对传统的态度是功利主义的。他只是要利用传统。他"掌握普希金的作品"的目的，是为了"超越他"③，是为了建构新的革命文学的传统。他对无产阶级艺术和无产阶级文学的未来充满信心。

但是，更多的时候，托洛茨基却是无情而彻底地否定俄罗斯的知识分子史，否定知识分子在学术等方面的成就，贬低和否定俄罗斯的作家和文学。他说，一百五十年来，俄罗斯的哲学社会科学不曾对世界做出任何贡献："如果看一看我国知识分子中的那些自鸣得意而又毕恭毕敬的历史学家和肖像画家们，便不由得令人感到气愤。我们拥有历时长达一百五十年的知识分子，他们极其大公无私，胸怀大志，'为思想'，'为欧洲'而

---

① 〔苏〕托洛茨基：《文学与革命》，刘文飞等译，外国文学出版社1992年版，第116页。

② 〔苏〕托洛茨基：《文学与革命》，刘文飞等译，外国文学出版社1992年版，第553页。

③ 〔苏〕托洛茨基：《文学与革命》，刘文飞等译，外国文学出版社1992年版，第115页。

生活——可是，在哲学或社会学领域里，我们对世界做出了什么贡献呢？没有，完全等于零！"①他认为索洛维约夫、别尔嘉耶夫等人都是"微不足道"的。车尔尼雪夫斯基"始终是个学生，未能变成先生"；赫尔岑、拉甫洛夫、米哈伊洛夫斯基则"无论如何也不会载入世界社会主义的史册；他们完全消失在俄国知识分子的历史中了"②。

那么，作为思想家和文化人的托尔斯泰如何呢？他应该是一位名副其实的杰出人物吧？可以算作为世界做出贡献的伟大知识分子吧？托洛茨基的回答是："这也不会是令人信服的。毫无疑问，腰系皮带、脚穿麻绳鞋子的托尔斯泰不是倚仗自己的社会哲学，而是作为一个实际的大人物而完完整整地进入思想界的。……不过，在欧洲宗教改革和欧洲历次革命之后，在19世纪欧洲的各种社会学说之后，托尔斯泰又提出了什么新的东西呢？"③总之，就像旧的俄罗斯一无是处一样，旧时代的俄罗斯知识分子也简直是一团糟，应该受到彻底的否定："世界观的转变可能具有主观上的悲剧性质（别林斯基）、喜剧性的庸俗性质（不足挂齿的别尔嘉耶夫）、精神堕落的性质（司徒卢威）、夸夸其谈的肤浅性质（明斯基、巴尔蒙特）、背叛的性质（卡特柯夫、季霍米罗夫），可是，其历史基础却是同出一辙：我们的社会贫困。"④这是对俄罗斯文化成就和文学成就极其随意的粗暴否定。别林斯基世界观的转变并不具有那样的"悲剧性质"，别尔嘉耶夫也并不是"无足挂齿"的，而巴尔蒙特的诗至今依然受到人们的喜爱和赞扬。

那么，托洛茨基为什么要如此彻底地否定俄罗斯的固有文化？原因很

---

① 〔苏〕托洛茨基：《文学与革命》，刘文飞等译，外国文学出版社1992年版，第351页。
② 〔苏〕托洛茨基：《文学与革命》，刘文飞等译，外国文学出版社1992年版，第352—353页。
③ 〔苏〕托洛茨基：《文学与革命》，刘文飞等译，外国文学出版社1992年版，第353页。
④ 〔苏〕托洛茨基：《文学与革命》，刘文飞等译，外国文学出版社1992年版，第356页。

简单：他要否定俄罗斯社会，或者说，他要通过这种否定，为革命的发生和新社会的建立提供合法依据。所以，他基于直接功利目的的否定，就难免具有歪曲事实甚至诋毁传统的性质。

这种对俄罗斯文化的彻底否定，必然会从整体上将伟大的俄罗斯文学裹挟进来。那个逻辑依然有效：社会坏，则一切都坏；在这样的坏社会里，照例不可能产生很好的文学。所以，就像思想家托尔斯泰被否定一样，文学家托尔斯泰也要受到文学新秩序建构者的贬抑和否定。

那么，托尔斯泰的文学成就到底如何呢？

托洛茨基的回答是：他的确有荷马一样的才华，"他似乎仅仅在观察，而工作则由大自然去完成。他往地里撒上种子，然后就像善良的农夫一样，让种子自然地长出茎秆和抽出穗来"[1]。托洛茨基非常准确地揭示了托尔斯泰文学上的才华，揭示了他在文学写作技巧上的卓越成就，但却从美学精神和伦理精神上否定了他：托尔斯泰浑身上下充满了"因循守旧的美学泛神主义"。

只有否定了包括托尔斯泰在内的旧的文学传统，新的革命的文学和无产阶级文学才有存在的合法性，也才能显示出无与伦比的意义和价值。与批判传统文化和传统文学构成对照的，是托洛茨基对未来的文化和艺术的想象："文化建设和共产主义的人的自我教育所披蒙的那层外壳，将把当今艺术一切有活力的因素发展到最大限度。人将无可比拟地更有力，更聪慧，更机敏；他的身体将更协调，其动作将更有节奏，其声音也将更有音乐感。生活方式将具有富于变动的戏剧性。中等类型的人也将达到亚里士多德、歌德和马克思的水平。在这一山脉上将耸起众多新的高峰。"[2] 这显然属于缺乏最起码的现实感的乌托邦想象。这样的想象无疑是美好的，吸引人的，但是大都很难实现。因为，陷入幻想状态的托洛茨基完全忽略了艺术发展的规律——艺术的进步与社会的进步并不同步，正像它与经济

---

[1]〔苏〕托洛茨基：《文学与革命》，刘文飞等译，外国文学出版社1992年版，第387页。

[2]〔苏〕托洛茨基：《文学与革命》，刘文飞等译，外国文学出版社1992年版，第239—240页。

的繁荣并不同步一样;忽略了人类身体和智力发展的艰难性和复杂性——它需要社会更有包容性,给个体的人以更大的自由空间,尤其要给致力于批判性活动的人以充分的自由和安全感;也忽略了这样一个最基本的问题和事实——即使社会的确进入了高度民主和自由的阶段,你也很难保证让"中等类型的人"都成为像亚里士多德和歌德那样博学的人,因为,在古希腊和狂飙时代的德国,也只出现了为数不多的亚里士多德和歌德式的优秀人物。

其实,像托洛茨基一样的文化上的"乌托邦幼稚病"并不少见。一般来讲,一个社会一旦进入极端非理性的癫狂状态,就很容易出现这种对文化和艺术的谵妄性想象。"大跃进"时期,我们曾高调宣扬要使中国出多少个李白、杜甫,出多少个鲁迅、郭沫若,就是患了与托洛茨基一样的"乌托邦幼稚病"。对托洛茨基来讲,现实的嘲弄简直是无情的。一个在他看来"完全缺乏写作本领"[①]的、连句子都写不通的"庸人",不仅将"中等类型的人"降到了更为平庸的水平,而且还堵塞了所有优秀的人向上发展的通道。这使大量本来很有才华的作家,堕落为像阿·托尔斯泰一样写下"太阳也比不上您,因为太阳没有智慧……"歌颂斯大林的庸人。甚至使像托洛茨基、布哈林等为苏维埃建立了卓越功勋的领袖人物,也失去了做人的尊严,甚至失去了宝贵的生命。

在对具体艺术形式的设计和想象上,托洛茨基也表现出一种革命者才有的乌托邦想象力:"社会主义艺术将复兴悲剧。当然,其中不会有上帝。新的艺术将是无神的艺术。社会主义艺术同样将复兴喜剧,因为新人想要笑一笑。它将给小说以新的生命。它将给抒情诗以一切权利,因为新人将比旧人爱得更好更深,因为新人也将去思考生与死的问题。"[②]托洛茨基准确无误地说明了这样一点:他所幻想的新艺术和新文学,在性质上是纯粹唯物主义的,不会给宗教信仰和宗教情感留下任何空间。然而,有神论和强烈的宗教色彩,正是俄罗斯文化和俄罗斯文学在精神上的重要特点。

---

① 〔苏〕托洛茨基:《斯大林评传》,齐干译,东方出版社2005年版,第213页。
② 〔苏〕托洛茨基:《文学与革命》,刘文飞等译,外国文学出版社1992年版,第229—230页。

俄罗斯文学过去的经验昭示了这样一个真理：文学是涉及苦难、拯救、自由以及爱的精神现象，天然地具有宗教气质和宗教情怀，不可避免地会表现出对与上帝有关的终极问题的关注与追问，也就是说，它必然是有神论的。如果说，托洛茨基的"新人将比旧人爱得更好更深"是一句无法证伪的判断，因而是无效的陈述，那么，"新人也将去思考生与死的问题"这一判断，则使他的"不会有上帝"的理论面临自我解构的危险。

对俄罗斯文化传统和文学传统的否定，不仅必然会切断新文学与旧文学之间的正常关联，而且也必然会导致新文学的无根和脱序，从而使它成为一种暂时而异常的特殊现象——一种束缚个性、扭曲情感、渲染仇恨、崇尚暴力、强化隔阂的畸形现象，而不是永恒而伟大的普遍现象——这样的严重后果，恐怕是托洛茨基在否定俄罗斯文化传统和文学传统的时候没有想到的。

四

接下来谈谈托洛茨基的文风和修辞问题。因为，我们从他的修辞和文风里看见了如此熟悉的东西。是的，托洛茨基的文风无形中影响了后来者的意识形态话语。我们从日丹诺夫尖酸刻薄的话语里，从他对女性的侮辱和不尊敬里，就看见了与托洛茨基极其相似的修辞语气和话语风格。

通常，人们倾向于将修辞当作纯粹的形式问题。然而，修辞不只是技巧现象，还是心理学现象，甚至是一种伦理现象。修辞和文体显现着一个人的气质、性格、修养和德性。一个有教养的诚实的人，追求的是表达上的适度和恰当。他很少用做张做致的夸张，力避华而不实的比喻，也不喜欢同义语反复的排比。真诚而不做作，朴实而不谫陋，活泼而不恣肆，这样的修辞就是最好的修辞。

好的修辞来源于良好的气质和修养。然而，从个性和气质的角度看，托洛茨基是一个极度骄傲和情绪化的人。他缺乏对世界的包容心，缺乏对他人的同情心，对知识分子尤其是作家特别不耐烦。他对这些创造性知识分子如此厌恨，简直到了匪夷所思的程度。

异样的性格和态度，极大地影响了托洛茨基的文风和修辞。作为外向的行动主义者，他有着火一样热烈的激情，内心充满敢开风气的自信和勇气，而且，也从来不惮用毫不隐讳的方式来表达嘲弄的态度和否定的评价。这虽然有助于增强论战的气势和感染力，但是，也多少显示出理性意识的匮乏和唯意志论者的独断倾向。

他的文风与列宁的文风截然不同。托洛茨基的崇拜者、传记作者多伊彻说："列宁态度谦逊，几乎不受个人情感的影响，甚至在行使权利方面也如此。他不相信那种花哨的姿态、华美的言辞。……托洛茨基火山般的热情与有力的语言打动着每个人的心灵，这是列宁深刻的说教和平铺直叙的文章绝不能做到的。"[①] 在《托洛茨基自传》中，作者这样写道："街上的雪还没有被完全清除，但已经很暖和了，房顶、树木和麻雀都散发出了春天的气息。一个四年级的学生从学校回家，不守规矩地用手钩着书包带子，因为有个钩子掉了。他觉得身上的大衣又长、又重、又多余，大衣让他全身冒汗，而且很是疲惫。男孩重新看清了周遭的一切，首先是他自己。春天的阳光让他自信，有一种无比强大的东西，它比学校、学监、不守规矩地背在背上的书包、学习、象棋、午饭甚至阅读和剧院，比日常生活中的一切事物都更强大。对这种从未体验过的、威严的、凌驾于个体之上的东西的思念笼罩着孩子的整个身心，渗进了他的骨髓，引起了愉悦的疲乏之痛。"[②] 由此可以看出，托洛茨基有模仿小说家进入人物内心的叙事冲动。他改变了自传写作的第一人称叙事方式，突然用第三人称展开心理描写，充满了对人物心理感受的过度想象和夸张渲染，多多少少给人一种华而不实、故弄玄虚的印象。在他的论辩性的文章里，这样的华丽文风，亦未尝稍减。所以，列宁曾经试图规约并改变托洛茨基的文风："托洛茨基的文风华丽、词藻堆砌，这是事实，列宁曾设法委婉地加以删节，他在推荐托洛茨基时曾写道，如果托洛茨基成为编辑部的正式成员，会使他注意到文风朴素的必要性，而后他会明白这是全体编辑的意见而并非只是列

---

① 〔波〕伊萨克·多伊彻：《先知三部曲：武装的先知》，中央编译出版社1999年版，第377页。

② 〔俄〕托洛茨基：《托洛茨基自传》，张俊翔译，人民文学出版社2013年版，第59—60页。

宁一人特别喜欢文字简朴。"① 然而，这种华丽而矫饰的文风在托洛茨基笔下始终未变，就像他那外向而热烈的性格从未改变一样。

托洛茨基很少辩证而全面地分析和评价一个复杂的现象，而喜欢用一种简单的是非判断或好坏判断来提供结论。例如，俄国以什克洛夫斯基、日尔蒙斯基为代表的形式主义学派，其学术重点是研究语言的修辞结构和表达效果。尤其是它所提出来的"陌生化"，是一个很有价值的理论，很能说明文学语言的一些特点。但是，托洛茨基完全看不到这一点。他将这一学派视为马克思主义的对立物，进而判定它是"肤浅和反动"的，是"极端傲慢的早产儿"，还附加性地给了它"虚假的主观主义"和"恶劣的主观主义"两顶帽子。总之，"形式主义流派是应用于艺术问题的唯心主义的早产儿，它被学究式地制成了标本。在形式主义者身上，有早熟的牧师的痕迹。他们是约翰的门徒：对于他们来说，'太初为词'。而对于我们来说，太初为事"②。

讽刺性的比喻是托洛茨基特别喜欢的一种修辞。他喜欢用以博喻和转喻互为奥援的比喻修辞，借此形成一种嘲弄式的戏谑效果，甚至借以表达一种恶狠狠的敌意。托洛茨基通过这种刻薄的修辞来羞辱吉皮乌斯："……她因自己最神圣的东西受到亵渎而将其有气无力的凶狠转化为女人疯狂的尖叫（虽然用的是抑扬格）。真的，即使这尖叫不能震撼人心，那也将会让人感到兴趣，也许，一百年后的一位俄国革命史家会指出，一只钉靴怎样踩着了一个彼得堡贵妇抒情的小脚趾，这贵妇立即表明，在那层颓废、神秘、色情、宗教的外衣下隐藏着一个实在的私有者的女巫。因为这种天然的巫术，齐纳伊达·吉皮乌斯的诗才高出于其他一些更为完美、却是'中立的'亦即僵死的诗作。"③ 在这里，"一只钉靴"和"小脚趾"都具有

---

① 〔波〕伊萨克·多伊彻：《先知三部曲：武装的先知》，中央编译出版社1999年版，第70页。

② 〔苏〕托洛茨基：《文学与革命》，刘文飞等译，外国文学出版社1992年版，第170页。

③ 〔苏〕托洛茨基：《文学与革命》，刘文飞等译，外国文学出版社1992年版，第14—15页。

了转喻的修辞意味，前者指向施暴者，后者指向吉皮乌斯。

诗人莎吉娘当时还是一个成长中的年轻诗人。但是，托洛茨基对她的批评并不因此而稍显宽仁。他称她为"反动分子"，用辛辣的修辞大加嘲讽："莎吉娘在她的文学日记中谈到了随时随地为文化而斗争的必要性：如果人们把鼻涕擤在手上，就教他们使用手帕。……但是，没有用惯手帕的（他们没有手帕！）、半文盲的无产阶级，已永远不再做上帝吩咐下来的蠢事了，正在寻找建立正确的人际关系的途径，他们较之那些最有教养的男女反动分子，不知要文明多少倍；那些反动分子会把哲学的鼻涕擤在神秘主义的手帕上，并利用最复杂的艺术招数和畏畏葸葸地从科学那儿偷来的东西使这一很少美感的动作变得复杂起来。……就本质而言，莎吉娘是反革命的。"[①] 在这里，"鼻涕"和"手帕"作为转喻性的修辞，与被嘲笑和挖苦的对象建构起了微妙的讽刺性的关联。

托洛茨基不仅蔑视人，也蔑视上帝。一切神圣的和世俗的事物，只要不符合他的伦理尺度，都会被毫不客气地视为"粪土"。由于内心充满双重的蔑视，他便用这样的比喻修辞来贬损女诗人什卡普斯卡娅的"上帝"，认为对她来说，"上帝是某种类似媒婆和接生婆的人，也就是说，他带有全能的长舌妇的属性。如果允许用主观主义的语调，那么我们乐意承认：这个臀部宽大女人的上帝即使不给人以庄重的印象，但也比神秘主义哲学的温床孵出的那只超凡脱俗的雏鸡更讨人喜欢。……最后必然得出这样的结论——一个受过教育的庸人那正常的脑袋只是一个垃圾箱，历史随手把它不同时代各种成果的碎皮烂壳扔进去：这里面有启示录，有伏尔泰，有达尔文，有圣诗，有比较语文学，有二乘二，有硬脂蜡烛。一份可耻的、比穴居野人的无知还要丢人的杂拌"[②]。在这里，托洛茨基调动了比讽刺、挖苦吉皮乌斯时更多的修辞手段。"有启示录，有伏尔泰，有达尔文，有圣诗，有比较语文学，有二乘二，有硬脂蜡烛"，这一连串短句子构成的

---

① 〔苏〕托洛茨基：《文学与革命》，刘文飞等译，外国文学出版社1992年版，第100页。

② 〔苏〕托洛茨基：《文学与革命》，刘文飞等译，外国文学出版社1992年版，第26页。

排比修辞，像一发发乱箭射了过来；"媒婆""接生婆"和"长舌妇"属于弱性博喻，"温床孵出的那只超凡脱俗的雏鸡""垃圾箱""碎皮烂壳"则属于转喻与博喻的混合体。借助这些恣睢而粗鲁的修辞，托洛茨基表现出了对上帝、作家和女性的多重性的不尊重。

一个俄国的"立宪民主派美学家"抱怨自己在欧洲得和一个"长满虱子的背带商贩一同旅行"，对此，托洛茨基反唇相讥："在历史的机关中，那个衣衫褴褛的背带商贩身上最小的虱子，也比这个通体文明却毫无用处的孤芳自赏者更重要，也可以说，更必要。"[①] 如果说，"美学家"的话讲得的确很不得体，那么，托洛茨基的讽刺性话语就更加离谱。因为，无论怎么讲，前者还是将自己所不屑的人当作人，而托洛茨基则不把他们当人看。这里潜含着一种可怕而残酷的生命伦理：人的价值是可以低于虱子的，如果需要，甚至完全可以将其当作"虱子"来踩死。正因为缺乏平等而仁慈的人道主义精神，正因为经常性地抱着蔑视生命的态度，所以，他说那些苏维埃政权的"归附者"——像法国大革命期间归顺革命的保皇主义者一样——"整整一个阶层"，都是无用和低能的，"将成为新文化的肥料"[②]。无论是将人比作"虱子"，还是将人比作"肥料"，所显示的都是一种冷酷的态度，用的都是缺乏教养的修辞。

罗扎诺夫是俄国重要的作家、批评家、思想家、政论家和教育家，是白银时代俄国文化品格的塑造者之一。他的论著涉及文学艺术、宗教、哲学、社会与国家、婚姻家庭、教育等方面。他的论文集《陀思妥耶夫斯基启示录》中的文章，基本上反映了罗扎诺夫的思想历程，比较全面地阐述了陀思妥耶夫斯基的创作面貌。这些论文比较全面地反映了罗扎诺夫的文学思想，展示了他挥洒自如的批评方法，显示了他对陀思妥耶夫斯基研究和俄国文学批评的巨大贡献。

然而，在托洛茨基眼里，罗扎诺夫却一无是处，一钱不值。他用尖刻

[①]〔苏〕托洛茨基：《文学与革命》，刘文飞等译，外国文学出版社1992年版，第20页。

[②]〔苏〕托洛茨基：《文学与革命》，刘文飞等译，外国文学出版社1992年版，第22页。

的语言诟詈罗扎诺夫："罗扎诺夫是一个明摆着的败类、懦夫、寄食者、马屁精。这些构成了他的本质。他的才能超不出这一本质的表现。……罗扎诺夫以其精神的寄生、奴颜婢膝和胆怯,淋漓尽致地表达出了那些人的基本特征,即面对生活的胆怯和面对死亡的胆怯。"[①] 如此诋诬犹嫌不够,他使出了更具文学性的比喻修辞和描写手法："罗扎诺夫身上最实在的一点就是:在权势者面前他一辈子都像一条蛆一样蠕动。这是一个类似蛆虫的人和作家:蠕动着,滑溜溜的,黏糊糊的,根据需要而收缩或伸长——像条蛆,令人厌恶。"[②] 托洛茨基所用的修辞已经突破了人类文明教养的底线。他似乎完全没有意识到这样一个悖论:当他如此快意地陶醉于对一个无辜的人的诋毁和侮辱的时候,自己的人格和尊严,也是跟着一起打折扣的——甚至,他在道德上付出的代价远比被侮辱者要大。

托洛茨基缺乏认真理解作家的耐心,缺乏深入解读文学作品的实证精神。他喜欢凭着感觉描述自己的体验,而描述的方式多是主观化和情绪化的。狭隘的政治尺度和趣味标准,使他对于不同于自己政治立场和政治主张的作家及其作品,往往采取简单否定的态度。他对"扎根于过去"的保守的"乡土派"别雷没有好感,没有从他的作品里发现任何诗意的东西和深刻的思想:"在我们这个群众和速度的时代,在这个新世界的真正创造者的时代,这种顾我自恋的不能脱俗的忙碌,这种对自己精神生活中最平庸事实的神化,总归是令人讨厌的……"[③] 他这样评价别雷的《彼得堡》："读这本书是一种苦役。……这就好比您被人带着通过烟囱进入一所房子,进去之后您却发现房子有门,从门口进去要简单得多。"[④] 事实上,托洛茨基的这种阅读上的不适和抗拒,很大程度上是

---

① 〔苏〕托洛茨基:《文学与革命》,刘文飞等译,外国文学出版社1992年版,第27页。

② 〔苏〕托洛茨基:《文学与革命》,刘文飞等译,外国文学出版社1992年版,第29页。

③ 〔苏〕托洛茨基:《文学与革命》,刘文飞等译,外国文学出版社1992年版,第33页。

④ 〔苏〕托洛茨基:《文学与革命》,刘文飞等译,外国文学出版社1992年版,第35页。

来自别雷诚笃的宗教精神和对革命的保留态度。你看，别雷对革命的态度简直太傲慢了，他竟然想用自己的思想来指导革命："别雷企图神秘地高踞在十月革命之上，甚至想顺便收养十月革命，给它指出在其他尘世之事中的地位，而他认为那些事（用他自己的话来说）整个都是'小事'。这一企图一落空——怎能不落空呢！——别雷就变得凶狠起来。这一过程的心理构造，与一个会跳舞的玩具的内部构造一样简单：几个小孔，几根弹簧。……是的，一个勉强做出的鬼脸，一种清醒的装疯卖傻……而且还是做给经历过革命的人民看的！"① 他最后甚至这样诅咒别雷："别雷已经是一个死人，在什么样的圣灵中他都难以复活。"② 托洛茨基作品的文体和修辞，作为一种严重的语言病象，启发人们扩大质疑的边界：这究竟仅仅是一种个人化的偶然现象，还是一种社会性的普遍现象？它与革命的暴力语境有什么关系？作为一种以解放人为目的的崇高行为，革命是不是一定不能那样"雅致"，不能那样"文质彬彬"，不能那样"温良恭俭让"？革命是不是无可避免地要带来一种伴随着侮辱、嘲弄、中伤和诅咒的低级的修辞风格？

托洛茨基曾经写过一系列有关革命后的生活方式和伦理道德的文章，结集为《日常生活问题》出版，其中就涉及了"文明与礼貌"及"俄语中的骂街"等问题。托洛茨基认为，日常生活中的小事，是会影响"国家大事"的，而粗暴的污言秽语，则根本不利于创造"新生活"。所以，要"为反对'下流语言'而斗争"，因为这"是心理卫生的必要条件"③。托洛茨基还分析了"下流语言"产生的原因："粗话和骂人都是奴隶地位和蒙受耻辱的产物，是对人的尊严——自己的尊严和别人的尊严的侮辱。……我国下层阶级的污言秽语是失望、痛苦的结果，尤其是毫无希望和出路的

---

① 〔苏〕托洛茨基：《文学与革命》，刘文飞等译，外国文学出版社1992年版，第37—38页。

② 〔苏〕托洛茨基：《文学与革命》，刘文飞等译，外国文学出版社1992年版，第40页。

③ 〔波〕伊萨克·多伊彻：《先知三部曲：武装的先知》，中央编译出版社1999年版，第182页。

奴隶地位的结果。我们上层阶级的污言秽语，出自达官贵人和政府官员之口的污言秽语乃是统治阶级、奴隶主们的骄奢淫逸和不可动摇的权力的直接结果。……俄语中这两股骂人的语流——肠肥脑满的老爷、官吏和警察的骂人语流和人民大众的饥饿、绝望和备受凌辱的骂人语流——将整个俄国生活涂上了一层可鄙的色彩。"[1]但是，仅仅从静态的"阶级"结构角度能够说明全部问题吗？他是不是忽略了一个最具现实感的问题：不那么"雅致"的大规模的暴力运动，是不是也为"骂街"提供了土壤？是不是也极大地激发了人们从行为和话语两方面施暴的野蛮冲动？是不是在形成骂人的"下流语言"方面，也起了同样巨大的消极作用？否则，我们就无法理解这样一个令人困惑的现象：为什么就连托洛茨基这样有修养的革命领袖也骂人，不仅在庄严的写作中骂人，而且还骂得如此尖酸刻薄、如此酣畅淋漓呢？

五

公正地说，托洛茨基虽然缺乏专业批评家的对话精神和让人觉得亲切的幽默感，但却是一个懂文学的人。像他这样鉴赏能力很强、文学修养很高的人，在苏联的领导人中并不多见。列宁和布哈林是懂文学的，斯大林半懂不懂，日丹诺夫焚琴煮鹤，至于赫鲁晓夫、勃列日涅夫之辈，则粗鄙无文。

托洛茨基懂文学，既见于他对一些文学艺术问题颇有见地的理论分析，也见于他对具体作家和作品独具慧眼的评价。例如，他在批评叶赛宁的时候，谈到了"意象主义"与"形象过剩"的问题。他说："尽管表现不一，但意象主义都负载着过重的形象，以至于它的诗都像一头驮畜，因此行动迟缓。形象过剩的本身绝不是创造力的证明：恰好相反，它可能源于诗人技巧的不成熟，这样的诗人面对他所无力艺术地把握的事件和感情而感到

---

[1] 〔波〕伊萨克·多伊彻：《先知三部曲：武装的先知》，中央编译出版社1999年版，第181页。

手足无措。"① 这是一段思想含量很高的理论判断，没有很高的文学修养和美学素质是说不出来的；它潜含着这样一个命题：掌握技巧即能够恰当地处理形象，即懂得如何用轻盈的形式承载丰富的思想；它不仅有助于我们具体认识有关"意象主义"诗歌的问题，而且也有助于我们认识包括小说叙事在内的所有文学样式都可能存在的问题。

所谓技巧，即分寸感。对分寸感的强调，也是托洛茨基懂文学的一个证明。他批评"未来主义"太爱夸张："艺术中的分寸感相当于政治中的现实感。未来主义诗歌的主要毛病就是缺乏分寸感，甚至在其最优秀的成果中也存在着这样的毛病。"② 他之所以高度评价托尔斯泰的创作，不是因为别的，就是因为他懂得如何把握分寸感："托尔斯泰的文笔亦如他的全部天才一样，平平稳稳，从容不迫，像当家人一样节俭，但是并不吝啬，并不是禁欲主义的，很有力，不过经常显得笨拙和晦涩——总之，是那么简单明了，而且就其效果而言又总是那么无与伦比！"③ 在这段话里，除了"不过经常显得笨拙和晦涩"一句与前后文方枘圆凿，相互抵牾，其他的判断，都属于托尔斯泰评价的不刊之论。

然而，托洛茨基太傲慢了，他的内心有太多的偏见。正是这些偏见，使他蔑视一切，竟然将莎士比亚也归入个人主义一类。政治家的自信和雄心害了他，使他产生了一个可笑的幻觉：可以用政治的羽扇扑灭文学的天火。托洛茨基将文学纳入阶级的语境和政治的框架里，他成了一个挥着鞭子大喊大叫的驯兽师。他要把猛虎驯化成绵羊，要把骏马驯化成绕着磨盘转圈的毛驴——他要让文学穿上制服，要把天性自由的作家驯化成服从命令的战士和循规蹈矩的干部。一个颠顸的驯兽师，让人看见了革命对文学的偏见，看见了政治家对文学家的傲慢。由于失去了文学批评家应有的客

---

① 〔苏〕托洛茨基：《文学与革命》，刘文飞等译，外国文学出版社 1992 年版，第 53 页。

② 〔苏〕托洛茨基：《文学与革命》，刘文飞等译，外国文学出版社 1992 年版，第 135 页。

③ 〔苏〕托洛茨基：《文学与革命》，刘文飞等译，外国文学出版社 1992 年版，第 388 页。

观态度和专业气质，他所能做的，就是"用自己赞歌般的高谈阔论自圆其说"①。就此而言，他的《文学与革命》所提供的，是值得反思的教训。

一个人如何处理目的与手段的关系，是衡量其道德精神与思想状况的重要尺度。一个具有高度成熟的人道主义精神的人，一个对人类文明进步的秘密有深刻洞察的人，都不会是一个不择手段的"唯目的论者"。因为，目的的正当性规范着手段的正当性，而手段的正当性也影响着目的的正当性。伟大的目的需要用伟大的手段来完成，而伟大的手段绝不是那种不受限制、不计后果的手段。在一切手段中，随意剥夺别人生命权的暴力做法，是与解放人的伟大目的最为矛盾的手段。也就是说，正当性的手段一定是服从严格制约的人道主义手段。然而，托洛茨基却是一个无限制的目的论者，即其为达目的所用的手段是不受限制的，是可以无所不用其极的。他是一个"目的即手段"论者："凡真正能实现人类解放的一切手段都是允许的。"②正是这种"只要目的正确，一切手段皆可"的理念，造成了他对"文学与革命"关系的狭隘理解和阐释，也正是这样的理念，给"大清洗"的制造者提供了伦理支持和合法性依据。

在这种"目的高于一切"的极端功利主义的规约下，托洛茨基的文学思想必然充满无法解决的内在矛盾和混乱。一方面，他说，"艺术的领域，不是党应当去指挥的领域"③，另一方面，他又说，"如果说，革命在必要时有权摧毁桥梁和艺术纪念碑，那么它对任何一个有可能瓦解革命阵营，或者会使无产阶级、农民、知识分子等革命的内在力量相互敌对的艺术流派自然不能不加以干预，无论其形式上的成就有多大。我们的标准显然是政治的、指令性的和不容置疑的"④。他甚至还说，"既然所谈的是

---

① 〔美〕雷纳·韦勒克：《近代文学批评史·第七卷》（中文修订版），杨自伍译，上海译文出版社2009年版，第521页。

② 〔波〕伊萨克·多伊彻：《先知三部曲：流亡的先知》，中央编译出版社1999年版，第474页。

③ 〔苏〕托洛茨基：《文学与革命》，刘文飞等译，外国文学出版社1992年版，第204页。

④ 〔苏〕托洛茨基：《文学与革命》，刘文飞等译，外国文学出版社1992年版，第206页。

政治上利用艺术或不许敌方利用艺术的问题，党是有足够的经验、嗅觉、决心和手段的"①。事实上，到了1924年，他在《论文学和俄共的政策》中，就完全表现出一种"顺我者生，逆我者亡"的腔调："谁反对我们，谁就不是同路人，谁就是敌人，我们就要在必要时把他驱逐出境，因为，革命的利益是我们至高无上的法律。"②另外，他在阐述"传统文学"与"无产阶级新文学"和"无产阶级的文化"与"永远结束阶级文化"等矛盾问题的时候，都表现出一种严重的混乱，甚至表现出一种严重的虚无主义和乌托邦主义倾向。这种混乱和倾向，是由他所信奉的意识形态带来的，也是由他自己的认知方式的局限造成的。

弗兰克在批评"虚无主义的伦理学"的时候，说过这样一段话："对于他们来说，所有超验的、彼岸的、具有真正宗教意义的内容，任何对绝对价值的信仰，都是直接的、可憎的敌人。以禁欲主义的方式苛待自己和他人，狂热地憎恨敌人以及与之观点相左的人，代以宗派的残暴，拥有无限的专制权力——它由绝对正确的意识支持，这一修道士团体致力于使尘世的、过于'人间'的、对'唯一一块面包'的期盼得以满足。"③这段话深刻地揭示了托洛茨基主义在道德上的困境，也有助于我们考查和评价托洛茨基的文学思想。禁欲主义，斗争的渴望，宗派的残暴，狂热地憎恨敌人，绝对正确的意识，无限的专制权力，这样的思想和理念不是都像幽灵一样徘徊在托洛茨基的文字里吗？

1936年，被斯大林放逐的托洛茨基写了《被背叛了的革命》一书。在这本书里，他也谈到了知识分子。与十多年前不同的是，这次他开始为知识分子辩护、为"独立的性格"辩护了："独立的性格像独立的思想一样，没有批评是不能得到发展的。然而苏维埃青年却根本没有最起码的机会来

---

① 〔苏〕托洛茨基：《文学与革命》，刘文飞等译，外国文学出版社1992年版，第125页。

② 〔苏〕托洛茨基：《文学与革命》，刘文飞等译，外国文学出版社1992年版，第535页。

③ 〔俄〕基斯嘉柯夫斯基：《路标集》，彭甄、曾予平译，云南人民出版社1999年版，第185页。

交流思想，犯错误，进行尝试以及改正自己和别人的错误。所有的问题，包括他们自己的问题，都已由别人代他们做出决定。他们的任务就是执行并歌颂那些做出这些决定的人。对于每句批评，官僚都报之以残酷的压制。青年队伍中所有杰出和不肯屈服的人，都被有步骤地加以摧残、压迫，或者在肉体上加以消灭。这一点说明了为什么在千百万共青团员中，就没有涌现出一个大人物来。"① 他毫不含糊地肯定了自由对于精神创造活动无可替代的重要性："精神创造要有自由才行。……共产主义的最高目的是使人类的一切创造力最终地和一劳永逸地摆脱一切压力、限制和屈辱的依附地位。"② 然而，"目前的统治阶层认为自己的任务不仅是从政治上控制精神创作，而且还要规定它的发展道路。简单指挥的做法不仅应用到集中营里，而且同样地应用到科学农业和音乐方面"③。他揭示了这样一些悲惨的真相：一些艺术家自杀了，一些则沉默了，并进而总结道，"苏维埃艺术生活是一种殉教史"④。他将所有的责任和罪孽都归到斯大林身上。我们现在无法知道，他是不是偶尔也会反省自己，也会想起自己在《文学与革命》中对知识分子说过的那些极为不敬的话？

　　对于《文学与革命》，波兰裔的传记作者多伊彻却赞誉有加，激赏不已。20世纪60年代初期，在《被解除武装的先知》中，多伊彻用较大的篇幅介绍了《文学与革命》，并给予极高的评价："甚至在今天，托洛茨基写成这本书将近四十年，这本书仍然是无与伦比的，它不仅是对俄国文学史上革命狂飙时代的回顾，而且也是预先声讨斯大林扼杀艺术创造的檄文，但最主要的是，它是马克思主义文学批评的典范。这本书字里行间洋

---

　　① 〔苏〕托洛茨基：《被背叛了的革命》，柴如金译，生活·读书·新知三联书店1963年版，第117页。
　　② 〔苏〕托洛茨基：《被背叛了的革命》，柴如金译，生活·读书·新知三联书店1963年版，第130页。
　　③ 〔苏〕托洛茨基：《被背叛了的革命》，柴如金译，生活·读书·新知三联书店1963年版，第131页。
　　④ 〔苏〕托洛茨基：《被背叛了的革命》，柴如金译，生活·读书·新知三联书店1963年版，第133页。

溢着他对文学艺术的亲切情感、独到的观察、令人陶醉的神韵和妙语，而且在书的结束语中想象力达到罕有的崇高诗意的境界。"①这里的评价，基本上都是浮而不实的。多伊彻制造了一个关于托洛茨基的"先知"神话，然后自己深陷其中，茫茫然不能自拔。似乎，苏联后来发生的一切悲剧都被伟大的"先知"预言过了。在他笔下，托洛茨基不仅是暴君无所畏惧的敌人和挑战者，而且还是真理的生产者和批发商。他从来就不曾换个角度想一想：难道托洛茨基仅仅是个受害者吗？他是不是也曾做过加害者呢？在当时那些巨大的政治悲剧和文化悲剧形成的阶段，托洛茨基的思想和行为，是不是也起过推其波而助其澜的作用呢？

多伊彻甚至将"后斯大林时代"文学的复苏也慷慨地归功于托洛茨基的《文学与革命》："这些著作以托洛茨基博大精深的见解、抛弃党对科学与艺术的任何干涉的明确观点而著称，因而对于当前局势也有着特殊的现实意义：在斯大林之后的'解冻'时期，苏联在这些领域所取得的进展都是沿着托洛茨基思想所指明的方向演变的，尽管像托洛茨基那样大胆而又非教条主义的观点还需要很长的时间才能在苏联再度出现。"②作为一个为托洛茨基辩护的人，多伊彻的评价显然是不符合实际的。如前所述，托洛茨基从来也不曾态度坚决地表达过"抛弃党对科学与艺术的任何干涉的明确观点"，而在斯大林之后的"解冻"时期，苏联在这些领域所取得的进展，与其说是"沿着托洛茨基思想所指明的方向演变的"结果，不如说是被斯大林的错误导致的严峻的生存困境逼迫出来的结果。

多伊彻赞扬托洛茨基对"传统"的理性态度，"在文学方面，托洛茨基还向破坏传统的态度和假革命的自负与傲慢宣战"。但是，转过头来，他就为托洛茨基诋毁俄罗斯作家等"旧知识分子"的"自负与傲慢"鼓掌。他引用了托洛茨基侮辱、攻击吉皮乌斯的那一段著名的嘲讽，然后说道："他们还留恋着被推翻的社会制度的虚假价值，跟自己的时代精神格格不

---

① 〔波〕伊萨克·多伊彻：《先知三部曲：武装的先知》，中央编译出版社1999年版，第198页。

② 〔波〕伊萨克·多伊彻：《先知三部曲：被解除武装的先知》，周任辛译，中央编译出版社1999年版。

入,因而在托洛茨基看来,这些作家是又可恨又可笑的人物。他在他们身上看到了旧知识阶层中毫无价值的一切。"①这种将文化价值与社会制度机械地捆绑在一起的思维,本身就是幼稚的、反文化的。因为人家与"自己的时代精神格格不入",就视之为"虚假价值"或"毫无价值",这本身就是一种"破坏传统的态度"。至于托洛茨基创造出来的充满偏见的"同路人"概念,更是出于其对知识分子的排斥和不信任,给他们带来了极大的精神伤害,根本不值得赞赏。

托洛茨基的文学思想,不是正常语境的正常产物。作为革命时期和战争年代的产物,它不可避免地沾染了战争思维的毒素,不可避免地受到了革命意识形态的影响。他试图建构一种文学的"革命代数学",从而为革命时代的文学建构一个高度精密的革命性精神语法体系。然而,动荡的时代和过度的自信,却赋予了它脆弱的结构、混乱的内容和粗糙的形式。最终的结果,就像一位著名的俄罗斯学者所指出的那样:他所建立的"无法估量的功劳",就是"创立了极权主义文化的'准则'"②。这一"准则"更多表现出的是对文学的误解,而不是对作家和作品的理解。正是那些基于误解的偏见和判断,给剧变时代的俄罗斯文学带来了巨大的伤害。整个"白银时代"的优秀作家,被严严实实遮蔽了半个多世纪,这与托洛茨基在《文学与革命》中对他们的诋诬是分不开的。

置身于21世纪的阳光下,重读托洛茨基的这部产生于将近一个世纪前的著作,恍惚间有一种极不真实的感觉。我们从中很少能看到可靠的判断、健全的精神或具有普遍性的价值理念。虽然其中也不乏激情,不乏勇气,不乏想象力,但是,当一切都已灰飞烟灭、尘埃落定的时候,人们从中感受到的,除了强烈的失望和深深的荒诞,几乎没有什么包含着永恒价值的东西——这,才是作为文学批评家的托洛茨基最大的悲剧。

---

① 〔波〕伊萨克·多伊彻:《先知三部曲:被解除武装的先知》,周任辛译,中央编译出版社1999年版,第200页。

② 〔俄〕T.C.格奥尔吉耶娃:《俄罗斯文化史——历史与现代》(修订版),焦东建、董茉莉译,商务印书馆2006年版,第529页。

蕴含着文学整数问题的思考与短评

第三章

小说与作者的关系，作者形象与积极写作的问题，文学写作与超个人的情感，文学批评的基本性质与原则，以及小说家应该如何理解和叙述爱情，凡此种种，都属于文学的整数范畴的问题。

小说固然是客观的艺术，但也是表现作者态度和思想的艺术。小说是作者建构起来的一座精神建筑。作者的思想和人格之光，照亮了小说的叙事世界。

文学感染力的大小既决定于作品艺术上的完美程度，也决定于作品中思想的深刻程度和情感的普遍程度。个人的经验和情感显示着作品的独特性，但是，如果作者未能克服个人经验的狭隘，并将它提高到普遍的人类经验的高度，那么，他就很难赋予自己的作品以普遍的感染力和持久的生命力。文学还要处理这样一个问题，那就是如何在表现个人感情的同时赋予个人经验以超个人的普遍性质。

文学批评既涉及专业能力和批评方法，也涉及伦理意识和价值判断。所以，一方面，批评家要有很强的专业意识和很高的专业素质，要切实提高自己的思维质量，而不能满足于因循已有的观念和方法；但是，另一方面，也要避免一个误区，那就是将文学批评降低为纯粹形式主义的批评实践。也就是说，批评家要培养自己对价值问题的敏感，时刻保持对意义世界的热情和关注。高级形态的批评思维必然会关注那些至关重要的问题，包括那些具有伦理性和道德性的问题。

第一节　作者形象与积极写作

小说世界是一个由人构成的世界。即便是一部纯然寓言化和象征化的小说，也最终指向对人的表现。所以，一部没有人的小说，几乎是不可想象的；没有塑造出成功的人物形象，也就算不得创作出了真正完美的小说。

小说中人的形象有两个体系：一个是人物形象体系，一个是作者形象体系。人物形象处于小说叙事的核心位置，必然以外在的显而易见的方式表现出来，即以细节、动作、说话等直接可见的事象表现出来。与此不同，作者形象则处于小说叙事幽隐的内部，以叙事的语调、介入性和议论性的修辞话语等抽象而内敛的方式表现出来。而且，读者看到的也不是作者一般性质的外在形象，而是他的气质、思想、趣味和世界观等内在的"心象"。如果说，人物形象是读者"看到"的，那么，作者形象则更多的是读者"感受到"的。

一个成熟的小说家固然会竭力塑造人物形象，但也会用妥帖的方式来显示自己的存在，塑造一个意识成熟、人格健全、趣味雅正的可靠的作者形象。就思想和意义建构来讲，作者是小说的灵魂和主导者，也是它的设计师和建筑师。一部伟大的小说里，一定有一个态度真诚、思想深刻、情感深挚、人格高尚的作家形象。所以，如何在塑造出完美的人物形象的同时，塑造出成功的作者形象，从而最终达到一种成熟而自觉的"积极写作"的水平，就是一个值得重视和研究的重要问题。

一

小说中的作者形象问题，是一个被长期忽视的理论问题。如何塑造人物，是小说家要解决的重要问题，也是人们讨论最多的问题；如何塑造作者形象是一个同样重要的问题，却很少引起现代小说理论家和文学批评家充分的注意和专门的研究。例如，福斯特的《小说面面观》中谈到了故事、人物、情节、幻想、语言、预言和图式等问题，但几乎不曾有一语论及作者形象。詹姆斯·伍德广受好评的《小说机杼》，涉及叙述、细节、人物、语言、对话、现实主义以及"同情和复杂"等问题，但也不曾注意到作者形象的问题。在巴赫金的《陀思妥耶夫斯基诗学问题》等理论著作中，"作者"倒是被屡屡谈及，但其重点所在，并不是如何塑造作者形象，而是如何限制作者的权力，使他与人物保持距离。从而最终避免这样的后果，即将小说世界众声喧哗的复调，降低为作者一个人的任性的独白："因为只有保持距离，才能够保证对主人公的描绘具有真正的客观性。"[①] 针对现代主义小说理论和创作中的"去作者化"倾向，韦恩·布斯在《小说修辞学》中借助古希腊的修辞理论，反驳了根据"客观性"等"唯美主义"原则来排斥"作者"介入的小说观，强调了"作者"在小说中的道德义务和伦理责任。但是，他却用"隐含作者"这样一个概念，将真实的作者形象弄得茫昧不明。

在一般的文学观念中，小说是一种高度客观的叙事文学样式，因而，小说家不仅不以凸显和塑造作者形象为务，而且还应该努力减少自己的声音，隐藏自己的存在。这显然是一种简单化的认知。作为现实主义小说写作的重要原则，"客观性"对应的是"主观化"，即一种任性而虚假的叙事态度和写作方式。就追求细节描写和人物塑造的具体效果来看，"客观性"所表达的无非是这样的主张：小说家的描写和叙述应该具有充分的事实感和真实性，而不能依赖于随意的想象和荒诞的虚构。

但是，强调客观性效果，并不意味着排斥和否定作者在小说中的介入和存在。小说里的作家形象，或许是深隐的，但却是客观存在的。事实上，一部真正成功的小说，既要完美地塑造人物形象，也要成功地塑造作者形象。一部小说之所以伟大，很大程度上，就是因为它呈现了一个伟大的作者形象。我们在雨果的小说里，可以看见一个热情而伟大的雨果形象；在托尔斯泰的小说里，可以看见一个复杂而伟大的托尔斯泰形象。《金瓶梅》和《包法利夫人》都属于艺术成就很高的小说，但却很难说是伟大的小说，究其原因，大概在于它们所表现的作者形象是平

[①]〔苏〕巴赫金：《陀思妥耶夫斯基诗学问题》，白春仁、顾亚铃译，生活·读书·新知三联书店1988年版，第104页。

庸的：对人物近乎冷漠的态度，对生活过于阴暗的态度，都使其中的作者形象显得暗淡无光。

当然，小说中的作者形象，不是通过塑造人物形象的方式呈现出来的，而是以"非小说化"的方式表现出来的。也就是说，塑造作者形象，并不像塑造人物形象那样，需要通过客观化的叙事和描写来完成；而是以修辞性和介入性的方式，即通过议论、抒情等小说修辞手段，通过对叙事角度和叙事态度的选择、对叙事语调和声音的有效控制、对情节和细节的有效组织、对主题的开掘和意义世界的建构，来表现作家的情感态度和世界观，塑造小说家的自我形象。它是一种纯然内在化和意识化的形象呈现。它表现的主要是作者的思想形象和意识形象，或者说，主要是作者的精神形象。正像小说理论家塞米利安所说的那样："作家对生活的总的评价，或者说，作家的世界观，他的个人品格，他作为人类一员的价值，都将进入他所描绘的画面之中，在那些批判现实主义的作品中则更是如此。"他还指出："一部小说的内容就是它的主题加上作家对这一主题的态度。……作者的态度奠定了作品的基调，为小说提供了微妙的内在统一的因素。不管作家的写作态度如何超然物外，不管是他自己作为叙述者，还是通过一个人物来说话，或者从一个人物的角度去叙述，归根结底，是作者对小说中的事件作出解释和评价。"[1]小说呈现的是作者的人格镜像，小说是作者的特殊形态的精神档案和可靠的思想储存器。德国学者劳特就是根据陀思妥耶夫斯基的小说作品来研究他的哲学思想，写出了颇获好评的《陀思妥耶夫斯基的哲学 系统论述》[2]。

总之，要在小说中呈现一个成功的作者形象，就美学一面来说，意味着克制随意杜撰和话语施暴的任性冲动，意味着以真实而完美的方式展开叙事和描写；就伦理一面来说，则意味着克服那种不管不顾的狂欢化倾向和蔑视他者的"自我中心主义"倾向，并以有教养的方式表达对人物的尊

---

[1]〔美〕利昂·塞米利安：《现代小说美学》，宋协立译，陕西人民出版社1987年版，第70页。

[2]〔德〕赖因哈德·劳特：《陀思妥耶夫斯基哲学 系统论述》，沈真译，广西师范大学出版社2005年版。

重、对世界的热爱、对生活的祝福，从而最终实现积极地影响读者的人格发展和精神成长的叙事目的。

然而，就中国当代小说的具体状况来看，作者个性发展不充分的"无我主义"倾向，以及作者个性过于张扬的"自我主义"倾向，却常常严重影响着对人物的塑造，也影响着作者自己思想的表达和自我形象的塑造。

从 20 世纪 40 年代后期开始，至 70 年代末期，中国当代小说家在叙述中的介入意识是积极的。在这些充满时代性内容的小说创作中，作家积极地显示自己作为"代言人"的存在。小说家的声音高亢而自信，叙事语调中洋溢着对生活的热情和信心。他们常常用直接的包括议论和抒情在内的话语方式和修辞手段，来表达对生活的态度，来表达对人物和事件的评价。例如，在《创业史》等小说中，充满诗性意味的抒情和议论留给人们的印象，就像其中对细节和场面的生动描写一样深刻。在它的叙事世界里，善恶之间的界限极为分明，好人与坏人之间的分际也非常清晰。这是一种高度整一化的小说叙事模式。小说家共享着相同的价值观，具有几乎相同的叙事态度和叙事立场。我们从丁玲的《太阳照在桑干河上》、孙犁的《铁木前传》、柳青的《创业史》、周立波的《山乡巨变》、赵树理的《三里湾》、梁斌的《红旗谱》和周而复的《上海的早晨》等作品中，可以感受到一样昂扬的叙事激情，可以发现一样乐观的生活态度，可以看见一样单纯而一致的作者形象。然而，这个时期小说家的个性发展却并不充分。他们倾向于削弱小说家个人的声音和色彩，以强化可以被称为"时代形象"的叙事共同体的存在。在他们的小说叙事中，时代形象是宏大而有力量的，然而，作家个人的声音却是微弱而低沉的，作者自己的形象也是单一而苍白的。就作者形象来看，读者从他们的作品中更多地看到的，不是丰富多样的个体差异性，而是趋于一致的集体共同性。

自 20 世纪 80 年代初期开始，中国当代小说写作进入了文学观念变革和写作方法探索的"新时期"。小说家们新的经验建构，面临着三个方向的选择：一个是中国固有的文学经验，一个是欧洲 19 世纪的现实主义文学经验，一个是西方 20 世纪的现代主义文学经验。现在回过头来看，在最近的三十多年里，虽然从文学意识上来看，中国的文学传统和文学经验也曾受到寻根派的重视，受到孙犁、汪曾祺等前辈作家的推激（汪曾祺曾经提出"回到现实主义,回到民族传统"的主张:"传统的文艺理论是很高明的,年轻人只从翻译小说、现代小说学习写小说,忽视中国传统的文艺理论,是太可惜了。"①)但是,文学作品中真正植根于中国文学之沃土,且能卓然树立乎其上者,惜焉罕觏。在年轻一代小说家的作品中,像阿城的《棋王》那样在语言和情味方面都具有中国格调的小说,实在太少见了。同样,19世纪现实主义文学传统在这一时期的境遇也好不了多少。除了路遥和陈忠实等为数不多的成熟的现实主义作家,依然对19世纪的现实主义文学传统心怀敬意,也能够清醒地认识到现实主义文学经验对中国当代文学的意义,更多求新求变的作家都不由分说地质疑和排斥这一文学资源,视之为一种业已过时和失效的文学陈规。路遥就曾批评过所谓的"现实主义过时论":"也许现实主义可能有一天会'过时',但在现有的历史范畴和以后相当长的时代里,现实主义仍然会有蓬勃的生命力。"②然而,雄心勃勃、刻意求新的青年作家却并不这样看。他们对巴尔扎克、狄更斯和托尔斯泰的写作经验既无兴趣,也不信任。

比较起来,许多新时期小说家对西方现代主义文学的经验却情有独钟,心驰神往。那些似乎全新的经验和技巧,更能调动他们了解的兴趣和模仿的热情。有学者在总结1976至1986年的"小说技巧"的时候这样说道:"从小说的总体格局至叙述语言,许多作家对一系列曾经理所当然的成规加以美学上的反省,进而作出不同往常的艺术实践。传统的小说技巧失去了'唯此为大'的权威性。"③中国固有的文学经验和19世纪现实主义文学经验,也因为受到"理所当然"的怀疑和排斥,失去了影响力和"权威性"。如此一来,西方的种种现代主义小说,就成了20世纪80年代中国先锋小说家取法的唯一资源,被一味求新、急于事功的作家们当作了唯一有效的经验模式。

---

① 汪曾祺:《晚翠文谈新编》,生活·读书·新知三联书店2002年版,第24页。
② 梁鸿鹰:《新中国70年优秀文学作品文库 散文卷》,中国言实出版社2019年版,第190页。
③ 中国社会科学出版社文学编辑室编:《小说文体研究》,中国社会科学出版社1988年版,第261页。

西方现代主义小说的叙事，本质上是内倾化和主观化的。它关注的是人的包括本能在内的内在体验。无意义感和荒诞感是现代主义文学的底色，也是现代主义小说最为重要的叙事内容。它趋向于以主观化的方式来描述自己对世界的感受和自我经验。它怀疑现实主义小说的基本经验，缺乏关注外部现实的热情，缺乏描写生活的客观情状的耐心，对现实主义的客观化和典型化的写作方法尖锐怀疑，甚至彻底否定。法国"新小说"派否定巴尔扎克的人性化写作，否定客观而准确地描写细节的意义，提倡不涉及人物心理内容的纯然物态化的写作模式。"超现实主义"沉迷于靠直觉和无意识驱动的"自动写作"。博尔赫斯将写作当作几乎完全依赖知性进行的编码活动。几乎所有极端形态的现代主义叙事都倾向于放纵自己的主观想象。在这种主观化的叙事中，作者形象看似被放大和强化了，但实质上却被搞得苍白而又无力。在极端形态的现代主义小说中，人们很难看到现实主义小说所塑造的个性鲜明、呼之欲出的人物形象，也很难看到具备内在深度和感染力的作者形象。

然而，20世纪80年代的经验贫乏的中国青年小说家，几乎没有定力和能力来认识现代主义的问题。现代主义的叙事模式具有很强的可模仿性和可复制性。中国的先锋小说家低首下心，亦步亦趋，陶醉于做博尔赫斯和罗伯-格里耶的学生，满足于对福克纳和马尔克斯叙事经验的简单化的模仿。他们对法国的"新小说"和博尔赫斯封闭化叙事策略的模仿，对拉美魔幻现实主义的想象方式和修辞方式的挪用，对《尤利西斯》等意识流作品堆砌细节的自然主义技巧的效法，简直到了胶柱鼓瑟、生吞活剥的地步。有些所受影响颇巨的作家，简直就是用汉语来写外国小说——他们的语言生硬而笨拙，一副蹩脚的翻译腔，而所塑造的人物则心理异常，行为怪诞，简直就是可笑的卡通人物，实在很难说是真正意义上的中国人。詹姆斯·伍德认为，陀思妥耶夫斯基小说中人物的意识结构有"三个层次"："公开讲出来的动机""潜意识的动机"和"无法解释的动机"[①]。然而，中国的先锋小说家笔下的人物，几乎只有简单的行为和僵硬的动作，

---

① 〔英〕詹姆斯·伍德：《小说机杼》，黄远帆译，河南大学出版社2015年版，第115—116页。

而没有正常的情感和复杂的意识。他们从落到纸上的那一刻起，就处于死亡状态。因为，"对于人物的同情性认同在某种程度上取决于小说真实的模仿"①。所以，这些先锋小说里的虚假的人物，并不能引发读者的认同和同情。就美学范畴来说，作者与人物的关系，是一种休戚相关、荣辱与共的关系：作者形象的成功，决定于人物形象的成功；人物形象的失败，也就意味着作者形象的失败。

二

在现代主义小说中，作者与人物的关系是失衡的。作者的话语所占的比重总是大于人物的话语，作者的话语总是优先于人物的话语。作者极端化的独白、过度的夸张和无节制的形式主义实验，是包括先锋小说在内的大量新时期小说的明显特征和严重问题。在其作者任性的叙事中，在他们貌似高深的"叙事圈套"中，人物被降低为空洞的话语符号，而作者的存在和话语却被无限放大，甚至置于小说的核心位置。他们缺乏对细节进行客观描写的耐心，常常陶醉于靠主观化的想象力推动的叙事。这是一种作者压倒和遮蔽人物的叙事，是叙事行为本身压倒叙事内容的叙事，是想象力取代生活经验的封闭化的叙事。

莫言的小说写作，就属于作者遮蔽人物的主观化叙事的典型个案。他的长篇小说写作主要依赖封闭的想象，而不是切实而丰富的生活经验，因而，主观性过强就成为他小说写作中的一个突出而严重的问题。主观化写作的后果，就是很难塑造出富有个性和生命力的人物形象，也很难塑造出值得信赖的、成功的作者形象。

现实主义并不冒犯和否定"生活真实"，相反，它尊重并追求这种真实。因为，就像别林斯基所说的那样，"真实"与"现实"实在是一回事，没有"现实感"的"真实"是不存在的："艺术是真实的表现，而只有现实才是至高无上的真实，一切超出现实之外的东西，也就是说，一切为某

---

① 〔英〕詹姆斯·伍德：《小说机杼》，黄远帆译，河南大学出版社2015年版，第124页。

一个'作家'凭空虚构出来的现实,都是虚谎,都是对真实的诽谤。"①然而,我们的任性的小说家却蔑视"现实",常常用"独创性"这样的概念,替自己在创作上自我作古的傲慢和任性进行辩护。事实上,一切积极意义上的独创,都尊重生活本身的逻辑,并能接受和吸纳别人的文学经验。歌德就反对夸大"独创性":"在他看来,完全属于一个人的'独创性'是不可想象的,因为,真正意义上的'独创性'其实是许多人的经验相融合的产物,是集体性创造的结果。他提出了'集体性人物'这样一个概念。在他看来,所有作家其实都是这样的人物。"②所谓的"神实主义"显然属于别林斯基所批评的"虚谎"和"对真实的诽谤",其创作缺乏歌德所说的"集体性人物"的成熟意识和文学自觉。事实上,一个好的小说家主要用作品来阐释自己的小说理念,一部好的小说作品就是作者的小说美学最有效的阐释文本。所以,当一个小说家喋喋不休地宣传自己的小说理论的时候,很有可能意味着他的创作出现了问题,他遇到了严重的交流障碍和认同危机。

有什么样的文学态度和小说观念,就会有什么格调的小说写作,就会塑造出什么样的人物形象和作者形象。莫言的小说写作属于极端形态的主观化写作,属于极端任性的荒诞主义写作。莫言在美国的一次演讲中说:"我的高密东北乡是我开创的一个文学的共和国,我就是这个王国的国王。每当我拿起笔,写我的高密东北乡故事时,就饱尝到了大权在握的幸福。在这片国土上,我可以移山填海,呼风唤雨,我让谁死谁就死,让谁活谁就活……"③这显然不属于真正现实主义的文学态度和叙事伦理,而是极端形态的"非现实主义"文学理念和叙事风格。他将作为作家的"我"无限放大,赋予其以不受规约的权力。作为文本领域主宰者,"我"颠顸而恣睢地对待人物,随意而任性地描写他们的心理活动和外在行为。在《红高粱》《檀香刑》《酒国》《蛙》等小说中,"我"以近乎病态的方式,描写了活剥人皮、凌迟酷刑、吃婴儿等极端事象,并赋予这种骇人的描写

---

① 〔俄〕别林斯基:《别林斯基选集·第二卷》,上海译文出版社1979年版,第197页。
② 李建军:《再度创作:汤显祖与莎士比亚的文学经验》,《当代文坛》2017年第1期。
③ 莫言:《用耳朵阅读》,云南人民出版社2012年版,第31页。

以狂欢的性质和浪漫的色彩。

莫言在一次对话中,回应了人们对他在《檀香刑》等作品中表现出的"施虐狂"倾向的批评:"我辩解的理由就是读者在批评小说时,应该把作家和小说中的人物区别开来。那是刽子手的感觉,不是作家的感觉,当然刽子手的感觉也是我写的,是我想象的。应该相信一个正常的作家能够写出病态的感觉来。我写一个神经病,不代表我就是神经病,我写刽子手不说明我就是刽子手。"① 然而,在小说世界里,作者与人物之间并不是一种完全不相干的隔绝关系,而是一种表里互见、彼此映照的叙事关系和伦理关系。作者正是通过对人物"感觉"的描写,来表现作者自己的"感觉"。只不过,人物的"感觉"见于情节事象结构的外在层面,而作者的"感觉"则隐含于对人物"感觉"的修辞处理方式和描写过程中,蕴蓄于小说叙事结构的内在层面。对人物"感觉"的描写,显现着作者自己的教养和德性。在批评法国小说家塞利纳的失败之作《长夜漫漫的旅程》时,著名的小说理论家布斯曾经说过这样一段话:"虽然塞利纳诉诸传统的借口——记住,这是人物说的,而不是我——我们仍然不能原谅他写了这么一本书,即一本如果读者当真,会毁掉他的书。越是深入地理解它,它就越是显得不道德。"② 在布斯看来,"作家对非个人非介入的技巧的选择",具有一个"道德的层面",因而,"作家有义务尽其最大努力使他的道德立场明白清楚"③。

布斯对塞利纳的尖锐批评,也适用于莫言。因为,无论从美学上看,还是从伦理方面考察,莫言的《酒国》《檀香刑》《生死疲劳》《蛙》等小说,都存在"道德的层面"的严重问题,因而,都不能算是成功的作品。就美学层面来看,他以极端的方式渲染了病态的施虐狂心理和行为,严重忽略了人物性格和心理的可信性与合理性。这样做的后果是,不仅没有塑

---

① 莫言:《碎语文学》,云南人民出版社2012年版,第183页。

② 〔美〕韦恩·布斯:《小说修辞学》,华明等译,北京大学出版社1987年版,第428页。

③ 〔美〕韦恩·布斯:《小说修辞学》,付礼军译,广西人民出版社1987年版,第402页。

造出具有充分典型性的人物形象，而且整个叙事体系也毫无真实性和美感可言。就伦理层面来看，莫言显然没有考虑到作品极端化的叙事可能带给读者的消极的道德影响，没有塑造出一个严肃、庄重而负责任的作者形象，没有给读者带来美好的道德诗意，没有为读者带来强大的道德感召力和心灵净化的力量。塔可夫斯基曾经这样批评自己时代的俄罗斯文学和艺术："今天我们都染上了非常程度的自我主义。那不叫自由；自由的真谛是学习只要求自我，而不去要求天地万物抑或他人，并了解如何施与，为大爱而牺牲。"[①]在莫言的小说写作中，也存在这种放弃对自我严格要求的"自我主义"的问题。他没有学会如何克制自己，如何尊重人物，如何善待读者。他对待人物的态度是冷漠而粗暴的，对待读者的态度是随便而侮慢的。其实，这是在许多当代小说家身上普遍存在的问题。

有必要指出的是，就"作者形象"等方面来看，莫言的小说写作与中国文学的基本精神和中国小说的叙事经验显然格格不入，甚至是背道而驰的。中国传统小说强调用朴素而准确的白描手法写出人物的个性，强调写作的分寸感，既无太过，亦无不及。《红楼梦》"追踪蹑迹，不敢稍加穿凿"的写实态度，《水浒传》"一样人，便还他一样说话"的客观倾向，是中国小说在细节描写和人物塑造上最可宝贵的经验。然而，莫言的小说写作却喜欢将一切都推向极端，缺乏温文尔雅的中和之美。他的策略是"避实就虚"，无限放大自己凭空想象的自由和恣意虚构的权力。莫言属于极端主观化的荒诞派作家，都属于以狂欢化的方式渲染暴力、邪恶等人性黑暗面和生活黑暗面的作家。他的写作是单向度的，即非理性意识过于发达的写作，因而也就是不成熟的写作。他缺乏成熟的作家所具有的深沉而丰富的情感内容，缺乏公正而理性地观察生活和人性的主体意识和能力，缺乏以诗意的方式塑造人物和传递善念的能力。这也就决定了他所塑造的作者形象不可能是完美和成功的，而只能是残缺和失败的。

---

① 〔苏〕安德烈·塔可夫斯基：《雕刻时光》，陈丽贵、李泳泉译，人民文学出版社2003年版，第203页。

三

事实上，强调文学写作与写作者的精神关联尤其是伦理关联，是中国文学一个极为突出的特点。言为心声，文如其人，是中国诗学的基本观念。尤为重要的是，中国诗学特别强调文学的道德意识和伦理效果。也就是说，如何在写作中表现一个成熟而完美的充满道德意味的作者形象，这对写作者——无论他是诗人、散文家，还是戏剧家、小说家——来讲，都是一个万万轻忽不得的大问题。

清代著名诗论家叶燮认为，优秀的诗人都会在诗中表现自己，都必有自己的精神"面目"："如杜甫之诗，随举其一篇，篇举其一句，无处不可见其忧国爱君，悯时伤乱，遭颠沛而不苟，处穷约而不滥，崎岖兵戈盗贼之地，而以山川景物，友朋杯酒，抒愤陶情，此杜甫之面目也。我一读之，甫之面目，跃然于前。读其诗一日，一日与之对；读其诗终身，日日与之对也。故可慕可乐而可敬也。举韩愈之一篇一句，无处不可见其骨相棱嶒，俯视一切：进则不能容于朝，退又不肯独善于野，疾恶甚严，爱才若渴：此韩愈之面目也。举苏轼之一篇一句，无处不可见其凌空如天马，游戏如飞仙，风流儒雅，无入不得，好善而乐与，嬉笑怒骂，四时之气皆备：此苏轼之面目也。此外诸大家，虽所就各有差别，而面目无不于诗见之。其中有全见者，有半见者。如陶潜、李白之诗，皆全见面目。王维，五言则面目见，七言则面目不见。此外面目可见不可见，分数多寡，各各不同，然未有全不可见者。读古人诗，以此推之，无不得也。余尝于近代一二闻人，展其诗卷，自始至终，亦未尝不工；乃读之数过，卒未能睹其面目何若，窃不敢谓作者如是也。"[①] 诗歌和散文要表现作者的"面目"，必须塑造写作者正直而高尚的自我形象，只有这样，读者才能对他们产生"可慕可乐而可敬"的情感反应。小说也不例外。虚构作品的作者也同样要努力表现自己的"面目"，因为，只有这样才能够赢得读者的信赖、喜爱和尊敬。

[①] 叶燮等：《原诗 一瓢诗话 说诗晬语》，人民文学出版社1979年版，第50—51页。

在中国的文章学和叙事理念中，写作是一种自觉的文化行为，蕴含着丰富的道德意味和庄严的伦理精神。不仅如此，写作的成败很大程度上就决定于作者德性和修养的高低。扬雄就曾在《法言》中自问自答，解释了德性对于文章写作的决定性作用："或问：'君子言则成文，动则成德，何以也？'曰：'以其弸中而彪外也。'"对于"德"与"文"的关系，东汉的王充也持有相同的观点。他甚至在道德与文章之间建构了一种非常直接的因果关系："夫文德，世服也。空书为文，实行为德，著之于衣为服。故曰：德弥盛者文弥缛，德弥彰者人弥明。大人德扩，其文炳；小人德炽；其文斑。官尊而文繁，德高而文积。……人无文德，不为圣贤。"章学诚在论"文德"时，则高度强调"敬恕"，提出了"临文以敬"的写作原则。在他看来，"敬"不是一个笼统的"修德"的问题，而是一个具体的关乎写作态度的问题："敬非修德之谓者，气摄而不纵，纵必不能中节也；恕非宽容之谓者，能为古人设身而处地也。"① 显然，所谓"敬恕"，就意味着对作者自己内在冲动的控制，意味着对他者的尊重和同情。否则，就会因为任性而失去分寸感，或者因为傲慢和冷漠而失去对人物感同身受的同情和理解。总之，"心虚难恃，气浮易弛，主敬者，随时检摄于心气之间，而谨防其一往不收之流弊也。"② "一往不收之流弊"，不正是20世纪80年代以来的先锋小说写作最大的问题吗？

将作品与作者关联起来考察，这种"人文互证"的方法，作为中国文学批评的一个悠久而深厚的传统，直到现在依然具有叙事学和阐释学意义上的生命力和有效性。在《中国文学史概观》一文中，钱穆就将"作者"当作文学研究和批评具有根本性意义的关键因素，甚至将作者的"德"当作影响文学写作的本源性因素："有德斯有言，言从德来。诗言志，诗由志生。不能即以诗为志，更不能即以言为德。失德无志，更何诗文足道。中国传统以人为本，人必有一共同标准。作者之标准，更高于其作品。作品之标准，必次于其作者。此即文运与世运相通之所在也。西方文学单凭

---

① 〔清〕章学诚：《文史通义》，古籍出版社1956年版，第60页。
② 〔清〕章学诚：《文史通义》，古籍出版社1956年版，第61页。

作品，不论作者。欲求在中国文学中找一莎士比亚，其作品绝出等类，而作者之真渺不可得，其事固不可能。在中国传统文学中，必于作品中推寻其作者。若其作品中无作者可寻，则其书必是一闲书，以其无关世道人心，游戏消遣，无当于立德立功立言三不朽而谓之闲。是则在中国传统观念下，可谓始终无一纯文学观念之存在。岂仅无纯文学，亦复无纯哲学，纯艺术，乃至无纯政治。"[1] 显然，站在中国传统诗学的立场来看，作者不仅与自己的作品存在着密切的关系，而且还影响着读者的阅读体验和道德感受。因而，将文学创作提纯为一种与作者无关的话语编码行为，或者将文学理解为与道德和伦理问题无关的"纯文学"，简直就是一件完全不合情理的事情。

  在西方文学批评中，尤其是在那些伟大的小说家的理解中，"作者"绝非缥缈的话语幻象，而是一个切实的存在和值得研究的问题。虽然新批评的作品中心论和阐释学的读者中心论的兴起，极大地消解了传统的"作者中心论"的阐释方法的权威性，但是，关于作品中作者功能和作者意识的"作者研究"，一直是精神分析学派等文学批评流派所采择的主要方法。至于那些堪为典范的伟大作家，则更是强调作者在作品中的存在和作用。1894 年 5 月 20 日出版家切尔特科夫记录了托尔斯泰的这样一段话："对于读者来说，任何艺术作品中最主要、最有价值而且最有说服力的乃是作者本人对生活的态度以及他在作品中写到这种态度的一切地方。艺术作品的完整性不在于构思上的一致性，不在于对人物的加工等等，而在于渗透在整个作品中的作者本人对待生活的态度的明确性和固定性。"[2] 在他的理解中，艺术作品中所表现的这种态度是温柔而宽厚的，是充满爱和同情的，就像他在 1908 年 8 月的一次谈话中所说的那样："要是在文学作品中能遵循音乐表现的手法就好了。没有讽刺、没有恶感，只有好心肠与忧伤。"[3] 托尔斯泰还曾对日本作家德富芦花说："真正的艺术应该唤醒人

---

[1] 钱穆：《中国文学论丛》，生活·读书·新知三联书店 2002 年版，第 63 页。
[2] 〔苏〕日尔凯维奇等：《同时代人回忆托尔斯泰·下》，周敏显等译，上海译文出版社 1984 年版，第 186 页。
[3] 〔苏〕日尔凯维奇等：《同时代人回忆托尔斯泰·下》，周敏显等译，上海译文出版社 1984 年版，第 191 页。

们的美好的情感……"① 显然，包括小说在内的一切形式的文学写作都是作者写出来的，都跟作者的心情态度和伦理精神密切相关。作者创造了作品，作品表现着作者，显现着创作者的人格和情怀。一个伟大的作家，就是一个以真正艺术的方式将自己融入作品的作家，就是一个有教养、懂得爱的作家，就是一个能用自己的精神之光照亮读者内心世界的作家。

在强调文学的道德诗意这一点上，路遥继承了中国文学"言从德来"的传统和19世纪现实主义文学的伟大精神。他曾屡次提到托尔斯泰对切尔特科夫讲过的那段关于作者"对待生活的态度的明确性和固定性"的话。他在《漫谈小说创作》中说："……有些作品连善良的品格、为人民牺牲的精神都不要了，那么，这样的作品还有什么价值呢？作品离开这些高尚的品质，就没有生命力，我们应该了解我们这个历史的整个发展过程，了解得越多越好。"② 他认为作家要对生活"永远抱有热情"："艺术作品都是激情的产物。如果你自己对生活没有热情，怎么能指望你的作品去感染别人？……尤其在个人遭受不幸的时候，更需要对生活抱有热情。"③ 他在《〈人生〉法文版序》中，表达了对陷入困境的青年的同情态度："我怀着巨大的同情心关注他们的命运，即使我为他们的某种过失而痛心的时候，也常常抱有兄长般的宽容态度。"④ 路遥就是这样一个把自己的全部热情都投放进作品的成熟而高尚的作家。他对自己笔下的几乎每一个人物都是同情和理解的，很少以极端化的方式来丑化他们。作为一个写作者，他总是追求真实效果，追求描写与事实的契合感。他知道多少、理解多少，就写多少，很少放纵自己的想象力，也绝不仅仅根据任性而荒诞的想象来胡编乱造和展开叙事。

在自己业已成为经典的小说作品中，路遥真诚地表达了对生活的热情态度，真实地塑造了一大批至今依然活在读者心中的人物形象，也成功地

---

① 〔苏〕日尔凯维奇等：《同时代人回忆托尔斯泰·下》，周敏显等译，上海译文出版社1984年版，第503页。

② 路遥：《路遥全集·早晨从中午开始》，北京十月文艺出版社2013年版，第110页。

③ 路遥：《路遥文集·第5卷》，人民文学出版社2005年版，第339页。

④ 路遥：《路遥文集·第5卷》，人民文学出版社2005年版，第358页。

塑造了自己作为作家的形象。在《早晨从中午开始》里，他用充满激情和诗意的语言，讲述了自己在现实生活和创作过程中所体验到的煎熬和痛苦，也表达了自己在文学写作上的坚强意志和奋斗激情。最后他这样说道："'伟大感'与渺小感，一筹莫展与欣喜若狂，颓丧与振奋，这种种的矛盾心情交织贯穿在整个写作过程中。这样的时候，你是作家，也是艺术形象；你塑造人物，也陶铸自己；你有莎士比亚的特性，你也有他笔下的哈姆雷特的特性。"⑤路遥在小说中所塑造的作家形象是热情而朴实的，充满了对生活的热爱、丰富的道德诗意和热烈的理想主义激情。他在《平凡的世界》中说过这样一段话："是的，我们经历了一个大时代。我们穿越过各种历史的暴风骤雨。上至领袖人物，下至普通老百姓，身上和心上都不同程度地留下了伤痕。甚至在我们生命结束之前，也许还不会看到这个社会的完全成熟，而大概只能看出一个大的趋势来。但我们仍然有理由为自己生活过的土地和岁月而感到自豪！我们这代人所做的可能仅仅是，用我们的经验、教训、泪水、汗水和鲜血掺和的混凝土，为中国光辉的未来打下一个基础。毫无疑问，在这一历史进程中，社会和我们自身的局限以及种种缺陷弊端是不可避免的。但这决不能成为倒退的口实。应该明白，这些局限和缺陷是社会进步到更高阶段上产生的。"⑥从这段话里，我们可以读出路遥小说叙事的价值指向和基本态度，探察到《平凡的世界》的写作宗旨和命意所在——它既表现着热烈的激情，也包含着冷静的思索；既有对人们的殷切嘱咐，也有对生活的深情祝福；既有对中国现实的深挚关切，也有对中国未来的热切期望。《人生》《平凡的世界》等作品里的作者形象就像其中的人物形象一样，身上充满了温暖的人性内容，充满了伟大的道德诗意，充满了让人"可慕可乐而可敬"的魅力。

许多年前，我曾在一篇批评《怀念狼》的文章中提出了"消极写作"这一概念。这种模式的写作有这样一些共性：缺乏现实感和真实性，把写作变成一种消极的习惯的写作，是一种缺乏积极的精神建构力量的异化性

---

⑤ 路遥：《路遥文集·第5卷》，人民文学出版社2005年版，第281页。
⑥ 路遥：《平凡的世界·第二部》，人民文学出版社2004年版，第391页。

写作，是一种在艺术上粗制滥造的伪写作。^①后来，我又在《消极的写作与力量的文学》中提出了"积极写作"这一文学概念。这是一种与"消极写作"全然不同的文学："它把文学当作与人类的进步密切相关的伟大的事业，当作从积极的方面影响别人生活的手段；它帮助人把自己从兽性的桎梏和野蛮的深渊中解放出来，教会人懂得优雅、得体、高贵和尊严的意义，而不是蛊惑、纵容人沉溺于极度自私的道德放纵和精神堕落。它也写丑恶，但以美好做底子；也写黑暗，但以光明做背景。它有稳定而可靠的道德基础，强烈地爱一切值得爱的人和事物，因此，无论罹受多么严重的摧折和不幸，它从不徒逞一时之快地逃避崇高，否定道德，诅咒生活，从而贬低人类的尊严。它任何时候都信持写作的最基本的道德原则和文化使命，那就是怀着温柔的善念，向人类和世界表达祝福的情感。"[②]文学写作决定于人，决定于作家的意识和行为，决定于作家的情感、人格和价值观，决定于其在自我精神建构方面所达到的境界。尊重传统，尊重人物，尊重读者，具有健全的情感和人格，对生活抱有理性而热情的态度，懂得克制自己身上傲慢而自负的"自我主义"倾向，这样的小说家，才是成熟的小说家，这样的写作，才是积极的写作。

中国当代小说写作的健全发展，依赖于作家伦理意识的内在自觉，决定于作家文学意识和写作能力的成熟。一个作家如果想创造出成功的人物形象和"作者形象"，想让读者从自己的作品中体会到强烈的诗意和巨大的精神升华的力量，就必须从美学和伦理两个方面将自己的写作向上提升，自觉地摆脱混乱的"消极写作"状态，并最终臻于成熟的"积极写作"境界。

---

① 李建军：《消极写作的典型文本——再评〈怀念狼〉兼论一种写作模式》，《南方文坛》2002年第4期。

② 李建军：《时代及其文学的敌人》，中国工人出版社2004年版，第299—300页。

第二节 文学写作与超个人的情感

文学是一种个性化的表达。它基于个人的感受和经验,并用一种个人化的风格来表达个人的情感和思想。但是,仅仅表现纯粹个人经验的文学必然是狭隘的,也不可能引起人们的兴趣和共鸣。也就是说,文学所表达的,不是一种简单意义上的个人情感,而是一种复杂的个人情感,是一种升华了的个人情感。

文学写作从个人经验出发,表达一种超个人的经验,抵达超个人的境界,例如"家国情怀""人性关怀""人类命运""宇宙意识"。也就是说,一个优秀作家所表现的经验、所创造的作品,不仅是一种时代性的现象、一种特殊的社会现象,最终还应该是一种超越特殊时代和社会的普遍现象,即超越了时间和空间局限性的精神现象。与莎士比亚同时代的本·琼森说:莎士比亚不仅属于自己的时代,而且属于所有的时代。司马迁和杜甫,荷马和托尔斯泰,也是像莎士比亚一样的作家。他们的写作超越了个人经验的狭隘性,承载着丰富的时代性和社会性内容,甚至承载着具有超越性和普遍性的内容,因而,他们也像莎士比亚一样,都属于所有的时代。

超越性写作的根本动力来自一种伟大的情感,一种对于人类甚至一切生命的爱的情感。一旦有了这种伟大的爱,一个作家就会用怜悯的眼光看世界,眼里就会因为爱而含着泪水,忧虑就会成为其经常出现的心情态度,最终,这位作家就会用一种积极的态度来写作。唐代诗人杜甫、当代作家路遥,都属于这种懂得爱的、超越了个人经验有限性的作家。

据说,诗人的生活通常由三个"W"组成:酒(Wine),女人(Women)和文字(Word)。洪业先生认为杜甫的境界完全不同,因为,他的三个"W"是:忧虑(Worry),酒(Wine)和文字(Word)。"尽管他对美有着深切的欣赏,也包括美丽的女子,但从来没有证据表明他和女性的关系超过了社会所规定的界限。……他为人一贯诚实可敬,无论个人生活还是公共生活都是如此。"①杜甫的确是古往今来最慈悲、最端直、最可敬的诗人。他那充满忧虑的爱，显示出儒家伦理中最伟大的精神。

在我看来，路遥也有自己的三个"W"：忧虑（Worry），温暖（Warm）和文字（Word）。温暖（Warm）主要是指人情味，是在日常生活中表现出来的对人的态度和情感，其中包括个体之间的爱情或友谊，家庭成员之间的亲情，或者是对任何一个人的怜悯和同情；文字（Word）是指作家要热爱文字，要在对文学语言诗意和美感的追求上苦心孤诣，力求达到最理想的境界。在这三个"W"中，忧虑（Worry）比较复杂，很有必要多说几句。忧虑亦大矣，否则，英国学者弗朗西斯·奥戈尔曼也不会费心劳力，写了一本小册子来研究它。

弗朗西斯·奥戈尔曼主要从心理学和社会学的角度来观察和分析忧虑这一现象，并对它进行了细致的梳理和精确的界定。他倾向于从个人的角度来观察和分析忧虑："忧虑有其内在的精神模式，不能轻易套用到整个国家或全球层面。……忧虑的主要特征就是对于未知的未来，或者说，对于存在某些不确定因素的未来的担忧。"②在他看来，忧虑也是"文学表现的主题和问题"③，但在文学中只是把它当作一个精神疾病现象。他据此得出这样一个消极的结论："忧虑者很难成为世界未来的最佳预言者。"④从文学的角度来看，奥戈尔曼的忧虑理论固然不乏新意，但是缺乏开阔的视野和充分的有效性。

事实上，诗人和作家的忧虑是一种极为复杂的情感和心理。它既是内在的焦虑和痛苦，也是外在的复杂而浩茫的心绪；既反映着个人的情感和

---

① 洪业：《杜甫：中国最伟大的诗人》，曾祥波译，上海古籍出版社2014年版，第196页。

② 〔英〕弗朗西斯·奥戈尔曼：《忧虑：一段文学与文化史》，张雪莹译，广西师范大学出版社2021年版，第27页。

③ 〔英〕弗朗西斯·奥戈尔曼：《忧虑：一段文学与文化史》，张雪莹译，广西师范大学出版社2021年版，第72页。

④ 〔英〕弗朗西斯·奥戈尔曼：《忧虑：一段文学与文化史》，张雪莹译，广西师范大学出版社2021年版，第206页。

思想,也关涉时代、社会、国家甚至人类的境遇和命运。对于伟大的作家来讲,他们内心的忧虑通常是对人和一切生命不安而温柔的怜悯,是对全社会的现实处境和未来前景的关切,甚至是一种形而上意义上的忧思和焦虑。

杨伦说,杜甫的《秦州杂诗二十首》首章"为二十首总冒"[①];事实上,这首章中的"满目悲生事"一句,实为杜甫充满忧虑的现实主义诗歌的"总冒"。杜甫《喜雨》中的"何由见宁岁,解我忧思结""安得鞭雷公,滂沱洗吴越",《宿江边阁》中的"不眠忧战伐,无力正乾坤",《自京赴奉先县咏怀五百字》中的"穷年忧黎元,叹息肠内热""朱门酒肉臭,路有冻死骨",表现出的就是一种伟大的社会性忧虑;而《登高》中的"无边落木萧萧下,不尽长江滚滚来"所表现的,《登楼》中的"锦江春色来天地,玉垒浮云变古今"所抒发的,则是在具体的情景里体验到的宵深的精神忧虑,是在辽阔的空间和茫远的时间里表现出来的具有哲学意味的忧虑。杜甫的忧虑,由个人及于时代和社会,再及于天下和古今,情感丰富,思致辽远,臻于极伟大之境界。正像明人王嗣奭在评论《述怀》时所说的那样:"字字俱堪堕泪。"[②]

路遥小说中的忧虑,不像杜甫诗歌中的忧虑那样多样和丰富,而且性质也大为不同。路遥小说所表现的忧虑,主要是非常具体的社会性忧虑和现实性忧虑。它更倾向于思虑和担心,而不是忧愁和痛苦。尽管如此,它也摆脱了个人经验和个人情感的狭隘性,显示出一种温暖的人情味和难得的仁爱情怀。

是的,路遥的忧虑像杜甫的忧虑一样,是仁爱情感的一种体现。仁爱是高级形态的善,也是诗人和作家身上最重要的品质之一。一个懂得仁爱的价值并且努力在自己的行为中体现善的原则的人,才是一个真正意义上的人,才有可能成为真正伟大的作家。就像毛姆所说的那样:"仁爱是'善'中更好的那一部分。它为善所包含的那些较为严厉的特质加上了一层慈悲的光彩,使得我们践行自我控制和自我节制、耐心、纪律和宽容这些较小

---

① 〔唐〕杜甫著、〔清〕杨伦笺注:《杜诗镜铨》,中华书局1962年版,第239页。
② 〔明〕王嗣奭:《杜臆》,中华书局1963年版,第51页。

的美德变得稍微不那么困难了一些,而这些美德都是'善'当中消极而又不那么令人兴奋的元素。"①事实上,真正伟大的仁爱,不仅能使个人的行为更加符合道德规范,而且,它还会使人将自己的同情心积极地向外投射,从而产生一种对人的现实境遇和未来命运的含着爱和关心的忧虑。

在20世纪80年代,"现实主义过时论"是很多人喜欢唱的"时调"。然而,路遥却不以为然。在他看来,中国的现实主义文学远远没有成熟,中国现实主义文学的时代也远远没有开始。他所理解的现实主义,就是那种充满仁爱与忧虑的现实主义,就是那种能深入到大地的褶皱里,去倾听底层人的哀诉、去见证他们的痛苦和不幸的现实主义。他通过充满爱和忧虑的写作,实践了自己的现实主义文学理念,担当起了文学创作者倾听和见证的责任和使命。路遥朴素而不乏诗意的小说,充满爱的热情和善的情怀的《平凡的世界》,就是那种真正在倾听和见证的现实主义文学,就是那种极大地突破了个人经验的狭隘性的文学。为什么从艺术性的角度看,路遥的并不算完美的小说能够赢得那么多读者的喜爱?究其原因,就在于读者能从路遥的作品里看见健康的人性,看见伟大的人格,看见对生活的热情,看见一种充满同情心的忧虑和不安。

瓦肯罗德是德国18世纪的杰出作家。他只活了二十五岁,但是其文学思想却极为成熟,堪称伟大。他在《一个热爱艺术的修士的内心倾诉》中说:"每一个生命都向着至美而努力,但是它却挣脱不了自己的束缚,只能在自身中看到至美的东西。比如彩虹在每一个凡人眼中都反映出不同的图像,周围的世界会以不同美的拓像反映在每一个人的眼中。只有创造了彩虹,创造了观察彩虹之目的,他才可以看到普遍的、本源的美。我们凡人则只能接受神的启示去观看它,并在那受到启示的瞬间去称谓它,然而却终不能将其融入语言之中。"②事实上,每一个诗人和作家都应该挣脱自己的束缚,而且凭着自己力量,用自己的眼睛看到那些普遍的美,并

---

① 〔英〕毛姆:《总结:毛姆创作生涯回忆录》,上海译文出版社2021年版,第278页。

② 〔德〕威廉·亨利希·瓦肯罗德:《一个热爱艺术的修士的内心倾诉》,谷裕译,生活·读书·新知三联书店2002年版。

在自己的作品中将那些伟大的情感，即包含着博大的爱和深刻的忧虑的情感，完美地表现出来。

文学虽然离不开个人经验，但是，它也不能停留在个人情感。因为，只有将个人经验提高到普遍经验的高度，我们的文学写作才能升华为积极的写作，我们的文学作品才有可能成为包含着普遍性情感的伟大的文学，才能成为真正有价值和生命力的文学。

第三节　文学批评者，小事一桩耳？

在有的人看来，文学批评者，小事一桩耳，若以手探汤，以舌尝羹，冰冷温热，醯咸醯酸，皆可瞬间感知。因而，评鉴文学作品，就是一件人人皆可为之的寻常事体。人们固然可以根据直接的感受来简单地表达自己对一部作品的印象和评价，但是，真正意义上的文学批评可不是舌尖上的事情，而是心尖上的事情，是一种艰难而复杂的精神活动。面对一部作品或一个文学现象，只有经过深刻的解剖和分析，感性的印象才能被升华为理性的认知，才能最终形成可靠的判断。

刘勰说："知音其难哉！音实难知，知实难逢，逢其知音，千载其一乎！"这说明，要想达到文学批评的"圆照"境界，则"务先博观"。因为，只有"操千曲"而后才能"晓声"，只有"观千剑"而后才能"识器"。这就涉及文学批评的专业难度和专业精神的问题。

从专业难度的角度看，文学批评要求批评家要有敏锐的审美感受能力，甚至要有很高的文学天赋——有良好的语感和形式感，要有对调性和修辞等文学表现效果的精微的感受力；不仅如此，还需要丰富的阅读经验和大量的知识储备，因为，文学批评的深刻性和有效性，首先决定于批评家的知识视野和阅读经验。成为一个合格的批评家就意味着要博览群书，要尽量熟读世界上所有伟大的文学经典。正是这些文学经典培养了批评家雅正的文学趣味和鉴赏能力，培养了其对文学形式和意义世界的敏感性和分析能力。文学批评意味着对照和比较。只有在比较性的认知框架里，我们才能看见一部作品的特点，才能发现它与其他作品的共同性和差异性。就此而言，没有广泛而深入的阅读经验，就没有对照和比较，也就没有可靠的文学判断和文学评价。

要想将文学批评提升到很高的专业水平，批评家就必须培养自己的定力和专注力。阅读需要宁静的心境，批评需要沉静的心情。如果没有排除外部干扰和内部干扰的能力，任何人都不可能成为专心致志的读者，也不可能成为具有专业素质的批评家。同时，为了保证自己人格的独立和批评的自由，批评家还需要与被批评的作家保持必要的距离。然而，摆脱各种力量的牵惹，摆脱外在俗念的干扰，并不是一件容易的事情。李卓吾在《复焦弱侯》中说："世间不得太平，皆由两头照管。"所谓"两头照管"，就是想法太多，贪念太重，"既苦其外，又苦其内"："官重于名，名重于学，以学起名，以名起官，循环相生，而卒归重于官。"重于此者，必轻于彼；重于外者，必轻于内。试图"两头照管"的人，最终必然要牺牲一头，而且牺牲的还是最不该牺牲的那一头，故而在面对严肃问题的时候，这类人便倾向于选择无可无不可的态度；面对"著名作家"的时候，他们往往为了一时之惠利而奴事之——只要是有用的人，他们都可以腆颜为之站台，急煎煎将一个平庸的作家吹捧为大师，硬生生将一部臭气熏天的垃圾作品说得比金秋的桂花还芬芳，比天山的雪莲还纯洁。由于缺乏对事实的尊重和对原则的坚持，由于缺乏对文学纯粹而认真的态度，这样的人也许会获得很大的利益，但是断不可能成为真正意义上的批评家。顾炎武说："少年未达，投知求见之文亦不可轻作。"溜须拍马之文章，少年尚且不可轻作，何况中年不惑之辈与老年耳顺之人也。

文学批评的专业精神，还体现在批评家对批评本身的绝对忠诚上。批评家应该克制自己的好奇心和虚荣心，克制那种到处插一脚的冲动，尽量不在批评以外的其他文体的写作上耗费自己有限的时间和宝贵的精力。他们明白文学批评的意义和价值，也明白在文学世界，文学批评与文学创作属于两种截然不同的创造模式：文学批评主要用理性的方式阐释和解析，文学创作主要用感性的方式描写和叙述；前者主要依赖作者丰富的阅读经验和冷静的判断力，后者则主要依赖作者丰富的人生经验和活跃的想象力。因此，在文学批评的理性模式与文学创作的感性模式之间，横亘着一道高高的藩篱。有时候，作家可以翻过藩篱，闯入批评家的领地，以自己的方式表达自己的文学主张和阅读印象；但是，批评家要翻过藩篱，闯入作家的领地，凭着感性经验进行创作，却并非易事。也就是说，作家不妨做一个"作家身份的批评家"，但是，批评家却很难做一个"批评家身份的作家"；小说家有可能成为不俗的批评家，但是，批评家却很难成为不俗的小说家；小说家可以"偏美"，也可以"兼善"，但是，批评家却只能"偏美"，而很难"兼善"。有必要指出的是，即便是作家身份的批评家，也很难成为纯粹的批评家。因为，他们拘于自己的趣味倾向和感性经验，在展开批评的时候，往往会表现出较强的排斥性和一定的主观性，就像雨果和司汤达在批评古典主义时所表现的那样，就像托尔斯泰在批评莎士比亚和贝多芬时所表现的那样，就像纳博科夫批评陀思妥耶夫斯基和塞万提斯时所表现的那样。

事实上，从文学批评史的角度看，那些第一流的文学批评家，虽然也有过人的才华，甚至能在自己的文学批评中表现出丰富的诗性意味，但是，他们终其一生，还是将全部的生命献给了文学批评事业。亚里士多德、圣勃夫、马修·阿诺德、米尔斯基、F. R. 利维斯、乔治·卢卡契、莱昂内尔·特里林、哈罗德·布鲁姆、阿兰·布鲁姆都是用心极为专一的批评家，几乎没有在文学创作上浪费过自己的精力。别林斯基倒是雄心勃勃地写过小说，但写了一半，就发现自己完全不擅此道，便又回到了自己的本业，老老实实地做自己的文学批评家。

在批评家里，车尔尼雪夫斯基作为小说家的声名也许最著，但受到的批评也最尖锐。从艺术的角度看，他的《怎么办？》实实在在是一部拙劣的作品。批评家拉津斯基批评它"没有一点才华的踪迹"；小说家列斯科夫说它在艺术上"完全不值一提，简直是可笑的"；高尔基说这部小说中的人物"不是一个人，而是泥塑木雕"；诗人费特的批评则更加尖锐，他认为《怎么办？》"是一堆难解的、几乎令人不能忍受的东西"。在米尔斯基权威的《俄国文学史》里，车尔尼雪夫斯基从未享受过小说家的礼遇，只是在"激进的首领们"一节里被当作批评家简单介绍，而小说《怎么办？》则被一笔带过，近乎忽略不计。事实上，对批评家乔治·奥威尔的《1984》和戴维·洛奇教授的小说，人们评价也并不高。《1984》虽然像《怎么办？》一样广为人知，影响力巨大，但也像《1984》一样，并非艺术性完美的经典作品——思想上的深刻也难掩其概念化的痕迹，抵消不了其因为趣味性和诗意性的匮乏而带来的沉闷。所以，那些理解文学真谛的批评家，知道自己的"立足境"在哪里，绝不三心二意，也决不让奢念的烈火点燃自己的野心，试图征服所有文学领域。当然，如果有人觉得自己确系无所不能的天才，那么，他大可以随心所欲，不妨黎明写诗，上午写小说，傍晚写散文，深夜当批评家。对于这样的非凡人物，人世间的一切规则和纪律，自然统统都是多余而无效的。

与文学批评的专业精神一样重要的，是文学批评的思维质量的高低问题，即批评家发现问题、分析问题和解决问题的能力。思维质量的高低决定着文学批评学术价值和思想价值的大小，也决定着批评家的批评能达到怎样的深度和高度。

文学批评是一种创造性的精神活动。它要求批评家具备良好的感受能力，也要求他们具备很强的思维能力。所谓思维能力，既是通过深入思考发现问题的能力，也是根据充分的事实和缜密的逻辑分析问题和解决问题的能力。

批评性思维是一种带有高级创造性的能力，它从不满足于停留在作品和现象的表层，仅仅对外在信息进行简单化的处理。例如，对作品中的情节和意象进行低层次的复述和浅表化的评价。它的任务和目的，是根据广泛的阅读经验，在开阔的比较视野里，对作品的意义世界和形式特点进行深刻的分析和准确的评价。更为重要的是，这种思维要求人必须有清醒而成熟的怀疑能力，要善于发现问题，尤其是发现那些人们习焉不察的严重问题。

这就意味着批评家必须提高自己的思维质量，必须把事实感和真理性当作文学批评的重要原则。为了尊重事实，为了获得接近事实的认知和判断，就必须克制自己的主观冲动，必须克服思维上的懒惰习惯，学会以科学的精神和理性的分析来对待文学批评。不仅如此，还必须把怀疑精神和批判精神当作文学批评的基本原则。提高文学批评的思维质量，从根本上说，就是提高批评家的科学精神和批判能力。

然而，在当下的文学批评里，人们经常看到的，却是批评家思维质量的低下和人格精神的庸俗。在他们的文字里，你看不到深刻的思想，看不到缜密的分析，甚至很难看到一句有价值的判断。他们的批评服从一种外在的感性，即功利主义的感性——怎样说对我有利，我就怎样说；怎样写对我有利，我就怎样写。于是，利益决定了态度，屁股决定了脑袋。他们成了作家庸俗意义上的朋友。他们的批评全都是肯定性的，准确地说，全都是颂谀型的。他们把低级的赞美当作高级的美德，把庸鄙的恭维当作高尚的慷慨。他们很少意识到，对文学批评来讲，思维上的懒惰和浅薄，态度上的卑下和庸陋，都是极严重的病态和残缺。他们应该清醒地意识到，成为这种浅薄而庸俗的批评家，也许会获得很多的利益，也许会获得不菲的奖赏，但是，也注定难成大器。

当然，强调文学批评需要的思维能力，并不是将文学批评降低为按照形式逻辑展开的思维操练，或者降低为纯粹形式主义的批评实践，更不是试图排除价值判断，进而放弃对意义世界的关注。强调文学批评的思维质量，与强调批评家对价值问题的关注并不矛盾。因为，理性思维与价值关怀并不矛盾。毋宁说，高级形态的批评思维必然会关注那些至关重要的问题，包括那些伦理性和道德性的问题。

长期以来，我们无疑过多地强调了文学的"纯粹性"，而忽略了它的复杂性。我们严重地忽略了伦理精神和道德意识对文学创作的意义和价值。我们忽略了这样一个简单的事实和真理：无论是叙事文学，还是抒情文学，决定其境界和价值的最根本因素，是作家和诗人所表现出的伦理精神和道德价值。也就是说，有了伟大的伦理精神和道德价值，才会有伟大的文学。

文学的等级，就是作品中人物的等级，或者，准确地说，就是人物身上所体现的"道德价值"的等级。所以，丹纳说："文学价值的等级每一级都相当于这个道德价值的等级。别的方面都相等的话，表现有益的特征的作品必然高于表现有害的特征的作品。倘使两部作品以同等的写作手腕介绍两种同样规模的自然力量，表现一个英雄的一部就比表现一个懦夫的一部价值更高。"丹纳将人物分为两个等级：一个是最低的等级，一个是最高的等级。前者一般是"狭窄，平凡，愚蠢，自私，懦弱，庸俗的人物"[1]，

---

[1] 〔法〕丹纳：《艺术哲学》，傅雷译，生活·读书·新知三联书店2016年版，第410页。

而后者则是"完美的人物"和"真正的英雄"①。比较起来，后一类人物的精神价值无疑更大一些。毕竟，人类的精神生活更需要那种真正伟大的价值。

这就要求我们不仅要意识到思维质量的重要性，也要意识到，伦理精神和道德价值是文学批评的核心问题和重要标准。司马光说："夫德者人之所严，而才者人之所爱；爱者易亲，严者易疏，是以察者多蔽于才而遗于德。……苟能审于才德之分而知所先后，又何失人之足患哉！"事实上，如果不能"审于才德之分而知所先后"，那么，在文学批评上也会造成严重后果，人们就很难自信地说"又何失文之足患哉"。萨特的文学成就为什么不宜被高估？他为什么不应该被称作伟大的作家？最根本的原因，就在于他缺乏伟大的伦理精神和道德情感，就在于他的"德"与"才"之间是不平衡的。

雷蒙·阿隆在他回忆录的结束语部分尖锐地批评了萨特，认为这位存在主义作家的"丰富想象力和旺盛的创作力没有体现在一部卓越的著作中，而是断送在哲学与文学的混合体之中"；在政治上，萨特则"常常滥用错误的权力"②。作为一个极端形态的利己主义者，萨特很精明地平衡着各种利益关系，很巧妙地周旋于东西方的对立阵营之间，很风光地出没于各种权力场域。木心属于为数不多的洞见萨特精神本质的人，所以，批评起他来，就表现出明显的尖锐和不屑。萨特最大的问题还不是性格上的，也不是缺乏"一贯的思想"，而是缺乏爱的能力和健康的情感，是缺乏正义感，是缺乏对美好事物的热爱和追求。他的作品里，有太多的黑暗，有太多的"恶心"，有太多的关于"地狱"的极端想象和冷漠描写。厌恶、蔑视和仇恨是萨特面对人类和世界的基本态度。

从伦理精神和道德情感的角度看，萨特"存在先于本质"的观念则是武断而错误的。这是一种带有破坏性质的虚无主义观念。罗洛·梅就曾质疑萨特的存在主义世界观，认为"萨特式的人会变成一种孤独的、单个的

---

① 〔法〕丹纳：《艺术哲学》，傅雷译，生活·读书·新知三联书店2016年版，第413页。

② 〔法〕雷蒙·阿隆：《雷蒙·阿隆回忆录 五十年的政治反思》，杨祖功等译，新星出版社2006年版，第640页。

个体，他站在单独一个人反抗上帝和社会的基点之上"①。萨特的文学创作所存在的问题无疑更加严重。他的写作态度是傲慢而自负的，也是极端而病态的。作为作家，他缺乏发现美和善的能力，缺乏感受爱和表现爱的能力。他只用怀疑和鄙夷的眼光观察人和生活，所以，也就只看得见人们内心的黑暗和龌龊。如果说，经历了战争和信仰崩塌的人们已经备受虚无主义的折磨和困扰，那么，萨特充满消极色彩的存在主义文学，他那种充满恶意和破坏冲动的极端主义写作，则使世界的精神气候更加恶劣，使人们内心所承受的折磨和痛苦更趋严重。

由于以萨特为代表的存在主义极大地影响了中国的新时期文学，甚至助长了中国现代派文学的极端主义倾向和虚无主义倾向，所以，我们更有必要把它当作严重的文化祸患和伦理灾难来反思，当作严重的价值问题和意义问题来反思。在当代作家群里，萨特式的作家和批评家，岂少也哉！那种黑暗、极端病态、令人"恶心"的作品，岂少也哉！蒲松龄《司文郎》中的人物说："今文字之厄若此，谁复能漠然哉！"面对文字之厄，神狐鬼怪世界的亡人尚且不忍恝置，欲有所为，那些生活在阳光下的人，焉 能漠然不应？

总之，没有真正的专业精神，就不可能有真正的文学批评家；没有高水平的思维能力，就无法分析和解决问题；没有自觉的道德价值意识，我们的文学批评就有可能失去重心和基础，文学批评就必然会准的无依，尺度混乱，不辨稂莠，进而将低级的拙劣之作奉为高级的经典，将三流的作家推为非凡的大师。

文学批评，并非那么容易。

第四节 怎样的爱，才值得不被忘记？

在20世纪80年代中文系大学生的记忆中，张洁的名字熠熠发光，

---

① 〔美〕罗洛·梅：《心理学与人类困境》，中国人民大学出版社2010年版，第162—163页。

有着特殊的象征意义。它象征着爱的热情和活力,象征着独特的个性和脱俗的气质。

如果你想确认那个时代的中文系学生是否合格,方法很简单:不是问他是否读过《爱,是不能忘记的》,而是看他能不能成段地、不带磕绊地背出这样的句子:

> 不管他们变成什么,他们仍然在相爱。尽管没有什么人间的法律和道义把他们拴在一起,尽管他们连一次手也没有握过,他们却完完全全地占有着对方。那是什么都不能分离的。哪怕千百年过去,只要有一朵白云追逐着另一朵白云;一棵青草傍依着另一棵青草,一层浪花拍着另一层浪花,一阵轻风紧跟着另一阵轻风——相信我,那一定就是他们。

这种诗性的文字,你在此前几十年的小说里是看不到的。在这样的有可能被诬为"小资情调"的文字里,你所能看到和听到的,不再是铁与铁的摩擦,不再是石与石的敲击,不再是冰与冰的碰撞,而是光与光温暖的交织,是风与风温柔的吹拂,是水与水温情的抚摸。

《爱,是不能忘记的》里没有深刻的爱情哲学,也没有独特的爱情理念。就前者说,在司汤达的四种爱情模式里,你找不到安放它的合适位置;就后者说,它缺乏托尔斯泰《克莱采奏鸣曲》的那种颠覆性的爱情理念。从表现爱情关系中人性的坦率和深刻来看,它没有达到托尔斯泰《魔鬼》和《家庭幸福》的高度,也没有达到杜拉斯《情人》的水平。

张洁曾经在答记者问的时候说过,她这篇小说"不是爱情小说,而是一篇探索社会问题的小说,是我学习马克思、恩格斯的《共产主义原理》《家庭、私有制和国家的起源》之后,试图用文学的形式写的读书笔记"。然而,《爱,是不能忘记的》实际上只是表达了对爱情的一种愿望,一种态度,一种简单化的认知。它里面的认知属于极为普通的那种,基本停留在"五四"以来的新青年们遵奉的新伦理的层面。

《爱,是不能忘记的》的爱情叙事,具有明显的浪漫主义色彩。张洁叙写的是一种爱情的幻觉,一个"头发都白了的、可怜的妈妈"的爱情幻觉。

她与他邂逅之时"匆匆地点个头",就足以使她"失魂落魄,失去听觉、视觉和思维的能力,世界立刻就会变成一片空白"。就其本质而言,这样的爱情叙事,属于一种道德理想主义的精神谱系,可与《怎么办?》《牛虻》和《钢铁是怎样炼成的》合并入一个同类项。它们的相似性,不仅见于革命和牺牲的总体模式,亦见于克制欲望的节制精神。张洁早期的小说大都没有脱出这种理想主义的藩篱,只是,她的个性色彩和个性魅力使这种道德理想主义不那么僵硬和枯窘罢了。

那么,《爱,是不能忘记的》为什么会产生如此巨大的轰动?为什么会打动一代青年读者的心?

它的感染力来自三个方面:一是坦率的个性和强化的抒情,二是禁欲主义背景下的考验性情境,三是悲剧性的现实语境。

就创作风格来看,张洁作品的个性是外向的,坦诚的。她总是把自己放进作品里面,表现出很强的"有我"色彩。在第 1999 年第 7 期的《北京文学》上,她这样回答记者:"作家的每部作品,都可以看作是他们灵魂的自传。"她说自己"从小就是一个另类",甚至说自己"不是一个让人喜欢的人,因为老是提出疑问。大家都那样做,我偏偏不那样做"。张洁文学写作的整体风貌确实独具一格,热情,执着,不屈,甚至反叛,是她个性上的主导性特点。尽管她有时也会显得自恋、无助和感伤,但是,总体而言,她的个性柔婉中含刚健,有着一股很难羁縻、不被抑摧的激情和力量。

就抒情性来看,张洁是在宗璞的《红豆》和茹志鹃的《百合花》之后,在一种优美的诗性叙事中断了至少二十年之后,第一次以强烈的抒情笔调写出了热烈而克制的爱情。张洁比宗璞更浪漫,比茹志鹃更外向。宗璞的抒情哀而不伤,茹志鹃的抒情含蓄内敛,张洁的抒情则是直接的、强化性质的。她的抒情化叙事像契诃夫一样内蕴着诗性的感染力,但是,两者不属于一个季节:契诃夫属于秋天或冬天,充满惆怅和感伤,常常发出无奈的叹息;张洁属于春天或夏天,热情,明朗,绝少颓唐和沮丧。她偶尔也有淡淡的感伤,但那感伤里,却有着甜蜜的味道和蓬勃的活力。她是普希金化的契诃夫。她像诗人一样,喜欢用直接的比喻,喜欢用排比的句式。她有能力使读者受到感染,并使他们通过积极的移情体验实现情感的强烈共鸣。

考验性情境,是传奇小说和浪漫主义小说叙事的必要元素。禁欲性语境与人的自然天性和正常情感之间的冲突,便很适合用来建构小说叙事所需要的考验性情境。

在很长的时间里,禁欲主义不仅是现实生活中的绝对原则,也是文学写作上的绝对原则。在那种异常形态的文学里,人物没有欲望,没有感情,也没有个性。任何私人情感都被涂上了不道德的色彩,都被赋予了落后和反动的性质。于是,到处都是"被爱情遗忘的角落";于是,进入新时期,作家便开始寻找"爱情的位置"。张洁也属于最早描写爱情体验的小说家,她将一种禁忌性的情感生活升华为主体性的叙事内容。

苦难和牺牲,是道德理想主义叙事的必备条件。张洁设置了一个拉赫美托夫的"钉毯"式的考验情景,即让男女主人公一生相聚的时间不超过二十四小时。她还让女主人公时刻对自己进行道德反省:"晚上睡不着觉的时候,我常常迫使自己硬着头皮去回忆年轻时代所做的那些蠢事、错事!为的是使自己清醒。固然,这是很不愉快的,我常会羞愧地用被单蒙上自己的脸,好像黑暗里也有许多人在盯着我瞧似的。不过这种不愉快的感觉里倒也有一种赎罪似的快乐。"这种"赎罪似的快乐",是禁欲主义的典型表现。对那些刚刚从禁欲时代走出来的读者来讲,这样的叙事安排,这样的道德忏悔,别有一种令人心荡神移的力量。

这篇小说的感染力,也来自其中的背景性和语境性因素,或者说,来自现实生活本身。就此而言,谁若将《爱,是不能忘记的》仅仅当作完全内倾化的爱情叙事,或者仅仅将它当作纯粹的个人化叙事,那就大错特错了。事实上,小说还有一个外倾的叙事空间,一个社会性和时代性的叙事语境。为小说提供叙事动力的,不仅有作者对爱情的思考,还有充满紧张感和冲突感的时代生活。男主人公的悲惨遭遇,不仅驱动着人物情感的发展,强化了人物之间精神的密切感,也极大地强化了小说的叙事张力和感染力:

> 我甚至不能知道你的下落,更谈不上最后看你一眼。我也没有权利去向他们质询,因为我既不是亲眷又不是生前友好……我

们便这样地分离了。我恨不能为你承担那非人的折磨,而应该让你活下去!为了等到昭雪的那一天,为了你将重新为这个社会工作,为了爱你的那些个人们,你都应该活着啊!

我从不相信你是什么"三反"分子,你是被杀害的、最优秀中间的一个。假如不是这样,我怎么会爱你呢?我已经不怕说出这三个字。

纷纷扬扬的大雪不停地降落着。天呐,连上帝也是这样的虚伪,它用一片洁白覆盖了你的鲜血和这谋杀的丑恶。

由于作者将焦点集中在人物的情感世界,这样的叙事并没有被充分强调,所以很容易被读者忽略。但正是这一部分内容,赋予了《爱,是不能忘记的》以某种合乎时宜的正当性,也赋予了它一种悲剧性意味。正是从这样的叙事话语里,我们看见了这篇小说的另外一个意义空间:爱固然是不能忘记的,但是,爱所需要的基本条件也是不能忽略的。人如果到了连基本的尊严和安全都丧失的地步,那么,所谓爱情能不能产生都是一个问题,还奢谈什么"不能忘记"。就此而言,我们也可以得出一个延伸性的结论:人必须首先像人一样活着,才有可能享受真正属于人的爱、自由和幸福。

只有当人真正成为人的时候,爱才有可能接近自己的本质,才有可能成为真正的爱;只有回归了自己本质的爱,才是真实和美好的,才具有不应该被忘记的价值。

李建军

第四章 整数意识的匮乏及其后果

文学是创造意义和建构价值的精神活动,它致力于发现新的事物,揭示那些被忽略和遮蔽的真相和价值。但是,文学同时尊重那些古老而普遍的价值,从不冒犯那些神圣的东西。伟大的文学是包容的,甚至是带有保守性的。对它来讲,新的并不排斥旧的,个性也不排斥普遍性,因而,大可以亦新亦旧,亦古亦今,亦土亦洋。创新不是以否定一切固有的文化秩序和价值体系为前提的。

然而,从晚明开始,随着个性意识的极度膨胀,随着感性洪流的横溢漫流,激进的知识分子开始对中国文化的主流价值观进行否定和怀疑。李贽就是这类知识分子中的典型人物。他缺乏文化认知上的理性态度和多元意识,于是便畸轻畸重,用佛教和道教来否定儒教,显示出一种极端的"反孔非儒"倾向。他这种极端形态的文化虚无主义意识,极大地影响了20世纪初期的反传统文化思潮,造成了严重的文化脱序后果。由于缺乏价值基础和信仰根基,他的"童心说"就显得浪漫而虚无,纯然是一种关于人性和人类心灵生活的乌托邦想象。

事实上,一旦进入文化的精神震荡期,文学领域的价值危机和思想混乱就成了一种普遍而常见的现象。从20世纪初期开始,欧洲文学的思想和价值观就呈现出明显的冲突和分裂状态。弥漫全欧的法西斯主义之影响,尤显巨大和可怕。法国作家塞利纳就是一个极端的种族主义者。他狂热地宣扬自己的观点,从1937年至1941年,他先后发表了四部小册子。然而,时过境迁,他却受到了法国政府的认可。丹齐格对塞利纳的批评,既显示出对文学阅读上的国家欺诈的反抗,也使人们看见了文学整数意识的危机及其后果。文学整数意识的危机和它所造成的后果,我们在余华、莫言和贾平凹等作家的作品中,也可以看到。

第一节　卓吾的童心与成心

　　明万历三十年(1602)五月五日,在北京通州的一所监狱里,七十六岁的李贽抢过理发师手中的剃刀,割断了自己的喉咙。两天后的深夜,他愤郁而终。

　　李贽性格刚直,特立独行,不恤人言,是一个极为率性的人。他立论大胆,语出惊人,喜欢发表一些极具颠覆性的言论。他称颂苛刻残暴的嬴政是"千古一帝",称颂不恤民力的刘彻为"千古大圣";他赞赏吕不韦、李园的智谋,赞赏李斯的才力,甚至盛赞冯道为"安养斯民"的"真长乐老子"。他甚至不怕别人说自己是异端。在给焦竑的信中,他以近乎挑战的语气说道:"今世俗子与一切假道学,共以异端目我,我谓不如遂为异端,免彼等以虚名加我,何如?"① 从他的行藏和文字中,分明可以看见一个卓尔不群的"我"——一个亢直不挠的异端人物,一个宁死不屈的激进人物。人如其名,他完全配得上"卓吾"之号。

　　李贽从诋诃者的角度,用调侃的语调和反讽的语言,给自己画了一幅人格漫画:"其性褊急,其色矜高,其词鄙俗,其心狂痴,其行率易,其交寡而面见亲热。"② 他在给朋友的信中说,自己"性刚不能委蛇,性疏稍好僻静,以此日就鹿豚,群无赖,盖适所宜"③。他是高傲的,也是孤

---

①〔明〕李贽:《答焦漪园》,见《李贽全集注·焚书注(一)》(第一册),社会科学文献出版社2010年版,第18页。

②〔明〕李贽:《自赞》,见《李贽全集注·焚书注(三)》(第一册),社会科学文献出版社2010年版,第356页。

③〔明〕李贽:《复周南士》,见《李贽全集注·焚书注(一)》(第一册),社会科学文献出版社2010年版,第34页。

独的；他不大瞧得起人，但渴望友谊，深怨人之不知己："生在中国而不得中国半个知我之人，反不如出塞行行，死为胡地之白骨也。……与其不得朋友而死，则牢狱之死，战场之死，固甘如饴也。"①他原本是一个认真而执着的人，然而，有时候却喜欢做出很随便的样子，说一些很随便的话："世间戏场耳，戏文演得好和歹，一时总散，何必太认真乎。然性气带得来是个不知讨便宜的人，可奈何！"②这分明是些撒气的牢骚话。他用这些半是讽世半是明志的话语，来表达自己内心的激愤和不屑。

就文化气质和某些方面的价值观来看，生活在四百多年前的李贽，简直算得上是现代启蒙时代的知识分子。他为女性辩护，反驳"妇人见短，不堪学道"的谬见："故谓人有男女则可，谓见有男女岂可乎？谓见有长短则可，谓男子之见尽长，女人之见尽短，又岂可乎？"③他为"私"辩护："夫私者，人之心也，人必有私而后其心乃见，若无私则无心矣。"④他反对一切轻忽个体的道德主张，为个人的自然需求和基本利益辩护："士贵为己，务自适。如不自适而适人之适，虽伯夷、叔齐同为淫僻；不知为己，惟务为人，虽尧舜同为尘垢秕糠。"⑤他发现了个人的价值，发现了个人维持自己生存和尊严的要则，所以，他极力强调个人之"大"："'大'字，公要药也。不大则自身不能庇而能庇人乎？"⑥在他的理解中，求乐是人的基本需求："非厌苦，谁肯发心求乐？非喜于得乐，又谁肯发心以

---

① 〔明〕李贽：《与焦弱侯》，见《李贽全集注·焚书注（二）》（第一册），社会科学文献出版社2010年版，第153页。

② 〔明〕李贽：《又与焦弱侯》，见《李贽全集注·焚书注（二）》（第一册），社会科学文献出版社2010年版，第155页。

③ 〔明〕李贽：《答以女人学道为见短书》，见《李贽全集注·焚书注（二）》（第一册），社会科学文献出版社2010年版，第144页。

④ 张建业：《李贽评传》，首都师范大学出版社2018年版，第253页。

⑤ 〔明〕李贽：《答周二鲁》，见《李贽全集注·焚书注（二）》（第一册），社会科学文献出版社2010年版，第214页。

⑥ 〔明〕李贽：《别刘肖川书》，见《李贽全集注·焚书注（二）》（第一册），社会科学文献出版社2010年版，第141页。

求极乐乎？"① 由于反驳"妇人见短"的谬见，他会赢得所有女性的尊重；由于强调"私"的合理性，他会被路德维希·米塞斯引为同调；由于承认"自适"和个人的"大"，他会让威斯坦·奥登心生敬意。

显然，李贽并不是一个拘滞的理性之人，而是一个活泼的感性之人。他的内心世界复杂而又矛盾。他认为，儒释道"皆期于闻道以出世"，儒教虽亦轻贱富贵，但犹存彷徨恋恋之意，唯佛教态度最坚决，故"今之欲真实讲道学以求儒、道、释出世之旨，免富贵之苦者，断断乎不可以不剃头做和尚矣"②。他逃儒而归佛，剃发又留发，态度似乎并不十分坚定。他信佛，也信道，但似乎离佛稍远，离道较近。释家教人安心于制欲，终归于圆满和成佛；道家则教人热心于成仙，终归于清净和逍遥。尽管李贽摇摆于释道之间，彷徨于佛仙两端，但他身上并没有多少佛教徒的空寂与隐忍，反倒表现出道家的自在与洒脱。谢肇淛是李贽的同乡和同时代人，曾亲见其意气昂昂的潇洒行状："……削发为僧，又不居山寺，而遨游四方以干权贵，人多畏其口而善待之，拥传出入，髡首坐肩舆、张黄盖，前后呵殿。余时在山东，李方客司空刘公东星之门，意气张甚，郡县大夫莫敢与均茵伏，余甚恶之，不与通，无何入京师，以罪下狱死，此亦近于人妖者矣。"③ 谢肇淛的态度和评价，虽缺乏足够的体恤和同情，但也说明李贽是一个特立独行、不恤人言的人。这样的人通常会按照自己的本性和意愿生活，或者说，大都会成为浪漫主义者。李贽的思想和著述，彰明昭著地显示出浪漫主义的文化气质。有些时候，他简直就像一个童心未泯的诗人。即便在他的书信和说理性文章里，人们所看到的，依然是一个坦率而热情的诗人。

李贽充满诗性和异端性的"童心说"，是明代很著名的美学理论。为了对抗自己时代的复古主义思潮，为了抨击他所深恶的"假人"和"假文"，

---

① 〔明〕李贽：《书〈决疑论〉前》，见《李贽全集注·焚书注（四）》（第二册），社会科学文献出版社2010年版，第2页。

② 〔明〕李贽：《三教归儒说》，见《李贽全集注·续焚书注》（第三册），社会科学文献出版社2010年版，第224页。

③ 〔明〕谢肇淛：《五杂俎》，上海书店出版社2001年版，第162页。

李贽将"童心"当作救溺挽颓的法宝和利器。在他看来,"童心"不仅是论人和衡文的绝对尺度,还是文学写作唯一的精神动力和精神源泉:"天下之至文,未有不出于童心焉者也。苟童心常存,则道理不行,闻见不立,无时不文,无人不文,无一样创制体格文字而非文者。"①尽管李贽此文明显存在轻忽文学传统和排斥知识理性的局限,但是,他的感性主义文学思想还是深刻地影响了后来的"性灵派",影响了"公安三袁"的美学观念和写作风格。

李贽将"童心"与"真心"画等号,甚至与"真人"画等号,并如此界定和阐释之:"夫童心者,绝假纯真,最初一念之本心也。若失却童心,便失却真心;失却真心,便失却真人。人而非真,全不复有初矣。……童子者,人之初也;童心者,心之初也。夫心之初,曷可失也!然童心胡然而遽失也?"②"绝假纯真"和"最初一念"是童心的两个本质特征。前者强调童心的绝对性和纯粹性,不允许掺入任何理性的杂质;后者强调童心的原始性和不变性,要求人们始终保持心灵"最初"的本然状态。作为一种巨大的内在力量和绝对的标准,童心不仅决定着一个人的精神品质,也是判断"真心"和"真人"的唯一尺度。谁失去童心,谁就会丧失那些最可宝贵的东西,因而也就很难成为一个"真人"。

事实上,李贽的"童心说"纯然是一种浪漫主义的主观化理论预设。因为,就其自然情形来看,所谓童心者,无非是初始状态的人心和萌芽状态的人性。它固然含着童年的天真和可爱,但并不是一种"绝假纯真"的单一结构和纯粹状态。童心固然显示着人性的纯真和美好,但也包含着人性的另一面,即充满攻击和控制等本能冲动的黑暗面。儿童的人性与成人的人性之间,有着天然的同构性和关联性。儿童是未成熟的、柔弱的成人,成人是成熟了的、强壮的儿童。也就是说,所谓童心,善恶蝼糅,远比李贽所说的要复杂。更何况,人的生活中更多的是现实问题,而不是观念问

---

① 〔明〕李贽:《童心说》,见《李贽全集注·焚书注(三)》(第一册),社会科学文献出版社2010年版,第276—277页。

② 〔明〕李贽:《童心说》,见《李贽全集注·焚书注(三)》(第一册),社会科学文献出版社2010年版,第276页。

题。人的心灵状况与外部现实生活的影响有着直接而深刻的关系，童心会随着不同环境的影响发生情形各异的变化。恶的环境会使孩子失去他们单纯而善良的童心，甚至会使他们的心灵变得粗糙、坚硬，充满对人和世界的怀疑和敌意。例如，塔可夫斯基执导的电影《伊万的童年》，就形象地展示了小伊万失去童心的过程，也深刻地揭示了战争对他性格和心灵的荼毒和扭曲。

约翰·洛克说，儿童身上也有坏品质，例如，他们"爱好权力和控制"，"这是大多数日常的、自然的、邪恶习惯的根源"[1]；儿童身上还有"最坏的一种品质"，那就是"闲荡的性情"——"如果它是出于自然的，它又是最难医治的一种品质"[2]。不仅如此，"疏忽，不经心，见异思迁，思想乱，这都是儿童时期的自然的过失"[3]。威廉·戈尔丁的长篇小说《蝇王》（《The Lord of Flies》），就叙述了一群十二岁以下的儿童在荒岛这一特殊环境里所表现出来的令人惊怖的恶。只是，与成人的恶比起来，儿童之恶简单而直接，更像不知节制的狂欢和不加掩饰的恶作剧。可见，很多时候，并不存在李贽所说的那种"绝假纯真"和"最初一念"的童心。人类积极意义上的心灵成长过程，就是摆脱童心的原初状态的过程。人的思想成熟和人格发展，包含着对童年消极的单纯状态——包括情感的单纯和思想的幼稚——的超越和升华。儿童的最初阶段的童心，尚且未臻绝对纯真之境界，又怎能要求成人如同婴孩，始终不失"最初一念之本心"呢？

追本溯源，李贽的"童心说"并不是傥来之物，而是其来有自。道家的"赤子"理论就是它的思想之源和不祧之祖。老子说："载营魄抱一，能无离乎？专气致柔，能婴儿乎？"（《道德经》第十章）"圣人在天下，歙歙焉为天下浑其心。百姓皆注其耳目，圣人皆孩之。"（《道德经》第四十九章）"含德之厚，比于赤子：蜂虿虺蛇不螫，猛兽不据，攫鸟不搏。……终日号而不嗄，和之至。……物壮则老，谓之不道，不道早已。"（《道德经》第五十五章）老子的世界观和人生哲学，本质上是关于世界和人性的原始

---

[1] 〔英〕约翰·洛克：《教育漫话》，傅任敢译，人民教育出版社1957年版，第87页。
[2] 〔英〕约翰·洛克：《教育漫话》，傅任敢译，人民教育出版社1957年版，第111页。
[3] 〔英〕约翰·洛克：《教育漫话》，傅任敢译，人民教育出版社1957年版，第149页。

主义阐释，显示出回归本源的静止主义文化态度和文化认知。一切的完美只在开端，只有原初的状态才是最好的状态。老子关于"婴儿"和"赤子"夸张而又不乏诗意的想象，实在就是关于人性的乌托邦主义神话。虽然老子也说过这样的话："故道生之，德畜之；长之育之；成之熟之；养之覆之。"（《道德经》第五十一章）但是，观其命意，显然是在赞美"万物莫不尊"的"玄德"，而不是在肯定人意识的发展和精神的成长。像老子的"赤子说"一样，李贽的"童心说"，也属于静止主义和原始主义观点，也有着同样的乌托邦主义的神话性质。

  细读《童心说》，作者之"童心"固历然在目，但他的"成心"亦隐然可见。然而，李贽在赞美童心的时候，严重地忽略了成心。随着人的精神成长，必须面对这样一个事实：情随事迁，学随年进，人们的童心最终会被成心遮蔽甚至泪没。庄子说："夫随其成心而师之，谁独且无师乎？奚必知代而心自取者有之？愚者与有焉！未成乎心而有是非，是今日适越而昔至也。是以无有为有。"（《庄子·齐物论》）对于成心，郭象是这样界定的："夫心之足以制一身之用者，谓之成心，人自师其成心，则人各自有师矣。"成玄英疏："夫域情滞著，执一家之偏见，谓之成心。"①在庄子看来，所谓成心并不是一种积极的心灵状态，它意味着精神上的偏执和矫伪。也就是说，一旦进入心灵成长的成熟阶段，人们就会形成自己对世界的理解和认知，就会有自己的成心，显示出自己的固执和偏见。人们要学会控制自己的成心，要时时警惕自己的偏见，否则就会丧失包容心和理解力，心灵世界就会变得狭隘并渐渐萎缩，终成一个沉闷的锁闭世界。

  显然，李贽反儒的思想资源几乎全都取自道家。比较起来，道家否定知识的价值和智慧的意义，而儒家则肯定知识的价值和教育的意义；道家张皇幽眇，汪洋恣肆，显示出一种消极的自由主义气质，的确具有迷人的诗性意味和美学魅力，而儒家则多爱不忍，哀矜勿喜，任重道远，死而后已，无疑更具有普遍而积极的社会意义。道家思想虽然也有内在的解放力量，能使人神思飞扬，但是，儒家的教育理念和伦理精神无疑更具有现实性和

---

① 〔晋〕郭象注，〔唐〕成玄英疏：《庄子注疏》，中华书局2011年版，第32页。

社会意义，更能满足社会进步与社会和谐的价值需求。雅斯贝尔斯说："在个人成长的历史世界里，通过父母和学校有计划的教育，通过自由地利用学习机构，最后，在漫长的一生中，通过将亲历、亲闻的一切，与内心活动相结合，教养成了他的第二天性。……教育通过个人的存在而使个人进入对整体的认识。个人不再固守一隅，他进入了世界，于是他狭隘的此在通过与所有人的生活发生联系而获得了活力。当一个人与更敞亮、丰盈的世界结合时，他便能更坚定地成为自己。"①道家断然不会认同这样的观点，因为它拒绝变化和进步的理念，也不认为教育和智慧能够改变世界，因而，只有始终保持孩子般的柔弱状态和蒙昧状态，只有通过"绝圣弃智"，才能达到"绝学无忧"和逍遥自适的目的。

在《童心说》中，人们固然可以看见李贽的与道家气脉相通的童心，也可以清晰地看见他"域情滞著"的成心。在此文的前半段，人们看见的是李贽的童心；在此文的后半段，人们看见的则是他的成心。"童心"反映出李贽的诗学观点和美学意识，"成心"则反映出他的文化选择和文化态度；李贽的"童心"绝对而偏颇，显示出浪漫主义的精神气质和主观主义的认知倾向，而他的"成心"则狭隘而极端，显示出他的文化偏见和文化排斥心理，甚至存在否定文化传统的虚无主义倾向。他质疑儒家经典文化的真实性与有效性，遂将《六经》《论语》和《孟子》贬得一钱不值，视之为"迂阔门徒"和"懵懂弟子"胡乱记录下来的"有头无尾，得前遗后"的混乱文本，甚至将"六经"、《论语》等斥为"道学之口实，假人之渊薮"，"断断乎不可以语于童心之言明矣"②。这分明是信口开河的诬枉之论。他显然不曾认识到这样一个真理：如果没有伟大的信仰体系和价值观作为基础，任何一个作家都不可能创造出伟大的作品。19世纪的俄罗斯文学之所以伟大，是因为作家们无不用信仰之光来照亮自己的写作。即便像别林斯基那样激进人物，也对俄罗斯作家的共同信仰怀有足够多的虔

---

① 〔德〕卡尔·雅斯贝尔斯：《什么是教育》，章可依译，生活·读书·新知三联书店2021年版，第53—54页。

② 〔明〕李贽：《童心说》，见《李贽全集注·焚书注（三）》（第一册），社会科学文献出版社2010年版，第277页。

敬之情。中国最伟大的作家,像司马迁和杜甫,都由衷地热爱孔子,并将孔子的伟大精神融入了自己的叙事和抒情之中。即使是那些并不绝对地奉儒的作家,也很少像李贽这样丑诋孔孟。

在中国思想史上,理学(即道学)与心学之间异径别趣,时有冲突。李贽尤其排抵理学,他质疑儒家被普遍认可的价值观,即便是对人人信从的孔孟思想,他也敢斩钉截铁地表示怀疑和否定。他将儒学简单化地定义为道学,甚至将孔子视为"道学之人",并大加抨击:"故世之好名者必讲道学,以道学之能起名也。无用者必讲道学,以道学之足以济用也。欺天罔人者必讲道学,以道学之足以售其欺罔之谋也。噫!孔尼父亦一讲道学之人耳,岂知其流弊至此乎!"①这不是冷静客观的具体化分析,而是情绪化和笼统化的整体性否定,无论是其语气还是判断,都给人一种随意而武断的印象。李贽显然忽略了问题的复杂性,忽略了个体的差异性,甚至忽略了那些最基本的事实,而以诛心式的动机论来下判断。所谓"好名",所谓"足以售其欺罔之谋",都是悬揣动机的话语,而非同情之理解,更非理性之剖解;以这种心态和方法来进行评价,不仅无法提供切实可靠的判断,而且其所谓结论必然会沦为充满攻击性的诋毁。

如果一个人的理性受制于情绪,那么,他的意识就有可能是任性的,他的认识就会产生严重的偏差。李贽由于厌恶那些"庸人"和"假人",即"以学起名,以名起官"②的人,最终迁怒整个儒家文化。他喜欢用"假道学"来笼统地评价那些崇奉儒教的人。他如此抨击那些以儒家伦理安身立命的"儒臣":"儒臣虽名为学而实不知学,往往学步失故,践迹而不能造其域,卒为名臣所嗤笑。……则儒者之不可以治天下国家,信矣。"③李贽似乎忽略了这样一个事实,那就是,在中国历史上,那些"可以治天下国家"的儒臣,那些节行崇伟、有足称者的儒臣,实可谓代不乏人,不

---

① 〔明〕李贽:《初潭集》,中华书局2009年版,第345页。
② 〔明〕李贽:《复焦弱侯》,见《李贽全集注·焚书注(二)》(第一册),社会科学文献出版社2010年版,第111页。
③ 〔明〕李贽:《藏书世纪列传总目后论》,见《李贽全集注·藏书注(一)》(第四册),社会科学文献出版社2010年版,第1页。

胜枚举。

然而，李贽对儒家的批评，并没有止步于"儒臣"，而是扫穴犁庭，彻底摧荡，攻击的剑戟直指儒家的圣人孔子和孟子。叔孙武叔曾当着子贡的面毁谤仲尼，子贡回应道："无以为也，仲尼不可毁也。他人之贤者，丘陵也，犹可逾也；仲尼，日月也，无得而逾焉。人虽欲自绝，其何伤于日月乎？多见其不知量也。"然而，对李贽来讲，子贡这半是赞美半是训诲的话，是迂阔而无效的。他不再将孔孟当作圣人，也不再将孔子之言奉为圭臬。他这样反驳劝谕他的孔定向："夫天生一人，自有一人之用，不待取给于孔子而后足也。"在他看来，所谓仁义，所谓德礼，不仅无用，而且有害，纯属具有破坏性的伦理精神和道德观念："夫天下之人得所也久矣，所以不得所者，贪暴者扰之，而'仁者'害之也。'仁者'以天下之失所也而忧之，而汲汲焉欲贻之以得所之域。于是有德礼以格其心，有政刑以絷其四体，而人始大失所矣。"[1]他将儒家和法家混为一谈，完全忽略了二者之间最根本的差异——儒家所崇尚的并不是法家酷虐的刑政，而是温和的德政和礼治。他在一篇文章中说："咸以孔子之是非为是非，故未尝有是非耳。……夫是非之争也，如岁时然，昼夜更迭，不相一也。昨日是而今日非矣，今日非而后日又是矣。虽使孔夫子复生于今，又不知作如何非是也，而可遽以定本行罚赏哉！"[2]在李贽的认知里，一切都是不确定的。"是非"仿佛水中的浮萍，真理则像风中的蓬草。时间消解和否定一切，真理只属于此时此刻，因而，人世间压根就不存在稳定而普遍的真理。李贽的"是非"观，显然是一种极端的相对主义观点。他用主观性来否定客观性，用变化性来否定永恒性，进而彻底否定了孔子思想中那些具有普遍性和永恒性的真理。

李贽对孟子的批评更是极端和片面。在他眼里，孟子简直一无是处。

---

[1]〔明〕李贽：《答耿中丞》，见《李贽全集注·焚书注（一）》（第一册），社会科学文献出版社2010年版，第41页。

[2]〔明〕李贽：《藏书世纪列传总目前论》，见《李贽全集注·藏书注（一）》（第四册），社会科学文献出版社2010年版，第1页。

他指责孟子"执定说以骋己见，而欲以死语活人也。……执一便是害道"①。他嘲笑孟子因幼稚而"践迹"："效颦学步，徒慕前人之迹为也。不思前人往矣，所过之迹，亦与其人俱往矣，尚如何而践之。……孔子何迹也，今之所谓师弟子皆相循而欲践彼迹者也，可不大哀乎！"②这等于将儒家经典都当作"死语"，而将孟子光大儒学的伟绩定性为"害道"。他无视孟子的民本主义思想，无视孟子充满青春激情的浩然正气，无视孟子沛然莫之能御的批判精神，最终彻底否定孟子在文化上的独创性成就。英国汉学家胡司德说："在中国历史上，孟子是第一位阐述人与生俱来的伦理倾向并提出人性论的大哲。"③事实上，孟子还是第一位将君主的道德示范和政治责任的重要性提升到最高程度的古代知识分子，所谓"君仁莫不仁，君义莫不义"（《孟子·离娄下》）；他有别人无法企及的批判勇气和言说激情，"说大人则藐之"（《孟子·尽心下》），敢于根据君主的政治德行来重新确定他的政治身份，甚至将无德的"暴君"斥为可诛的"一夫"（《孟子·梁惠王下》），遂成为古往今来第一位公开表示应该推翻暴君统治甚至诛杀暴君的思想家。凡此种种，显然不是什么亦步亦趋的"践迹"，也不是那些"效颦学步"的庸人所能达到的境界。

李贽还忽视了这样一个文化规律：只有仰赖前人所提供的知识和经验，后人才能进行新的文化创造。所以，完全无所"执"，是不可想象的；完全不"践迹"，也是不可想象的。如此说来，孟子的"执定说以骋己见"，不正是一种积极的文化创造吗？歌德尊重传统和前人所留下的遗产，也从不拒绝"践迹"。1825年5月12日，他对艾克曼说："我们一生下来，世界就开始对我们发生影响，而这种影响一直要发生下去，直到我们过完了这一生。除掉精力、气力和意志以外，还有什么可以叫作我们自己的呢？

---

① 〔明〕李贽：《孟轲》，见《李贽全集注·藏书注（三）》（第六册），社会科学文献出版社2010年版，第466页。

② 〔明〕李贽：《孟轲》，见《李贽全集注·藏书注（三）》（第六册），社会科学文献出版社2010年版，第467页。

③ 〔英〕胡司德：《鹈鹕丛书 中国思想：从孔夫子到庖丁》，郭舒佼译，上海文艺出版社2022年版，第143页。

如果我能算一算我应归功于一切伟大的前辈和同辈的东西，此外剩下来的东西也就不多了。"①按照歌德的观点，李贽对孟子的所有批评，几乎都是不能成立的。无情地否定前人，将一切失败和不如意都归罪于古人，这当然是容易和轻松的，但却并不能使人显得更强大、更高明，反倒显示出其浅见薄识。

雅斯贝尔斯高度评价孔子，将他与苏格拉底、佛陀和耶稣并称为"四大圣哲"。在谈到孔子的"永恒观念"时，他褒奖孔子身体力行的精神，认为对"终极真理"的坚信和践行就是具有建设性的创新："他率先要做的，是自己身体力行。相信永恒的终极真理，将使我们接续传统，其中孕育着能动性，始终向前推进，不会终止。这不仅不是守旧，反而正是创新。"②他还高度赞扬由孔子第一次提出的一个伟大观点："在永恒真理的基源上，新事物与传统并行不悖，进而成为吾人存在之实体。这种看似保守的生命形态，借由开放的自由心灵，始终健动不已，持续发展。"③任何民族都不能没有构成其信仰基础和行为原则的共同哲学及共同价值观。这是由一个或几个伟大的人物奠定并建构起来的哲学思想和价值体系，其中充满了具有普遍性意义的真理。这种真理不是空洞而僵硬的教条，而包含着真实的情感和鲜活的思想，是能够影响人们精神生活的巨大原动力。人们要想赋予全社会一种美好的生活秩序，要想深刻地认识自己和理解生活，要想与他人和谐相处，就不能离开这种哲学思想、价值体系和原动力。因为，它能给人光和热，给人信心和力量，给人希望和安慰。孔子的伟大思想，他所建构起来的价值体系和行为准则，就是我们——包括所有那些向往建构美好的精神秩序和生活秩序的人——可以共享的精神资源。李贽以及他之后数百年间的激烈而彻底地"反传统"的人，似乎都没

---

① 〔德〕爱克曼辑录：《歌德谈话录》，朱光潜译，人民文学出版社1978年版，第88页。

② 〔德〕卡尔·雅斯贝尔斯：《四大圣哲》，傅佩荣译，商务印书馆2022年版，第106页。

③ 〔德〕卡尔·雅斯贝尔斯：《四大圣哲》，傅佩荣译，商务印书馆2022年版，第107页。

有弄清这个道理。人们为此付出了巨大的代价。一个思之令人悲哀的后果是,自晚明以来三百多年的"反孔非儒",不仅严重破坏了中国文化的"永恒观念"和"终极真理",而且还导致了严重的文化虚无主义和道德脱序状态。

虽然李贽在自己的时代名声籍甚,但是,在后代史官的笔下,他却被放置到了一个无足轻重的位置。在《明史》里,他的小传附在耿定向的传后,仅有寥寥104字,且卷首的传主名单里,斯人之名,竟付阙如。《明史》作者峻责其"专崇释氏,卑侮孔、孟",并没有太冤枉他。李贽对孔孟缺乏理性的攻击,确乎开了一个不好的头。

李贽也受到了明末清初几位重要思想家的批评。黄宗羲的批评是含蓄的,但也是彻底的。在《明儒学案》中,他不曾正面谈及李贽,只是在介绍耿定理的时候,委婉地表达了自己对李贽学术思想的否定态度。

王夫之的批评最为尖锐。在《夕堂永日绪论外编》中,他彻底否定了李贽的思想,连带着批评了几个推戴他的人:"自李贽以佞舌惑天下,袁中郎、焦弱侯不揣而推戴之,于是以信笔扫抹为文字,而消含吐精微、锻炼高卓者为'咬姜呷醋'。故万历壬辰以后,文之俗陋,亘古未有。"① 在船山先生看来,李贽的思想是消极有害的,而明代文章的俗陋也是李贽推波助澜的结果。

在顾炎武看来,孔子的圣者地位是不容轻侮的,而他的伟大思想则是不可轻诋的。所以,他在批评李贽的时候,便疾言厉色,不稍宽假:"自古以来,小人之无忌惮而敢于叛圣人者,莫甚于李贽。"②

三位思想家的态度和批评,也许犯了和李贽一样的错误:缺乏文化上兼收并蓄的多元意识,缺乏信仰上求同存异的包容精神。然而,李贽得此诋斥,实在是他自己有以致之。他的"童心"太浪漫,太绝对,而他的"成心",则实在太褊狭,也太不成熟了。

---

① 〔清〕王夫之:《船山遗书·第十五册》,中国书店2016年版,第173页。
② 〔清〕顾炎武:《顾炎武全集·19》,上海古籍出版社2011年版,第731页。

第二节　丹齐格对抗塞利纳：文学阅读与国家欺诈

在笔者浅薄的理解中，所谓读书，实在是天下最容易的事情。一只待杀的猪，会厉声嚎叫，会满世界乱跑，鼓刀屠者得费很大的力气，才能将它制服。然而，一本书却是沉默而驯顺的，既不会乱跑，也不会乱叫，读者只需将它打开，或逐字逐句地读，或一目十行地读，皆可随心所欲，纵意所如——你说，世上难道还有比这更轻松的事情吗？

然而，阅读，尤其是貌似不亦快哉的文学阅读，从来就不是一件简单和随便的事情。选择一本值得阅读的书，且能感悟到它蕴含的妙谛，能准确地分析它的成败得失，能在文学的等级序列中给它一个恰当的位置，实在是一件复杂而艰难的事情。正因为这样，对那些渴望成为优秀读者的人来讲，读读那些讨论读书的著作，就很有必要。

笔者手头就有两本关于文学阅读的好书：《为什么读书：毫无用处的万能文学手册》和《什么是杰作：拒绝平庸的文学阅读指南》。它们的作者，是大名鼎鼎的法国学者夏尔·丹齐格。

在丹齐格的文字中，法国人喜欢自由而厌弃成规的性格了了可见。他的随笔体写作，与帕斯卡尔和拉布吕耶尔的格言风格同条共贯，一脉相承。意兴阑珊，予欲无言的时候，他会用几句甚至一句话来谈论一个问题，且能要言不烦，一语中的；一时兴起，不能自抑，他也会滔滔不绝，一口气写上好几页，每每气势沛然，妙论迭出。例如，他说："是的，人们是出于对生活的反抗才读书。生活是做工低劣的产品。"[①]说得多好！车尔尼雪夫斯基见此，当惕然心惊，有所思耳。他说："读书为我们还原了生命那些值得崇拜的纷繁驳杂，由它们来对抗死神的傀儡。图书馆是墓地唯一

[①]〔法〕夏尔·丹齐格：《为什么读书：毫无用处的万能文学手册》，阎雪梅译，广西师范大学出版社2012年版，第122页。

的竞争对手。"① 依我所见，这是对读书和图书馆最绝妙的赞美。

当然，感觉主义者易受语境和氛围的影响，一旦意与境会，便难免议论风发，但也难免会顾头不顾尾，甚至不惜以今日之我与昨日之我一战。所以，看到丹齐格在一个问题上前后矛盾，千万不要太过诧异。例如，他前头说，"读书的坏影响和好影响一样都是个愚不可及的传说"②，后头又说，一部杰作会极大地改变我们——"杰作是一部把我们变成杰作的作品。一旦它穿过我们，我们就不再是原来的我们了。一部普通的创作品，我们能掌握它；一部杰作会征服我们，从而改变我们。除了野蛮人和混蛋，谁会说他们读了普鲁斯特之后还是原来那样呢？"③ 文学认知，虑动难圆，畸轻畸重，也是常有的事情。我们只要记住他的这段话就够了："阅读即是生活。……在功利主义的世界里，阅读为我们维系着一种超然于现实的姿态，这有利于我们思考。"④

作为批评家，丹齐格也是出色的。读其文字，观其评骘，使人不由得佩服得五体投地。他对作家和作品的好恶，一概不假辞色，绝不吞吞吐吐、说半截话。不仅如此，他的鉴赏力和判断力也是第一流的。

在丹齐格看来，在文学写作上，人类的智力似乎还不足以保证自己达到无可挑剔的完美境界，所以，"世上不存在没有任何瑕疵、划痕或褶皱的杰作。鸿篇巨制当然不可避免，但短小精悍的书也是如此"⑤。这样的见道之语，只有一个博览群书、鉴识朗彻的大批评家才说得出来。有了这样的文学理念，一个批评家就不会盲从，不会把"巅峰""极品"和"完

---

① 〔法〕夏尔·丹齐格：《为什么读书：毫无用处的万能文学手册》，阎雪梅译，广西师范大学出版社2012年版，第294页。

② 〔法〕夏尔·丹齐格：《为什么读书：毫无用处的万能文学手册》，阎雪梅译，广西师范大学出版社2012年版，第20—21页。

③ 〔法〕夏尔·丹齐格：《什么是杰作：拒绝平庸的文学阅读指南》，揭小勇译，广西师范大学出版社2015年版，第273页。

④ 〔法〕夏尔·丹齐格：《为什么读书：毫无用处的万能文学手册》，阎雪梅译，广西师范大学出版社2012年版，第291页。

⑤ 〔法〕夏尔·丹齐格：《什么是杰作：拒绝平庸的文学阅读指南》，揭小勇译，广西师范大学出版社2015年版，第115页。

美"这样的阿谀奉承之辞挂在嘴边,更不会不假思索地赞美一个拙劣的"大师"和低级的"杰作"。丹齐格的批评态度是严肃的,批评尺度是严格的。他的很多分析和判断,不仅显示出敢说真话的勇气,而且还具有合乎事实的准确性。

关于"杰作",丹齐格这样理解和界定:它是"最令人兴奋的人类创造。我们可以用'伟大的作品'来代替这个词"①;杰作使我们变得平和,"世上有多种平和的爱的形式,每一种都由相应的杰作的形式孕育而成,或者更确切地说,由它和我们的互动产生而成"。在他看来,杰作应该是沉静而内敛的,因而,任何过于狂热的说教都是一种减损作品价值的行为。他说,"《战争与和平》让我平静",而作为一部"退化了的杰作",《罪与罚》则让他"愤怒":"正是狂热毁掉了陀思妥耶夫斯基的小说,它们像长跑运动员中途放弃去做了布道者。他们爬上了一座界碑,把自己困在了那里。"②

丹齐格不喜欢那种仅仅停留于技巧、故事等外在层面的作品,他对美国作家爱伦·坡和他的作品很不欣赏。爱伦·坡对神秘的故事颇为迷恋,他的小说常常使读者噬指而惊,但对作品的意义开掘似乎并不十分用心。于是,丹齐格便批评他是"文学界的希区柯克。他把那么多的才华浪费在创造谜题上!一旦魔术师的秘密被人得知,还会剩下什么呢?一个可怜的小线团而已"③。

丹齐格属于趣味雅正的读者,那些具有受虐倾向的作品,或者渲染黑暗、轻佻浅薄的作品,都使他感到深恶痛绝。在丹齐格看来,一部杰作,"重要的其实不是理性,而是严肃性。伏尔泰和博马舍都是严肃的。杰作

---

① 〔法〕夏尔·丹齐格:《什么是杰作:拒绝平庸的文学阅读指南》,揭小勇译,广西师范大学出版社2015年版,第305页。

② 〔法〕夏尔·丹齐格:《什么是杰作:拒绝平庸的文学阅读指南》,揭小勇译,广西师范大学出版社2015年版,第274页。

③ 〔法〕夏尔·丹齐格:《为什么读书:毫无用处的万能文学手册》,阎雪梅译,广西师范大学出版社2012年版,第175—176页。

是严肃的"①。他将波德莱尔的《恶之花》归入"令人讨厌的杰作",虽然也承认其中"的确有一些了不起的诗",但也从整体上表达了对它的不满和质疑:"它们的意识多么狭隘,表达的痛苦多么肤浅,骨子里又是多么钟爱羞辱。"② 按照丹齐格的趣味倾向,路易·费迪南·塞利纳显然不属于那种值得尊敬的严肃作家——在所有的法国作家中,似乎没有谁像塞利纳那样让丹齐格不满甚至厌恶的了。

1932年,法国出版了一部恨世而颓废的"流浪汉"小说,中文译名《茫茫黑夜漫游》,又译《长夜行》。它的作者塞利纳,是一个医生,一个种族主义者,一个纳粹主义者,一个反犹主义者。

塞利纳狂热地宣扬自己的反犹主义观点。从1937年至1941年,他先后发表了四部小册子,宣传犹太民族是有罪责的民族,应该对世界上的一切不幸负责。他还是一个亲希特勒的纳粹主义者。他在《尸体学校》(1938)中说:"我感到是希特勒的朋友,是所有德国人的朋友,我感到他们是兄弟,他们成为种族主义者是很对的。如果他们被打败了,这会使我极其难过。"③他理所当然地同法国投靠纳粹的维希政府搅和到了一起。战后,他逃到了丹麦。丹麦政府虽然拒绝了法国政府的引渡要求,但还是将他逮捕,关押了一年多。1950年,法国法庭对他进行了缺席审判,判决他为"民族罪人",并没收所有财产。直到1951年大赦之后,他才回到法国,在默东定居,开了一家诊所。

猫头鹰不会发出鸽子的叫声,荨麻也不会有玫瑰的芬芳,作家则会写出与其人格和心性同构的作品。《茫茫黑夜漫游》具有很强的自传色彩,充分地体现出了作者情感上的病态和价值观上的危机。小说的主人公从亲历者的角度讲述了自己在第一次世界大战中的经历,叙述了他战后在巴黎、非洲、美国等地的人生经历和情感生活。小说开始的时候,他只有

---

① 〔法〕夏尔·丹齐格:《为什么读书:毫无用处的万能文学手册》,阎雪梅译,广西师范大学出版社2012年版,第188页。

② 〔法〕夏尔·丹齐格:《什么是杰作:拒绝平庸的文学阅读指南》,揭小勇译,广西师范大学出版社2015年版,第205页。

③ 郑克鲁:《现代法国小说史》,上海外语教育出版社1998年版,第300页。

二十岁,但却像活了两辈子的厌世主义者,对生活和他人充满鄙视和敌意。他是个医生,但却像法医一样,看一切都像可厌的尸体。在他的眼里,及目之处都是可诅咒的人和事。在他的叙述中,没有对生活和人们的爱的热情,只有蔑视、嘲笑和挖苦。

是的,《茫茫黑夜漫游》是一部精神空间逼仄得近乎封闭的小说。从美学上看,它既没有充满美感的诗意性,也没有塑造出个性饱满而鲜明的人物形象;从伦理精神上看,它是一部缺乏爱的能力和热情的作品。它以极端的态度怀疑并否定生活。它简直以对生活和人类的浅薄作践和傲慢羞辱为乐。它迷恋死寂而危机四伏的黑夜。它的典型特点,就是彻底的黑暗性。作者仿佛一只鼬鼠,喜欢在没有月光的夜晚,节日一般地四处游走。它喜欢那些凄厉而恐怖的声音,喜欢将这夜晚才有的无边的恐怖大加渲染之后,讲述给读者听:"黑夜降临,群魔乱舞,千千万万的癞蛤蟆鼓噪不休。癞蛤蟆的聒聒声带动了森林,顿时从森林深处传出蜩虫嘶噪,豺狼嗥嗥,一片喧嚣。爬虫走兽一起出动,在黑暗中寻找配偶,风风火火,好似赶集上市,热闹非凡。此时各类害虫麇集树木,大啃大噬……"① 在塞利纳的笔下,这种夸张而阴暗的描写,所在多有;在作者所营造的叙事世界里,无边的黑暗,充满威胁的恐怖氛围,以及处处皆是的伤害和死亡、混乱和没落,无不使人压抑得几欲窒息,让人觉得这世间的万物都只配拥有毁灭的命运。

从生活哲学的角度看,《茫茫黑夜漫游》是法国存在主义文学的先驱,所以,它受到了萨特、波伏娃等后来的存在主义者和"新小说派"的追认性质的吹捧;从对社会和生活绝对化的怀疑态度和拒绝姿态来看,它是左翼文学的同盟军,所以,它又被认为是"共产主义的小说","著名法国的作家阿拉贡及其法共文艺批评家都持这一见解,并且很快把它译成俄文"②。它流入俄国以后,受到了托洛茨基的肯定,甚至受到了斯大林的激赏——他将《茫茫黑夜漫游》放在案头,随时翻看,称赏不已。由于斯

---

① 〔法〕路易·费迪南·塞利纳:《茫茫黑夜漫游》,沈志明译,人民文学出版社2015年版,第135页。

② 江伙生、肖厚德:《法国小说论》,武汉大学出版社1994年版,第351页。

大林对这部小说的喜爱，1936年，塞利纳被邀请到苏联访问。

然而，高尔基却尖锐地否定《茫茫黑夜漫游》。1934年，在全苏第一次作家大会上，高尔基做了题为《苏联的文学》的长篇报告。在谈到西方"资产阶级"的没落文学的时候，他提到了《茫茫黑夜漫游》，说它是"绝望的虚无主义"，说它的主人公是"失掉祖国，蔑视人类，把自己的母亲叫作'母狗'，把自己的情人叫作'臭尸'，对于一切罪行都无动于衷，虽然没有任何条件可以'加入'到革命的无产阶级里来，但他投入法西斯主义的条件，却完全成熟了"①。阿拉贡带领法共代表团兴冲冲地参加了这次盛会，谁知高尔基却如此猛烈地抨击塞利纳，这让他这个向苏联读者推荐法国文学作家的人情何以堪？虽然，高尔基对塞利纳的否定性批评更多的属于简单化的意识形态批评，难免给人一种潦草之感，但他的"投入法西斯主义"一语，却勘破了塞利纳作品中深隐而危险的政治心理，使人不得不佩服他"觇文辄见其心"的洞察力。

对塞利纳《茫茫黑夜漫游》一书最深入的"阅读"和最可靠的批评，还是由法国人自己完成的；具体地说，是由研究过如何"读书"和如何评价"杰作"的丹齐格完成的。

早在《为什么读书》中，在根据所读的书籍来划分读者的时候，丹齐格就将喜欢塞利纳的读者归入"尖酸刻薄的人"②。在这一言半语的调侃里，分明可以看见他对塞利纳的否定态度。几年之后，他终于有机会更加深入地表达自己对塞利纳作品的理解和评价了。在他看来，作为一部欠缺文化的失败之作，《茫茫黑夜漫游》只会被那些同样没有文化的人所认同和欣赏："没文化的读者会为自己制造杰作。他们往往年过四五十，学习过可怕的商业课程，在一家企业里当了二十年的奴隶或者奴役别人，在某个十来天的假期里被一本著名的、叫嚣的、出言不逊的书冲昏了头，然后回到巴黎，在高管的会议上他们说道：'在《长夜行》里，塞利纳……你们知道塞利纳吗？'显然他们没把书看完，翻了三十来页就像被街边的小

---

① 〔苏〕高尔基：《论文学》，人民文学出版社1978年版，第114页。

② 〔法〕夏尔·丹齐格：《为什么读书：毫无用处的万能文学手册》，广西师范大学出版社2012年版，第48页。

混混打了一顿，这也罢了，但他们从中看到了可资利用的暴力，恰似喜欢狂吠的雄性动物的暴力，懦弱的它们常常肚皮朝天地躺着，在强权面前兴奋地抖动身体。"[1] 作品与读者之间，存在着精神上的同构性。你是什么样的读者，就会喜欢什么样的作品，就会欣赏什么样的作家。丹齐格通过批评那些没有文化的浅薄而粗俗的读者，来旁敲侧击地批评塞利纳和他的作品。

虽然《茫茫黑夜漫游》的文学价值和文化价值都不算上乘，但它却赢得了雷诺多文学奖，使塞利纳大获成功，成为当时法国最受关注和追捧的作家。丹齐格将塞利纳的成功归因于法国政治生活的异常和文学生活的混乱。法国之所以如此卖力地赞赏并推销塞利纳，是为了摆脱战后的某种精神困境，达到某种隐秘的政治目的。丹齐格近乎愤怒地谴责道："这部小说的荣耀（完全是法国给予的）是一个政治陷入病态的国家在文学上的欺诈。法国输掉了战争还不够。她一面赞赏塞利纳，自诩勇气十足，一面又饱尝怨恨，反复回味1940年的失败。她把这部杰作奉为珍宝，而它又把她封闭在一种怨毒的井底之蛙式的心态中。喜欢记仇的右派霸占着一个被知识分子阶层（其实右派通常痛恨这群人）认可的混蛋。他能让他们在某程度上合法地阅读反犹主义作品，同时又不必谈论对那个他们声称热爱的国度的深仇大恨。左派们生怕自己落下个假自由主义的名声，强忍着一个自称语言前卫的作家大肆宣扬反犹主义……"[2]

这段锋芒毕露、毫不客气的话语，显示出丹齐格勇敢的批判精神和深刻的洞察力。丹齐格想告诉人们，一部并不成功的作品，是怎样成了国家克服战后政治危机的工具；一个很成问题的作家和他的作品，又是怎样成了各派都虚与委蛇地利用的对象。就这样，病态的国家进行着文学上的欺诈，而同样病态的作家和作品则获得了本不配享受的荣誉。丹齐格不仅向读者揭示了战后法国政治与文学微妙的利益关系，以及各种知识分子之间

---

[1]〔法〕夏尔·丹齐格：《什么是杰作：拒绝平庸的文学阅读指南》，广西师范大学出版社2015年版，第202—203页。

[2]〔法〕夏尔·丹齐格：《什么是杰作：拒绝平庸的文学阅读指南》，广西师范大学出版社2015年版，第203—204页。

貌合神离的复杂关系，而且，还对文学上赤裸裸的国家欺诈行为发出了尖锐的质疑和强烈的抗议。

丹齐格对抗塞利纳，就是优秀读者对抗问题作家，就是文学尊严对抗世俗绑架，这意味着如何洞穿文学上的国家欺诈，以及其他形式的种种幻象。只有洞穿了这种种文学上的欺诈和幻象，读者才能避免在文学阅读上浪费自己的热情和精力。毕竟，对读者来讲，最重要的，便是将有限的时间和精力投入在有价值的阅读上，也就是花在阅读第一流的杰作上。

第三节　余华作品与北京"实验教科书"的问题

一

自从进入娱乐化的消费主义时代，传统的人文教育就面临着严重的挑战和严峻的危机。教育日渐沦为一种市场现象，沦为一种牟利的工具。在一些人看来，教育的根本任务和最终目的，就是通过传授"有用的"知识，帮助学生获得现实的利益和直接的好处。这实在是对教育的偏狭理解甚至严重误解。

正像富里迪尖锐地批评的那样："在当代人的头脑中，知识被赋予了一种肤浅的、几近平庸的特性。知识常常被定义为易消化的现成品，能够被'传递'、'分发'、'出售'和'消费'。"[1]最后的结果，就是导致普遍的"庸人化"和"庸俗化"，就是造成一种颠倒的势利："对势利小人的传统定义是一个思想和行为受对财富和社会地位的庸俗羡慕推动的人。颠倒的势利则起因于对普通和流行的不加批判的拥抱。颠倒的势利不加批判地批评各种过去所珍视和培养的文化。"[2]令人担忧的是，这种

---

[1]〔英〕弗兰克·富里迪：《知识分子都到哪里去了》，江苏人民出版社2005年版，第7页。

[2]〔英〕弗兰克·富里迪：《知识分子都到哪里去了》，江苏人民出版社2005年版，第138页。

唯利是图的"工具主义原则",作为一种在全球范围内弥漫的教育理念,正在悄然渗透到我们的教育思想和教育实践之中。

传授实用的知识,培养具体的技能,这虽然也很重要,但只不过是教育承担的一部分任务。从根本上讲,教育尤其是人文教育的根本任务,还是致力于促进学生的精神成长和人格发展,致力于培养学生对真理的敬意和对伟大事物的热爱。在费希特看来,教育就是内在的,而不是外在的,是为了让学生获得精神上的收获,而不仅仅是得到物质上的好处:"不管学子们从教育获得的知识的总和有多大或有多小,学子们肯定从中获得了一种精神,这种精神在他们的整个一生都能把握他们必然要认识的任何真理,既能不停地接受别人提供的教益,也能不停地自己进行反思。"①要达到理想的教育目的,就需要有可靠的方法和稳定的基础,而"在人的心中培养坚定不移的善良意志的这样一种确实可靠、深思熟虑的做法,应当是我们提倡的那种教育方法,而这就是教育方法的首要特征"②。对于我们这个时代来讲,费希特的教育思想不仅没有过时,而且显得特别重要。

在所有的人文学科中,语文无疑是最重要的一种。这是因为,不仅学生的阅读能力和写作能力是通过语文教学培养起来的,而且在很大程度上,他们的审美趣味和价值观的形成都与语文教育有着密切的关系。罗素说:"在性格和观念的形成过程中,教育的力量是巨大的,这一点已经为人们广泛认识。父母和教师的真诚信念虽然不同于经常讲的格言,但仍然会被孩子们在潜移默化中所接受。即使孩子在日后的生活中偏离了这些信念,它们仍会残留下来,深埋记忆之中。"③我们有理由相信,学校的语文教学对学生的这种影响通常更大,也更为持久。

在传统的教育模式下,经与文不分,学与道合一,读经即是习文,为学即是求道。应该承认,像"四书五经"这样的经典,既有效地培养了学

---

① 〔德〕费希特著,梁志学主编:《费希特著作选集·第五卷》,商务印书馆2006年版,第283—284页。

② 〔德〕费希特著,梁志学主编:《费希特著作选集·第五卷》,商务印书馆2006年版,第269—270页。

③ 〔英〕伯兰特·罗素:《罗素自选文集》,商务印书馆2006年版,第77页。

习者的鉴赏能力和写作能力,又能给他们以情感和伦理上的熏陶。进入当下的教育阶段,人们虽然开始根据新的教育理念编写语文教材,但是仍然强调语文的启蒙和教化功能。这是正常的,因为,语文从来就不是一个纯粹的"工具",而是一个包含着世界观和价值观的意义世界。因此,纯粹将"文"当作弘道宣化的"经"固不可取,但完全无视它在情感和道德上对学生的影响力,完全放弃从"经"和"道"的高度来衡量"文",则会导致更为严重的后果。所以,编选语文教材就是一项严肃而重要的工作。一定要把那些载"常道"的"真经"编选进来,只有这样,才能通过语文课的教学对学生的精神成长产生积极影响。

二

然而,最近看到顾德希主编的新版语文教材(北京出版社2007年版),我却大大地吃了一惊:编选者竟然将《许三观卖血记》和《秦腔》这样的艺术性很差、趣味格调不高的作品选了进来!竟然将《红灯记》这样的样板戏也选了进来!

这次,教材的编选者显然是想别开生面、另辟蹊径。《药》《雷雨》《林黛玉初进荣国府》《促织》《廉颇蔺相如列传》《触龙说赵太后》《六国论》《病梅馆记》《石钟山记》《项脊轩志》《陈奂生上城》《孔雀东南飞》等原有篇目被删去,并将金庸的《雪山飞狐》、余华的《许三观卖血记》、铁凝的《哦,香雪》、贾平凹的《秦腔》、阿城的《棋王》等增加进来。另外,还收入了一些红色经典作品,如《红岩》《红旗谱》《林海雪原》《红灯记》等。

对此,编选者当然有自己的理由:原来的教材"内容陈旧、缺乏时代感",而"优秀的文学作品要根据时代的需求、历史的发展方向来创作",所以,为了"使教材变得有时代感",就要"推陈出新",而"北京版的语文教材文本的选择就从这一点出发的"。这些道理乍听起来似乎没错,但细加推究,就会发现其实非常可疑,根本不能自圆其说。

在我看来,负责任的教材编选者必须服从三个原则的制约:一个是"长效"原则,一个是"良法"原则,一个是"美意"原则。"长效"追求的是生命力，它意味着所选的作品必须具有稳定的性质和长久的价值，要避免因时代的转换或其他外部条件的变化而改变其性质，或丧失其价值，从这一原则来看，被编选者删掉的《药》等多篇作品，均是经过时间检验的"真经"，因而是不应该被"打发下岗"的。

"良法"追求的是典范性，它意味着选入教材的文章，必须能够在鉴赏能力和写作水平的提高上为人们提供极大的帮助和有效的经验。姚鼐在《答翁学士书》中说："技之精者必近道。故诗文之美者，命意必善。"①这就是说，如果仅有"技之精"，而无"命意"之"善"，就不能算是真正的好文章、好作品。所以，"美意"和"善意"，就是选择和判断作品优劣不可或缺的尺度。具体地说，能够入选语文教材的作品，必须具有可靠的伦理基础和丰富的意义，具有灯与火的性质，既能照亮世界，又能温暖人心。从而对人的内心世界带来积极的影响，能使人更有教养、更有理性，能使人的情感更丰富、更美好。歌德在著名的《莎士比亚命名日》中说："他的著作我读了第一页，就被他终身折服；读完他的第一个剧本，我仿佛一个天生的盲人，瞬息间，有一只神奇的手给我送来了光明。"能够入选教材的文章，也应该是与莎士比亚的剧作同类性质的作品。

三

遗憾的是，北京出版社出版的这套语文教科书在编选当代作家的作品时，显然对上述的三个原则缺乏足够的认识，没有按照这样的原则来取舍。给人留下的印象是，他们对当代文学缺乏深入的了解，缺乏准确的判断，只是根据所谓的"知名度"和"影响力"，根据某些评论家言过其实的吹捧，根据某些外国媒体完全不着调的"评价"，将一些存在问题且问题非常严重的作品选了进来。

例如，关于选入《许三观卖血记》的理由，编选者是这样解释的："要让学生了解'讲故事'有多种手法，传统的是一种，《许三观卖血记》又

---

① 〔清〕姚鼐：《惜抱轩诗文集》，刘季高校注，上海古籍出版社1992年版，第84页。

是另外一种；主人公把自己的血作为商品，这很值得深思，让学生得以更深层的认识社会；在中学生之中，余华的读者群很大，这个原因也让编委们觉得，应该在课本中给余华一个位置。"

在我看来，上述理由是站不住脚的，是不能说服人的。因为，根据我至少两遍的细致阅读，余华这部小说"讲故事"的方法，既不高明，也缺乏独创性；他对人物的描写简单而粗俗，表现出一种病态的情绪和阴暗的心理。总之，《许三观卖血记》是一部艺术上无新意、内容上无深度的平庸之作，既没有艺术上的美感，也没有道德上的诗意，完全不适合中学生阅读，根本不适合选入中学语文教材。

为什么说《许三观卖血记》在艺术上缺乏新意呢？这是因为它近乎冷酷的"零度叙述"策略，完全是对法国"新小说"的模仿。从塑造人物的角度看，像把人物当作物件和道具的法国"新小说派"一样，余华缺乏写实的耐心，缺乏对人物的爱意和尊重，习惯以僵硬、刻板的方式反复描写机械的动作，而忽略了对人物心理内容的关注和探索。而从"讲故事"的角度看，余华的小说缺乏情节演进的逻辑感和连续性，表现出一种转换和跳跃的任意性，这使小说的故事情节常常给人一种莫名其妙的突兀感和荒诞感。从细节描写的角度看，余华的小说过多地依赖主观想象，缺乏充分的事实感和真实感，显得虚假而空洞。

事实上，追本溯源，法国"新小说"本身就是一个问题很大的文学流派。"新小说"作家嘲笑巴尔扎克、司汤达等 19 世纪文学家的伟大经验，拒绝对人物的心理和行为进行"人道主义"的叙述和"心理学"意义上的描写。他们选择了一种"物化主义"的叙事方式——作者从不关心人物的动机和目的，而是通过反复、象征、夸张的技巧，描写人物毫无心理内容的动作，表现出一种对人极其冷漠的态度。对此，罗伯-格里耶有着明确的理论表述："它们从来就不是人，它们总是超出我们所能及的范围，始终都不能成为我们的天然的同盟者，也不能加以拯救。要把自己严格限于描写……"[1] 这种拿"人"当"物"的写法，受到了强烈的质疑和批评。法国著名美学家杜夫海纳尖锐地批评罗伯-格里耶的这种"形式主义"

---

[1] 柳鸣九编选：《新小说派研究》，中国社会科学出版社 1986 年版，第 83 页。

和"微观物理学"的写作方法,认为它"出自一种对对象的不信任甚至厌恶。他只是为了把对象放回原位,使之不可及,不能被支配和没有意味时才如此详细地加以描述"[①]。法国著名小说家和批评家居尔蒂斯的批评就更加彻底和一针见血:"法国'新小说'抛弃人类共有的经验,即人是万物的中心。……乃是技术主义在文学中的反映"[②];"事实上,'新小说'就是反人道主义的:人在宇宙中不再有特殊的位置了,他在那儿,人们能说的仅此而已;一个众多的物中的物"[③]。他称罗伯-格里耶等人的"新小说"为"机器人小说"。而余华几乎从一开始,运用的就是罗伯格里耶的这种"反小说"的技巧。如果说有所创新的话,那就是余华将罗伯-格里耶式的冷漠发展到了冷酷的程度,使冷酷成为一种稳定的心情态度,甚至成为一种世界观。

　　由于余华的作品是对外国小说的中国化组装,由于他的作品表现了西方人想象中落后的"中国"和愚昧的"中国人",所以,就像张艺谋的电影一样,余华的小说也很容易获得来自西方的认同和奖赏。法国的《目光》杂志就这样评价《许三观卖血记》:"在这里,我们读到了独一无二、不可缺少的和卓越的想象力。"法国《共和报》的评价也不低:"作者以卓越博大的胸怀,以其简洁人道的笔触,讲述了这个生动感人的故事。"法国《读书》杂志的赞词更是到了无以复加的程度:"这是一部精妙绝伦的小说,是外表朴实简洁和内涵意蕴深远的完美结合。"如果用这样的话来评价《伊凡·伊里奇之死》《嘉尔曼》《变形记》和《老人与海》,或者评价《阿Q正传》《金锁记》《棋王》和《黑骏马》,那我们认为该评论者是在严肃地谈论文学。但倘若他这样评价余华的小说,那么可以说简直是在讽刺和挖苦人了。揆诸事实,这些评价实在是靠不住的:什么叫"独一无二"?这些法国记者如果稍微了解自己国家的文学,稍微知道一些新

[①] 〔法〕米盖尔·杜夫海纳:《美学与哲学》,中国社会科学出版社1985年版,第197页。

[②] 吕同六主编:《20世纪世界小说理论经典·下卷》,华夏出版社1995年版,第173页。

[③] 吕同六主编:《20世纪世界小说理论经典·下卷》,华夏出版社1995年版,第172页。

小说派的情况，就断然不会说出这样的话。因为，余华的写作完全是对法国"新小说"的模仿，根本没有什么"独一无二"的"卓越想象力"可言。

其实，余华的小说也属于我曾说过的那种应该警惕的"消极写作"，因为，它不仅在艺术上是不成熟的，而且从精神境界和趣味格调上看，更是令人失望。余华的写作有一种近乎病态的暴力倾向，他几乎将写作当作施暴的狂欢。他对描写残忍的行为和血腥的场面，充满一种令人费解的执着和陶醉。鲜血是余华小说中最常见的意象，正像他用"鲜血梅花"做小说的题目一样，他常常将"鲜血"描写得像"梅花"一样灿烂，一样美丽。刀和斧等凶器，仿佛余华小说中须臾不可少的道具。说脏话、吐口水、打耳光、互相折磨，是余华小说中人物的日常。凡此种种，使他的作品给人一种极其消极的阅读印象。

四

余华的小说在伦理精神上是没有根基的，在价值理念上是虚无和空洞的。这使他只是把他笔下的人物当作物，而不是当作人。那些有时被他拿数字命名的人物没有成长的环境和经历，尤其没有心理发展史和个性形成的过程。他们突然出现在你面前，然后以一种近乎游戏的方式开始说话，开始行动。例如，在《许三观卖血记》里，许三观一共卖血十次左右，但是，除了第十八章所写的1958年因为饥饿的卖血和后来为了二乐"回城"送礼的第六次卖血，还涉及一点社会内容，其他的几次卖血大都属于"做"出来的。尤其是第一次和第三次卖血，几乎完全莫名其妙。许三观看见别人去卖血："不知道为什么我身上的血也痒起来了"，于是，他就跟着别人一起去卖血了：

> 他走去的时候心里想着林芬芳，他觉得林芬芳对他真是好，他去摸她的脚，她让他摸了，他去摸她的大腿根，她让他摸了，他跳起来捏住她的两个奶子，她也让他捏了，他想干什么，她都让他干成了。林芬芳都摔断了腿，还让他干那种事，他把她的断

腿碰疼了，她也只是哼哼哈哈叫了几声。①

作者对人物情感的描写显然是丑陋的、低俗的，也是简单的、缺乏人性内容的。我们从中看见的，是他小说一贯的风格和习气：情感冷漠而苍白，想象随意而任性，描写外在而浅薄，语言干瘪而呆板。这实在是一种应该批评的病象，而不是应该学习的榜样，更不应该被推荐给中学生去阅读。我想请教那些编写教材的专家：你到底要孩子们从这样的作品里学习什么呢？

更为令人费解的是，余华用了很多笔墨写卖血的过程，但对人内心的感受却完全采取冷漠的态度，给人的印象是卖血仿佛是一件轻松好玩的事情。事实上，许三观跟叔叔刚聊完"卖血"的事情，作者立即就让许三观跟着两个人"走在路上"去卖血。但是，令人费解的是，此后从第二章到第十章，余华几乎没有写到任何与"卖血"有关的事象，而是不厌其烦地写许三观如何争风吃醋，写他如何凭着"口袋里的钱"把许玉兰骗到手，写许玉兰如何骂街、如何在产房里放粗口，写许玉兰如何怂恿许三观去杀自己从前的情人："许三观，你就容得下别人欺负你的女人……许三观，我求你把何小勇劈了，厨房里的菜刀我昨天还磨过，你去把何小勇劈了。"②因为许三观怀疑一乐是许玉兰和何小勇的孩子，所以，作者在这一点上做足了文章。人物之间你来我往，互相伤害，甚至对孩子，余华也不放过，也要像在《现实一种》《鲜血梅花》和《世事如烟》中那样，让他们互相折磨：

  一乐给了二乐一个嘴巴，二乐也哇哇地哭了起来。许三观在屋里听到了，心想一乐这杂种竟然打我的儿子，他跑出去，对准一乐的脸就是一巴掌，把一乐捆到了墙边，他指着一乐说：
  "小杂种，你爹欺负了我，你还想欺负我儿子。"③

---

① 余华：《许三观卖血记》，北京十月文艺出版社2017年版，第106页。
② 余华：《许三观卖血记》，北京十月文艺出版社2017年版，第71页。
③ 余华：《许三观卖血记》，北京十月文艺出版社2017年版，第72页。

最为恶劣的是,许三观竟然这样教导自己的两个亲生的儿子,要他们替自己报仇:

> 长大了要替我去报复何小勇。你们认识何小勇的两个女儿吗?认识,你们知道何小勇的女儿叫什么名字吗?不知道,不知道没关系,只要能认出来就行。你们记住,等你们长大以后,你们去把何小勇的两个女儿强奸了。①

难道,这就是外国媒体评价《许三观卖血记》时所说的"作者"的"卓越博大的胸怀"吗?难道这就是他们所说的"简洁人道的笔触"吗?难道这就是法国的《读者》杂志所说的"精妙绝伦"和"完美结合"吗?难道这就是比利时的《展望报》所说的"生动感人的故事"吗?事实上,即使在被选入教材的《许三观卖血记》第二十八章中,似乎也看不到什么美好的东西,其所表现出的与其说是人物的"逆来顺受、平静从容的态度",毋宁说是作者在写作上的一种冷漠而无聊的游戏态度。

《许三观卖血记》不仅冷漠,而且粗俗;不仅不是一部优秀的作品,而且实在是一部趣味低下、庸俗不堪的游戏之作,其中充满了令人恶心的污言秽语,表现出一种令人吃惊的无教养、反文化倾向。尽管有人对统计式的实证批评不以为然,但是,我仍然认为没有什么比数据更能说明问题的了。根据我的不完全统计,余华《许三观卖血记》里的污言秽语,同贾平凹《秦腔》里的粗鄙话语一样多:

> 表现"屁股(放屁)"的秽语事象至少出现5次;
> 表现"裤裆(裤头、裤衩)"的秽语事象至少出现7次;
> 表现"王八蛋(小崽子、狗娘养的)"的骂人事象至少出现18次;

---

① 余华:《余华精品文集》,北京文艺出版社2001年版,第470页。

表现"婊子（妓女、骚女人、破鞋、烂货、下贱女人、骚娘们）"的骂人事象至少出现11次；

表现"做乌龟（老乌龟）"的秽语事象至少出现12次；

表现"强奸"的秽语事象至少出现5次；

表现"野种"的骂人事象至少出现4次；

表现"禽兽不如"的骂人事象至少出现3次。

可见，《许三观卖血记》不仅在艺术上缺乏独创性，而且在趣味上也没有达到较高的境界，或者，毋宁说简直就是以粗俗为高雅，以口腔发泄为乐事。不错，低级趣味，这就是余华许多作品存在的严重问题。朱光潜先生说："我以为文学本身上的最大毛病是低级趣味。所谓'低级趣味'就是当爱好的东西不会爱好，不当爱好的东西偏特别爱好。古人有'嗜痂成癖'的故事，就饮食说，爱吃疮疤是一种低级趣味。在文学上，无论创作或是欣赏，类似'嗜痂成癖'的毛病很多。"① 在创作上，余华就是爱了"不当爱"的东西，所以，便有了"低级趣味"的毛病。

五

在余华《在细雨中呼喊》的封底，赫然印着这样一段话："余华是纯粹的小说家。没有人比他更善于帮助我们在自己身上把握生命的历史……所以他的书一问世，便成为人类共有的经验。就像伟大的哲学家用一个思想概括全部思想一样，伟大的小说家通过一个人的一生和一些最普通的事物，使所有人的一生涌现在他笔下。"②

然而，在我看来，这样过于夸大的评价，实在不着边际，岂足采信？"没有人比他更善于"，这不就是说余华是蝎子尾巴——毒（独）一份的"无与伦比"的作家吗？"使所有人的一生涌现在他笔下"以及"成为人类共有的经验"，这恐怕是莎士比亚、托尔斯泰、曹雪芹、歌德都没有达到的

---

① 朱光潜：《朱光潜全集·第四卷》，安徽教育出版社1988年版，第178页。

② 余华：《在细雨中呼喊》，南海出版社1999年版。

境界。

葛洪在《抱朴子》中说：一个真正的士，在做人上，是既不"违情以趋时"，也不"蹑径以取容"的。在我看来，编写教材也需要有这样的德性，也需要有不为一时的潮流裹挟的定力和守旧的勇气，尤其需要克服盲目趋新求变的心态。换句话说，一个真正负责任的教材编选者，要帮助学生了解、喜爱"虽旧却好"的"真经"，而不是讨好他们，顺着他们心思，把一些"虽新却坏"的"伪经"供上神龛。在教材编写上趋时媚俗，或许可以得到一时的利惠，但是从长远来看，却是误人子弟的，因而是断断不可为的。

立定脚跟勿随顺，要把真经度与人。这既是人们对语文教材编选者的期待和要求，也是一个有良知、负责任的"为人师表者"应该努力做到的。

第四节　从自反批评看两位晚熟作家的新作

最近，我一直在想一个问题，一个关于"自反批评"的问题。

这是一个极为重要的问题。因为，谁若没有自反批评的意识和能力，谁就不可能彻底摆脱精神上的幼稚状态，就有可能始终停留在很低的认知水平。无论个体的人，还是整个社会，只有通过自反批评，才能获得对自我的深刻认知，才能真正成熟和进步。

有人会问：自反批评不就是"自我批评"吗？

不是。二者不是一回事。自我批评是一种外在的批评，是一种在外在的规约之下，按照外在尺度进行的批评。它本质上是一种被动的批评，而不是主动的批评。长期的过度使用，会使话语失去效力。自我批评就属于这种被过度使用和损耗的话语。

那么，自反批评这个概念是如何形成的呢？

自反批评是根据中国古代典籍中的"自反"一词组合而成的新概念。《礼记·学记》中说："虽有嘉肴，弗食，不知其旨也；虽有至道，弗学，不知其善也。是故学然后知不足，教然后知困。知不足，然后能自反也；知困，然后能自强也。"《孟子·公孙丑上》中说："自反而不缩，虽褐宽博，吾不惴焉；自反而缩，虽千万人，吾往矣。"在这两部古书中，"自反"

一语。意思相同：王文锦在解读《礼记》的时候，将它译解为"自我反省"[①]；焦循的《孟子正义》中有解，称"人加恶于己，己内自省，有不义不直之心，虽敌人被褐宽博一夫，不当轻惊惧之也。自省有义，虽敌家千万人，我直往突之"[②]。可见，所谓"自反"，即自我反思和自我反省之意。

取准乎此，自反批评就可以被理解为高度自觉的自我反省和自我批评。这是一种内在化的批评。它源于主体对自己的强烈不满，源于这种不满所带来的深刻的内在焦虑。它反映着一个人或一个社会明确的理想目标、成熟的自我认知意识、彻底的自我否定精神，和强大的自我超越能力。它本质上是一种积极的自我建构的批评。

对作家来讲，自反批评显得尤其重要。因为，文学写作的本质就是创造。这就意味着作家要对抗重复自我的懒惰意识，就意味着要克服不思进取的"路径依赖"。也就是说，文学创作的进步，本质上是一种否定和超越的过程。这种否定和超越是内在的，是只有那些精神极为成熟的作家才能完成的。

区别优秀作家与平庸作家的一个标准，就是看他有没有自反批评的意识和能力，就是看他是不是能不断地通过自反批评，来实现自我否定和自我超越。优秀的作家严格对待自己的写作，严格审视自己的作品，他们从来不允许自己重复自己。对他们来讲，自我重复不仅意味着文学写作上的低能，而且亦是对读者的严重冒犯和羞辱。就像母亲从来不会生一群面目和个性毫无差别的孩子一样，优秀的作家也不会写一堆风格和主题完全雷同的作品。虽然鲁迅后期的杂文写作模式略显单一，思致缺少变化，但是，他的散文和小说却风格各异，几乎每一篇都有自己的样子，从不彼此相袭和重复。托尔斯泰的文学世界就像大地一样辽阔和丰富。就体现于他主要作品中的写作风格和情感态度来看，他既是现实主义作家，也是表现主义作家；既是古典主义作家，也是现代主义作家；既是信仰坚定的宗教主义作家，也是质疑生活荒诞性的存在主义作家；既是冷峻而尖锐的批判者，也是宽容而温情的安慰者。他的几乎每一部作品，都显示出一种全新的风

---

① 王文锦：《礼记译解》（下），中华书局2001年版，第514页。
② 〔法〕焦循撰，沈文倬点校：《孟子正义》，中华书局2017年版，第159—160页。

貌，都给人一种全新的感受。

平庸的作家则没有自反批评的意识，他们也没有能力超越自己。他们不怕重复自己，于是，他们总是重复自己。他们写小说，就像种土豆，就像打砖坯，永远是一个样子：一样的主题，一样的趣味，一样的格调。

那么，作家的自反批评到底是一种什么样的批评呢？

用规范的学术语言来表述，作家的自反批评，就是一种作家自我观照的批评，是作为批评者的作家以自己作为批评对象的反思性批评或反省性批评。它是作家与自己的对话活动，是作家反思自我和认识自我的有效方法。它体现着作家自觉的理性精神和自我超越的意向，具有自我审视、自我质疑和自我批判的性质。自觉的问题意识和尖锐的否定态度，是自反批评的重要特点。就此而言，那些自我肯定和自我赞扬的批评，就不属于自反批评的范畴。

事实上，自反批评既体现出一种认知能力，也一种实践能力；不仅是一种面对文学的态度，而且，还是文学写作上具有特殊意义的方法和技巧。所以，只有掌握了自反批评这一宏观性的方法和技巧，作家才有可能不断突破自己的写作困境，才有可能提高自己的写作水平，才有可能最终理解和掌握那些具体的写作技巧和方法。

托尔斯泰笔下的安娜·卡列尼娜，美丽、敏感、充满活力。她的目光锐利而深邃，有一双能看得见自己眼睛的眼睛："她觉得自己简直可以在黑暗中看见自己眼睛的光芒。"[1] 这无疑是一双非凡的眼睛。

莎士比亚笔下的许多人物也像安娜一样，有自己的特异能力。他们有一种"肺腑自语"的能力，即"另一个内在的自己，对这一个外在的自己的分析和评价"的能力[2]。即便是克劳狄斯那样的人，也能看到"自己灵魂的深处"，"看见我灵魂里那些洗拭不去的黑色的污点"[3]。

---

[1]〔俄〕列夫·托尔斯泰：《安娜·卡列尼娜（上册）》，草婴译，上海译文出版社1982年版，第189页。

[2] 李建军：《并世双星：汤显祖与莎士比亚》，二十一世纪出版社集团2016年版，第244页。

[3]〔英〕莎士比亚：《莎士比亚全集》（九），人民文学出版社1978版，第89页。

所谓"自反批评",就是有着安娜·卡列尼娜式眼睛的批评,就是能像克劳狄斯那样看到自己灵魂深处的批评。

然而,进行自反批评并不是一件容易的事情。就天性来看,人在自我认知上,往往有一种自我认同和自我肯定的倾向。只有那些自我意识高度成熟的人,只有那些对精神成长的规律和真理有深刻理解的人,才有可能大度地、喜悦地接受别人的质疑和批评,也才有可能自己对自己进行严格的批评。

一般来讲,一个作家的人文修养和文化素质越高,自我意识和文学意识越是自觉,写作经验越是成熟,超越自我的愿望越是强烈,那么,其自反批评的意识就越是自觉,自反批评的能力也就越强;反之,他的自反批评意识就越弱,自反批评能力也就越差。一个具有自反批评能力的作家,就是一个敢于直面自身问题的作家,就是一个敢于自我否定的作家。舍斯托夫甚至在《无根据颂》中指出:"创作就是从一个失败走向另一个失败的连续不断的过渡。创作者的一般状态,就是不确定性、未知性、对明日的疑虑,以及精神上的烦闷。"[1]对舍斯托夫来讲,不完美是创作的根本性质,而对一切的怀疑和未知,以及由此而来的烦闷,则是创作者的基本心理状态。这种怀疑和不确定的感觉,这种精神上的烦闷,就是自反批评的基本特征。如此说来,自反批评也就是创作者的基本状态,是一种与创作始终相伴的意识和行为。

从蒙田和卡夫卡那里,我们就可以看见自觉的自反批评意识和成熟的自反批评能力。他们通过严格的自反批评,将自己的写作提高到了相当的水平。在中国当代作家中,路遥和陈忠实也属于在自反批评方面极为自觉的作家。路遥通过深刻的自我怀疑和尖锐的自我否定,几年上一个台阶,在写作上呈现出一种阶梯式的自我提升状态。陈忠实的切实而彻底的自反批评,则帮助他摆脱了那种平庸的写作模式,在知天命之年完成了堪称经典的《白鹿原》,实现了飞跃式的自我超越,使自己从一个中等水平的作家脱胎换骨,一跃成为第一流的中国当代小说家。

---

[1]〔美〕列夫·洛谢夫:《布罗茨基传》,刘文飞译,东方出版社2009年版,第206页。

可见，没有自反批评的能力，一个作家不仅无法在文学的意义上深刻地认知自我，而且也无法掌握完美的写作技巧。通常情况下，喜欢听人赞扬，害怕被人贬抑，是人的一种很自然的心理倾向，也是很多作家普遍存在的心理习惯。在排斥批评方面，有些中国当代作家的过敏性反应似乎尤其严重。他们害怕被别人质疑和否定，也很少严格地自我质疑和自我否定。

那些自反批评意识匮乏的当代作家，既缺乏接受他人批评的意识，也缺乏自反批评的能力。他们没有优秀作家因为超越自我而产生的那种深刻的焦虑和苦闷，也没有因为深刻的反思意识而产生的对自己的尖锐怀疑和强烈不满。他们的认知结构是封闭的，缺乏广阔的比较视野，缺乏用伟大作家的经验尺度来反省自己的自觉意识。这样，他们就很难突破自己的认知局限，更没有能力摆脱自己的精神困境。

缺乏自反批评意识的作家习惯于在一种消极的状态下，不断地、连篇累牍地重复自己。他们的作品体量很大，但质量低劣，因而，这巨大的数量，便只有统计学上的意义了。他们把自己的写作降低到了"消极写作"的水平。这种"消极写作"既缺乏艺术上的新意和美感，也缺乏良好的文化教养和美好的道德诗意。在美学上，它是粗俗的；在伦理上，它是粗野的；在认知上，它是浅薄的；在勇气上，它是怯懦的。从很多方面来看，"消极写作"都是一种无足称道的、彻底失败的写作。

对于那些积累了一些写作经验而又缺乏成熟的自反批评能力的"消极写作者"来讲，不断地写作是一件很容易的事情。长期的写作，使他们摸索到了一些消极写作的窍门。他们懂得如何用这样的窍门炮制文学赝品，正像托尔斯泰所说的那样："要制造这样的赝品，在每一种艺术里各有它的一定的规法和诀窍，因此一个有才能的人掌握了这些规法和诀窍，就可以毫无感情地、冷漠地制造出这样的赝品来。"[①] 别林斯基也曾尖锐地批评制造赝品的"多产"小说家玛尔林斯基。在他看来，这位作家的"才能非常片面"，"他的作品中没有任何深度、任何戏剧性；结果，小说中所有一切的主人公们都从一个模子里刻出来，差别仅在姓名而已，在每一个

[①] 〔俄〕列夫·托尔斯泰：《列夫·托尔斯泰文集·第十四卷·文论》，人民文学出版社1992年版，第197页。

新作品里都重复自己；词藻多于思想，大言壮语的叫嚣多于感情的流露"；而他之所以多产，"不是由于才禀的卓越，不是由于创作活动的过剩，而是由于写作的熟练和习惯。只要你有一些才禀，读书养性，积聚了些概念，给这些概念加上性格的烙印，那么，你就提起笔来，从早写到夜好了。最后你学得这样一种本领：能在任何时候，任何心情下，写任何你所想写的东西；如果你想到了几段浮夸的独白，你就不难把长篇小说、戏剧、中篇小说凑合上去；不过，你留心一下形式和文体：它们必须是独创的"①。托尔斯泰对制造"赝品"的作家的批评，别林斯基对玛尔林斯基的批评，完全可以直接移过来批评我们时代泛滥成灾的"消极写作"。

从很多方面来看，莫言与贾平凹的写作，都属于比较典型的"消极写作"。他们的知名度很高，但是，写作上存在的问题也比较严重。他们缺乏冷静而勇敢的自反批评意识，也缺乏成熟而深刻的自反批评能力。他们不仅看不见自己创作上存在的问题，而且总是为自己的充满问题的写作辩护。所以，他们一直无法摆脱写作的困境，也无力彻底解决自己写作中长期存在的"路径依赖"问题。因此，在他们最近出版的作品里，许多多年前便已存在的老问题，依然如故地存在着。

从想象力的放肆和文学叙事的浪漫倾向来看，莫言确乎是位有个性的作家。但是，他喜欢无限制地放大作家自己的声音和存在，喜欢巴洛克式的夸张风格，喜欢极端主观的叙述语调。他常常选择在一个封闭的结构里塑造人物，无节制地放大人物身上的某一性格或某种心理，从而使人物成为一种单薄而僵硬的话语符号。非理性的本能冲动和暴力激情，是莫言特别喜欢表现的主题和情节。他总是赋予血淋淋的施暴场面以欣快感和诗意性。然而，这种简单化的叙事虽然能极大地刺激读者的感受和想象力，却是以牺牲人物的真实性为代价的，甚至还要以让读者感到巨大的精神疲劳为代价。就这样，人物和读者都被他的来势汹汹的话语洪流淹没了。

揆情度理，一个作家在某一阶段按照任何一种模式写作，都应该被视为合理的探索。但是，在他从事写作的几乎所有阶段，都遵循一种并不成

---

① 〔俄〕别林斯基：《别林斯基选集·第一卷》，满涛译，上海译文出版社1979年版，第96页。

熟的固定模式，则显然是一个严重的问题。在莫言最新出版的作品《晚熟的人》中，写作模式上的僵化，就有极为典型的表现。从这部新的小说集里，人们所看到的，依然是一个似曾相识的莫言——情绪模式是旧的，语言风格是旧的，经验内容是旧的，意义空间是旧的，叙事方式是旧的。莫言用自己熟悉的方法，写了一部读者并不陌生的作品。

几乎所有主观化的作家，都离不开"我"，都喜欢用第一人称叙事。选择第一人称固然可以增加叙事的亲切感，也有助于增强作品的真实效果，但是，有的时候，它也是一种讨巧甚至偷懒的叙事方式。因为，它给作者提供了弱化客观性的借口，提供了随意想象和编造的方便。在《晚熟的人》所收录的十二篇小说中，除了《天下太平》之外，几乎全都选用第一人称叙事。在这些小说中承担叙述责任的"我"，是一个作家身份的人。这种叙事策略，在莫言过去的许多小说中，可谓屡见不鲜。他喜欢大大咧咧地跐进自己的小说，喜欢随随便便地干预小说的叙事。根据《晚熟的人》中所提供的信息——多篇小说中的叙述者都当过兵，也是个作家，写过《丰乳肥臀》《透明的红萝卜》和《姑妈的宝刀》①，写过《檀香刑》②，还与日本交上了朋友③——像他以前的小说中所写的一样，《晚熟的人》诸篇小说中的"我"，也喜欢拉着日本作家来自己的叙事世界里"助威"。

根据这些信息，读者可以确定，《晚熟的人》中的这个"我"就是莫言自己。叙述者是作者自己，也不是不可以，问题是，莫言笔下的这个"我"，不仅不是一个成功的叙述者，而且简直就是一个可有可无的多余人。"我"像影子一样飘忽，像木偶一样僵硬，只是在消极的意义上起着在场见证和贯穿情节的作用。

从叙事的情感态度来看，像莫言此前的几乎所有作品一样，《晚熟的人》这部新作同样体现出"消极写作"的缺陷和问题。它的基本调性是阴暗的，油滑的，浮薄的，缺乏优秀作品应该具备的力量感、庄严感和深刻性。从中很少甚至几乎看不见生活和人性中的美和善，很少表现那些

---

① 莫言：《晚熟的人》，人民文学出版社2020年版，第1页。
② 莫言：《晚熟的人》，人民文学出版社2020年版，第145—146页。
③ 莫言：《晚熟的人》，人民文学出版社2020年版，第36页。

充满诗意的东西。它常常以简单化的方式,写人物的近乎变态的暴力冲动和攻击行为,写人物(包括"我")的病态心理、阴暗情绪和丑陋行为。《红唇绿嘴》中的"我"的奋斗激情,来自母亲住院时被"歧视与侮辱"的记忆,来自对女护士"冷酷的脸"的记忆,来自对男工作队员的"吹牛话语和蔑视的眼神"的记忆。① 这显然是一种缺乏深度和意义的简单化叙述。

莫言对人物的态度也是随意而简单的,缺乏充分的理解和同情。他喜欢按照一个单一的维度来塑造人物,即从丑和恶的角度来写人。短篇小说《晚熟的人》中的常林和单雄飞,像他的《红高粱》《丰乳肥臀》和《檀香刑》中的人物一样粗暴,一样鲁莽,一样喜欢说粗话,一样喜欢打架。莫言津津有味地描写了人物的种种丑相和丑行。他让蒋二这个"上语文不认字,上数学不识数的笨蛋"自我作践,让他"竟然不时地引经据典,口出佳句",所谓"土鳖人讲土鳖话,犹如臭鸡蛋拌上隔夜的蒜泥,气味独特,冲击灵魂"②。小说不应该这样写。这不是在塑造人物,而是在羞辱人物,是让人物成为作者任性叙事的工具和牺牲品。

《斗士》中的武功,也是一个烙着明显的莫言小说纹章的人物。他"命贱","家庭出身不好","相貌也是招人恶"③,是一个集暴虐与无赖于一身的恶鬼一般的人。莫言的整个叙述语调和修辞处理,显然是简单化的,给读者留下了极为消极的印象——他没有把人物当作人来尊重和观察,没有写出人物情感和心理的丰富性,而是将人物看作一个只懂得仇恨和攻击的动物。在小说的末尾,他用"一个睚眦必报的凶残的弱者"来对武功进行道德定性。无论从伦理上看,还是从艺术上看,这都是作者对自己的叙事权力的滥用,都是失败的。这样的叙事注定会缺乏那种朴素、真实而又令人信服的叙事效果。

总之,就像他过去几乎所有小说留给读者的印象一样,莫言这部新作留给读者最为深刻的印象,就是丑陋和病态,简单和粗糙,乏味和无聊。

为什么会这样呢?为何写了几十年小说,却依然是这个行当的"晚熟

---

① 莫言:《晚熟的人》,人民文学出版社2020年版,第260页。
② 莫言:《晚熟的人》,人民文学出版社2020年版,第39页。
③ 莫言:《晚熟的人》,人民文学出版社2020年版,第68页。

的人"呢？

因为缺乏自觉的自反批评意识和成熟的自反批评能力。

因为缺乏这样的意识和能力，所以，莫言便意识不到自己的问题和缺陷，也就不可能彻底地否定自己和超越自己。

像莫言一样，贾平凹也是一个缺乏自反批评意识的人，也是一个晚熟的作家。

他的几乎所有小说，都是按照一个固定而简单的模式写出来的。

这是一种极为主观化的写作模式。

它满足于表现狭小的个人经验，缺乏开阔的社会视野和深刻的人性视野。

它在趣味上是庸俗的，喜欢不加选择地堆砌细节，缺乏深刻的思想性和丰富的意义感。

它的语言依然不够清通，修辞依然不够精妙。

就像《秦腔》一样，贾平凹的新作《暂坐》也是一部没能实现自我突破的、缺乏新意的作品。反都市倾向依然是其基本文化态度，渲染那种轻飘飘的哀伤依然是其基本情绪模式。在开篇的叙述中，西京城里的情形简直就是一幅末日图景，是连明亮的阳光也不配有的："……能看到轮廓，没有光芒，成了猴子的屁股，成了腿伤裹着的纱布上一团渗血。"[1] 短短的几行字里弥散着深深的恨意，充满了肆意的诋毁，显示出拙劣的修辞。然而，这样犹嫌不够，到小说快要结束的时候，他再次将西京城埋进了自己用文字制造出来的黑暗之中。

它是《废都》与《秦腔》的合体。《废都》的自恋和粗鄙，加上《秦腔》的沉闷和琐屑，就构成了《暂坐》精神上的主要特点。

在细节描写上，《暂坐》所走的，是《秦腔》的老路子。它像《秦腔》一样琐碎和无聊，"完全排斥了分析性和评价性的话语，全然采取展示性和描写性的话语。而不加选择的直接呈现，势必使他的描写琐碎而芜杂，简直像流水账一样啰唆和无趣"[2]。贾平凹关于夏磊"双腿叉开来尿尿"

---

[1] 贾平凹：《暂坐》，作家出版社2020年版，第4页。
[2] 李建军：《文学的态度》，作家出版社2011年版，第289页。

的叙述，多么琐屑；关于一男一女因为送发烧的孩子去医院而当街相互诟詈的描写，多么鄙俗；徐栖与向其语关于"眼睛大"和"胸大"的谈话，又是多么无聊。

从创作心理和精神状态来看，《暂坐》则表现出了《废都》式的自恋与狭隘、颓废与浮靡。俄罗斯姑娘伊娃像《废都》中的工人阿灿一样，见到庄之蝶式的无聊男人，便"不觉脸耳绯红，双目迷离"①。作者对结局的处理，也仍然是《废都》式的——伊娃最后逃离西京的时候，"抱住了辛起，已经抽搐了"②。这样的反应，与庄之蝶在《废都》里的表现何其相似。

贾平凹的这部新作虽然写了一堆女人，但却并没有塑造出哪怕一个真实、美好而有个性的女性形象。俄罗斯姑娘伊娃就是唐宛儿的翻版。作者千里迢迢，从遥远的彼得堡将她强拉了来，塞进自己的小说。但是，从她的身上，你读不出一丝一毫的俄罗斯气息，倒是看见了唐宛儿式的浅薄和庸俗。她竟然像唐宛儿跟庄之蝶瞎混一样，跟那个庄之蝶精神上的兄弟羿光沆瀣一气。她竟然像唐宛儿一样，甘愿被贾平凹臆想出来的无聊的中国男人当做玩物："她感到目光有脚一样走过了她的头发、额头、鼻子、嘴巴，一直从胸部到了脚，她也就像打开的一本书，让他仔细读着，同时默默地体会着身体的变化。……伊娃竟一下子双手搂住了羿光的脖子，上半个身子就吊在空中。"③这显然是贾平凹一贯的基于男性意识的欲望化叙事，是他一贯的基于自恋性幻想的虚假性表达模式。这与俄罗斯伟大作家对俄罗斯女性的态度形成了极为尖锐的对照。

正如米尔斯基所说的那样，在普希金等俄罗斯作家的笔下，俄罗斯女性具有"纯洁刚强、热情高尚"的精神特点，而"更彻底的体现"，则见于屠格涅夫的作品："他的女主人公举世闻名，为俄国女性的良好名声贡献甚多。……诸如玛莎（《僻静的角落》）、纳塔莉娅（《罗亭》）、阿霞和丽莎（《贵族之家》）等形象，不仅是俄国小说的最高成就，亦属

---

① 贾平凹：《暂坐》，作家出版社2020年版，第171页。
② 贾平凹：《暂坐》，作家出版社2020年版，第272页。
③ 贾平凹：《暂坐》，作家出版社2020年版，第175页。

一切小说之最伟大光荣。道德力量和勇敢,是屠格涅夫笔下女主人公们的主要基调。"①高尔基也曾在《俄国文学史》中说,俄罗斯文学是让人们引以为豪的奇珍,"全世界都惊叹俄国文学的美与力,承认它的重大意义。俄国文学向西方展示了一种西方人所不知道的惊人现象——俄国妇女,而且只有俄国文学才能以这种取之不竭的、温柔而热烈的母爱来谈论'人'"②。然而,贾平凹却将俄罗斯女性写成一种完全相反的样子——浅薄,无知,缺乏教养,缺乏个性和尊严,纯粹是一个没有内在深度的"空心人",毫无教养和自尊心。唉!敢将普希金笔下纳塔莉娅的姐妹写成这个样子,敢将屠格涅夫笔下叶琳娜的姐妹写成这个样子,敢将托尔斯泰笔下娜塔莎的姐妹写成这个样子,贾平凹那股不管不顾的劲头,那种恣意妄为的勇气,实在是很值得"佩服"的。

从语言和描写上看,从修辞和风格上看,贾平凹也没有取得什么超越和进步。他还是会乱用自己不懂的词汇——"兀自咕哝"③,完全不通;"兀自"不是独自,"咕哝"无须"兀自"。他还是那样随意地遣词造句:"雾霾消除,就有了白云"④——用"雾霾消散"或"雾霾散去",不是更准确吗?从词性上看,"消除"分明是个及物动词,显然不可以这样用。贾平凹自己没有深刻的思想,所以,他喜欢援引典籍里的话,来替自己壮胆:"避免着中于机辟,死于罔罟"⑤——引用《南华经》里的话,也不是不可以,但是,加了个"避免着",就显得生硬滞涩,半通不通,仿佛给咖啡里添了一勺醋,味道完全不对了。另外,难道不该替读者着想,把"罔罟"改成"网罟"吗?"更粗更长的水顺着伞的折道往下流,海若觉得那水不是从天上落下来的,而是从自己的身上挤出来的,挤出来的都是血"⑥——

---

① 〔俄〕德·斯·米尔斯基:《俄国文学史·上》,刘文飞译,人民出版社2013年版,第262页。

② 〔苏〕高尔基著,汪介之选编:《高尔基读本》,人民文学出版社2011年版,第331页。

③ 贾平凹:《暂坐》,作家出版社2020年版,第3页。

④ 贾平凹:《暂坐》,作家出版社2020年版,第66页。

⑤ 贾平凹:《暂坐》,作家出版社2020年版,第173页。

⑥ 贾平凹:《暂坐》,作家出版社2020年版,第260页。

随意的联想，夸张的形容，像初中生作文一样幼稚和肤浅。亲爱的作家先生，你敢保证这不是作者把自己脆弱而自恋的想象强加给了人物吗？你不认为这种做张做致的文艺腔，实在有些太做作、太矫情了吗？

读贾平凹的作品，会使人联想到卡萨诺瓦。这位意大利作家的写作动力都来自情欲，来自肉体经验。就像茨威格尖锐地批评的那样，"别人不得不用思想形成的东西，他是用自己热情而淫荡的身体形成的"[1]。茨威格批评他"缺少感觉器官——正是借助这种感觉器官我们才有了宇宙的联系——完全缺少灵魂"[2]。卡萨诺瓦有敏锐的感性意识，但是缺乏成熟的理性意识和思维能力，即茨威格所说的"感觉器官"。他沉醉于自己的本能经验和感性世界，他让肉体奴役灵魂，让感性奴役理性。他把写作降低为纯粹的欲望发泄和肉体狂欢。

某种程度上，贾平凹也像卡萨诺瓦一样，属于严重缺乏理性意识的作家，属于自反批评能力严重低下的作家。具有自反批评意识的作家不仅能有效地写作，而且，还有能力积极地影响生活，就像利哈乔夫所说的那样，"将秩序带入混乱之中"。但是，那些沉溺于感性狂欢的作家，却只能停留于混乱——从混乱开始，到混乱结束。乔治·奥威尔曾经严苛地批评狄更斯小说中的人物，说他们"都没有精神生活。他们说不得不说的话，但你不能指望他们谈论些别的。他们从不学习，从不沉思"[3]。事实上，包括莫言和贾平凹在内的许多中国当代作家笔下的人物，都属于按照本能冲动生活的人。他们完全没有精神生活。他们也许会装模作样地读书，但是很少领会其中的思想，也没有能力与任何一部书的作者进行真正意义上的对话。缺乏思想和精神生活，是这些人物最致命的缺陷。他们本质上是一群没有思考能力和文化修养的非理性的人。

贾平凹试图做自己的"第一批评家"。他喜欢在自己小说的后记里阐

---

[1]〔奥〕斯蒂芬·茨威格：《精神世界的缔造者：九作家比较列传》，申文林译，江苏文艺出版社2017年版，第371页。

[2]〔奥〕斯蒂芬·茨威格：《精神世界的缔造者：九作家比较列传》，申文林译，江苏文艺出版社2017年版，第391页。

[3]〔英〕乔治·奥威尔：《政治与文学》，李存捧译，译林出版社2011年版，第87页。

释自己的作品。但是，他缺乏自反批评的勇气和能力，总是"拿自己的尺度衡量自己"。他总是为自己辩护，自己欣赏自己，自己认同自己，自己肯定自己，也引导读者来欣赏自己、认同自己和肯定自己。

他在自己 2020 年的两部长篇新作之一《暂坐》的后记中说："《暂坐》中仍还是日子的泼烦琐碎，这是我一贯的小说作法。"他知道，自己的这种"平铺直叙"的写法，"确实是有些笨了"；他也知道，自己的小说可读性很差，读者"翻上几页便背过身去"，但是，他说"我偏要这样叙述的"①。

然而，过了一会儿，他似乎又忘记了自己的"偏要"，说起了另一种话："写过那么多的小说，总要一部和一部不同。风格不是重复，支撑的只有风骨。"②这两句含混不清的话，似乎又要传递这样的意思：他也要追求变化，也要超越自己。但是，将"风格"与"风骨"纠缠在一起，语焉不详，逻辑混乱，使人不知所云，如堕五里云烟。

可见，贾平凹对自己的批评，根本就不是清醒而彻底的自反批评。

他仍旧没有找到能够让自己摆脱困境的有效方法和可靠方向。

他的写作仍然停留在不成熟的"消极写作"状态。"消极写作"是我 2007 年在批评贾平凹的《怀念狼》时提出来的一个概念，我用它来界定当时颇为流行的写作模式。它有这样一些特征：缺乏现实感和真实性、把写作变成一种消极的习惯、缺乏积极的精神建构力量、在艺术上粗制滥造。事实上，情感的病态，趣味的低俗，也是这种写作模式的痼疾。

在这样的状态，他虽然可以一年或两年就杜撰出一部"长篇小说"，但是不可能写出那种真正意义上的杰作和巨著。

显然，无论是莫言还是贾平凹，都属于缺乏自觉的自反批评意识和成熟的自反批评能力的作家。自反批评上的低能和无力，严重地窒碍了他们的写作。他们看不见自己的问题，也无力摆脱精神和写作上的困境。这样，他们的写作就陷入了一种被动的消极状态。他们凭着一种消极的习惯来写作，凭着泥瓦匠式的刻板手艺在写作。他们的作品只具有寻常器物的一般

---

① 贾平凹：《暂坐》，作家出版社 2020 年版，第 275 页。
② 贾平凹：《暂坐》，作家出版社 2020 年版，第 276 页。

性状，而不具备精神创造物的生命和灵性。他们所制造的不是精致而充满生气的作品，而是粗糙而僵死的物品——从艺术上看，这些貌似作品的器物，缺乏令人着迷的美感和魅力；从思想上看，它们是苍白的、混乱的、缺乏深刻的思想和丰富的意义。是的，极端的无趣和极端的无意义，正是那些器物化的作品的根本特征。

如果作家缺乏自反批评的能力，那么，读者和批评家就要发挥自己的作用，对他们进行严厉的批评。因为，正像约翰逊博士所说的那样："众所承认的优秀作家如果作品存有缺陷，往往危害较大，因为他们作为榜样的影响更为广泛；而学术的要务就在于先将优秀的作家挖掘出来，再从他们身上寻找'污痕'，如此方能把他们确立为经典的作家、权威不容置疑的前辈。"① 批评家也许无法帮助那些"消极写作"的作家摆脱困境，但是，他们可以给读者提供可靠的、有价值的分析和判断，使读者不至于将萧艾当作兰蕙，将瓦釜当作黄金，将劣作当作佳作。

1894年8月15日，契诃夫在致苏沃林的信中说："庸俗作家跟自己的读者一块儿犯罪，而小市民作家却跟他的读者一块儿假充正经，而且阿谀他们狭隘的美德。"② 但愿我们的作家不要让自己跟读者"一块儿犯罪"；但愿我们的读者和批评家能成熟起来，懂得维护自己的尊严，至少不要无原则地阿谀那些不值得赞美的作家和作品。

---

① 〔英〕塞缪尔·约翰逊：《饥渴的想象：约翰逊散文作品选》，叶丽贤译，生活·读书·新知三联书店2015年版，第80页。

② 〔俄〕契诃夫：《契诃夫文集·第十五卷》，汝龙译，上海译文出版社1999年版，第395页。